바람이
지날 때
바다를

바람이 바다를 지날 때

2014년 1월 22일 초판 1쇄 발행
2014년 2월 24일 초판 2쇄 발행

지은이 진주
발행인 이종주

기획 편집 박지해

발행처 (주)로크미디어
출판등록 2003년 3월 24일
주소 서울시 용산구 원효로97길 46 5층
Tel (02)3273-5135 Fax (02)3273-5134
홈페이지 http://rokmedia.blog.me/ · E-mail rokmedia@naver.com

ⓒ 진주, 2014

값 12,000원

ISBN 978-89-257-9965-0 03810

바람이 지날 때 바다를

진주 장편소설

ROCODO

차례

봄처럼, 그 바람은

커다란 날개를 가진 새가 날아올랐다. 활짝 펼쳐진 새의 날개는 찬란한 순백. 한낮의 햇빛을 받아 눈부시게 반짝이는 날개로 새는 유유히 하늘과 바다 사이를 가로지른다. 아마도 백로가 아닐까 하고 수안은 문득 생각했다. 확신할 수 있는 건 아니지만 달리 떠올릴 수 있는 새의 이름이 없다.

"이해해 주실 거라 생각합니다."

잔잔한 음악 사이로 깍듯하면서도 건조한 남자의 음성이 들려왔다. 수안은 조용한 미소가 번진 얼굴을 돌려 그를 보았다. 남자는 다소 강파른 인상을 가지고 있었다. 창백한 안색과 야윈 체격으로 인해 그러한 인상이 더욱 도드라졌다.

"네. 이해해요, 충분히."

수안은 나직이 대답했다. 순순한 태도에 놀란 듯 흠칫하였던 남자는 얼마 지나지 않아 안도의 웃음을 머금었다.

그가 이런저런 말들로 자신의 결정을 거듭 합리화하는 동안 수안은 바다 쪽으로 다시 시선을 옮겼다. 새는 어디론가 자취를 감추어 버리고 하늘은 텅 비어 있었다. 수안은 까닭 모를 망연함에 사로잡혀 수평선을 응시했다. 연분홍의 꽃잎을 싣고 온 바람이 머리칼을 흔들며 지나갔다.

"저희 부모님은 제가 설득하도록 하겠습니다. 그러니 수안 씨도……."

"걱정 마세요. 저희 집안 어른들께는 제가 잘 말씀드리도록 하겠습니다. 이 일로 양가의 관계가 틀어지는 일은 없을 테니 그런 염려라면 하지 않으셔도 됩니다."

어깨 위에 내려앉은 꽃잎을 무심히 떼어 내며 수안이 말했다. 긴 한숨으로 안도를 표시한 남자는 눈에 띄게 가벼워진 얼굴로 일어섰다.

"이만 일어나죠. 모셔다 드리겠습니다."

"아니요. 괜찮습니다."

수안은 느리게 고개를 저었다. 입가에 머무르는 미소는 여전히 상냥했다.

남자는 격식을 갖춘 인사를 끝으로 테라스를 떠났다. 그가 모는 차가 주차장을 빠져나갈 때까지 수안은 꼿꼿한 부동자세를 유지했다. 하늘을 가로질러 간 새의 날개처럼 새하얀 원피스 자락만이 바람을 따라 부풀었다 가라앉기를 반복하며 시간의 흐름을 증명했다.

경쾌한 리듬의 팝송이 그치고 뉴에이지풍의 피아노곡이 시작되었다. 테라스까지 흘러온 선율이 희미한 파도 소리와 어우러졌다. 숨을 느리게 내쉰 수안은 핏기가 가신 손을 뻗어 음료수 잔을 감싸 쥐었다. 새뜻한 노란빛의 레모네이드가 정교하게 커팅된 크리스털 잔 속에서 흔들렸다.

빨대로 천천히 얼음을 젓다 말고 수안은 픽 실소를 흘렸다. 이만하면 그리 나쁜 끝은 아니다. 집안의 권유로 몇 번 만난 것이 전부인 여자를 퇴짜 놓는 것치고 남자는 예의 바르고 친절했으니까. 서울에서 남해까지 자신을 만나러 와 주었고, 뻔히 보이는 거절의 사유 대신 그럴싸한 변명을 둘러대 주었다. 상처 주지 않으려 애써 주었으니까, 그것만으로도 그는 충분히 좋은 사람이다. 그거면 되었다.

채 반도 비우지 않은 잔을 내려놓은 수안은 손수건을 꺼내 손에 묻은 물기를 닦아 냈다. 그리고 천천히, 이 카페에 들어온 이후 처음으로 주위를 둘러보았다. 관광객이 많이 몰리는 주말이라 카페는 만원이었다. 가족, 연인 할 것 없이 다들 환하게 웃는 얼굴. 덩달아 미소를 짓던 수안은 오직 자신만이 혼자라는 사실을 불현듯 깨달았다.

약속 장소를 정한 건 수안이었다. 꽤 유명한 카페였지만 남해에 내려와 생활한 지 이 년이 다 되도록 한 번도 들른 적이 없었다. 그저 지나가며 흘깃흘깃 시선을 던진 것이 전부였다.

이탈리안 레스토랑을 겸한 카페는 드라이브 코스로 유명한 물미 해안에 자리하고 있었다. 해안 절벽 위에 우뚝 선 지중해식 건물이 아름다워 절로 눈길이 가는 곳. 이따금 이 카페 앞을 지날 때마다 수안은 유심히 테라스를 살폈다. 이곳에 앉아 담소를 나누는 사람들의 모습이 좋았다. 행복이 만연한 장소. 이런 곳에서라면 자신도 그렇게, 반짝이는 물비늘처럼 환하게 웃을 수 있을지 모른다는 상상을 하곤 했다.

그래서였을 거다.

동경하듯 바라보면서도 선뜻 이곳에 올 엄두가 나지 않았던 것은. 현실은 언제나 상상보다 초라한 법이니까.

이만 일어서려다 말고 수안은 핸드백 깊은 곳에 넣어 둔 다이어리를 꺼냈다. 4월 5일의 스케줄 표는 텅 비어 있었다. 그러니까, 오늘은 전적으로 데이트에 할애된 날. 아무리 고심해 보아도 달리 갈 만한 곳도, 할 수 있는 일도 떠오르지 않는다.

다이어리를 챙겨 넣은 수안은 차임벨을 눌러 웨이터를 불렀다. 테이블에 놓은 음료들을 치워 주길 부탁하고 민트 티를 새로이 주문했다. 황당해하는 눈빛이었지만 웨이터는 끝까지 친절한 태도를 잃지 않았다.

"너무 예쁘다. 꼭 웨딩드레스 같아."

설렘에 취한 여자의 목소리가 어디선가 들려왔다. 멍하니 새 음료가 나오기를 기다리던 수안은 그 목소리의 주인을 찾아 고개를 돌렸다. 사선으로 보이는 테이블에 앉은 젊은 여자였다. 연인과 마주 앉은 그녀의 낯빛이 봄볕처럼 화사했다. 자신도 모르게 미소를 지으며 수안은 그녀의 손끝이 가리키는 방향으로 시선을 옮겼다. 커다란 왕벚나무가 그곳에 서 있었다. 가지마다 다복다복 매달린 꽃송이가 탐스럽다. 여자의 말처럼 웨딩드레스를 닮은 듯도 하였다.

"결혼식, 봄에 하면 좋을 텐데. 봄의 신부가 제일 예쁜 법이라잖아."

못내 서운해하는 여자의 말에 마주 앉은 그녀의 연인이 하하, 사람 좋은 웃음을 터뜨렸다.

"괜찮아. 내 눈에 넌 사시사철, 언제나 예쁘니까."

남자의 다정한 말에 여자는 세상을 다 가진 여왕 같은 미소를 짓는다. 때마침 주문한 차가 나와 수안은 이만 그들에게서 관심을 거두었다.

결혼.

그것이 저토록 설레는 일일 수도 있을까.

한 모금도 마시지 않은 차를 테이블 구석으로 밀어 둔 수안은 물끄러미 바다를 굽어보았다. 봄의 바다는 어떤 말로도 표현되지 않을 맑은 빛으로 반짝이고 있다.

이번 남자를 처음 만난 건 지난겨울, 할머니의 부름을 받아 연희동 본가로 올라간 날이었다. 그만하면 네게 차고 넘치는 상대라는 냉담한 말로 그녀는 다짜고짜 선 자리를 강권했다. 그것이 전부였고, 수안은 순응했다. 명성 높은 중매인을 통해 들어온 자리일 터였다. 상대는 당연히 태진가에서 인정할 만한 집안과 조건을 갖추었을 테고, 그것으로 필요조건은 충족된 셈이었다.

'저는 아직, 결혼을 생각할 준비가 되어 있지 않습니다.'

남자의 궁색한 변명이 떠올라 수안은 쓸쓸히 웃었다.

식품 업체인 부성은 최근 들어 그 성장세가 두드러졌다. 태진과는 제법 차이가 지지만 내실 있고 탄탄한 회사로 업계 1위의 자리를 목전에 두고 있었다. 그것이 태진이 그를 탐낸 이유이며, 또

한 그가 태진을 거절한 이유이기도 했다.

한눈에 보아도 야망이 큰 남자였다. 차남이란 이유로 경영권 승계 순위에서 밀리기는 하였어도 순순히 물러날 타입은 아니다. 그래서 더욱 혼맥이 중요했을 것이다. 태진가의 눈엣가시 딸을 데려감으로써 얻게 될 지참금과 뒷배 정도로 만족할 리 없다. 그럼에도 네 번의 만남을 가진 것은 순전히 태진 그룹에 대한 예우 차원이었을 것이다.

상심할 것은 없다.

집안의 주도로 이루어진 만남이었고 그에게 딱히 호감을 품었던 것도 아니다. 다음 달이면 부성보다 서열이 낮은 회사의 자제와 또다시 선을 볼 테고, 만약 그가 이수안이 가진 조건을 흡족해한다면 혼인이 성사될 것이다. 그녀에게 결혼이란 고작 그런 의미였다. 기업과 기업 사이의 가장 친밀하고 강력한 계약. 집안의 주홍 글씨인 이수안이 원죄를 갚는 길.

수안은 피곤한 기색이 묻어나는 얼굴을 들어 하늘을 보았다. 드높은 바람 한 줄기가 벗나무의 가지를 흔들며 지나갔다. 그 바람을 따라 하늘 높이 솟아올랐던 꽃잎들이 빙글빙글 선회하며 사위로 나부꼈다.

뺨을 간질이는 꽃잎의 촉감을 느끼며 수안은 천천히 눈을 감았다.

한국.

그 단어는 언제나 가깝고도 먼 느낌을 주었다. 부모님의 모국. 자신의 뿌리가 닿아 있다는 곳. 그러나 미지의 세계처럼 낯선 나라.

카페의 옥상에 설치되어 있는 전망대에서 체이스는 오래도록 바다를 바라보았다. 낯선 나라에 당도하면 그는 가장 먼저 바다를 찾아 물빛을 살폈다. 바다는 푸르다는 단순 명료한 정의를 무색케 할 만큼 물빛은 다채로웠다. 똑같은 바다는 어디에도 없다. 각각의 바다는 저마다의 빛깔로 반짝인다. 미묘하게, 그러나 분명히 다른 푸른빛으로.

오랜 침묵 끝에 체이스는 만족한 얼굴로 전망대를 내려왔다.

한국의 바다는 두 번째다. 월드 매치 레이스 투어의 일환인 코리아 매치 컵에 참가하기 위해 들른 후론 삼 년 만. 그때 본 서해라는 바다와 이곳 남해는 확연히 달랐다. 한 나라가 이토록 상이한 바다를 가질 수 있음이 그는 놀라웠다.

지금, 눈앞에 펼쳐져 있는 이 바다가 꽤 마음에 든다. 무엇보다그 바다를 지나온 바람이.

바람의 결이 아름다운 곳이었다.

애무하는 연인의 손길처럼 나른하고 부드러운 바람이다. 이 바다, 이 바람과 함께하는 세일링에 대한 기대감은 이미 최고치에 달해 있었다.

테이블로 돌아온 체이스는 얼음이 적당히 녹은 커피로 목을 축였다. 카페는 활기찼다. 달콤한 디저트와 커피의 향기로 가득한 공간 속에서 사람들은 들뜬 목소리로 대화를 나누고 있다. 오랜만에 들어 반가운 한국어에 귀 기울이며 체이스는 의자 등받이에 느긋이 몸을 기댔다.

레오니스 오션 레이싱팀이 한국에서 수행하게 될 공식 일정은 나흘 후부터였다. 팀은 그 날짜에 맞추어 입국할 예정이었지만 체이스는 홀로 한국행을 서둘렀다. 짤막하게나마 한국을 여행해 볼 작정이었다. 가장 먼저 아버지의 고향이라는 보성을 찾은 후 순천과 여수를 거쳐 남해까지 왔다. 남은 나흘간 통영과 부산을 둘러본 뒤 팀이 입국하는 날짜에 맞추어 다시 남해로 돌아올 예정이었다.

라운지 음악의 리듬을 따라 발끝을 까딱이며 체이스는 테라스 쪽으로 눈길을 돌렸다. 만개한 벚꽃으로 인해 마치 연분홍의 운무가 내린 듯한 풍경이 펼쳐졌다.

그 풍경 속에, 그 여자가 있었다.

아름다운 여자였다. 오목조목한 이목구비가 조화롭게 어우러져 전체적으로 차분하고 맑은 인상을 주었다. 유리 종을 닮은 여자라고 체이스는 생각했다. 투명하고 아름다우나 어쩐지 섬약하고 위태로운 느낌을 주는 유리 종.

체이스는 자세를 고쳐 앉아 비스듬히 턱을 괴었다. 여자는 손도 대지 않은 음료를 두고 또 다른 음료를 주문했다. 그리고 다시 바다 쪽으로 시선을 던졌다. 쓸데없는 곳에 집중한다거나 공연히 휴대폰을 만지작대는 식의, 군중 속에 홀로인 사람들이 흔히 나타내는 어색한 행동들을 여자는 전혀 보이지 않았다. 그 지나친 자연스러움으로 인해 여자의 고독은 품위를 부여받았다. 지독한 고독에 잠겨 있음에도 초라해 보이지 않게끔 하는.

"······재밌네."

마시지도 않을 음료를 또다시 주문하는 여자를 보며 체이스는 짧은 웃음을 지었다. 느슨하게 흘러내린 몇 가닥의 머리칼이 자연스러운, 그러나 실은 꼼꼼히 공을 들여 연출하였을 포니테일과

요조숙녀의 표상 같은 화이트 원피스. 그 모든 것이 자로 잰 듯 완벽히 여자와 어울려 오히려 위화감을 주었다.

완벽히 틀에 갇힌 모습으로 저런 황당한 행동을 하는 여자라니.

체이스는 항복하듯 고개를 저으며 자리에서 일어섰다. 계산을 하고 돌아설 때까지만 하더라도 말을 걸어 볼 작정이었다. 그러나 테라스로 첫 발을 내딛은 순간 그는 마음을 바꾸었다.

가까이에서 본 여자의 눈동자는 텅 비어 있었다. 초연함마저 느껴지는 그 눈 속에서 체이스는 고독보다 더 무겁고 복잡한 감정을 보았다. 굳이 이름을 붙이자면 생에 대한 비의나 환멸 같은.

벚나무 그늘 아래에 멈추어 서 여자를 지켜보던 체이스는 가볍게 체념하며 걸음을 뗐다. 여행지에서 짧고 가볍게 만날 만한 타입이 아님. 그걸로 고민은 끝.

체이스는 느린 걸음으로 여자를 스쳐 지났다. 예정대로 여행을 마치려면 통영행을 서둘러야 했다.

서쪽 하늘에서부터 뉘엿뉘엿 노을이 지기 시작했다. 차에 오르기 전, 체이스는 짧게 석양을 일별하였다. 눈을 찌르는 붉은빛 사이로 여자의 잔영이 깜빡 명멸했다. 그러나 미련은 그리 오래가지 않았다. 체이스는 차에 올랐고 주저 없이 시동을 걸었다.

카페를 빠져나가며 시선을 던진 테라스. 여자는 여전히 그곳에 자리하고 있었다. 석양의 일부로 녹아들어 이내 사라져 버릴 것 같은 모습으로.

입술을 슬쩍 비틀며 체이스는 카 오디오의 볼륨을 높였다. 차는 금세 해안 도로로 접어들었고, 그는 여자를 잊었다.

"체이스 와이즈. 레오니스 레이싱팀의 스키퍼Skipper 전략과 전술을 수립
해 요트팀을 리드하는 선장로 한국계입니다. 현재 ISAF 랭킹 1위이며 지난 아
메리카스 컵 대회에서 팀을 우승으로 이끌었습니다. 미국에서 나
고 자랐지만 한국어에 능숙하다고 알려져 있습니다. 특정 꽃이나
섬유에 대한 알레르기 반응은 없고, 채도가 낮은 컬러를 선호
한다고 합니다. 레오니스에서 보내온 자료에 의하면 특별히 가리
는 것이 있다거나 예민하지는 않은, 원만한 타입이라 판단됩
니다."

오늘 도착할 VIP들에 관해 수안은 짤막하게 브리핑했다. 이미
수차례 회의를 거듭한 내용을 최종 확인하는 자리. 임원들의 심
드렁한 고갯짓을 끝으로 회의는 금세 파하였다.

참석자들이 서둘러 각자의 부서로 돌아가자 지나치게 넓은 감
이 있는 회의실은 적막에 잠겼다. 수안은 가장 마지막으로 자료
를 챙겨 일어섰다. 세로로 긴 타원형의 테이블에는 회의를 주재
하였던 젊은 이사만 남아 있었다. 이정안. 자신과 꼭 닮은 얼굴을
가진 이복 언니. 제피로스 마리나 리조트의 유능한 경영자.

그녀를 향해 짤막한 묵례를 건네고 수안은 이만 돌아섰다. 부
드러운 울림을 가진 목소리가 들려온 건 그때였다.

"부성 차남과의 일, 본가에도 귀띔이 들어간 것 같아."

딱히 힐책하는 투는 아니었다. 그저 객관적인 사실을 전하듯
정안의 목소리는 무심하고 건조했다.

수안은 당황한 기색 없이 돌아섰다. 이 회의실에 들어선 후 처

음으로 두 사람의 눈이 마주쳤다. 이렇다 할 호의도, 적의도 담기지 않은 눈길과 눈길이 얼기설기, 복잡한 매듭처럼 얽혀 들었다.

"지금쯤이면 알고 계시리라 짐작했습니다."

수안은 상사를 대하듯 적당한 예의와 거리감을 갖추어 대답했다. 단 한순간도 친밀했던 적이 없는 자매간이니 이제 와 새삼 어색할 것은 없었다. 언니라는 존재를 인지하기 시작한 무렵부터 쭉 존대를 해 왔다. 상사와 부하 직원이라는 관계의 틀이나마 생긴 지금이 오히려 예전보단 자연스럽다.

생각에 잠긴 얼굴로 수안을 바라보던 정안이 아무 말 없이 자리에서 일어섰다. 수안은 저도 모르게 자세를 반듯이 하며 서류철을 움켜쥐었다. 창백한 손에서 배어난 식은땀이 손금을 타고 흘렀다.

"조만간 다른 혼처가 들어오는 대로 네게 연락을 주시겠지. 올해를 넘기기 전에 이 일을 꼭 마무리 짓고 싶어 하시는 눈치니까."

정안은 사무적으로 말했다. 그 이면에 담긴 차가운 당부를 수안은 어렵지 않게 헤아렸다. 이런 일로 나까지 귀찮아지지 않도록 네 선에서 잘 해결하도록 해. 언성 한 번 높이지 않고 전달하는 경고.

"레오니스 건은 특별히 신경 써 줘요, 이 팀장. 이번 일이 얼마나 중요한지는 굳이 설명하지 않아도 잘 알고 있으리라 믿습니다."

다시 상사의 얼굴로 돌아온 정안은 당부의 말을 끝으로 회의실을 떠났다. 멀어지는 그녀의 뒷모습을 수안은 조용히 지켜보았다. 정안의 우아함은 완벽에 가깝다. 어떤 경우에도 이성을 잃지 않고 누구에게라도 예의를 지킨다. 설사 그 상대가 경멸해 마지않는 이복동생이라 할지라도.

차갑고 매끈한 금속의 속성을 가진 사람.

하여 수안은 다른 누구보다 정안이 어렵다. 자신을 향한 적의와 멸시를 적나라하게 드러내는 조모보다 몇 곱절은 더.

정안의 발걸음 소리가 복도 끝으로 사라지고서야 수안은 회의실을 나섰다. 엘리베이터에 오르며 확인한 시간은 10시 30분. 레오니스 레이싱팀이 도착하기까지는 아직 한 시간 남짓 여유가 있다.

급한 업무를 처리한 수안은 서둘러 별관으로 향했다. 도서관과 갤러리가 자리한 리조트의 별관은 바다와 면해 있었다. 화창하게 맑은 날이면 바다 위로 쏟아지는 햇살과 그 햇살을 되비추는 물살의 반짝임이 빛 무리가 되어 별관을 감쌌다. 그런 순간, 건물은 그 자체로 하나의 거대한 발광체가 된다.

그 장관을 감상하기 위해 나온 투숙객들 사이를 지나 수안은 서둘러 건물 안으로 들어섰다. 도서관으로 사용되는 홀은 로비의 서편 끝에 자리하고 있었다. 유연한 동작으로 유리문을 밀자 차분히 가라앉아 있던 책 냄새를 실은 공기가 코끝으로 밀려들었다. 종이와 잉크, 적당량의 먼지가 어우러져 만들어 낸 도서관 특유의 향취가 아늑하다.

책과 빛으로 충만한 공간 속으로 수안은 느릿한 걸음을 내딛었다. 펌프스의 매끈한 굽이 바닥에 닿을 때마다 맑은 공명 음이 번져 나갔다. 새로 들어온 책을 정리하던 사서는 그 기척을 따라 고개를 돌렸다.

짧은 미소를 주고받는 것으로 인사를 대신한 두 사람은 곧 서로에게서 관심을 거두었다. 사서는 다시 책을 정리하기 시작했고, 수안은 서가를 가로질러 창가로 다가갔다. 천장부터 시작해 바닥까지 이어진 길고 좁은 창문 너머로 각양각색의 요트들이 즐비하게 정박해 있는 마리나가 내다보였다. 드물게 화창한 날씨를 즐기기 위해 바다로 나간 요트 몇 척이 아스라한 수평선 위를 부유하고 있다.

가장 먼 바다까지 나간 요트의 하얀 돛을 물끄러미 응시하며 수안은 널찍한 라운지체어에 몸을 묻었다. 구두에 갇혀 있던 작은 발을 마룻바닥 위에 내려놓자 나른한 기운이 사지 끝까지 뻗쳐 갔다. 잊고 있던 피로와 함께 밀려온 긴 한숨이 새어 나왔다.

남해에 들어선 제피로스 마리나 리조트 호텔은 태진 그룹이 야심 차게 준비한 프로젝트였다. 국내 최대의 요트 정박항을 조성한 후 고급 리조트와 연계해 세계적인 요트 휴양지로 키워 나갈 계획이라 하였다. 침체되어 가는 조선업의 구명줄인 요트 산업을 육성하기 위한 전초 기지인 셈이었다.

알음알음 그 소식을 전해 들었을 때만 하더라도 수안은 그저 그런가 보다, 고개만 끄덕였다. 관심을 가져야 할 이유가 없었다. 그룹의 주요 사업에 이수안이 연관될 리 없으니까. 리조트의 고객 관리부 팀장이라는 직책이 대뜸 주어졌을 때, 그래서 수안은 더욱 당혹스러웠다. 경영과는 하등 상관없는 공부를 마치고 갓 돌아온 해였다. 더욱이 수안은 사람을 상대하는 일에 능숙하지 못했다. 낯가림이 심하고 말수가 적어 최소한의 인간관계를 유지하기도 버거웠다. 그 사실을 모르지 않음에도 정안은 단호히 수안을 지목했다.

'저 혼자서는 버겁습니다. 수안이가 VIP 접객을 담당해 주었으면 좋겠습니다.'

수안의 귀국을 기념해 온 가족이 모여 저녁 식사를 하던 자리였다. 축하와 환영이라는 명분을 내세웠지만 다들 하기 싫은 일을 억지로 해치우는 낯빛을 하고 있던. 새삼 서운할 것도, 불편할 것도 없었던 수안은 지루한 식사 시간이 어서 끝나기만을 기다리며 꾸역꾸역 밥알을 삼켰다.

정안의 뜬금없는 제안이 그 위태로운 평온을 무너뜨렸다.

널찍한 식탁에 둘러앉은 태진 일가의 이목은 일순 수안에게로 집중되었고, 수안은 떨리는 손을 황급히 식탁 아래로 숨기며 고개를 들었다. 맞은편 자리에 앉은 정안은 고요하고 서늘한 눈길로 수안을 응시하고 있었다. 무심함과 증오가 절묘하게 뒤섞인 눈빛. 늘 그래 왔듯 그 눈빛은 올무가 되어 수안의 목을 죄었다.

'언니의 뜻대로 하겠습니다.'

목청을 가다듬은 수안은 담담하게 대답했다. 거절할 권리 같은 건 애당초 존재하지 않았다. 이정안에겐 요구할 권리가 있고, 이수안에겐 순종할 의무가 있다. 그것이 암묵적으로 정해진 룰이었고, 그 자리에 모인 모두는 당연한 듯 그 사실을 수긍했다.

명료해진 결론을 뒤로하고 식사는 다시 이어졌다. 식기의 달각거림이 멎을 때면 사무적인 대화가 그 여백을 채웠다. 마리나 리조트의 운영을 맡게 될 정안을 중심으로 한, 사업의 전망과 세부적인 계획에 관한 대화들이 대부분이었다.

무의미하게 흩어지는 말의 파편 가운데서도 수안은 그린 듯이 정연한 미소를 한순간도 잃지 않았다. 제 몫으로 주어진 음식도 묵묵히 먹어 치웠다. 그리고 그날 밤, 노란 위액이 보일 때까지 속을 게워 냈다.

그날로부터 어느덧 이 년이 흘렀다.

백일하에 내던져진 지렁이처럼 고통스레 몸부림치며 흘려보낸 시간의 더께가 이제 제법 두터웠다. 손님과 눈을 맞추기도 어려웠던 시절이 아득하게 느껴질 만큼 수안은 리조트 일에 익숙해져 있었다.

낙하산답지 않게 성실하고 유능한 직원.

이 년을 고스란히 바쳐 그러한 평판을 얻게 되었을 때 가장 먼저 맛본 감정은 안도였다. 집안의 명예를 더럽히는 딸이 되진 않았구나. 다행이다. 단지 그뿐, 스스로의 감정은 고려의 대상이 되지 못했다. 지금껏 그래 왔고 앞으로도 그럴 터였다.

시큰거리는 발목을 힘주어 주무른 수안은 천천히 허리를 펴 도서관을 마주했다. 리조트에 근무하며 순수한 열정을 바쳐 추진한 유일한 일이 바로 이 도서관 마련이었다. 장기 투숙을 하는 VIP를 위한 문화 서비스라는 명목을 내세웠지만 그보단 사적인 욕심이 더 컸다. 숨을 쉴 곳을 마련해야 했다. 잠시라도 마음 편히 머무를 수 있는 장소가 간절히 필요했다. 만약 이 도서관이 만들어지지 않았다면 지금껏 버텨 내지 못했을지도 모른다.

연인을 보듯 사랑스러운 눈길로 수안은 도서관 곳곳을 세심히 살폈다. 인테리어의 콘셉트를 정하는 것부터 가구와 소품을 고르고 장서를 채우는 일까지, 이 공간과 관련된 일이라면 어느 것 하나 소홀히 하지 않았다. 그 유난한 노력이 헛되진 않았든지 도서관에 대한 만족도는 높았다. 리조트까지 와 굳이 도서관을 찾는 손님은 그리 많지 않지만, 이곳을 찾은 이들은 하나같이 찬탄을 표했다.

높은 천장에 매달린 앤티크 샹들리에와 책이 빼곡한 서가를 지난 수안의 시선은 창과 창 사이에 놓인 콘솔 위에서 멈추었다. 정갈한 햇빛을 받고 있는 요트 모형은 당장 세일링을 나서도 무리가 없을 듯 그 세공이 정묘하다.

숨을 죽인 수안은 홀린 듯 손을 내밀어 날렵하게 뻗은 마스트를 쓰다듬었다. 요트에 관해 수안이 아는 바는 많지 않았다. 하물며 요트 레이스라니. 그건 지나치게 생소하여 이질감마저 드는 스포츠였다. 덕분에 지난 보름간 중요한 시험을 앞둔 학생처럼 요트 레이싱에 관해 공부했다. 레오니스가 이곳에서 전지훈련을 하기로 한 기간은 두 달. 그 분야에 대한 최소한의 상식도 없이 그 긴 시간 동안 요트 레이싱팀을 영접하는 건 불가능한 일이었다.

"체이스 와이즈."

VVIP로 분류되어 있던 레이서의 이름을 수안은 나직이 속삭였다.

레오니스는 올해 가을, 일 년여에 걸쳐 지구 한 바퀴보다 긴 40,000마일을 항해하는 볼보 오션 레이스에 참가할 예정이었다. 대단한 도전인 만큼 준비도 철저했다. 태진 조선은 그 레이스에 쓰일 레오니스의 요트를 수주했다. 높은 경쟁률을 뚫고 이룬 쾌

거였다. 전지훈련이 이곳에서 진행되는 동안 레오니스의 기술팀과 협력하여 요트를 테스트하고 미흡한 부분을 보완해 나갈 계획이라고 했다.

레이싱 요트는 요트 기술의 집약체이다. 만약 레오니스가 레이스에서 우승한다면 태진의 요트 조선 기술도 덩달아 인정받는 셈. 그 경우, 태진이 취할 수 있는 이득은 막대했다. 앞으로도 쭉 레오니스와 파트너십을 이어 갈 수 있다면 더더욱. 그러기 위해서는 팀의 에이스이자 실질적 오너인 남자, 체이스 와이즈의 환심을 사야 한다.

등줄기를 뻣뻣하게 하는 긴장감을 느끼며 수안은 마스트를 매만지던 손길을 거두었다.

체이스 와이즈에 관한 자료는 인터뷰부터 경기 영상까지, 모조리 찾아보았다. 환심을 사려면 먼저 그에 관해 알아야 할 테니까. 하지만 조사하면 할수록 모호함만 커졌다.

그는 좀처럼 하나의 이미지로 규정되지 않는 남자였다.

천생 마초 같은 모습으로 경기에 임하다가도 시상대에서는 소년처럼 웃는 남자였다. 많은 것을 누리고 살아온 사람 특유의 오만한 분위기를 가졌으나 결코 적정선을 넘어 무례해지는 법은 없었다.

인간은 한없이 복잡한 존재라지만, 한편으로는 허망하도록 단순한 존재이기도 하다. 그 사실을 인지한 무렵부터 수안은 인간을 단순화해 분류하는 법을 익혔다. 젠체하며 위세를 부리기 좋아하는 부류는 왕처럼 떠받들어 주고, 친밀감을 원하는 부류는 피붙이처럼 살갑게 대했다. 배려를 원하면 배려를 주고, 복종을 원하면 복종을 주었다. 상대가 바라는 모습을 보여 주면 될 뿐, 진심 따위는 그리 중요하지 않다는 것을 알게 되자 난제 같던 인간관계가 한결 수월해졌다. 상대가 속해 있는 부류. 그것만 파악한다면 어려울 게 없었다. 그래서 더욱 막막했다. 어떤 부류에도 속하지 않는 남자가. 그의 비위를 맞추기 위해 애를 쓰며 지내야 할 시간들이.

괜찮아.

스스로를 다독이며 수안은 자리에서 일어섰다. 구두를 신고 머리 모양을 정리하는 몸짓에서 단호함이 묻어났다.

어떻게든 시간은 흐른다.

그 당연한 사실이 때로는 가장 큰 위안이 된다. 어차피 시간은 흐르고, 그는 시간의 물살에 실려 떠날 사람. 그걸로 된 일이다.

수안은 단정한 걸음걸이로 별관을 나섰다. 쨍해진 햇빛으로 인해 피어오른 아지랑이가 그녀를 휘감았다. 약간의 현기증을 느낄 무렵, 진동으로 해 둔 휴대폰이 울렸다. 공항으로 나간 의전 담당 직원이다. 전해 듣게 될 말을 이미 알고 있는 수안은 다소 긴장된 얼굴로 전화를 받았다.

— 레오니스 레이싱팀이 지금 막 남면으로 접어들었습니다. 십 분 뒤 도착합니다.

체이스는 한눈에 여자를 알아보았다.

그날과는 전혀 다른 모습으로, 뜻밖의 장소에서 조우하였지만 여자를 알아보는 건 그리 어려운 일이 아니었다. 꾸며 낸 친절에 꾸며 낸 겸손으로 화답해야 하는 자리가 지루하던 차에 여자는 반짝하는 섬광처럼 나타나 그의 흥미를 자극했다.

"레오니스 레이싱팀의 접객을 전담하게 된 이수안이라고 합니다."

여자는 능숙한 영어로 자신을 소개했다. 유난히 덩치가 큰 감독 마틴과 마주 선 여자는 마치 어린아이처럼 자그마해 보였다.

체이스는 느른히 팔짱을 낀 자세로 여자를 지켜보았다. 무뚝뚝한 마틴이 수줍어 얼굴을 붉힐 만큼 여자의 태도는 나긋나긋 상냥했다. 호텔리어의 직업 정신이라 치부해 버리기 미안할 만큼 화사하고 따스한 미소가 그날 본, 어떤 표정도 담고 있지 않아 백지장 같았던 여자의 얼굴과 뒤섞였다. 세상과 유리된 삶을 살 것만 같던 여자가 호텔리어였다니. 황당하고 놀라워 웃음이 났다.

며칠간의 여행은 적당히 즐겁고, 또 적당히 권태로웠다.

교포들이 흔히 가지는, 고국에 대한 동경 같은 것이 없는 탓일까. 남도의 풍광은 확실히 아름다웠지만 낯선 여행지에 대한 흥미, 그 이상의 감흥은 생겨나지 않았다. 끈질기게 연락을 해 오는 친아버지의 가족들을 만나 보려던 마음을 바꾼 것은 그 때문이었다. 아버지에게는 그리운 고국이었겠으나 그에게는 낯선 타국이었다. 마찬가지로 아버지에게는 애틋한 혈육이었던 이들이 그에게는 완벽한 타인에 불과했다.

아버지를 이해해 보려던 노력은 실패로 돌아갔다.

그 사실을 받아들였던 여행의 마지막 날. 샤워를 하다 문득, 뜬금없이 그 여자를 떠올렸다. 흔적도 없이 사라져 버릴 것 같았던 여자.

그날, 그 여자는 울음을 터뜨렸을까.

쏟아지는 뜨거운 물줄기를 맞으며 망연히 생각했다. 그리고 멋대로 결론지었다. 그 여자, 결코 울지 못하였으리라고. 슬픔을 눈물로 쏟아 낼 수 있었다면 그런 얼굴을 하였을 리 없다. 생각이 거기까지 미치자 이완되었던 감각이 당겨진 실처럼 팽팽해졌다.

그 여자를 울려 보면 어떨까 하는, 다소 가학적인 상상을 하였다. 뒤늦게 그 사실을 깨달은 체이스는 열없이 웃으며 샤워기의 레버를 돌렸다. 차가운 물이 쏟아져 욕실을 채운 희뿌연 김을 희석시켰고, 여자에 관한 생각도 그렇게 자취를 감추었다.

그리고 다시, 그 여자를 만났다.

자신에게로 다가오는 여자를 그는 재미있다는 듯 바라보았다. 그날 본 모습과는 딴판으로 여자는 생글생글 잘도 웃고 있다.

"안녕하세요, 와이즈 씨. 레오니스의 레이싱팀의 접객을 전담할……."

"알고 있습니다. 이수안 씨. 맞죠?"

체이스는 천연덕스레 말허리를 잘랐다. 당황하여 눈이 휘둥그레졌던 여자는 얼마 지나지 않아 환한 미소를 되찾았다. 높지도, 낮지도 않아 듣기 좋은 음성으로 자신을 소개하고, 적당한 인사말을 덧붙였다. 정수리가 그의 턱 끝에도 닿지 않을 만큼 자그마한 여자에게서는 무화과의 향이 희미하게 풍겼다. 따스하고 다감한 느낌을 주는 향기다.

눈인사를 끝으로 그에게서 멀어져 간 여자는 같은 방식으로 다른 팀원들과 인사를 나누었다. 선하게 웃음 짓는 얼굴로, 한 명 한 명의 이름을 불러 주며. 그 지루한 절차가 끝날 때까지 체이스의 시선은 여자를 향해 있었다. 여자의 안내를 받아 숙소로 향해 가는 동안에도, 숙소로 들어선 후에도 마찬가지였다.

두 명의 선수와 두 명의 엔지니어가 함께 쓰게 된 프라이빗 빌라는 모던한 2층 건물이었다. 여자가 숙소와 부대시설 이용에 관한 친절한 설명을 덧붙이는 동안 체이스는 설렁설렁 빌라를 둘러보았다. 그리고 다시 1층으로 돌아왔을 때, 여자는 전면 창을 등지고 선 채로 아름다운 오션 뷰에 관해 이야기하고 있었다. 체이스는 편안한 자세로 벽에 기대섰다. 할 말을 마친 여자가 커튼을 걷기 위해 몸을 돌려세우자 빌라에 있는 모든 남자들의 시선이 일제히 그녀의 손끝으로 집중되었다.

레일이 움직이는 소리와 함께 커튼이 열리자 여과되지 않은 햇빛이 여자 위로 쏟아졌다. 그 광경을 지켜보던 체이스는 저도 모르게 숨을 죽였다.

찰나의 마법처럼 여자는 햇빛 속으로 함몰되었다.

아이러니하게도 새하얀 빛의 베일 너머, 어렴풋한 실루엣으로만 존재하는 그 순간에 여자는 어느 때보다 강렬한 존재감을 발하였다.

무언가에 홀린 듯이 체이스는 성큼 한 걸음 내딛었다. 목울대가 가파르게 오르내리며 주먹을 쥔 손에 힘이 들어갔다. 그가 또 한 걸음 내딛기 전에 여자는 다행히도 빛의 권역 밖으로 빠져나갔다. 그제야 자신의 행동을 자각한 체이스의 입술이 슬며시 비틀어졌다.

식상한 인사말을 끝으로 여자는 돌아섰다. 체이스는 보폭이 넓은 걸음을 옮겨 그녀의 동선을 가로막았다. 흠칫거리며 멈추어 선 여자의 시선이 그를 향했다.

마치 무언가를 찾아내려 애쓰는 사람처럼 체이스는 여자를 찬찬히 뜯어보았다. 당황한 여자의 눈빛이 흔들려도 개의치 않았다. 그 집요한 탐색전은 여유를 되찾은 그의 목례로 막을 내렸다.

슬쩍 비켜서 길을 터 주자 여자는 확연히 빨라진 걸음으로 빌라를 빠져나갔다. 잡담을 나누며 짐 정리를 하는 동료들을 남겨 두고 체이스는 발코니로 향하였다. 여자는 만개한 벚나무가 터널을 이룬 산책로를 따라 걷고 있었다. 연분홍빛으로 일렁이는 풍경 위로 쏟아지는 봄볕이 따사롭다.

체이스는 난간 위로 천천히 몸을 기울였다. 잔잔한 바람을 따라 머리칼과 셔츠 깃이 흔들렸다. 스스로와 내기를 해 보기로 했다. 만일 여자가 이대로 멀어진다면 공연한 호기심은 깨끗이 접는다. 하지만 만약 여자가 돌아본다면…….

"미친놈."

체이스는 낮은 중얼거림으로 스스로의 이해할 수 없는 충동을 비웃었다. 잰걸음을 옮기던 여자가 우뚝 그 자리에 멈추어 선 건 그때였다.

체이스는 숨을 깊이 들이쉬며 난간을 움켜쥐었다.

잘 알지도 못하는 여자를 향한, 이토록 강한 호기심과 끌림. 어쩌면 일회적인 흥미일지도 모른다. 자신이 전에 없이 무모하고 경솔하게 굴고 있다는 사실도 그는 분명히 인지하고 있었다.

그럼에도 여자가 돌아보길 바란다.

그건 오감에서 비롯된 가장 순수하고 강렬한 욕망. 이성적 판단이나 도덕률이 개입할 여지 따위는 없다.

들이쉰 숨을 길게 내쉬며 체이스는 난간을 잡은 손에 더욱 힘을 실었다. 꼼짝 않던 여자가 천천히 돌아서고 있었다. 봄바람 속을 유영하듯이, 조심스럽고 부드러운 몸짓으로.

먼 바다에서부터 미풍이 불어왔다. 꽃잎을 싣고 가는 그 바람 사이로 두 사람의 시선이 마주쳤다.

고개를 갸웃거리는 여자를 바라보며 체이스는 싱긋 웃음 지었다. 비현실적으로 아름다워 몽롱한 풍경 속에서 오직 한 가지 사실만이 또렷이 뇌리에 각인되었다.

돌아보았다.
이수안이, 체이스 와이즈를.

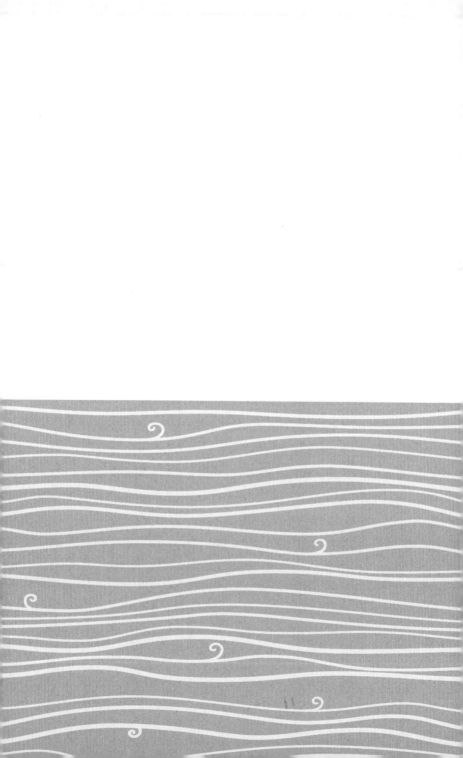

울면서 웃으면서

레오니스의 경기 요트를 선적한 화물선이 마리나에 정박했다. 정양차 들른 투숙객이 대부분이라 한산하던 리조트가 그 덕에 부산스러워졌다.

수안은 본관의 유리창 너머에서 그 광경을 지켜보았다. 배에서 내려진 컨테이너는 크레인에 의해 격납고로 옮겨졌다. 부품이 하나하나 해체된 채 바다를 건너온 요트는 그곳에서 다시 조립되어 60피트 슬루프의 위용을 되찾을 터였다. 그 작업을 지휘하는 엔지니어들의 표정은 하나같이 진지하다. 태진이 심혈을 기울여 준비한 프로젝트라는 사실이 이제야 조금씩 체감되었다.

"괜히 가슴이 두근두근한다. 그쵸?"

기척도 없이 다가온 지영이 불쑥 물었다. 같은 부서에서 일하는, 붙임성 좋고 싹싹한 사원이다. 수안은 조용한 미소로 대답을 대신했다.

"요트 선수들이 저렇게 멋질 줄 몰랐어요. 특히 지우 씨는 어쩜, 꼭 모델 같아. 멀리서 힐끔 보기만 해도 가슴이 뛰어서 혼났어요."

수안의 덤덤한 반응에도 아랑곳 않고 지영은 신이 나 재잘거렸다.

어느 날부터인가 여직원들은 체이스 와이즈를 지우라는 미들네임으로 지칭하기 시작했다. 그 이름이, 수안은 썩 내키지 않았다. 적정선을 넘어서는 지나친 친밀감이 싫다. 무엇보다 미국에서 나고 자란 그에게 굳이 우리라는 굴레를 덧씌우고 싶지 않았다. 어느 한쪽에 의해 일방적으로 강요되는 친밀감. 그 감정의 폭력을 수안은 견디기 힘들었다.

지저귀는 새처럼 떠들던 지영은 자신을 찾는 전화를 받고서야 부랴부랴 자리를 떠났다. 그녀가 복도 끝으로 사라지고 나자 수안은 화장실을 향해 느린 걸음을 옮겼다. 세면대 앞에 멈추어 서 고개를 들자 표정 없는 여자의 얼굴이 시야에 들어왔다. 간밤에 잠을 설친 흔적이 얼굴 곳곳에, 보기 흉한 얼룩처럼 남았다.

소매를 걷어 올리고 개수대의 레버를 올렸다. 수압이 센 물줄기가 요란한 소리를 흩뿌리며 쏟아지기 시작했다. 기계적으로 손을 씻으며 수안은 거울에 비친 자신의 모습을 멍하니 바라보았다.

'원래 그렇게 잘 웃는 편이에요, 이수안 씨는?'

물방울의 파편이 튀어 오르는 요란한 소리 사이로 체이스 와이즈, 그가 던진 질문이 불쑥 떠올랐다.

늦은 오후였다. 한 선수가 부탁한 물건을 가져다주기 위해 프라이빗 빌라로 향했고 그 길에 체이스와 조우하였다. 그는 바다를 향해 놓인 벤치에 홀로 앉아 바람을 쐬고 있었다. 갓 샤워를 마친 듯 머리칼이 젖어 있었다.

특별할 것은 없었다. 수안은 직업적인 미소와 상냥한 인사를 건넸고 체이스는 고개를 끄덕여 그 인사를 받아 주었다. 하지만 어째서인지 조마조마한 마음이 들어 수안은 저도 모르게 걸음을 재촉했다. 돌아가는 길에 또다시 그와 마주해야 한다는 생각을 하자 묘한 긴장감이 들었다. 그 사실을 부정하듯 수안은 더욱 환해진 웃음을 띤 얼굴로 빌라를 나섰다. 그는 여전히 그 벤치에 앉아 해 지는 풍경을 관망하고 있었다.

운동선수다운 골격을 가진 탄탄한 몸에 반하여 얼굴의 생김새는 놀랍도록 섬세한 남자였다. 전체적으로 선이 날카로운 얼굴이지만, 유난히 기다란 속눈썹과 부드러운 호선을 그리는 눈시울이 그러한 인상을 누그러뜨렸다. 하여 그는 날렵하면서도 어딘지 모르게 우아한 분위기를 풍겼다. 여직원들이 사춘기 소녀들처럼 수선을 떠는 것도 무리가 아닐 만큼, 체이스 와이즈는 분명 근사한 남자였다.

자신이 무슨 생각을 하였는지 뒤늦게 깨달은 수안은 실소하며 고개를 저었다. 체이스가 불쑥 고개를 돌린 것은 그때였다. 당황하는 기색 없이 그는 뚫어져라 수안만 쳐다보았다. 발가벗겨진 기분이 들게끔 하는 시선이었다.

당혹감을 감추기 위해 수안은 태연한 척 말을 꺼냈다. 식상하면서도 정중한 저녁 인사쯤이었던 것 같다. 잠자코 그 말에 귀 기울이던 체이스는 눈을 가늘게 뜨며 벤치에서 일어섰다. 그리고 천천히 물었다. 원래 그렇게 잘 웃는 편이에요, 이수안 씨는? 적당히 유들거리는 말투로, 재미있다는 듯이 빙글거리며.

붉음을 더해 가는 낙조가 사물의 경계를 지우는 시간이었다. 그 결에 의식마저 흐릿해진 탓일까. 수안은 쉽사리 대답을 찾지 못했다. 그 순간, 세상은 관념이 아닌 감각으로만 존재했다. 그에게서 풍겨 오던 싱그러운 활기. 물기가 남은 그의 머리칼 끝에 매달려 있던 작은 물방울. 그 물방울을 떨어뜨린 부드러운 저녁 바람과 그 바람에 흔들리던 풀잎의 소리. 그 연약한 떨림들.

어떤 대답을 하였던지 수안은 기억하지 못했다. 다만 자신을 바라보던 체이스의 얼굴만큼은 생생히 떠올랐다. 눈을 휘둥그레 떴던 그는 이내 가벼운 웃음을 터뜨렸다. 짓궂은 눈빛을 여전히 수안의 얼굴에 고정시킨 채였다. 그 표정을 통해 수안은 자신이 겨우 끄집어낸 대답이 어지간히도 바보 같았음을 짐작했다.

'이 리조트에 있는 해변 공원이 볼만하다던데. 안내해 줄 수 있어요? 산책을 좀 하고 싶은데.'

나른히 기지개를 켠 체이스가 아무렇지 않게 화제를 전환시켰다. 수안은 황망해져 눈을 크게 떴다. 능청거리며 추파를 던지는 듯하다가도 금세 얼굴을 바꾸어 버리는, 도무지 종잡을 수 없는 남자였다.

어색한 표정을 감추기 위해 수안은 안내를 서둘렀다. 걸음을 옮길 때마다 결 고운 모래가 사박거렸다. 그는 적정 거리를 유지하며 뒤따랐다.

노을은 절정을 지나 쇠락해 가고 있었다.

붉음과 푸름이 공존하는 하늘 아래에서 세상은 발작적으로 아름다웠다. 그 풍경을 아우르는 파도 소리가 마치 단조의 무곡처럼 들렸다. 이토록 아름다운 순간도 결국 덧없이 소멸하고 말겠지. 그 잔인한 섭리가 서글퍼 쓴웃음이 날 즈음, 체이스의 조용한 속삭임이 들려왔다.

'아름답네요.'

그의 목소리는 어떠한 꾸밈도 없이 진솔했다. 복잡하던 머릿속이 돌연 텅 비어 버림을 느끼며 수안은 무방비 상태로 돌아섰다. 그 움직임을 따라 해안의 절경을 향해 있던 체이스의 시선도 천천히 움직였다. 이윽고 그와 시선이 마주치자 수안의 뺨에도 왈칵 노을이 졌다. 그것을 감추기 위해 서둘러 먼 바다로 눈길을 돌렸다. 초점을 잃은 눈동자 속에서 점멸하는 부표의 불빛이 어지러이 흔들렸다.

그날의 기억을 떨쳐 내듯 수안은 단호하게 레버를 내렸다. 갑작스레 물소리가 멎자 밀도 높은 정적이 밀려들었다.

손에 남은 물기를 페이퍼 타월로 꼼꼼히 닦아 낸 후 수안은 화장실을 나섰다. 굳게 다물린 입술 끝에 하얀 햇빛이 담겼다.

핫 박스를 실은 서빙 카트의 행렬이 한밤의 산책로로 접어들었다. 호젓하던 밤공기가 카트와 식기의 달그락거림으로 부산스러워졌다.

"슈퍼 리치들은 한 번씩 서민 놀이가 하고 싶은가 봐요. 생뚱맞게, 갑자기 이런 게 왜 먹고 싶대?"

어린 여직원 하나가 불만스레 투덜댔다.

"맛있는 것도 얼마든지 많은데 굳이 메뉴에도 없는 이런 걸 주문해서 여러 사람 괴롭히는 저의가 대체 뭘까요?"

"글쎄요. 저도 통 짐작이 가질 않네요."

어떤 반응이든 보여야 할 듯하여 수안은 한마디 거들었다.

"지우 씨 안 그런 줄 알았더니, 의외로 유세 떠는 타입인가 봐요."

불만보다 호기심이 더 커진 듯 직원의 얼굴에 생기가 돌았다.

"그래도 뿌리는 한국 사람이니까 이런 게 먹고 싶어지는 거 아닐까요?"

잠자코 뒤따르던 직원 중 하나가 넌지시 체이스의 편을 들고 나섰다.

"생각해 보면 안됐잖아요. 친아버지도 입양아였다는데, 본인도 결국 입양아가 된 거니. 아버지와 사연이 좀 다르기는 하지만."

"그래도 좋은 양부모를 만났으니 복 받은 거죠. 아무리 친한 친구 아들이라고 해도 친자식처럼 기른다는 게 어디 보통 일인가요?"

입이 삐죽 튀어나온 직원이 시큰둥하게 반박했다.

주거니 받거니 하는 그들의 이야기를 수안은 무심히 흘려들었다. 단지 일회적 흥밋거리에 지나지 않는 이야기들. 동참하고 싶은 마음이 들지 않았다. 타인을 이토록 쉽게 평가하고 재단할 수 있는 그들의 자신감이 그저 놀라울 따름이다.

빌라에 가까워지자 음악 소리가 더욱 커졌다. 팀원들 대부분이 이 빌라에 모여 있는 듯했다. 공손한 호텔리어의 모습을 되찾은 직원들은 우여곡절 끝에 마련해 온 음식들을 서둘러 서빙하기 시작했다. 아직 따뜻한 핫도그가 가득 담긴 트레이를 꺼내 든 수안도 곧 빌라 안으로 걸음을 옮겼다. 이 음식들 때문에 몇 시간이나 발을 구른 기억을 떠올리자 맥이 풀리며 헛웃음이 났다.

새 요트의 처녀항해를 기념하는 파티였다. 리조트 측에서 연회를 마련해 주고자 하였지만 체이스는 팀원들끼리의 편안한 술자리를 원했다. 술과 안주를 빌라로 가져다줄 것을 부탁한 것이 전부였다.

그때까지만 하더라도 직원들은 입을 모아 체이스 와이즈의 소탈함을 칭찬했다. 문제는 그가 부탁한 안주였다. 핫도그. 순대. 떡볶이. 그가 유창한 한국어로 팀원들이 먹고 싶어 하는 안주를 일러 주었을 때 수안은 자신의 귀를 의심했다. 특급 리조트에 투숙하는 미국인들이 찾을 만한 메뉴는 결코 아니었다. 하지만 체이스는 진지했고, 수안은 순순히 그의 요구를 받아들였다. 덕분에 주방에는 한바탕 법석이 일었지만 누구도 불만을 토로하지 않았다. VIP의 유난과 변덕이야 리조트의 일상. 새삼스러울 것이 없는 일이었다. 그러나 각고의 노력 끝에 마련된 안줏거리를 마주한 체이스의 표정은 그리 만족스럽지 못했다.

'죄송하지만, 이 음식들이 아닌 것 같네요.'

그는 슬며시 미간을 찌푸렸다. 수안은 당황하여 음식들을 살폈다. 궁중 떡볶이와 오징어순대는 한식당의 주방장이 직접 만든 음식이었다. 핫도그 역시 최상의 재료로, 정성껏 만들어 대령했다. 어디에도 부족한 구석은 없었다.

'이게 아니라 빨간색이었어요. 떡볶이는. 순대도 오징어가 아니라…… 투명하고 얇은 비닐 같은 걸로 싸여 있었고. 아, 그리고 핫도그도 이런 모양이 아니었어요. 뭐라고 해야 하지, 아! 스틱. 스틱 같은 게 꽂혀 있었어요. 이렇게. 이런 모양으로.'

상대가 알아듣지 못할 것을 염려하듯 체이스는 느린 속도로, 적절한 몸짓을 섞어 가며 설명했다. 직원들은 그제야 그의 요구 사항을 이해했다. 세계 IT 시장을 장악한 대부호의 아들이자 각광 받는 스포츠 스타인 남자가 기껏 요구하는 것이 길거리 음식이라니. 기가 막혔지만 사과하고 음식을 다시 준비하는 것밖에는 달리 길이 없었다.

두 조로 나누어진 팀원들이 리조트 내에서는 조달할 수 없는 순대와 핫도그를 찾아 남해읍을 뒤지는 동안 수안은 한식당으로 달려가 VIP의 요구 사항을 새로이 전달했다. 뜬금없는 분식집 떡볶이 타령에 화가 머리끝까지 치민 주방장을 달래는 일 역시 그녀의 몫이었다. 그렇게 한 시간여를 소요하고 나자 어느새 어둠이 깊어졌다.

수안은 긴장으로 굳은 손을 뻗어 벨을 눌렀다. 숨을 깊이 들이마시었다 내쉬기를 반복할 때마다 단정히 묶인 블라우스의 리본이 흔들렸다. 얼마 지나지 않아 문이 열리고 한 손에 맥주병을 든 체이스가 모습을 나타냈다. 야외 수영을 즐기기에는 아직 차가운 날씨임에도 그는 수영복 차림이었다. 갓 풀에서 나온 듯 몸이 젖어 있다.

"……말씀하신 음식을 다시 준비해 왔습니다."

수안은 다시 커버를 열어 음식을 확인시켜 주었다.

"맞아요. 이거였어요."

이제야 만족한 듯 체이스가 천진한 웃음을 터뜨렸다.

수안은 눈을 가라뜬 채로 음식을 서빙했다. 체이스 외에도 대부분의 팀원들이 수영복 차림으로 빌라를 활보하고 있어 시선을 둘 곳이 마땅치 않았다.

소리 없는 한숨이 절로 흘러나왔다. 어서 이곳을 떠나고 싶은 마음만 간절하다. 저 이상야릇한 남자의 영향력이 미치지 않는 곳으로. 그러나 체이스는 순순히 그녀를 놓아주지 않았다.

"이수안 씨!"

서빙을 마친 수안이 막 돌아섰을 때였다. 체이스는 우렁찬 목소리로 그녀의 이름을 부르며 다가왔다.

"오늘, 정말 수고 많았어요."

체이스는 허리를 숙여 수안과 눈높이를 맞추었다. 더는 그를 피할 수 없게 된 수안은 조심스레 시선을 들었다. 그의 젖은 몸이 조명등의 불빛을 받아 반짝였다.

"몇 년 전에, 경기 때문에 한국에 왔었는데 그때 팀원들이 저걸 엄청 맛있게 먹었어요. 나도 그랬고. 번거로웠을 텐데, 이렇게 준비해 줘서 고마워요."

기어이 자신의 요구를 관철시키던 때와는 달리 체이스는 다정했다. 스스로가 매력적이라는 사실을 잘 알고 있는 남자. 권리 앞에 오만하지만 때에 따라 얼마든지 겸손해질 수도 있는 남자. 상대를 자신의 뜻대로 움직이는 일에 능한 남자. 생각보다 훨씬 위험한 남자일지도 모르겠다고 수안은 생각했다. 그런 남자의 영향권에 들고 싶은 마음 따위, 추호도 없다.

사무적인 인사를 끝으로 수안은 돌아섰다. 유달리 길게 느껴지던 하루도 이제 저물어 가고 있다. 이렇듯 착실하게 시간은 흐를 테고, 그 시간만큼 저 불편한 남자와의 거리는 멀어질 것이다. 시간보다 더 확실한 안전장치는 없으니까.

"잠깐. 가져가요, 이거."

안도하며 현관문을 여는 찰나였다. 너른 보폭으로 뒤따라온 체이스가 어깨를 움켜쥐었다. 순간적으로 균형을 잃은 수안의 몸이 휘청 흔들렸다. 겨우 정신을 차리고 보니 체이스의 두 손이 어깨를 단단히 부여잡고 있었다. 그 역시 놀란 얼굴이다.

뺨을 붉힌 수안은 급히 그의 손아귀에서 빠져나왔다. 은청색 유니폼 재킷에 커다란 손자국이 선명히 남았다.

"아, 미안해요. 이러려던 건 아닌데."

"아닙니다. 괜찮습니다."

후들거리는 두 다리에 힘을 주며 수안은 태연한 척 고개를 들었다.

"이걸 주려고 했어요. 받아요."

체이스는 움켜쥐고 있던 수표 한 장을 내밀었다. 액수를 확인한 수안의 눈이 커졌다.

"이런 대가를 바라고 한 일이 아닙니다. 과도한 팁은……."

"돈으로 유세 떨려는 거 아니에요."

체이스는 웃음기 섞인 말로 수안의 말을 잘랐다.

"정당하다고 생각하는 만큼 드리는 겁니다. 저 때문에 직원들, 식사도 못 하고 저녁 내내 고생했을 테니까."

"하지만 와이즈 씨……."

"그 호칭, 너무 딱딱하지 않아요? 더구나 와이즈 씨는, 저기도 한 명 더 있는데."

얼굴을 찡그린 체이스가 다이닝룸을 가리켰다. 밤색 고수머리에 유달리 하얀 살결을 가진 남자를 수안은 한눈에 알아보았다. 레이싱팀의 수석 엔지니어 레슬리 와이즈. 체이스 와이즈에게는 형제이자 친구, 그리고 동료인 남자.

"체이스라고 불러요. 헷갈리지 않게. 그리고 이건 편하게 받아요. 받을 자격, 충분합니다."

수안이 멍해져 있는 틈을 타 체이스는 수표를 직접 그녀의 손에 쥐어 주었다.

"직원들한테도 전해 줘요. 우릴 위해 여기 없는 걸 애써 구해다 준 성의, 진심으로 고마웠다고."

더 이상의 거절은 사양하겠다고 말하듯 체이스는 단호했다. 고심 끝에 그의 성의를 받아들인 수안은 서둘러 빌라를 빠져나왔다. 현관문이 닫히는 소리가 들리고 나서야 제대로 숨이 쉬어졌다. 기다리고 있던 직원들은 거액의 팁에 환호했지만 수안은 멍하니 먼 산만 바라보았다. 진이 다 빠져 버렸다. 손끝 하나 까딱이기 힘들 정도로.

"수고하셨어요, 팀장님. 이런가 하면 저렇고, 저런가 하면 이렇고. 은근히 까다로운 사람 같죠?"

수안의 지친 얼굴을 살피던 직원 하나가 친근한 위로의 말을 건넸다. 그녀를 마주한 수안의 얼굴에 희미한 웃음이 떠올랐다.

"그러게요. 참…… 어렵네요."

갓 구운 빵의 냄새가 온 집 안에 가득했다.

현관으로 들어선 정안은 잠시 멈추어 서 사위를 살폈다. 화병마다 새로 꽂힌 꽃, 바뀐 커튼과 테이블 크로스, 먹음직스러운 음식. 수안이 부지런을 떤 흔적이 곳곳에 남아 있다.

묵직한 백을 소파에 던져 둔 정안은 곧장 부엌으로 갔다. 식탁 위에 정갈히 차려져 있는 크루아상과 브로콜리 수프. 식탁보를 걷어 낸 정안의 입술 끝이 미세하게 경련했다.

마음이 번잡할 때 음식을 만드는 것은 수안의 오래된 습관이다. 그 이유를 물어본 적은 없지만 어렴풋한 짐작은 할 수 있었다. 집 안 곳곳으로 번지는 포근한 냄새와 온기. 아마도 그런 것들에 의지해 보고 싶어서이리라고.

손도 대지 않은 빵과 수프를 정안은 무심히 음식물 쓰레기 건조기에 쓸어 넣었다.

늘 이런 식이다. 자신이 만들어 준 음식을 입에 대지 않는다는 사실을 잘 알면서도 수안은 매번 그녀를 위한 식탁을 차린다. 제 할 도리만 다하면 그뿐, 그 밖의 일은 관여할 바 아니라는 듯이.

　주스 한 잔으로 허기를 달랜 정안은 자신의 공간인 2층으로 올라갔다. 자매가 머무르고 있는 집은 리조트에서 도보로 십 분 남짓 떨어진 곳에 자리하고 있다. 본래 별장으로 쓰이던 곳이나 두 사람 모두 리조트에서 일하게 되면서 숙소로 탈바꿈하였다. 진종일 한마디 말도 나누지 않는 날이 대부분인 자매는 그렇게 같은 지붕 아래에서, 각자의 일상을 살았다. 서로를 민감하게 의식하면서도 애써 무시하며.

　"크, 큰아가씨! 언제 오셨대요?"

　뒤늦게 인기척을 감지한 함평댁이 헐레벌떡 그녀의 뒤를 쫓았다. 깜빡 잠이 들었던지 부스스한 모습이다. 정안은 온기 어린 미소로 면구스러워하는 그녀를 다독였다.

　"초인종이라도 누르시지 그러셨어요. 그랬으면 알았을 텐데. 큰아가씨나 작은아가씨나, 어쩜 그리들 조용조용 다니시는지……."

　"전 괜찮으니 이만 쉬세요."

　"식사는 하셨어요?"

　"예."

　"참. 작은아가씨는……."

　"알아요. 운동 중이라는 거."

　정안이 선수를 쳤다. 눈을 느리게 몇 번 껌뻑인 함평댁은 어색한 목례를 남기고 자신의 방으로 돌아갔다.

　층계참에 홀로 남은 정안은 불빛이 흘러나오는 별채를 흘깃 살폈다. 수안이 언제, 어디에서, 무엇을 하고 있을지 예상하는 건

식은 죽 먹기보다 쉽다. 정해진 일과에서 조금도 벗어나는 법이 없는 아이니까. 오 분 후면 별관의 불이 꺼지고 수안은 땀에 흠뻑 젖은 모습으로 나타날 것이다.

곧장 침실로 간 정안은 가장 먼저 셔츠의 단추를 끌렀다. 까닭 모를 갑갑함과 함께 짜증이 치솟았다.

수안은 철저히 계획과 일정에 따라 움직인다. 삶의 아주 작은 부분까지도 정형화한 틀에 맞추고 어떠한 예외도 허락하지 않는다. 완전무결한 반듯함에 대한 집착. 그건 일종의 감옥이었다. 제 손으로 만들고, 제 발로 걸어 들어가고, 제 스스로 문을 걸어 잠근.

생각이 거기까지 미치자 예외 없이 쓴웃음이 났다.

잘못했어요.

살려 주세요.

한 아이가 고통에 찬 목소리로, 절박한 애원을 하던 날이 있었다. 수안이 여덟 살쯤 되었던 해였다.

어머니와 남동생의 기일이면 매년 봉은사에서 추모제가 치러졌다. 친가에서는 정안과 조모만 참석해 온 자리였다. 그런데 그해에는 수안이 동행했다. 조모인 백 씨의 고집 탓이었다. 저만큼 나이를 먹었으면 이제 제 어미의 죄를 대신 빌어야 할 때도 되었다. 경멸 조로 내뱉는 그녀의 말에선 날이 선 냉기가 흘렀다. 수안의 존재가 어떤 파장을 일으킬지 훤히 그려졌지만 정안은 백 씨를 만류하지 않았다.

여름과 가을의 경계에 놓여 있는 계절이었다. 햇볕은 여전히 뜨거웠지만 한여름의 그것처럼 맹위를 떨치지는 못하였다. 독경이 한창인 법당에서 빠져나온 정안은 사찰의 후원을 느린 걸음으로 서성였다. 나뭇가지의 그림자가 흔들릴 때마다 정안의 표정도 시시각각 변화했다. 권태와 체념에서 분노와 슬픔으로, 다시 무력함으로. 켜켜이 쌓인 감정의 잔재들로 가슴이 터져 버릴 것 같다 느낄 무렵에 날카로운 비명이 들려왔다.

소란의 근원지는 영산전 뒤편의 야산이었다. 허겁지겁 그곳으로 달려간 정안의 눈앞에 악몽 같은 광경이 펼쳐졌다. 수안을 풀밭 위로 쓰러뜨린 외조모 정 씨가 그 아이의 목을 조르고 있었다. 이게 다 네년 때문이야. 네년이 죽었어. 야차로 돌변한 그녀가 내지르는 피맺힌 괴성이 귓전을 할퀴었다. 그 아래에서, 아이는 안간힘을 다해 몸부림치며 애원했다. 잘못했다고. 살려 달라고.

때마침 근방에 있던 운전기사가 달려와 정 씨를 말렸다. 그때까지도 정안은 멍하니 그 광경을 지켜만 보았다. 야윌 대로 야윈 노인이 장정조차 쉽사리 당해 내지 못할 만큼의 괴력을 발휘하며 악다구니를 썼다. 그날의 정 씨는 순수한 증오와 살의의 응집체였다. 정안이 알던 인자한 외할머니의 모습은 어디에도 남아 있지 않았다.

뒤늦게 자신이 저지른 일을 깨달은 정 씨는 그 자리에 주저앉아 오열을 터뜨렸다. 죽은 딸과 외손자의 이름을 꺽꺽 토해 내며 흙바닥을 기었다. 그 곁에서 수안은 잔뜩 웅크린 몸을 떨며 가쁜 숨과 울음을 쏟아 냈다. 다가가 어떻게든 해 주어야 한다고 생각하면서도 정안은 끝내 손끝 하나 까딱하지 못했다.

그날, 마음속에 지옥이 생겨났다.

잠시였지만 그 아이가 죽어 버리기를 진심으로 바랐다. 널 낳은 여자 때문에 고통스럽게 죽어 간 내 어머니처럼, 동생처럼 너도 죽어 버리기를. 동시에 수안이 가여워 가슴이 저미는, 어찌할 도리 없는 혈육의 정도 맛보았다.

그 두 가지의 감정 모두가, 똑같은 크기로 끔찍했다.

자신의 행복을 송두리째 앗아간 여자의 딸을 동생으로 여길 수도, 자신과 절반은 같은 피를 가진 아이를 철저히 증오할 수도 없었다. 하여 그 자리에서, 그저 바라만 보았다. 자신과 자신이 세상에서 가장 증오하는 여자를 공평하게 닮은 얼굴을 가만히, 숨죽인 채로.

뜨거운 숨을 길게 내쉬어 번민을 가라앉힌 정안은 갈아입을 옷을 챙겨 욕실로 갔다. 목욕물을 받으며 옷을 벗는 사이 수안이 돌아오는 기척이 들려왔다. 무심결에 시간을 확인한 정안의 얼굴에 허무한 웃음이 떠올랐다. 돌아오리라 예상하였던, 바로 그 시간이다.

어쩌면 그날부터였는지 모르겠다고, 뜨거운 목욕물에 몸을 담그며 생각했다.

아이 하나가 죽을 뻔한 사건이었지만 누구도 그 일을 문제 삼지 않았다. 심지어 백 씨는 이 일로 그 집안에 지은 죄를 얼마쯤은 감하게 되었노라 홀가분해하기까지 했다. 플러스 마이너스, 그리하여 제로. 더없이 간단명료하고 잔인한 셈법.

다행히 크게 다친 곳은 없었지만 수안은 일주일쯤 입원하여 치료를 받았다. 그리고 집으로 돌아왔을 때, 수안은 달라져 있었다. 어떻게든 정안과 가까워지려고, 할머니와 아버지에게 사랑받으려고 애를 쓰던 모습은 흔적 없이 사라졌다. 보호색으로 제 몸을 감춘 여린 짐승처럼 수안은 필사적으로 자신의 존재를 숨기려 들었다. 누구도 입 댈 곳 없는 착하고 똑똑한 아이가 되도록 스스로를 단속하며 주어지는 임무에 순종했다. 저항심도, 희망도 모두 내려놓은 채 묵묵히 형기를 채우는 죄수처럼.

아이는 아무 죄가 없다.

그 지극히 당연한 사실을 곱씹는 정안의 낯빛이 서늘해졌다. 그것을 모르는 사람은 아무도 없다. 분노로 눈이 뒤집혀 수안을 죽이려 하였던 정 씨도 알고 있었을 것이다. 어미가 지은 죄가 그 자식에게까지 대물림되는 건 아니란 것을.

그럼에도 쉽지 않다.

머리는 이해해도 가슴은 받아들이지 못한다. 죗값을 치르기도 전에 그 어미는 죽어 버렸고 남은 건 그녀의 딸뿐. 위에서 아래로 흐르는 물처럼, 어미를 향했던 미움은 당연한 듯 그 자식에게로 흘렀다.

나는 너를 연민하지만, 또한 너를 증오한다.

양립할 수 없는 감정 사이를 헤매던 정안은 지친 얼굴로 눈을 감았다. 어깨의 자잘한 떨림을 따라 수면이 흔들렸다.

"연락받았니?"

읽고 있던 시사 잡지를 내려놓으며 정안이 물었다. 부엌으로 향하던 수안은 흠칫 놀라며 돌아섰다. 정안은 잠옷 차림으로 거실 소파에 앉아 있었다. 무언가 할 말이 있는 얼굴이다. 그녀의 맞은편 자리에 수안은 반듯한 자세로 앉았다.

"네."

"나가기로 했니?"

"네. 이번 토요일에 만나기로 했어요."

수안은 주저 없이 대답했다.

조금 늦은 퇴근을 하는 길에 조모에게서 걸려 온 전화를 받았다. 새로운 혼처를 찾았으니 잔말 말고 따르라는 통보였다. 그리하겠노라고, 수안은 기계적으로 대꾸했다. 상대가 어떤 남자인지는 그리 중요하지 않다. 집안과 회사에 최대의 이익을 가져다주는 결혼. 그것으로 원죄를 씻어 낼 수 있다면 수안은 누구와도 결혼할 수 있었다.

"……토요일? 그날, 기일 아니니?"

생각에 잠겼던 정안이 미간을 찌푸렸다.

"네."

수안은 고개를 끄덕였다. 백 씨가 정해 준 맞선 날짜는 엄마의 기일이었다. 하지만 수안은 개의치 않았다. 아주 조금도.

"그런데 그날 선을 본다고?"

"어차피 특별한 계획도 없는 날이니까요."

"그래도 너 한 사람은 추모해 줘야 하는 거 아닌가? 어떻게 하든 내가 상관할 바가 아니기는 하지만."

정안은 기가 막히다는 듯 웃었지만 수안은 동요하지 않았다. 두 자매의 대화는 그렇게 막을 내렸다. 정안은 잡지를 챙겨 들고 2층으로 향했고 수안은 물을 한 잔 따라 마신 뒤 자신의 방으로 돌아갔다.

창문을 열어 두어 방 안은 선선했다. 낮게 틀어 놓은 라디오에서 흘러나오는 잔잔한 음악이 밤바람과 멋들어지게 어우러졌다.

잠옷으로 갈아입은 수안은 미처 다 처리하지 못한 업무를 마무리 짓기 위해 책상 앞에 앉았다. 그러나 손은 제멋대로 움직여 인터넷 창을 켰다. 정신을 차리고 보니 최민혜라는 이름을 검색한 결과가 모니터 화면을 가득 채우고 있었다. 떨리는 손으로 마우스를 잡은 수안은 활짝 웃는 그녀의 사진이 첨부된 페이지를 열었다.

넘치는 아름다움과 생기를 가진 희대의 미녀. 특유의 발랄하면서도 요염한 분위기를 십분 활용한 최민혜는 단숨에 스타의 자리에 올랐고, 자신을 더욱 높은 곳으로 데려가 줄 수 있는 남자와 사랑에 빠졌다. 그에겐 이미 부인과 두 아이가 있다는 사실은 철저히 무시되었다. 그녀를 향한 열병 같은 욕망에 휩싸인 남자 역시 거침없이 그 사랑에 빠져들었다. 남자는 여자의 미모와 젊음을 탐했고, 여자는 남자의 권세를 탐했다. 그리고 그 각기 다른 욕망들이 한데 뒤섞여 이수안이라는 부산물을 남겼다.

그 사랑이 보통의 불륜처럼 시시한 결말을 맞이하였더라면 차라리 좋았을 뻔했다. 남자는 이내 여자에게 싫증을 느끼고, 여자는 한 재산 챙기는 대가로 세컨드의 삶을 받아들이고 숨죽여 살아가는 식의. 그랬더라면 모두들 지금처럼 불행해지진 않았을 텐데. 하지만 최민혜는 그 이상의 것을 바랐다. 태진의 안주인. 자신이 낳게 될 아이의 찬란한 미래를 보증하는, 그 영광된 자리를. 그리고 그녀는 자신이 가진 모든 수단을 동원하여 그 꿈을 이루었다. 상처 받고 지친 조강지처가 떠난 자리는 그녀 차지가 되었고, 수안은 혼외 자식이란 꼬리표 없이 세상에 태어났다.

인터넷 창을 꺼 버린 수안은 지친 몸을 의자에 기댔다. 엄마란 사람에 관해 떠올려 보려 하여도 이렇다 할 기억이 없다. 다만 단편적인 이미지만 드문드문 떠오를 뿐이다. 한껏 치장한 아름다운 모습과 향수 냄새. 달콤한 웃음소리 같은.

그 시절의 그녀는 아마 행복했으리라.

원하던 모든 것을 손에 넣었고 앞으로도 그러하리라 믿었을 것이다. 그러나 불행은 뜻하지 않은 곳에서 찾아왔다.

이혼을 하며 정안의 친모는 양육권마저 빼앗겼다. 한 달에 두 번으로 한정된 면접권이 그녀에게 허락된 권리의 전부였다. 그날도 그런 날들 중 하루였다. 엄마를 만나게 된 두 아이는 신이 났고, 그녀는 그 아이들을 데리고 교외로 드라이브를 나갔다. 그리고 다시는 돌아오지 못했다.

자살이라고 했다.

속력을 한껏 높여 가드레일을 들이받았고, 차는 급경사의 언덕 아래로 굴러떨어졌다고. 그 사고로 엄마와 아들이 유명을 달리했고, 딸만 가까스로 목숨을 구했다. 그녀가 지독한 우울증을 앓고 있었다는 사실은 그 비극적인 사고 이후에야 밝혀졌다.

최민혜를 향한 남편의 무조건적인 사랑은 그 사건을 기점으로 한풀 꺾였다. 자신이 자초한 비극을 회피하듯 그는 밖으로 나돌기 시작했다. 최민혜는 물론 두 딸까지, 지난 과오를 떠올리게끔 하는 모두를 외면하며. 아들의 극성맞은 사랑이 사위어 들었음을 감지한 백 씨는 기다렸다는 듯 눈엣가시였던 며느리와 대립각을 세웠다. 그럴수록 최민혜 쪽의 반격도 거세져 집안은 한시도 조용한 날이 없었다.

칼날 위를 걷는 듯 하였던 날들을 수안은 선명히 기억한다.

여섯 살배기 아이마저 숨죽이게 만들었던 두 여자의 전쟁은 최민혜의 죽음으로 비로소 막을 내렸다. 백 씨와 언성 높여 싸우고 집을 뛰쳐나갔던 그녀는 홧김에 폭음을 하였고, 만취 상태로 운전대를 잡았고, 자신이 낸 사고로 목숨을 잃었다. 누구도 그 죽음을 슬퍼하지 않았고, 그건 수안도 마찬가지였다.

피로와 안도.

엄마를 떠올리면 느껴지는 감정은 그 두 가지가 전부다.

스스로 다 감당하지도 못할 죄를 지어 자식마저 죄인으로 만든 어미. 그녀는 이미 죽고 없지만 그녀가 남긴 죄는 천근만근의 무게로 수안을 짓누르고 있었다. 그보다 더 오래 살았더라면 더 많은 죄가 상속되었겠지. 그런 생각을 하면 차라리 일찍 세상을 떠나 주어 다행스러웠다. 친모에게 고작 이 정도의 감정밖에 가지지 못하는 스스로가 끔찍하지만, 그건 어쩔 수 없는 진심이었다.

수안은 깊은 탄식과 함께 라디오의 볼륨을 낮추었다. 서둘러 밀린 업무를 마무리하고, 내친김에 다이어리를 펼쳐 스케줄도 꼼꼼히 체크했다. 맞선 날짜가 잡힌 토요일은 공란으로 남겨 두었다. 지금껏 한 번도 엄마의 기일을 챙겨 본 적 없다. 올해도 마찬가지일 테니 그날 맞선 자리에 나간다고 하여 문제 될 것은 없다. 어차피 무의미한 날. 무엇을 한들 무슨 상관일까.

간단한 스트레칭으로 뒷덜미의 뻐근함을 푼 수안은 책상을 깨끗이 치우고 소설책을 펼쳤다. 다음 달의 낭독 봉사로 녹음하게 될 책. 오늘 연습할 부분은 절대적인 고독 속에서 살아가는 남자의 내면 묘사였다. 모욕감, 실망, 슬픔 등의 아픈 감정들을 몸속 각각의 내장들이 하나씩 떠맡아 받아들인다는, 벌써 수차례 읽었음에도 매번 감탄하고 마는 참신한 발상.

수안은 한 번의 실수도 없이 그 문장들을 읽어 나갔다. 그러나 그 단락의 마지막 문장 앞에서는 어김없이 말문이 막히고 만다. 눈은 문장 위에 붙박여 있지만 목소리가 나오지 않았다.

"외로움, 그것을 전부 받아들일 만한 내장은 없었다."

수안은 한참만에야 겨우 마지막 문장을 읽어 냈다. 평정을 잃은 목소리가 가늘게 떨렸다. 이 문장을 마주할 때면 공기처럼 익숙하여 깨닫지 못하던 외로움이 새삼 사무친다. 이처럼 기발한 발상을 하는 작가도 끝내 외로움을 받아들일 방도는 찾아내지 못했구나. 그런 생각을 할라치면 온 내장이 아파 오는 것 같다가 종내에는 눈시울이 뜨거워진다. 하지만 수안은 울지 않았다. 지그시 눈을 감아 감정을 가라앉히고 아무렇지 않게 자리에서 일어섰다.

수안은 방 안을 밝힌 조명을 하나씩 껐다. 차츰 세를 넓혀 가는 어둠이 그녀의 야윈 어깨를 감쌌다. 마지막으로 플로어 스탠드의 조명을 끄기 전, 수안은 그 곁에 놓인 전신 거울 앞에 우두커니 멈추어 섰다.

그 어미에 그 딸.

아주 사소한 잘못을 저질러도 어김없이 그런 비난이 쏟아졌다. 수안으로서는 가장 견디기 힘든 말이었다.

그 여자를 닮아 가느니 차라리 죽는 편이 낫다.

그 여자처럼은 살지 않는다고, 하루에도 몇 번씩 그 결심을 반복한다. 그것이 강박 관념이 되어 스스로를 옭아매고 있다는 것을 알지만 나쁠 것은 없다.

괜찮아.

어설픈 웃음으로 거울 속 자신을 다독인 수안은 스탠드를 끄기 위해 손을 뻗었다. 그러자 불현듯 그 남자가 떠올랐다. 매혹적인 미소. 수표를 쥐여 주던 손에서 느껴지던 열기. 세련된 방식으로 표현하는 노골적인 관심.

불에 데기라도 한 듯 놀란 수안은 황급히 침대에 몸을 뉘였다. 아직 떨림이 가시지 않은 손을 이불 속으로 감추며 질끈 눈을 감았다.

오직 자신의 감정에만 충실한 남자.

불편하고 싫다. 생각하고 싶지 않다.

새벽이 깊어지자 빌라는 적막에 잠겼다. 투명한 침묵 속에서 파도 소리는 더욱 맑고 선명해졌다.

태블릿을 손에 쥔 체이스는 조용히 거실로 내려왔다. 음악을 낮게 틀고 커튼을 걷은 후 바다를 마주하도록 놓인 소파에 눕듯이 기대앉았다. 복잡한 주식 시세표를 살피는 동안에도 그가 흥얼거리는 콧노래는 끊이지 않았다.

열 살쯤 되었던 해에 요트를 처음 접했다. 그 이후로 그야말로 요트에 미쳐 살아왔다 해도 과언은 아니었다. 명성 높은 요트 레이스에 두루 참가하며 십 대에 이미 빼어난 매치 레이스 선수로 두각을 나타냈고 여러 레이싱팀의 러브 콜이 쏟아졌다. 하지만 프로 선수가 되겠다는 뚜렷한 목표를 세운 건 아니었다.

조류와 바람의 흐름을 읽어 최상의 결정을 내리는 데 탁월한 그의 재능은 이재에 있어서도 똑같이 발휘되었다. 세일링과 투자의 본질은 같다. 도처에 널려 있는 위험 요소와 변수를 읽어 낼 수 있는 감각과 적절한 타이밍에 과감한 결정을 할 수 있는 결단력이 수반된다면 순항할 수 있다.

그 두 가지 항해를 모두 즐겼던 체이스는 정기적으로 레이스에 참가하면서도 우수한 성적으로 MBA를 마쳤다. 아메리카스 컵에 도전하기 위해 프로 계약을 하기 전까지는 꽤 잘 나가는 경영 컨설턴트로 활약하기도 하였다. 요즘도 그는 틈틈이 투자에 매진한다. 팀의 공식적인 오너는 폴 와이즈지만 머니 플로우를 짜고 운영 자금을 조달하는 실질적 경영권은 전적으로 그에게 위임되어 있었다.

"어이, 캡틴. 그러다간 과로로 죽는다."

계단을 내려오는 발걸음 소리가 들리는가 싶더니 레슬리가 불쑥 모습을 나타냈다. 체이스가 대꾸 없이 태블릿 화면만 들여다보고 있는 동안 그는 부엌으로 가 캔 맥주를 꺼내 왔다.

레슬리가 아무 말 없이 던진 캔을 체이스는 능숙하게 받아 냈다. 눈이 마주친 두 남자는 누가 먼저랄 것도 없이 키들키들, 아이처럼 웃었다.

"잘돼 가고 있나?"

"그럭저럭. 네놈이 퍼붓는 돈 겨우 감당할 만큼은."

"돈 팍팍 벌어. 너도 알다시피 퍼붓는 돈의 액수와 요트 기술의 발전은 정비례 관계 아니겠냐."

레슬리는 너스레를 떨며 체이스의 옆자리에 앉았다.

"그 여자 말이야."

맥주 한 캔을 깨끗이 비운 레슬리가 뜬금없는 말을 꺼냈다. 태블릿을 내려놓은 체이스는 그를 향해 몸을 돌려 앉았다.

"그 여자?"

"네가 관심 가지고 있는 그 호텔리어."

"아아. 그 여자가 왜?"

"이 회사 오너 딸이야."

"아, 그래?"

사뭇 진지해진 레슬리와는 달리 체이스는 대수롭지 않다는 듯 고개를 끄덕거렸다.

"그러니까 괜히 일 복잡하게 만들지 말라고."

"복잡해질 일이 뭐가 있다고."

"이 회사 오너 딸이라니까!"

"그게 무슨 상관이야. 나도 오너 아들인데."

체이스는 능청거리며 레슬리의 말을 되받았다. 레슬리는 한숨을 푹 내쉬며 두 캔째의 맥주를 땄다.

"그게 문제란 거지. 회사와 회사가 얽힌 일이니까."

"왜? 태진 쪽에서 딸을 이용해 미인계라도 쓸까 봐?"

"그러지 말란 법도 없지."

"미친놈. 음모론에 미치더니 별게 다 음모로 보이지."

체이스는 유쾌한 웃음을 터뜨렸다. 남자 앞에 서면 절로 **뻣뻣**해지고 마는, 그 숙맥 같은 여자를 데리고 미인계라니. 스스로 생각하기에도 황당한 말이었던지 레슬리의 얼굴에도 곧 웃음이 떠올랐다.

"네놈 하는 짓이야 늘 아리송하지만 이번엔 정말 모르겠다. 대체 이유가 뭐야?"

"무슨 이유?"

"달려드는 여자 군이 거부하진 않아도 먼저 들이대는 법은 없던 놈이 자기 타입도 아닌 여자한테 관심 가지는 이유."

"내 타입? 내 타입은 어떤 여잔데?"

"끝내주게 화려하고, 섹시하고, 멍청한 여자. 질척거리며 들러붙지 않는 쿨함은 필수."

입술 끝을 실쭉 당겨 올리며 레슬리는 냉철하게 내뱉었다.

"잔인한 놈. 아주 독설을 퍼부어라."

"독설은 무슨. 있는 그대로의 진실이지."

"하긴. 골드만삭스 애널리스트도 너한텐 그저 화려하고, 섹시하고, 멍청한 여자였지."

"뭐, 월스트리트에도 돌고래 수준의 멍청이들은 널려 있으니까."

"네 기준에서 멍청하지 않은 여자가 있기는 해? 페르마의 정리에 흥미 없는 여자는 죄다 돌고래로 보이겠지."

체이스는 피식거리며 빈 캔을 내려놓았다.

레슬리의 말이 전부 틀린 건 아니다. 지나치게 깊고 진지해져 서로를 상처 입히지 않는, 딱 그 정도의 연애가 좋았다. 그건 사랑이기보단 일종의 유희였다. 가볍게 즐기고, 가볍게 헤어질 수 있는.

"착하고 여려 보이던데, 상처 주지 마라."

레슬리의 조언은 진지했다.

"묘하게 기분 나쁘네. 내가 무슨 어린 양을 타락시키려는 사탄이라도 되냐?"

체이스는 짐짓 불쾌한 척 얼굴을 찌푸렸다.

"아무리 내 동생이라도 아니라곤 못 하겠다."

"동생? 동생 같은 소리하네. 나보다 생일도 느린 놈이."

체이스는 테이블 위에 올려놓았던 발을 들어 레슬리를 걷어 찼다. 균형을 잃고 버둥거리던 레슬리는 소파에서 떨어져 엉덩방 아를 찧었다. 그것을 시작으로 두 사람은 한바탕 티격태격했다. 이런 식의 장난이 늘 그렇듯 동시에 터뜨린 웃음으로 마무리되 었다.

"모르겠어."

헝클어진 머리칼을 쓸어 넘기며 체이스가 입을 열었다.

"일단 그 여자가 예뻐서 눈에 들어왔는데, 그게 전부는 아니고. 그렇다고 그 여자에 대해 뭘 알고 있는 것도 아니고. 그런데 자꾸 생각나고 거슬려. 괜히 놀려 보고 싶고, 어쩔 줄 몰라 하는 걸 보 면 재밌고, 한번 울려 보고 싶기도 하고."

유리창 너머의 밤바다를 응시하는 체이스의 눈빛이 깊었다. 뜻 밖의 모습에 놀란 레슬리의 눈이 커졌다.

"뭐냐, 그 변태 같은 이유들은. 혹시 사디스트냐?"

"한 번도 시도해 본 적은 없는데. 정말…… 무의식중에 그런 취 향이 있었나?"

"어휴. 난 이제 모르겠으니까 알아서 해라, 이 유치한 변태 자 식아."

너털웃음으로 항복을 표한 레슬리는 2층 침실로 돌아갔다.

맥주를 마저 마신 체이스는 터덜터덜 발코니로 나갔다. 세상은 온통 파란 달빛으로 물들어 있다. 팔짱을 낀 채 먼 바다를 바라 보다 말고 체이스는 돌연 실소를 흘렸다. 레슬리의 말이 옳다. 이

유가 무엇인지 통 모르겠다. 다른 누구도 아닌 자신의 마음인데
도. 그래서 더더욱 그 여자가 궁금하다. 이수안은 어떤 사람이며,
자신은 이수안의 어떤 면모에 매료되었는지.

　가까이 다가섰던 순간, 수안의 뺨 언저리로 번지던 복숭앗빛
홍조를 떠올리며 체이스는 가벼워진 걸음으로 돌아섰다.

　이제 전초전은 끝.

　출발 신호가 울렸고 어째서인지 내게 유리한 바람이 불 것 같
은 예감이 드는데. 당신은 어떨까. 놀라 동그래진 눈이 예뻤던 이
수안 씨.

깊은 밤, 취한 달

"우와. 팀장님 오늘 어디 좋은 데 가시나 봐요? 정말 예쁘세요!"

막 탈의실로 들어선 지영이 과장 섞인 감탄을 터뜨렸다. 표정 없는 얼굴로 거울을 보고 있던 수안은 그 소리를 따라 몸을 돌려 세웠다. 지영과 눈이 마주치고서야 그 칭찬이 자신을 향한 것임을 깨달았다.

수안은 적당한 수줍음이 밴 미소를 지어 보였다. 생기 없던 얼굴이 삽시간에 봄빛처럼 해사해졌다. 보답하듯 지영의 차림새를 칭찬하며 담소를 나누는 그녀의 모습은 여느 젊은 아가씨들과 다를 바 없이 밝고 명랑했다.

솜사탕처럼 가볍고 달콤했던 소란은 지영이 탈의실을 나서는 순간 사그라졌다. 다시 혼자가 된 수안은 천천히 거울 앞으로 돌아갔다. 크림색의 트위드 원피스는 그녀와 퍽 잘 어울렸다. 그 옷에 맞추어 고른 구두와 가방 역시 흠잡을 곳이 없다. 퍼스널 쇼퍼의 빼어난 안목과 미감에 대한 감탄과 실소가 동시에 터져 나왔다.

태진가의 두 자매를 맡고 있는 퍼스널 쇼퍼는 한 달에 한두 차례씩 남해를 찾았다. 그녀가 엄선해 온 물건들을 보여 주면 두 자매는 최종적으로 결정하는 식. 수안은 그 선택마저 전적으로 그녀에게 맡겼다.

나에게 잘 어울리는 색. 나에게 잘 어울리는 디자인. 나를 위한, 나를 가장 예쁘게 돋보이게 해 줄 것들. 끊임없이 나를 생각해야 하는 쇼핑이라는 행위가 수안에겐 그저 부담이고 고통이었다.

나의 감정, 나의 바람을 지워 낸 자리를 타인들의 감정, 타인들의 바람으로 채우며 살아왔다. 할 수만 있다면 스스로를 잊고도 싶었다. 해서 수안은 다른 누구보다 이수안이라는 여자가 낯설었다. 그 사실이 이따금 서글프지만 나쁘지는 않다. 안전하니까. 적어도 오직 제 자신밖에 몰랐던 여자처럼 폭주하여 많은 사람들의 가슴에 지울 수 없는 상흔을 남기지는 않을 테니까.

거울 속 여자를 향해 흐릿하게 웃어 보인 수안은 조심스레 새 구두를 신었다. 발에 꼭 맞는 구두는 갑갑했지만 한편으론 묘한 안정감을 주었다.

이 느낌이 좋다. 옥죄어 발이 아프지만 보호받고 있는 듯한 느낌. 나쁘지 않다. 그러니 견딜 수 있다. 얼마든지.

신경 써 차려입은 여자는 기품 있고 아름다웠다. 정숙한 숙녀의 이미지를 완벽히 체현한 모습이 감탄마저 자아냈다. 명품관

쇼윈도에 서 있는 마네킹이 살아 움직인다면 꼭 저 여자 같겠다는 생각이 들었다. 어디 하나 흠잡을 곳 없는 완벽함. 그 완전무결함이 외려 흠결이 되는.

동행하던 팀원들을 먼저 보낸 체이스는 보폭을 넓혀 수안에게로 향했다. 잔디밭을 통과하면 금방일 거리를, 수안은 군이 산책로를 따라 빙 에둘러 가고 있다. 체이스는 거침없이 잔디밭을 가로질러 그녀를 따라잡았다.

"오늘 비번인가 봐요."

체이스는 기척도 없이 불쑥 말을 건넸다. 돌아보는 수안의 표정은 그가 예상한 그대로였다. 동그랗게 뜬 눈과 살며시 벌어진 입술. 그러다 돌연 입술을 앙다물며 시선을 빗겨 내리는 수안의 뺨은 어김없이 복숭앗빛으로 물들어 있다. 어느덧 익숙해진 저 표정을 보는 게 좋아 요 며칠, 스스로 생각하기에도 지나치다 싶을 만큼 짓궂게 수안을 놀려 왔다. 태연한 척하려 하지만 어쩔 수 없이 긴장하고야 말 때, 이수안은 놀랍도록 사랑스러운 표정을 짓는다.

"리조트에 있는 내내 답답한 제복에 갇혀 지냈으면 쉬는 날엔 좀 편해져야지. 그런 차림새, 불편하지 않아요?"

"염려해 주셔서 감사하지만, 전 조금도 불편하지 않습니다."

다분히 시비조인 말에도 수안은 상냥히 대꾸했다. 그러나 눈에 띄게 빨라진 걸음걸이에서는 숨길 수 없는 짜증이 묻어났다. 그 마음을 훤히 들여다보면서도 체이스는 아무렇지 않게 그녀의 뒤를 쫓았다. 수안이 필사적으로 종종걸음을 쳐 보아도 두 사람의 걸음은 금세 나란해졌다.

"그런 옷이 불편하지 않을 리가. 그렇게 안 봤는데, 이수안 씨 의외로 거짓말을 잘하네."

체이스는 능청거리며 수안을 자극했다. 어느덧 귓불까지 붉히고도 수안은 묵묵히 앞만 보고 걷는다. 힘주어 다문 입술이 몹시도 고집스러워 보였다.

저 입술이, 내 이름을 속삭이면 어떨까.

무심결에 떠올린 상상에 돌연 사지가 저릿해졌다. 이따위의, 숫된 사춘기 소년이나 느낄 법한 떨림과 쾌감이라니. 꼴이 참 우습게도 되었다.

"샤넬 라인이 무슨 중앙선이라도 돼요? 목숨처럼 지키게?"

긴장감을 숨기기 위해 체이스는 한층 능글맞아졌다.

"그런 어정쩡한 길이, 너무 올드하지 않나? 그런 스커트는 이제 코코 할머니도 안 입을 것 같은데."

의도적으로 신경을 긁는 말에 이윽고 수안이 반응했다. 갑작스레 멈춘 걸음. 어이가 없다는 듯이 찡그린 얼굴. 눈빛에서 묻어나는 희미한 짜증의 기운. 갑갑할 정도로 순하기만 하던 여자가 처음으로 내보인 강렬한 감정이 반갑다.

"조언은 감사하지만 와이즈 씨……."

"체이스."

수안이 분개하여 꺼낸 말을 체이스는 심상히 잘랐다. 수안은 황당함에 눈을 슴벅거렸다.

"와이즈 씨가 아니라 체이스. 그렇게 불러요. 난 그게 좋거든."

체이스는 다정한 어조로 호칭을 정정했다. 잠시 고민에 잠겼던 수안은 체념하듯 가는 한숨을 내쉬었다.

"조언은 감사하지만 체이스 씨, 리조트 밖에서의 옷차림은 제 사생활입니다."

수안은 금세 상냥한 지배인의 얼굴을 되찾았다. 웃음을 참기 위해 체이스는 입술 끝에 잔뜩 힘을 주어야 했다.

생각보다 귀여운 여자.

마음에 든다. 심기가 불편한 와중에도 VIP의 요구를 묵살하지 못하는 소심함도, 그럼에도 슬쩍 '씨' 자를 가져다 붙이는 은근한 반항도.

"알아요. 내가 관여할 부분이 아니라는 거. 나는 다만 조언을 해 주고 싶었는데, 이수안 씨가 불쾌감을 느꼈다면 사과드리죠."

체이스의 사과는 정중했다. 예상 밖으로 순순한 태도에 수안은 불시에 뺨이라도 맞은 얼굴이 되었다.

"공과 사를 구분해 주셨으면 했을 뿐, 사과를 받으려는 의도는 아니었습니다. 그리고 이름보다는 직함으로 불러 주셨으면 좋겠습니다."

"어째서요? 공과 사를 구분해야 하니까?"

"……네."

"그렇다면 더더욱, 이 호칭을 고집해야겠네요."

"네?"

"난 이수안 씨에게 분명 사적인 관심이 있으니까. 그간 그렇게 표시를 냈는데 설마, 모른다고 하진 않겠죠?"

체이스는 막아 두었던 봇물을 터뜨리듯 속내를 터놓았다. 수안이 대비할 틈을 주지 않는 기습적인 일격이었다.

이수안이란 여자와 가까워질 수 있는 방도를 수일에 걸쳐, 거듭 고민했다. 그 끝에 내린 결론은 하나였다. 우선 저 여자가 쓰고 있는, 상냥하고 유능한 호텔리어의 가면부터 깨뜨리는 것. 그런 연후에야 진짜 이수안을 만날 수 있을 터였다. 자신을 홀린, 맑고 위태로워 아름다웠던 그 여자를.

"그럼 좋은 하루 보내요, 수안 씨."

체이스는 더욱 친밀해진 호칭으로 수안이 언급한 공과 사의 구분을 묵살했다. 그건 일종의 선전 포고이기도 했다. 당신이 무어라 하든 나는 당신을 향한 관심을 거둘 의향이 조금도 없다는.

뻣뻣이 굳어 버린 수안을 남겨 두고 체이스는 이만 제 갈 길을 재촉했다. 돌아보지 말자 결심했다. 계획대로라면 그리하여야만 했다. 그러나 체이스는 끝내 궁금증을 이기지 못해 고개를 돌렸다. 농치느라 던진 말이 신경 쓰였던지 수안은 쭈뼛거리며 자신의 옷매무새를 살피고 있었다. 덜 자란 소녀처럼 수줍고 어설픈 몸짓이다.

스스로를 통제할 의지를 잃어버린 체이스는 한참이나 그 모습을 지켜보았다. 눈이 마주치자 소스라치게 놀란 수안은 숫제 달음박질을 치다시피 하여 그의 시야 밖으로 달아났다. 그때까지도 그는 손끝 하나 까딱하지 못하는 채로 그 자리를 지켰다.

가슴을 가득 채운 열감이 느린 한숨이 되어 흘러나왔다.

"죄송하지만, 제겐 사랑하는 여자가 따로 있습니다."

구차한 변명 없이 남자는 명료한 본론부터 끄집어냈다. 입술은 죄송하다 말하고 있지만 그의 얼굴 어디에도 진심으로 미안해하는 기색 같은 건 없다. 수안 역시 상심하거나 분노하지 않았다. 이미 알고 있던 사실이니 새삼스러울 것이 없다.

"하지만 결혼할 수는 없는 여자입니다. 그래서 제가 이 자리에 나와 있는 거죠. 수안 씨도 알고 계셨겠지만."

남자는 이 자리에 마주 앉은 후 처음으로 시선을 들어 수안을 보았다. 잘생긴 남자였다. 완벽한 학력에 완벽한 혈통. 호스티스 출신이라는 동거녀만 없었다면 태진의 천덕꾸러기 이수안으로서는 감히 언감생심 꿈도 꾸어 보지 못할 상대였을 것이다.

이해한다는 듯 고개를 끄덕거린 수안은 식어 버린 홍차로 입술을 적셨다. 일본 출장에서 돌아오는 길이라는 남자는 몹시 피로해 보였다. 그런 참에 이곳까지, 마음에도 없는 여자와 선을 보러 오는 기분이 유쾌했을 리 없다. 그것을 굳이 숨기려 들지 않는 남자에게서 수안은 지독한 무신경함을 보았다. 그래서 마음이 놓였다. 애당초 일말의 기대감도 가지지 않게 하는 사람이니 적어도 상처를 주진 않을 것이다. 그거면 되었다. 달리 바라고 싶은 것도, 바랄 수 있는 것도 없다.

"만약 결혼하게 된다고 해도 제가 사랑하는 여자는 변하지 않을 겁니다. 단, 사랑 외에 모든 것을 드릴 수 있다고 약속하죠. 안주인의 자리를 위협하는 일은 없을 테고, 후계자의 자리 역시 수안 씨가 낳은 아이에게 돌아갈 겁니다. 이 조건을 받아들이신다면 전 수안 씨와 결혼할 겁니다."

미리 준비해 왔을 말들을 남자는 거침없이 꺼내 놓았다. 속전속결로 본론만 꺼내면 그뿐, 불필요한 탐색전은 생략할 작정인 듯했다. 수안도 그편이 좋았다. 마른걸레를 쥐어짜듯 하여 마음에도 없는 말을 꺼내 놔 보아야 서로 피곤해지기만 할 뿐이다.

"수안 씨 생각은 어떻습니까? 태진에선 동의했지만, 아무래도 사안이 사안인 만큼 이수안 씨 본인의 의사를 무시할 수 없을 테니까요."

수안 씨.

남자가 반복하여 부르는 자신의 이름에서 수안은 저도 모르게 불편한 남자 체이스 와이즈를 떠올렸다. 이수안. 두 남자의 입술 사이에서 흘러나온 이름 석 자는 조금도 다르지 않은데, 지금 눈앞에 있는 남자가 부르는 자신의 이름은 서럽도록 건조하고 차갑다.

"수안 씨?"

눈살을 찌푸린 남자가 재우쳐 이름을 부른다. 수안은 지친 얼굴로 그를 마주했다.

이 남자가, 그래도 퍽 고맙다는 생각을 하였다. 치부를 솔직히 밝히고서 자신에게 동의를 구하는 배려를 보여 주고 있으니까. 어서 사랑하는 여자에게로 돌아가고 싶은 마음을 억누르고 이곳까지 와 주었으니까. 그러다 문득, 그런 초라한 생각을 하는 자신이 불쌍해 웃음이 났다.

태진보다 훨씬 규모가 큰 그룹 총수의 아내가 되는 거, 나쁘지 않다. 안주인의 자리를 보장받는 것도, 자신의 아이가 후계자가 되리라는 조건도 매력적이었다. 거부할 이유가 없다. 조모가 입버릇처럼 하는 말처럼 자신에겐 차고 넘치는 자리였다. 그러나 수안은, 이 남자의 아이를 낳아 기르는 자신의 모습을 그려 볼 수 없었다. 아내의 도리를 다하기 위해 자신을 티끌만큼도 사랑하지 않는 남자의 품에 안겨야 하리라는 상상만으로도 뼈마디가 시렸다.

"시간을…… 좀 주실 수 있으세요?"

준비한 대답 대신 엉뚱한 말이 흘러나왔다. 뜻밖이라는 표정을 지으면서도 남자는 순순히 승낙했고, 그것을 끝으로 다분히 사무적이던 맞선은 막을 내렸다.

데려다 주겠다는 남자의 제안을 거절한 수안은 주차장에서 대기 중이던 택시에 서둘러 올랐다. 수안을 자주 태워 낯이 익은 중년의 택시 기사는 아무것도 묻지 않고 차를 출발시켰다.

"볼륨을 좀 높여 주실 수 있으세요?"

사천과 남해를 잇는 화려한 현수교의 끝에서 수안은 작은 목소리로 부탁했다. 택시 기사는 흔쾌히 고개를 끄덕이며 카 오디오의 볼륨을 높여 주었다. 시시한 농담을 주고받던 디제이와 게스트가 와하하, 동시에 웃음을 쏟아 냈다. 택시 기사도 덩달아 폭소를 터뜨렸다. 그러나 수안은 차창 밖으로 스쳐 가는 풍경만 무심히 바라보았다. 떠들썩한 소리가 필요했을 뿐, 어차피 라디오를 들을 마음 같은 건 없었다.

벚꽃은 이제 흔적도 없이 져 버리고 가로수는 신록으로 물들어 가고 있다. 차창을 조금 내리자 바다를 지나온 바람이 불어 닥쳤다. 그 바람에 스며 있을 희미한 소금기 탓인지 눈이 따끔거렸다.

"기사님."

수안은 충동적으로 입을 뗐다. 콧노래를 흥얼거리던 택시 기사

가 백미러를 통해 수안을 보았다. 막상 그와 눈이 마주치자 수안
은 그만 할 말을 잃어버렸다.

오늘만큼은 집으로 돌아가고 싶지 않았다. 그러나 달리 갈 만
한 곳도, 만날 사람도 없다. 움켜쥔 휴대폰을 만지작거리던 손이
차갑게 식는다.

"어떻게, 해안 도로 드라이브라도 할까요?"

사람 좋은 웃음을 지으며 택시 기사가 물었다. 대답해야 한다
는 것도 잊고 수안은 말끄러미 그를 응시했다.

"아니에요. 그냥…… 그냥 호텔로 가 주세요."

수안은 미안해하며 부탁했다. 안쓰러운 듯이 수안을 바라보던
택시 기사는 이번에도 아무 말 없이 고개를 끄덕였다.

풍경을 살필 기력조차 잃어버린 수안은 가죽 시트에 맥없이 몸
을 기댔다. 잡담이 그친 라디오에서는 신파조의 이별 노래가 흘
러나오기 시작했다.

우연이니 운명이니 하는 말을 체이스는 믿지 않았다.

그건 감상주의자들의 달콤한 사탕발림일 뿐, 세상에 노력이 배
제된 결과 따위는 존재하지 않는다. 특히나 연애는, 상대에게 오
감을 곤두세우고 상대의 일거수일투족에 관심을 쏟아붓는, 철저
한 계산과 노력의 산물이다. 거기에 쓸데없는 수식어를 가져다
붙여 미화하려 드는 건 그야말로 허튼짓거리에 불과하다.

그 믿음은, 물론 지금도 여전하다.

그럼에도 자신을 싸구려 감상주의에 빠져 허튼짓거리나 하는
얼치기로 만드는 여자가 체이스는 다분히 거슬리고 짜증스러

웠다. 어째서 저 여자는, 아무런 노력도 쏟아붓지 않았음에도, 아무 이유 없이 자신의 눈에 들어오고야 마는지. 어이가 없어 웃음이 나면서도 한편으론 열패감이 들었다.

파도 소리를 듣기 위해 발코니로 나온 참이었다. 단지 그 이유뿐이었다. 그런데 무심히 시선을 던진 곳에 거짓말처럼 이수안이 서 있었다. 비번이라며 옷을 차려입고 나갔던 여자는 그 옷차림 그대로 리조트로 돌아와 있었다. 짙은 어둠이 내린 시간이었지만 체이스는 한눈에 그녀를 알아보았다. 그리 어려운 일도 아니었다. 모든 가로등의 불빛이 오직 그 여자, 이수안만을 비추고 있는 듯 느껴졌으니까.

자신을 향한 시선을 알아차리지 못한 수안은 무거운 걸음을 옮겨 별관으로 향했다. 골똘히 생각에 잠겼던 체이스는 욕지거리를 낮게 중얼거리며 돌아섰다. 정신을 차리고 보니 어느새 빌라 밖이었다.

무심결에 수안의 뒤를 쫓고 있는 스스로를 체이스는 거듭하여 비웃었다. 이건 비정상적인 관심이다. 이수안은 분명 남자의 욕망을 자극할 만큼 아름다운 여자지만 그것만으로 이 괴이한 열정이 설명되진 않는다.

저 여자와 대체 무얼, 어떻게 해 보려고.

한 걸음 내딛을 때마다 한 번씩, 체이스는 자문했다. 이곳에 머물 시간은 어차피 한정되어 있다. 가벼운 연애 놀음을 하기에는 충분한 시간이지만, 자신이 과연 그것을 바라고 있는 것인지 확신할 수 없었다. 그게 아니라면 대체 저 여자에게서 무엇을 얻고자 하는 것인지. 그 미증유의 욕망이 그저 막막하기만 하다.

걸음을 재촉하여 별관으로 들어선 체이스는 비어 있는 프런트 데스크 앞에서 멈추어 섰다. 건물의 서편에 자리한 도서관에서 희미한 불빛 한 줄기가 새어 나오고 있었다. 그 불빛을 따라 체이스는 조심스러운 걸음을 옮겼다.

직감대로 수안은 그곳에 있었다. 어둑한 도서관과 빼곡한 장서. 그 가운데 존재하는 여자. 마치 영화의 스틸 컷처럼 정적인 정경이었다. 조금 열어 둔 창문을 통해 들어온 바람을 따라 흔들리는 수안의 머리칼을 보지 못하였더라면 시간이 멈추어 버렸다는, 한심하기 짝이 없는 망상에 잠겼을지도 모른다.

구석진 서가의 끝에 앉아 밤바다를 응시하고 있는 수안의 곁으로 체이스는 천천히 다가섰다. 세상의 끝에 홀로 서 있는 것처럼 고독했던 여자의 모습이 뇌리를 떠나지 않았던 이유를 이제 알 것 같다. 저런 모습으로, 넋을 잃은 사람처럼 바다만 바라보았던 날이 그에게도 있었다. 꼭 저 여자 같은 얼굴로, 울지도 못하는 채로 허공을 바라볼 도리밖에 없던 그런 날들이.

체이스는 수안이 앉은 라운지체어의 바로 앞까지 다가갔다. 그제야 인기척을 느낀 수안은 겁에 질려 고개를 들었다.

"나예요. 체이스."

체이스는 다정한 말로 수안을 안심시켰다. 뒤늦게 그를 알아본 수안은 안도하며 놀란 가슴을 쓸어내렸다.

"여긴, 어떻게 오신 거예요?"

"그냥. 우연히."

체이스는 싱겁게 대꾸했다. 그럴싸한 핑계를 유창하게 둘러댈 수도 있겠으나 그러고 싶은 마음이 들지 않는다.

"부탁 하나 해도 돼요? 수안 씨가 좋아하는 공적인 부탁."

"네. 그런 부탁이라면, 얼마든지요."

수안은 부랴부랴 자리에서 일어섰다. 물기 가득한 눈으로 잘도 의연한 척하는 여자. 그녀를 보는 체이스의 눈길이 언뜻 애달파졌다.

"두고 온 물건이 있어서 요트에 다녀와야 하는데 안내 좀 해 줘요. 밤이 되니 길을 잘 모르겠어서."

일곱 살짜리 아이도 속이지 못할 시시한 거짓말. 하지만 수안은 상관하지 않으리라고 확신했다. 지금 이 여자에겐 그런 것을 따질 여력조차 남아 있지 않을 테니까. 역시나. 그의 짐작대로 수안은 어떤 반문도 없이 고개를 끄덕였다.

"네. 그렇게 하겠습니다."

"요트, 좋아해요?"

뒤따라오던 남자가 대뜸 물었다. 어둠이 짙은 탓인지 목소리의 잔향이 길게 남았다. 긴장을 감추기 위해 수안은 숨을 깊이 들이쉬었다.

"죄송합니다. 요트에 관해서는 잘 알지 못합니다."

"죄송할 것까지야. 우리 아버지는 컴퓨터 프로그램을 만들어 팔지만, 나도 그쪽으론 문외한인데요, 뭐."

낮게 웃으며 그는 수안과의 간격을 좁혔다. 그 기척에 수안의 어깨가 움츠러들었다.

"요트, 좋아해요?"

마리나에 가까워졌을 무렵에 그가 재차 물었다. 수안은 기가 막혀 미간을 좁혔다.

"조금 전에 말씀드렸다시피 저는······."

"잘 안다 모른다 말고, 좋아하는지 싫어하는지를 물은 거예요, 난."

대답을 자르며 그가 불쑥 앞을 가로막았다. 따스한 색감을 가진 가로등 불빛이 시선을 맞추기 위해 고개를 숙인 그의 얼굴을 비추었다. 수안은 경계심도 잊은 채 그 얼굴을 바라보았다. 짓궂은 표정과 달리 그의 눈빛은 자상했다. 여자를 너무나 잘 알고 있는 듯한, 불편하지만 매력적인 남자. 이 남자의 속셈은 대체 무엇일까 헤아려 보려다 말고 수안은 자조했다. 넘치도록 많은 것을 가진, 여자를 유혹하는 일이 식은 죽 먹기보다 쉬울 남자다. 그런 남자의 즉흥적이고 충동적인 관심에 의미를 부여하는 일 따위, 우습고 처량하다.

"저는······."

수안은 적당히 얼버무릴 작정으로 입을 뗐다. 그러나 쉽사리 말을 이을 수 없었다.

좋다. 혹은 싫다.

그런 기준으로 세상을 판단해 본 기억이 없다. 자신이 무엇을 좋아하고 또 무엇을 싫어하는지 누구도 관심을 두지 않았고, 그건 수안도 마찬가지였다. 좋아도, 싫어도 그저 견뎌 낼 수밖에 없는 것투성이인 삶. 그 삶을 살아 내기 위해서는 호오에 대한 어떤 판단도 하지 않아야 했으니까.

"요트를 접해 본 적이 없어서 잘 모르겠습니다."

수안은 겨우 목청을 가다듬어 대답했다. 궁색하기 짝이 없는 대답이지만 그것이 최선이었다.

"아아. 그렇구나. 수안 씨는 본인이 뭘 좋아하고, 뭘 싫어하는지도 잘 모르는 사람이구나."

혹여 꼬투리를 잡고 늘어지면 어쩌나 염려한 것과 달리 체이스는 순순히 고개를 끄덕였다. 사람을 살살 약 올리는 듯한 말투가 얄미워 수안은 힘주어 주먹을 꼭 쥐었다.

정말이지, 저 남자에게 휘둘리고 싶지 않다.

수안은 로봇처럼 뻣뻣한 걸음을 성큼성큼 내딛었다. 느슨히 팔짱을 낀 체이스는 그런 수안과 보조를 맞추어 걸었다. 수안이 종종걸음을 치면 보폭을 넓히고, 수안이 속도를 늦추면 자신도 여유를 부리며.

"잠깐만요."

요트를 코앞에 두고 체이스가 갑작스레 걸음을 돌렸다. 마리나 끝에 자리한 클럽하우스를 향해 달려갔던 그는 몇 분 지나지 않아 수안의 곁으로 돌아왔다. 중요한 것을 빠뜨린 양 서둘렀으면서도 빈손인 채였다.

"저는, 여기서 기다리겠습니다."

앞장서 걷기 시작한 체이스의 뒷등을 향해 수안은 방어적으로 외쳤다.

"뭐야. 이수안 씨 생각보다 무책임한 사람이네."

차가운 말을 내뱉으며 체이스가 돌아섰다. 장난기와 웃음이 사라진 얼굴이 놀랍도록 냉철해 언뜻 한기마저 들었다. 조금 전까지만 하여도 달콤한 미소와 자상한 눈빛을 보내왔던 남자의 잔영은 어디에도 남아 있지 않다.

"안내를 맡았으면 끝까지 책임져 줘야 하는 거 아닌가?"

체이스는 눈을 슬쩍 내리뜨며 수안을 내려다보았다. 시선을 맞추어 주기 위한 배려를 하지 않을 때 그가 얼마나 위압적으로 느껴지는지 수안은 새삼 깨달았다. 발목이 시큰거리도록 굽이 높은 구두를 신고 있음에도 그녀의 정수리는 그의 어깨에도 채 미치지 못했다.

"안 그래요, 이수안 씨?"

그의 말투는 이제 확연히 고압적이다. 질문을 가장했지만 실상 명확한 주종 관계를 상기시키는 명령. 불쾌감을 드러내지 않기 위해 수안은 안간힘을 썼다. 필요에 의한 부탁이라면 얼마든지 들어줄 수 있다. 하지만 저 남자의 속내는 그것이 아님이 뻔했다. 그걸 굳이 숨기려고도 하지 않으면서 아무렇지 않게 공적인 관계를 들먹이는 뻔뻔한 남자. 할 수만 있다면 흠씬 때려 주고 싶도록 얄밉다.

"죄송합니다. 제 생각이 짧았습니다."

마음에도 없는 사과의 말을 수안은 더없이 사근사근하게 건넸다. 결혼을 끝으로 이 집안과의 채무 관계를 깨끗이 정리하고 싶다. 그러기 위해서는 더 이상의 빚을 남기지 않아야 한다. 체이스 와이즈의 심기를 건드려 태진이 사활을 건 사업에 찬물을 끼얹을 순 없다.

기어이 제 고집을 관철시켜 만족스러운 듯한 체이스의 뒤를 수안은 천천히 따랐다. 이곳에서 수년째 일하면서도 이렇게 느긋이 마리나를 거닐어 보는 처음이다. 겨우 몇 발자국 옮기기만 하면 될 일인데, 그 정도의 여유도 가지지 못한 채 살아왔다.

"이봐요, 수안 씨."

상념에 잠겨 있던 수안은 어깨를 가볍게 두드리는 체이스의 손길에 화들짝 정신을 차렸다.

"요트, 한번 구경해 볼래요?"

우물쭈물하고 있는 수안을 대신해 체이스가 먼저 말을 꺼냈다. 그가 가리킨 건 크루즈용 요트였다. 레오니스가 이곳에 머무는 동안 이용할 수 있도록 태진이 제공한, 터무니없이 비싸 과연 몇 척이나 팔 수 있을까 의아하게 느껴졌던 그 요트.

"잘 모른다면서요. 그러니까 한번 구경해 봐요. 좋은지 싫은지."

웃으며 다가온 체이스가 슬며시 등을 떠밀었다. 남자의 커다란 손이 전하는 열기가 놀랍도록 선명하다. 수안은 순전히 그 열기를 피해 볼 요량으로 쫓기듯 다급히 요트에 올랐다. 플랫폼을 두 발로 딛고서야 바보 같은 선택을 했다는 사실을 깨달았지만, 이미 엎질러진 물이었다. 그 마음을 알아채기라도 하였던지 뒤따라 요트에 오른 체이스가 낮게 소리 내어 웃는다.

발끈하여 고개를 돌리고도 수안은 끝내 아무 말도 하지 못했다. 인정하고 싶지 않지만 남자의 미소는 매혹적이었다. 한순간, 가슴이 덜컥 주저앉을 만큼.

출항은 다분히 충동적인 선택이었다.

도서관에서 수안을 데려 나올 때만 하더라도 그저 함께 바닷바람이나 쐴 작정이었다. 자칫하면 모든 것을 엉망으로 만들어 버릴지도 모를 무모한 짓을 벌일 마음 같은 건, 정말이지 추호도 없었다.

순전히 저 여자 탓이다.

뱃머리의 데크 위를 서성이고 있는 수안을 내려다보며 체이스
는 열기 섞인 한숨을 내쉬었다. 조금의 여지도 주지 않고 달아나
려고만 하는 이수안. 그녀를 지켜보고 있노라면 여자를 대하는
요령은 까맣게 잊히고 애송이 같은 조바심만 커진다.

"두고 갔던 물건은 찾으셨나요?"

시선을 느낀 수안이 고개를 들었다. 희미하게나마 미소를 띤
얼굴이다.

"글쎄요."

체이스는 어깨를 으쓱거리며 콕핏에 올랐다. 휠을 잡는 손길에
서 흥분과 설렘이 묻어났다. 이미 주사위는 던져졌으니 남은 건
이 무모한 도전의 결과뿐이다.

"……체이스 씨?"

커다래진 수안의 눈에 의문이 들어찼다. 동시에 체이스의 휴대
폰에 한 통의 메시지가 도착했다. 출항 신고 완료. 클럽하우스에
서 보내온 통보를 확인한 체이스는 주저 없이 메인 세일을 올
렸다. 무슨 일이 벌어졌는지 수안이 깨달았을 때는 이미 요트가
수상 계류장을 떠난 후였다.

"멈춰요!"

새파랗게 질린 수안이 소리쳤다. 그러나 체이스는 아무것도 듣
지 못하는 양 유유히 휠만 조작했다. 그리 세지도 약하지도 않은,
항해에 꼭 알맞은 바람이 불었다. 금세 속력을 높인 요트가 나아
가는 방향을 따라 아름다운 파문이 일었다.

"이게 무슨 짓이에요?"

우왕좌왕하던 수안이 콕핏으로 달려왔다. 당장 기절해 버려도 이상하지 않을 것 같은 수안의 얼굴을 마주하고도 체이스는 태연했다. 죄책감을 느낄 거였다면 이런 일은 벌이지 않았다.

한정된 시간.

경계심을 늦추지 않는 여자.

이 두 난관을 타개해 볼 방책은 결국 저돌적인 정면 돌파, 그 하나뿐이다.

"나쁜 짓 하려는 거 아니니 안심해요."

"이봐요, 와이즈 씨!"

"바람이나 쐬러 가죠. 숨 좀 트이게."

체이스는 웃으며 말했다. 수안은 기가 막히다는 듯 동강 난 탄식을 내뱉었다. 할 말을 잃은 입술이 바르르 떨리고 있다.

"정 돌아가고 싶다면 여기서 내려도 붙잡진 않겠지만, 그러면 수안 씨가 좀 곤란해질 것 같은데."

체이스는 가벼운 고갯짓으로 점점 멀어져 가는 마리나를 가리켰다. 낭패한 얼굴을 한 수안은 콕핏의 뒤편에 설치된 벤치에 쓰러지듯 주저앉았다. 이마를 짚는 손이 작은 체구와 어울리게 가날프다. 저래서야 힘주어 만지기도 조심스럽겠군. 문득, 욕망이 일듯 떠오른 생각에 체이스는 멋쩍게 실소하였다.

"정말, 지독히도 무례하시네요."

구조 요청이라도 할 태세로 휴대폰을 만지작거리던 여자는 얼마 지나지 않아 완벽한 체념의 상태에 도달했다.

"칭찬으로 받아들이죠."

체이스는 빙글거리며 능청을 떨었다. 더 이상의 입씨름은 무의

미하다 판단하였던지 수안은 아무 반박도 않고 돌아서 선미로 내려갔다.

요트가 속력을 낼수록 바람이 거세졌다. 핸드백을 뒤져 핀을 찾아낸 수안은 헝클어진 머리칼을 느슨하게 틀어 올렸다. 풍력을 이기지 못해 흘러내린 몇 오라기의 머리칼이 진줏빛의 목덜미와 뚜렷한 대조를 이루었다.

입술을 굳게 다문 체이스는 저도 모르게 움켜쥔 휠의 매끈한 곡선을 어루만졌다. 손바닥을 적신 땀이 유영하는 물뱀처럼 느릿느릿, 지문을 따라 흐른다.

"커피 마실래요?"

흐린 의식 속으로 거짓말처럼 다정한 남자의 목소리가 흘러들었다. 눈을 감은 채 바람을 느끼던 수안은 인기척이 느껴지는 방향으로 천천히 고개를 돌렸다. 꿈이 아니다. 요트를 조종하고 있어야 할 체이스가 그녀 앞에 우뚝 서 있었다.

"걱정 마요. 오토파일럿 작동시켜 뒀으니까."

체이스는 웃음 섞인 말로 수안의 염려를 가라앉혔다. 속내를 들킨 것 같아 머쓱해진 수안은 공연히 손끝만 내려다보았다.

"어쩔 수 없네. 대답을 안 해 주니까 내 취향대로 가져오는 수밖에."

혼잣말을 중얼거린 체이스는 수안을 남겨 두고 갤리로 향했다.

유리창 너머로 보이는 그의 모습을 수안은 흘긋흘긋 곁눈질로 살폈다. 그녀 쪽으로는 눈길 한 번 주지 않고 체이스는 여유롭게 커피를 내렸다. 팔다리가 유난히 긴 탓인지 아주 작은 움직임도 시원스럽고 우아해 보였다.

　얼마 지나지 않아 체이스는 큼지막한 두 개의 머그잔을 들고 라운지로 나왔다. 아직 서늘한 밤공기 사이로 은은한 커피 향이 번졌다.

　"시럽은 안 넣었어요."

　한마디 툭 던지고 체이스는 수안의 옆자리에 앉았다. 두 손으로 머그잔을 감싸 쥔 수안은 움찔거리며 몸을 물렸다. 그러나 체이스는 수안이 물러난, 꼭 그 거리만큼 다가왔다. 그리하여 간격은 다시 원점. 차라리 맞은편 자리로 옮겨 갈까 고민하던 수안은 이내 단념했다. 이 남자는 분명 아무렇지 않은 얼굴로 그곳까지 따라올 터였다. 그 어색함을 견딜 자신이 없다.

　"어디쯤인가요?"

　망망대해를 살피던 수안이 물었다.

　"해도상으론 앵강만이라는 곳."

　"앵강만……. 그렇군요."

　담담히 되뇌는 수안의 입가에 언뜻 미소가 번졌다.

　"앵강이라는 지명이 무슨 뜻인지 아세요?"

　뜻하지 않았던 말이 멋대로 흘러나왔다. 체이스는 고개를 갸웃거려 보이는 것으로 다음 말을 재촉했다.

　"앵강. 꾀꼬리의 눈물이라는 뜻이래요. 저기, 저 만에 산이 있는데, 비가 많이 오는 날 그 산에서 바다로 흘러오는 계곡물 소리가 꼭 꾀꼬리의 울음소리 같아서 그런 이름이 붙었대요. 지명이 참 시적이고 아름답죠?"

　"자주 오는 곳인가 봐요?"

수안을 보는 체이스의 눈길이 온후해졌다. 그 온기에 의지하여 수안은 쭈뼛쭈뼛 말을 이었다.

"아니요. 꼭 와 보고 싶기는 했지만, 한 번도 와 본 적은 없었어요."

"리조트에서 여기까지 금방일 텐데, 왜?"

"그냥. 겁이 났어요."

"뭐가?"

"너무 아름다워서 슬퍼질까 봐."

봄볕에 꽃망울이 터지듯 숨겨 온 속내가 툭 터져 나왔다. 무심결에 드러내 버린, 가장 연약하고 진솔한 마음의 편린. 한심하게 굴고 있다는 후회가 찾아왔지만 이미 뱉은 말을 주워 담을 길은 없었다.

"언젠가는 오겠지 했는데, 이렇게 와 보게 될 줄은 몰랐네요."

수안은 얼른 일어나 뱃머리로 다가갔다. 그곳에 서자 고요한 호수 같은 앵강만이 한눈에 들어왔다. 하얀 보름달이 떠오른 하늘 아래에서 바다는 온통 은빛으로 일렁이고 있다. 상상보다 몇 갑절은 더 아름다운 바다다.

글썽이는 바다라고, 수안은 무심결에 생각했다.

달빛에 비치어 반짝이는 잔물결이 꼭 두 눈 가득 고인 채 흐르지 못하는 눈물의 글썽거림 같다. 꾀꼬리의 눈물 같은 물줄기를 받으며 고요히 눈물짓는 바다. 두 팔을 뻗어 가만히 그 바다를 보듬은 듯한 형상의 해안선. 그 애련한 어울림에 가슴이 시큰거린다.

"흐르는 물소리가 새의 울음처럼 들린다……. 세상엔 참, 외롭고 쓸쓸한 사람이 많은가 보다."

어느새 뒤따라온 체이스가 수안의 곁에 섰다.

"흐르는 물소리가 꼭 꾀꼬리 울음소리처럼 들렸다는 그 사람. 참 외롭고 쓸쓸했을 것 같아. 안 그래요?"

외로움. 쓸쓸함.

유창한 한국어로 전하는, 이 남자와는 좀처럼 어울리지 않는 이질적인 단어들을 수안은 반복하여 되뇌었다. 그러자 세상을 제 발아래에 두고 살아가는 듯 거침없고 오만하게 느껴지는 이 남자의 이면이 문득 떠올랐다. 자료라는 명목으로 수집된 정보를 통해 뜻하지 않게 들여다보게 된, 어쩌면 평생 아물지 못할지도 모를 상흔들.

한국계 입양아인 그의 아버지는 대학에서 만난 친우와 함께 컴퓨터 프로그램을 만드는 작은 벤처 기업을 세웠다. 그 회사가 바로 지금의 레오니스였다. 그러나 자신의 회사가 거대한 기업으로 성장하는 것을 보기도 전에 그는 살해당했다. 돈을 노리고 침입한 강도들이 벌인 일이라고 했다. 그날 두 부부와 어린 딸은 모두 총상을 입어 사망하고, 친구네서 하룻밤을 묵고 오기로 하였던 아들만 목숨을 구했다. 하루아침에 천애 고아가 된 그 아이를 거둔 것은 아버지의 동업자이자 친우였던 폴 와이즈. 그렇게, 체이스 맥밀런은 체이스 와이즈가 되었다.

세인들의 말처럼 그는 행운아인지도 모른다. 비록 비극적으로 가족을 잃었지만 훌륭한 인품을 갖춘 양부모를 만났으니까. 그들은 아버지 몫이었던 회사의 지분을 체이스가 고스란히 상속받도록 해 주었고, 레오니스 소프트웨어가 비약적인 성장을 이뤄 체이스는 자연스레 세계적 기업의 대주주가 되었다. 그뿐인가. 폴 와이즈는 요트에 매료된 체이스를 위해 요트 레이싱팀을 사들이는 것으로 양자를 향한 무한한 애정을 증명해 보였다. 세상 모든 향응이 제 것인 삶이라 해도 과언은 아니었다.

그럼에도 수안은 체이스 와이즈의 삶에 묘한 연민을 느꼈다.

원하는 모든 것을 가질 수 있을 사람이기에, 어쩌면 가진 전부를 내놓아도 끝내 가질 수 없을 것들이 더욱 사무칠지도 모른다는 생각을 하였다. 사적인 감정을 배제하기 위해 털어 냈던 그 마음이 어느 결엔가 또렷이 되살아났다.

"와 보니 어때요? 생각했던 것처럼 너무 아름다워서 슬퍼요?"

데크의 난간에 기대선 체이스가 진중하게 물었다. 어떤 말도 할 수 없어 수안은 커피에서 피어오르는 하얀 김만 하릴없이 바라보았다.

"너무 슬퍼 말아요. 이 바다, 마냥 서럽지만은 않을 거예요. 저렇게 따뜻하게 안아 주는 해안선이 있으니까."

침묵 뒤에 숨긴 마음을 들여다보기라도 한 듯 체이스가 말했다. 깜짝 놀라 수안은 하마터면 손에 쥔 머그잔을 떨어뜨릴 뻔하였다.

"그게, 무슨……."

설마 했다. 설마 당신이, 내 마음을 어떻게 알까. 그러나 체이스는 명료한 말로 마음의 빗장을 부서뜨렸다.

"소리 없이 우는 바다를, 해안선이 꼭 안아 주는 형상이잖아요."

앵강만의 정경을 살피는 체이스의 눈길이 가없이 따스하다. 어쩐지 눈물이 날 것 같아 수안은 두 눈에 잔뜩 힘을 주었다.

"사실 리조트가 아닌 곳에서 당신을 본 적 있어요. 물미 해안이라는 곳에 있는 카페였어. 해안 절벽 위에 지어진, 하얀 지중해풍의 건물."

커피로 목을 축인 체이스의 목소리가 한결 낮고 깊어졌다.

"미리 한국에 와 여행을 하던 길이었는데, 우연히 들른 카페에서 당신을 봤어요. 테라스 자리에 앉아 있던, 하얀 원피스를 입은 여자. 다가가 말을 걸어 보고 싶었지만 그러지 않았지. 여행길에, 장난처럼 만나 볼 여자가 아닌 것 같아서. 그런데 그 여자를 뜻하지 않게 다시 만났어요. 꼭 운명이니 인연이니 하는, 그런 것처럼."

수안의 얼굴은 점차 사색으로 질려 갔다. 그날 자신이 어떠한 모습을 하고 있었는지는 기억나지 않는다. 머리도, 가슴도 텅 비어 버린 날이었으니까. 하지만 한 가지는 확신할 수 있다. 그건 누구에게도 보이고 싶지 않은 모습이었다. 손끝에 인 거스러미처럼 불편한 저 남자에게는 더더욱.

"이 정도면 이유가 돼요?"

체이스는 성큼 한 걸음 내딛어 수안과의 거리를 좁혔다.

"내가 이수안이란 여자에게 다가서는 이유. 여자 밝히는 놈이 재미 삼아 거는 수작이 아니라 당신이란 여자를 알고 싶은 진지한 관심이라면, 당신도 날 진지하게 생각해 줄까?"

목소리가 낮고 부드러워질수록 그에게서 느껴지는 위압감은 커졌다.

다리의 힘이 풀려 버릴 것만 같은 위기에서 수안을 구해 준 건 콕핏에서 들려온 무전 소리였다. 얼굴을 찌푸린 체이스가 서둘러 플라이브리지로 올라가고 수안은 선미에 홀로 남겨졌다.

하얀 달이 구름 뒤로 자취를 감추자 은빛으로 난만하던 밤바다
도 돌연 어둠에 잠겼다. 그 막막한 어둠 속에서 수안은 흐트러진
숨결을 골랐다. 심장의 고동 소리 사이로 체이스와 해경이 주고
받는 무전 소리가 흘러들었다. 얼마 지나지 않아 달은 구름을 빗
겨 났다.

"가까운 곳에 정박해야겠어요."

다시 시작된 잔물결의 반짝임을 따라 체이스의 목소리가 들려
왔다. 수안은 겨우 고개를 들어 콕핏을 올려다보았다. 오토파일
럿을 해제한 듯 체이스가 다시 휠을 잡고 있다.

"새벽 3시까지는 항해 금지라네요."

체이스가 무심히 던진 말에 수안의 표정이 아득해졌다.

사방이 트인 바다를 항해하고 있음에도 꼭 밀실에 갇힌 기분
이다. 형언하기 힘든 긴장과 떨림을 야기하는 남자와 단둘이, 달
아날 곳 없이.

요트는 만과 원해의 경계에 떠 있는 섬에 정박했다. 단 몇 가구
뿐인 섬은 꼭 무인도처럼 호젓했다.

체이스가 낯선 배의 접안에 놀라 달려 나온 섬의 이장에게 사
정을 설명하는 동안 수안은 마스터 캐빈에 몸을 숨기고 있었다.
죄를 지은 건 아니지만 공연히 뜨끔했다. 오해에 불과하다 할지
라도 남자와 아무렇지 않게 밤을 보내는 여자로 보이고 싶진
않다. 질색이다, 그런 건.

"머물다 가도 된다고 해 주셨어요. 뭐 필요한 거 있으면 말하라
고도 하시고. 좋은 분 같네요."

요트로 돌아온 체이스는 서그럽게 웃었다. 하고 싶은 말은 많지만 수안은 침묵을 택했다. 요트가 정박한 이곳 노도는 뭍과 지척이다. 그럼에도 굳이 해로의 통행금지가 해제될 때까지 꼼짝달싹할 수 없는 곳을 택한 체이스의 의도가 수안을 망연하게 했다. 너무도 뻔뻔한 나머지 차라리 담백하게 느껴지는 태도다.

"저녁 안 먹었죠?"

길게 기지개를 켜며 체이스가 물었다. 수안은 대답 대신 조용한 심호흡을 했다. 힘주어 맞잡은 두 손 위로 뼈마디가 하얗게 불거졌다.

"좀 쉬고 있어요. 저녁 차릴게. 뭐 먹고 싶은지 물어도 대답 안 해 줄 것 같으니까 메뉴는 내 마음대로."

웃으며 돌아서는 남자가 수안은 순간 못 견디게 미워졌다. 흥미를 가진 여자에게 저 남자는 늘 이런 식이겠지. 이렇게 오만하게, 이렇게 제멋대로. 상대의 마음 같은 건 생각지도 않고.

"체이스 씨."

수안은 단호히 자리에서 일어섰다. 막 선실을 나서려던 체이스가 반쯤 몸을 돌려세웠다.

"저에 대해, 아무것도 모르시잖아요."

"무슨 말이에요?"

"얼굴. 이름 석 자. 그 외엔 저에 대해 아시는 게 없잖아요."

"그렇죠. 아직은."

체이스는 기꺼이 수긍했다. 아무렇지 않아 하는 모습이 당혹스러웠지만 수안은 물러서지 않았다.

"그런데 어째서 제게 관심을 가지시는 거죠? 아무것도 모르는 사람을, 왜?"

"설마 정말 궁금해서 묻는 거예요? 연애, 안 해 봤어요?"

체이스는 느릿한 걸음으로 수안의 지척까지 다가왔다.

"남녀의 만남이란 게 그런 거 아닌가? 잘 알지 못하는 상대지만 호감을 느끼고, 그 사람을 알고 싶어 연애를 하고. 상대를 잘 알아야만 연애할 수 있는 자격이 생기는 거라면, 세상에 있는 연인들의 90프로는 자격이 없을걸. 안 그래요?"

"그런 가벼운 만남, 저는 싫어요."

"가벼운 만남?"

"네. 즐기듯 가벼운 연애 같은 거, 하고 싶지 않습니다. 공적인 관계에 놓인 사람과는 더더욱."

"그래요? 그럼, 잘 알지도 못하는 남자를 소개받고 다니는 것도 가벼운 연애 놀음이 싫어서인가?"

체이스의 눈빛이 날카로워졌다. 명치를 가격당하는 듯한 느낌에 수안은 뜨거운 숨을 몰아쉬었다.

"한국말로는 선이라고 한다던가? 그런 자리였던 거잖아요. 내가 당신을 처음 봤던 날도, 오늘도. 여전히 울어 버릴 것 같은 얼굴을 하고 있는 걸 보면 당신이 추구하는, 그 진지하고 무거운 만남의 결과도 썩 좋지는 않은 게 분명하고."

체이스는 여지를 주지 않고 몰아붙였다. 약점을 집요하게 파고드는 그가 원망스러웠지만 수안은 반박하지 못했다.

사실이다.

저 남자의 잔인한 말에는 조금도 틀린 구석이 없다.

"무거운 만남에 짓눌려 숨이 막히면 가벼운 연애도 한번 해 봐요. 손해 볼 거 없잖아."

취조하듯 몰아붙이던 체이스의 어조가 슬며시 부드러워졌다.

"난 가볍지 않지만 당신이 가볍다 치부하니까 뭐, 그렇다고 해두고. 어쨌든 해 보지도 않고 지레 겁먹을 필요는 없잖아요. 이해득실을 한번 따져 봐요. 계산적이라고 흠잡진 않을 테니까."

"제 말은 그런 뜻이……."

"나와 연애를 해서 얻을 수 있을 것과 잃을 것들, 철저히 따져 봐요. 그런 후에 대답해요. 기다릴게."

체이스는 손을 뻗어 수안의 어깨를 감싸 쥐었다. 떼쓰는 아이를 달래듯 자분자분한 말투에 그만 전의를 잃어버린 수안을 홀로 남겨 두고 그는 아무렇지 않게 갤리로 향했다.

얼마 지나지 않아 저녁을 준비하는 분주한 소리가 들려오기 시작했다. 요리에 능숙한 듯 남자의 칼질 소리는 규칙적이고 경쾌하다.

여자는 매사에 조심스럽다. 담장 위를 걷는 고양이처럼 조심조심. 살금살금. 음식을 먹을 때도 마찬가지다. 자그마하게 자른 음식 조각을 입속으로 가져가선 조심스레 오물오물. 맛있게 먹는 편이랄 순 없지만 귀염성 있어 보기 좋았다. 지금의 마음 같아서야 이 여자의 어떤 모습인들 좋아 보이지 않겠느냐만.

느긋하게 식사를 하는 내내 체이스는 한시도 수안에게서 시선을 떼지 않았다. 저돌적인 대시에 어쩔 줄 몰라 쩔쩔맸던 것과 달리 지금, 그의 눈앞에 앉아 식사를 하고 있는 수안의 태도는 자못 의연했다. 분명 돌을 씹는 기분일 텐데도 꿋꿋이 자리를 지키며

제 몫의 음식을 먹어 냈다. 뜻밖에도 단호한 구석이 있는 여자다.

"맛있죠?"

체이스는 샐러드 접시를 수안 쪽으로 슬쩍 밀어 주며 물었다. 줄곧 식탁만 쳐다보고 있던 수안이 천천히 시선을 들었다.

"이런 경우에는 보통 '맛있어요?' 하고 묻는 거 아닌가요?"

"맛있다는 걸 이미 알면서 굳이 그런 식으로 물을 필요는 없지 않나?"

"사람마다 입맛은 다른데, 어떻게 맛있을 거라고 확신하시죠?"

"왜요? 맛이 없어요?"

체이스는 정색하는 투로 되물었다. 지기 싫은 듯 말꼬리를 잡는 수안이 귀여워 절로 장난기가 발동했다.

수안은 선뜻 대답하지 못했다. 계속 고집을 부릴지 한 걸음 물러설지 치열하게 고민하는 표정. 웃음을 참기 위해 체이스는 안간힘을 썼다.

"······아뇨."

포크를 만지작거리던 수안이 조그맣게 대답했다.

"맛있어요."

기어들어 가는 목소리로 덧붙인 말에 체이스는 그만 참았던 웃음을 터뜨려 버렸다. 이런 상황에서도 거짓말을 못하는 여자라. 재밌다. 알수록 더 궁금해지는 여자다, 이수안.

"뭐 하나 물어봐도 돼요?"

체이스는 상체를 기울여 식탁 앞으로 바투 다가갔다.

"지금 나랑 얼굴 마주하고 있을 기분이 아닐 텐데, 어째서 같이 밥을 먹어 주고 있어요?"

체이스는 느리게 와인 잔의 가장자리를 매만졌다. 얇은 유리와 마찰하는 손끝에 연약한 떨림이 일었다. 그 감각이 꽤나 관능적이다.

"저 때문에 차리신 거잖아요, 그것도 직접."

수안이 고개를 갸웃거렸다. 처음부터 자신에게는 선택의 여지가 없었던 게 아니냐는 듯이.

"그렇긴 하지만, 수안 씨가 싫으면 그 정도 정성이야 무시해 버려도 그만일 텐데."

"그러길 바라셨나요?"

수안은 이제 정말 혼란한 얼굴이다. 자신이 무엇을 좋아하는지도 모른 채 살아가는 여자. 선택이란 걸 할 줄 모르는 여자. 싫든 좋든 주어진 상황은 묵묵히 받아들이는 법밖에 모르는 여자.

대체 어떤 삶을 살아온 여자일까, 당신은.

"물론 맛있게 먹어 줬으면 했지만, 그렇게 억지로 꾸역꾸역 먹으면 체해요. 그러니까 식사는 그만하고 산책이나 하죠."

체이스는 정중하지만 완고한 손길로 수안을 일으켜 세웠다. 수안이 쥐고 있던 포크가 접시 위로 떨어지며 맑고 날카로운 소리를 만들어 냈다. 난처해하는 수안을 향해 체이스는 어느 때보다 다정한 미소를 보냈다.

"파도 소리가 듣기 좋으니까 좀 걸어요. 소화도 시킬 겸. 오케이 사인 떨어질 때까진 나쁜 짓 안 할 테니 그건 걱정 말고."

파도가 밀려올 때마다 몽돌로 이루어진 해변이 도르르도르르 노래한다. 물살이 정련한 돌멩이들이 파도와 몸을 섞으며 만들어

내는 소리는 맑고, 아름답고, 조금은 쓸쓸했다.

수안은 해변 끝에 멈추어 선 채로 밤바다의 노래를 경청했다. 부드러운 해풍과 파도 소리 속에서 마음이 차츰 평온해져 갔다. 이루 말할 수 없이 불편한 남자와 동행하고 있음에도.

시간이 흐를수록 달은 더욱 크고 환해졌다. 그 빛을 머금은 물거품으로 밤의 해변이 소란하다. 무엇에 홀린 듯이 바다를 향해 다가간 수안은 밀려온 파도가 구두 끝에 닿는 곳에서 걸음을 멈추었다. 뒤따르는 체이스의 기척이 희미하게 느껴졌다.

'이 조건을 받아들이신다면 전 이수안 씨와 결혼할 겁니다.'

지극히 사무적이고 차가웠던 남자의 말이 파도 소리 사이로 떠오른다. 그 남자도 누군가에게는 다정한 연인이겠지. 생각이 거기까지 미치자 차라리 바닷물에 뛰어들고 싶을 만큼 외로워졌다.

사랑 같은 거, 맹세컨대 단 한순간도 동경해 본 적 없다. 수안에게 사랑은 이기적인 광증의 또 다른 이름에 지나지 않았다. 그따위 사랑, 피할 수 있다면 평생 피하며 살고 싶었다. 진심으로 그것을 바랐다. 그런데도 이토록 가슴이 시린 건, 어쩌면 당신 때문이 아닐까.

수안은 체념하듯 체이스를 향해 돌아섰다. 일회적 관심에 불과하다 하더라도, 저 남자를 스쳐 간 많은 여자 중 하나에 불과해진다 하더라도 한 번쯤 욕심내 보고 싶을 만큼 따뜻하고 다정한 남자.

미친 척 저 남자와 연애를 해 보면 어떨까 생각했다. 능수능란한 남자다. 한껏 즐기고 깔끔하게 끝맺음을 할. 그렇다면 누구도 손해 보지도, 상처 받지도 않는 연애일 수 있지 않을까. 누구도 모를, 은밀한 일탈처럼.

정말 싫다, 당신.

수안의 눈길에 원망이 실렸다. 그런 말도 안 되는 열망을 품는 스스로가 끔찍했다. 당신만 아니면 아무렇지 않았을 텐데. 도서관에 숨어 마음을 가라앉히고, 아무렇지 않게 집으로 돌아가 뜨거운 물로 샤워를 하고, 음악을 듣고, 그리고 억지로 잠을 청하고 나면 아무것도 아닌 일이 되었을 텐데.

당신만 아니었다면.

당신만 없었다면.

수안은 충동적으로 바다를 향해 걸어갔다. 물이 발목까지 닿는 곳에서 걸음을 멈추고 차가운 바닷물로 손을 씻었다.

무슨 생각을 하고 있는지는 스스로도 알지 못한다. 다만 열기를 식히고 싶었다. 한순간의 충동에 휩싸여 말도 안 되는 짓을 벌이지 않도록. 오직 그 강박 관념에만 매달려 있느라 수안은 자신이 발을 헛디뎌 휘청이고 있다는 사실도 자각하지 못하였다. 겨우 정신을 차렸을 때는 이미 철퍼덕 넘어져 버린 후였다. 기다렸다는 듯 덮쳐 온 파도가 수안을 흠뻑 적셨다.

"뭐 하는 거예요? 괜찮아요?"

놀라 달려온 체이스가 수안의 어깨를 붙들었다.

"다친 덴 없어요?"

맥을 놓은 수안을 일으키기 위해 체이스는 깊이 몸을 숙였다. 순간 수안은 기함하며 체이스를 밀쳐 냈다. 젖은 몸에 닿은 그의 손이 너무 따뜻해 두려웠다. 그 온기에 의지하게 될까 봐. 끔찍한 인내로 쌓아 올린 공든 탑을 제 손으로 무너뜨리게 될까 봐.

무방비 상태이던 체이스가 넘어지며 요란한 물보라가 일었다. 그제야 자신이 벌인 일을 상기한 수안은 당혹감으로 얼어붙었다. 반면 체이스는 조금의 불쾌한 기색도 없이 웃음을 터뜨렸다.

"수안 씨 보기보다 힘이 세네."

체이스는 가뿐히 몸을 일으켜 수안 앞에 섰다.

"괜……찮아요?"

"지금 내 걱정 할 때가 아닌 것 같은데. 자, 일어나요. 감기 걸리겠어."

겁에 질려 있는 수안을 향해 체이스가 손을 내밀었다. 수안은 엉겁결에 그 손을 잡았다.

크고 단단하며 따스한 손.

해변에서 요트까지 돌아오는 내내 그 손에 의지하였다. 두려운 만큼 설레고, 그 설렘의 크기만큼 어김없이 슬퍼져 눈물이 날 것 같은 기분이 들었다. 겨우 한 남자의 손길 때문에.

요트로 돌아오기 무섭게 욕실로 들어선 수안은 그 기억을 지우듯 거듭하여 손을 씻었다. 그럴수록 그 손의 촉감과 온기는 도리어 선명해졌다.

어떡하지.

막막해진 수안은 울음을 터뜨릴 것 같은 얼굴로 자신의 손을 내려다보았다. 갑작스러운 노크 소리가 들려온 건 그때였다. 욕실 문이 잠겨 있다는 것을 알면서도 수안은 헐레벌떡 옷을 집어 들어 벗은 몸을 가렸다.

"욕실 문에 가운 걸어 뒀으니 입어요."

짧은 말을 남기고 체이스는 욕실 앞을 떠났다. 멀어지는 발걸음 소리를 확인하고서야 수안은 제대로 숨을 쉴 수 있었다. 하지만 얼마 지나지 않아 새로운 당혹감이 숨통을 졸랐다. 옷이 젖어버렸다. 속옷까지, 흠뻑.

"……어떡해."

수습해 볼 길이 없을 만큼 엉망으로 젖어 버린 옷가지에 얼굴을 묻으며 수안은 그 자리에 털썩 주저앉았다. 무심히 쏟아지는 샤워기의 물줄기가 붉게 달아오른 몸을 적신다.

어떡해.

어떡해, 나.

"앉아 봐요."

기척도 없이 문이 열리고 체이스의 음성이 건너왔다. 물기를 꼭 짠 옷을 드라이어로 말리는 참이던 수안은 방어적인 자세로 돌아섰다. 체이스는 닫힌 선실 문에 기대서 있었다. 수안처럼 그 역시 가운 차림이다.

"앉아 봐요, 얼른."

체이스는 뻣뻣이 서 있는 수안을 끌어다 소파에 앉혔다. 수안은 이미 충분히 꼼꼼하게 여민 가운 자락을 두 손으로 꼭 붙들었다.

"무슨…… 일이죠?"

"치료해야죠."

"네?"

"다쳤잖아요, 아까 넘어질 때."

짧게 혀를 찬 체이스는 수안의 발치에 한쪽 무릎을 꿇고 앉았다. 그가 가져온 물건이 구급상자라는 것을 수안은 그제야 알았다. 자신의 왼쪽 발등에 날카로운 무언가에 긁힌 상처가 나 있다는 사실도.

　"괜찮아요. 별거 아니에요."

　"별거 아니라도 치료해서 나쁠 거 없죠."

　손사래 치며 일어서려는 수안을 체이스는 기어이 주저앉혔다. 달아나려 해 보아도 허사. 저항해 볼 틈도 없이 체이스의 단단한 손이 발목을 움켜쥐었다. 수안이 안절부절못하는 사이에 체이스는 느긋이 슬리퍼를 벗기고 구급상자를 열었다. 희고 작은 수안의 발은 이제 완벽히 체이스의 통제하에 놓여 있었다.

　"제가 할게요. 그러니까……."

　"가만히 있어요."

　옴짝거리는 수안의 발을 체이스는 힘주어 내리눌렀다. 그를 밀어내려다 말고 수안은 황급히 고개를 외로 틀었다. 체이스는 발을 조심스레 움켜쥔 채 소독을 하고 연고를 발랐다. 빨리 해치워 주었으면 하였지만 그는 지독히도 느릿하다. 넘어지며 다친 상처는 물론 오늘 새 구두를 신어 생긴 상처까지 꼼꼼히 살폈다.

　부끄러움을 견디지 못해 수안은 눈을 감았다. 그의 손끝이 동심원을 그리며 연고를 펴 바를 때마다 몸이 절로 움츠러들었다. 필사적으로 모아 붙인 두 무릎의 떨림도 커졌다. 그것을 감지한 듯 체이스는 작게 웃었다. 그 순간에도 복사뼈의 윤곽을 매만지는 손길은 여전히 느리고 뜨겁다.

　"발을 이렇게 아프게 하는데 왜 저런 구두를 신어요."

상처 위에 밴드를 붙여 준 체이스가 긴 한숨을 쉬었다. 수안은 어렵사리 눈을 떠 그를 보았다.

"하, 하지 마요. 이제 괜찮아요."

"괜찮기는."

코웃음을 친 체이스가 욱신거리는 종아리를 주무르기 시작했다. 한숨이 새어 나오려는 입술을 수안은 황급히 틀어막았다. 미묘하고 야릇한 감각에 온몸이 쥐가 난 듯 뻣뻣해졌다. 당장이라도 체이스를 떨쳐 내고 싶지만 그의 몸에 손을 댈 엄두가 나지 않는다.

수안은 그의 어깨 너머로 시선을 옮겼다. 침착해 보려 애썼다. 그러나 점차 뜨거워지는 그의 손을 의식하지 않기란 불가능했다. 체이스의 손이 무릎을 감싸자 호흡이 흐트러지며 발끝이 곱아들었다. 커다란 손이다. 단지 무릎을 그러쥐었을 뿐인데 손가락 끝이 허벅지까지 닿았다.

더 물러날 곳이 없다는 것을 알면서도 수안은 움찔거리며 몸을 물렸다. 그럴수록 체이스의 미소는 나른해져 간다. 뒷무릎으로 미끄러져 내려온 엄지가 여린 살갗을 자극하자 쿠션과 맞닿은 등에서 식은땀이 흐르기 시작했다.

제발.

애원이라도 하듯 바라보아도 체이스는 천연스러웠다. 이제 숨도 쉴 수 없게 된 수안을 놀리듯 고개를 갸웃거리며 허벅지 위에 멈추어 있던 손가락 끝을 움직였다. 톡톡. 피아노를 치듯이 가볍게. 장난스러워 더욱 자극적이게.

"시원하죠?"

깊은 밤, 취한 달 **95**

아무 일도 없다는 듯 체이스는 태평하게 물었다. 한시라도 빨리 이 상황을 종결시키고 싶은 수안은 과장스럽도록 힘차게 고개를 끄덕였다. 덜 말린 머리칼 끝에 맺혀 있던 물방울들이 경쾌하게 튀어 올랐다.

"그럼, 오늘은 여기까지."

힘껏 움켜쥐고 있던 수안의 무릎을 체이스는 서서히 놓아주었다. 벗겨 두었던 슬리퍼를 다시 신겨 주고, 밀려 올라간 가운의 끝자락을 손수 끌어 내려 무릎을 가려 주기까지 하였다. 시선을 둘 곳을 찾지 못해 허둥거리는 수안의 얼굴은 더 이상 숨길 수 없을 만큼 붉어져 있었다.

"이제 좀 자 둬요. 출발하려면 몇 시간 더 있어야 하니까."

수안의 어깨를 가볍게 두드리는 것을 끝으로 체이스는 마스터 캐빈을 떠났다. 문이 굳게 닫히는 소리를 듣고서야 수안은 참았던 더운 숨을 쏟아 냈다. 설렘과 수치심이 동시에 몰려들었다.

겨우 몸을 가눌 수 있게 된 수안은 곧장 침대로 갔다. 이불깃을 머리끝까지 끌어 올리고 엄마의 배 속에 든 태아처럼 몸을 웅크렸다.

별거 아니야.

다급한 혼잣말로 스스로를 다독인다.

별거 아닐 거야, 이런 일쯤.

잠에서 깬 건 자정 무렵이었다.

번뜩 눈이 떠지고서야 수안은 자신이 까무룩 잠이 들었음을 알았다. 그렇게 긴장하였으면서 아무렇지 않게 잠을 자다니. 하도 기가 막혀 웃음도 나오지 않는다.

수안은 황급히 일어나 갤리로 갔다. 극심한 갈증이 급습하듯 찾아왔다. 연거푸 석 잔의 냉수를 들이켜도 갈증은 쉬이 사라지지 않았다.

'연애, 안 해 봤어요?'

남자가 놀라워하며 건넨 물음이 떠오른다.

이변이 없다면 사랑 외엔 모든 것을 주겠다던 그 남자와 결혼하게 될 것이다. 나쁘진 않을 것이다. 남편의 마음이 다른 여자에게 있다 하여도 태진가의 천덕꾸러기로 살아온 세월보다 더 서럽진 않을 테니까. 아이라도 하나 낳고 나면 그 아이에게 정을 붙이며 살아갈 수 있을 것이다.

하지만, 평생 이 시린 외로움은 떨칠 수 없겠지.

유리컵의 표면에 맺힌 물방울을 매만지며 수안은 쓸쓸하게 웃었다. 사람의 온기를 알지 못한 채 살아온 삶이었다. 처음부터 그러하였는데도 그 결핍만큼은 익숙해지지 않았다. 알지도 못하는 온기가 늘, 애타게 그리웠다. 단지 괜찮다, 괜찮다. 부지런히 자기 최면을 걸며 견뎌 냈을 뿐.

그래서 체이스 와이즈가 밉다. 그 지난한 노력을 허사로 만드는 남자라서.

사용한 컵을 깨끗이 씻어 두고 수안은 갑판으로 나갔다. 밤이 깊은데도 바람은 그리 차갑지 않았다. 삽상한 밤공기를 깊이 호흡하던 수안은 선미에서 느껴지는 인기척에 고개를 돌렸다.

그곳에 체이스가 서 있었다. 그녀의 기척을 느끼지 못하였던지 체이스는 미동도 않은 채로 바다만 마주하고 있었다. 수안은 본능적으로 숨을 죽였다. 달아나고 싶지만 걸음을 뗄 수 없었다.

별을 스치며 시간이 흐른다.

깊어 가는 밤처럼 체이스를 보는 수안의 눈빛도 아득해졌다.

그 눈빛이 떨리기 시작한, 바로 그 순간이었다. 체이스가 걸치고 있던 가운이 벗어 버린 허물처럼 그의 몸을 타고 흘러내렸다. 플랫폼 앞으로 다가가서는 마지막 하나 남아 있던 드로즈마저 벗어 버렸다. 거짓말처럼 환한 달빛이 기다렸다는 듯 달려들어 남자의 나신을 비추었다.

수안은 당황하지 않았다. 언뜻 드러난 그의 맨가슴만 보고도 터질 듯이 뛰던 심장이 지금은 이상하리만치 잠잠하였다. 이 순간, 이 공간에 존재하는 모든 것이 물 흐르듯 자연스럽다. 실오라기 하나 걸치지 않은 남자의 실루엣마저도. 부끄러움이나 당혹감 같은 감정은 일종의 작위처럼 느껴졌다.

의식하지 못하는 사이에 한 걸음, 체이스를 향해 다가섰다. 난생처음으로 본 남자의 몸은 아름다웠다. 여자의 몸과는 다른 선으로 이루어진 골격이 우아하면서도 다부지다. 손을 뻗어 만지면 약동하는 생명력이 묻어날 것도 같았다.

참을 수 없게 된 열기가 한숨으로 터져 나온 순간에 플랫폼으로 내려서던 체이스가 고개를 돌렸다. 피해 볼 겨를도 없이 두 사람의 눈이 마주쳤다. 눈앞이 아찔해져 얼어 버린 수안과 달리, 체이스는 픽, 짧은 웃음만 지어 보였다. 그리고 그는 아무렇지 않게 밤바다로 뛰어들었다. 뒤늦은 부끄러움이 밀려왔지만 수안은 여전히 그를 향한 시선을 거두지 못했다.

바다를 유유히 헤엄쳐 간 체이스는 달빛이 가장 환한 지점에서 멈추었다. 마치 달을 잡아 보려는 듯, 그의 손이 수면에 비친 달을 어루만진다. 청량하게 웃는 그를 바라보며 수안도 희미하게 미소 지었다.

달은 사람을 미치게 한다.

그러니 달빛 때문이다. 너무 밝은 달이 떠서, 그 달빛에 홀려서.

하지만 지금은 아무래도 좋았다. 어차피 순간의 마법이고 광기라면 잠시 휩쓸려 보는 것도 나쁘지 않다. 그러니까 지금은 한 가지 마음만 생각하고 싶다.

당신, 참 아름답구나.

아름다운 남자구나.

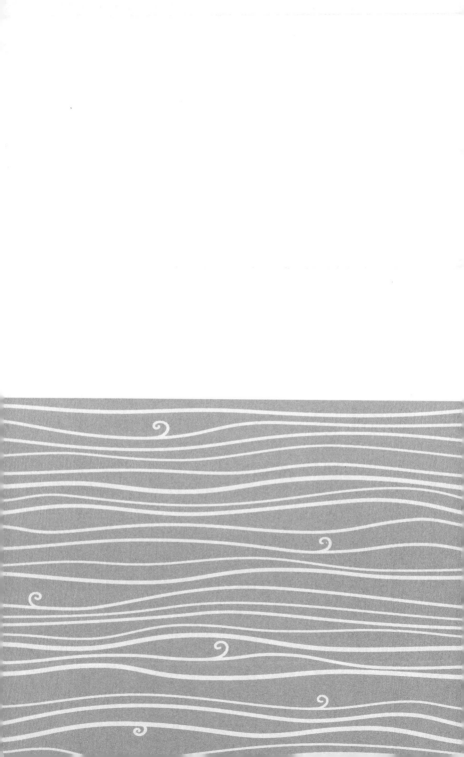

부디

카메라 셔터를 누르는 소리로 마리나가 술렁였다.

새 요트에 적응한 레오니스가 인 포트 레이스를 펼치는 날이었다. 레오니스 블랙과 레오니스 레드로 팀원을 갈라 각각의 요트로 승부를 겨루는 식이었다. 태진 조선이 건조한 레이싱 요트는 레오니스 블랙팀이 맡았다. 체이스 와이즈가 스키퍼인 팀이다.

수안은 몰려든 구경꾼들 사이를 지나 리조트의 직원들이 도열해 있는 요트 격납고 앞으로 다가갔다. 오늘 있을 레이스를 관람하기 위해 태진의 주요 임원들이 방문할 예정이었다. 이종인 회장도 동행할 것이라 하였다. 자리가 자리인 만큼 다들 긴장한 얼굴이었지만 수안은 담담했다.

바람이 지나간 흔적들로 바다가 일렁인다.

날씨는 쾌청하게 맑지만 바람은 제법 셌다. 이런 바람 속에서의 레이스, 무섭지 않을까. 한 줄기 섬광 같은 생각이 텅 비어 있던 머릿속을 가로질렀다. 뒤이어 그림자처럼 체이스의 이름이 떠올랐다. 당연한 듯 뺨이 달아오르며 고르던 숨결이 흔들렸다.

달에 홀린 그 밤에, 수안은 밤바다를 유영하던 체이스가 돌아올 때까지 그 자리를 떠나지 못했다. 그가 선미의 플랫폼으로 올라서고서야 가까스로 고개를 돌렸지만 끝내 걸음을 뗄 수는 없었다.

어떻게 되어도 상관없다.

순간의 충동이었지만 분명 그런 생각을 했다. 죽도록 외롭고, 달빛은 또 끔찍스레 아름다우니 어찌할 도리가 없다고. 그러나 막상 다가오는 체이스의 기척이 느껴지자 본능적인 두려움으로 몸이 굳었다. 어떻게 되어도 상관없다 자포자기하였지만, 그런 식으로라도 온기를 희구하고 싶은 스스로가 진저리 쳐지게 싫었다. 그 이율배반적인 감정을 알아차리기라도 하였던지 체이스는 가만히 수안을 바라보기만 했다. 지척까지 다가온 이후로도 여전히, 아무 말 없이.

체이스의 젖은 머리칼에 맺혀 있던 물방울이 목덜미로 떨어지던 순간을 생생히 기억한다. 그 섬묘한 감각, 은밀한 떨림. 쇄골 끝에 아슬아슬하게 맺혀 있던 물방울은 얼마 못 가 가슴골 사이로 흘러내렸다. 나른한 자취를 남기며 아래로, 아래로. 수안은 입술을 가늘게 떨며 체이스의 얼굴을 마주했다. 남자의 눈빛은 맑고 깊었다. 그래서일 것이다. 뜻밖에도 위로받는 기분이 든 것은.

비틀거리며 자신의 선실로 돌아간 수안은 한잠도 이루지 못한 채 새벽을 맞이했다. 그사이 해로의 운항 금지는 해제되었다. 어느 정도 마른 옷을 챙겨 입고 갑판으로 나갔을 때, 체이스는 그곳에서 커피를 마시고 있었다. 마치 아무 일도 없었던 것처럼 수안을 보는 그의 눈길은 평온했다.

이상할 것은 조금도 없었다. 체이스는 요트를 출발시켰고, 수안은 선미에 앉아 흘러가는 바다의 풍경을 바라보았다. 어젯밤과 조금도 달라진 것이 없었다. 하지만 사실 모든 것이 달라져 버렸음을 수안은 어렴풋이 인지하고 있었다.

가까운 항구에 내려 달라고, 리조트가 위치한 만과 가까워졌을 무렵 용기를 내 부탁했다. 다행히 그는 별다른 고집을 부리지 않고 수락해 주었다.

'기다리고 있을게요.'

요트에서 내리는 수안의 뒷등을 향해 체이스는 소리쳤다. 오만이라 해도 좋을 여유와 다정함이 공존하는 목소리였다. 너는 결국 내게 오고야 말 것임을 알고 있다는 듯이.

파르스름한 새벽빛에 물든 방파제를 따라 수안은 무심한 척 앞만 보며 걸었다. 하지만 그 순간에도 오감은 체이스를 향해 있었다.

자존심이 상한다.

그럼에도 설렌다.

상이한 두 가지 감정의 대립은 며칠이 흐른 지금까지도 여전히 치열하다. 문득문득 그 사실을 깨달을 때마다 온몸의 신경이 곤두섰다. 그 남자에게서 흘러내린 물방울이 자신의 몸을 타고 흐르던 그 순간처럼.

두 손을 힘껏 깍지 껴 잡은 수안이 고개를 들었다. 마침 임원진들이 도착한 참이었다. 이종인 회장은 그 무리의 선두에 서 있었다. 근 한 달 만에 보는 아버지의 얼굴을 수안은 무감동히 지켜보았다. 어린 시절부터 지금까지 쭉, 수안에게 있어 아버지란 존재는 철저한 타인에 지나지 않았다. 그래서 그는 미움의 대상도 되지 못한다. 미움과 원망도 결국 관심에서 비롯되는 감정이니까.

그는 사람 좋은 얼굴로 직원들과 인사를 나누었다. 수안은 다른 직원들과 마찬가지로 아버지를 대했다. 상냥한 미소. 형식적인 악수. 서로를 보는 눈길이 잠시 흔들렸지만 그것이 전부였다. 언제나 이런 식이다. 그러니 이제 와 서운할 것도, 상처 받을 것도 없다.

괜찮다 스스로를 위로하며 수안은 격납고의 반대 방향으로 고개를 돌렸다. 인파를 헤치며 경기용 유니폼을 입은 선수들이 걸어오고 있었다. 승선할 요트의 세일 색깔에 따라 선수들의 유니폼도 달랐다. 체이스는 까만 유니폼 차림이었다. 딱히 그를 찾으려 한 것은 아닌데 제일 먼저 그가 보였다.

어쩐지 멋쩍어져 수안은 귓불을 붉혔다. 그때였다. 격납고 앞을 지나던 체이스가 고개를 돌렸다. 그리고 미소 지었다. 수안을 바라보며, 오직 수안만을 향해.

레이싱팀이 행사를 위해 마련된 단상에 오르자 모두의 시선은 그곳으로 쏠렸다. 수안은 이제 목덜미까지 붉힌 채로 주위를 두리번거렸다. 다들 행사에만 집중하고 있었다. 수상한 낌새를 느낀 기색은 어디에도 없다. 그런데도 가슴이 두근거린다. 당혹감 때문인지, 아니면 그 순간 느낀, 내밀한 떨림 때문인지 분간이 가지 않는다. 아니. 그런 분간 같은 거, 하고 싶지 않다.

지리멸렬한 행사가 이어지는 동안 수안의 시선은 한순간도 단상을 떠나지 않았다. 정확히는 체이스 와이즈, 그의 얼굴 위를. 이종인 회장과 악수를 나눈 체이스가 단상을 떠나고서야 수안은 자신이 하염없이 그만 바라보았음을 깨달았다. 화들짝 놀라 짚어본 왼쪽 가슴이 여전히 두근거리고 있다.

이수안. 미쳤어, 정말.

풍속 20노트.

데이터를 확인한 레슬리의 입꼬리가 슬며시 올라갔다. 레이스용 요트는 무동력이다. 오직 바람의 힘만으로 달리는 요트에게 쾌속 항진을 돕는 바람은 호재다.

체이스 와이즈, 아주 신이 났겠구만.

"어때? 괜찮게 나오고 있어?"

코치 월의 두툼한 손이 어깨를 두드렸다. 레슬리는 여유 만만한 얼굴로 노트북 화면을 가리켰다. 레이싱 중인 요트의 성능에 관한 수치들이 그래프로 도식화되어 있었다. 현재로써는 충분히 만족스러운 결과들이다. 그것을 확인한 월의 얼굴에도 레슬리의 것과 같은 미소가 떠올랐다.

"에기르와 비교해서는 어때?"

"뭐, 비등비등해요. 하지만 속력 면에서는 미세하게나마 새 요트 쪽이 앞서네요. 돈 가져다 바른 보람이 있는데요?"

"당연히 있어야지! 그 돈을 쓰고도 보람 없으면 바다에 빠져 죽어야 할 판이었다고."

윌은 신 나게 웃으며 레슬리의 등을 후려쳤다.

아무튼 영감, 힘은 장사지.

얼얼한 등허리를 문지르며 레슬리는 모터보트의 앞머리로 나갔다. 지난 시즌 볼보 오션 레이스에 참가했던 레오니스의 요트 에기르와 이번 시즌을 위해 새로이 제작한 요트가 팽팽한 접전을 벌이고 있었다. 스타트 라인에서부터 신경전이 치열하더니 마지막 반환점을 앞둔 시점까지도 쉬이 우열을 가늠하기 어려운 레이스를 펼쳤다. 미디어팀과 기술팀을 태운 모터보트는 적절한 간격을 유지하며 두 레이싱 요트의 뒤를 따랐다. 조금 더 가까이에서 레이스를 지켜보기 위한 관람정도 동원되어 경기의 활기를 돋웠다.

레슬리는 가늘게 뜬 눈으로 체이스의 경기정을 살폈다. 요트는 바람을 거슬러 올라가는 풍상의 방향으로 운항 중이었다. 바람과 정면으로 맞서서는 달릴 수 없는 탓에 요트는 지그재그를 그리며 바람을 헤쳤다. 택킹Tacking 바람을 거슬러 달리는 요트가 방향을 전환하는 기술을 할 때마다 선수들은 갑판 위를 분주히 오가며 저마다가 맡은 역할에 임했다. 휠을 잡은 체이스는 적절한 타이밍을 포착해 크루들에게 명령을 내렸다.

"포트 사이드Port Side 선미에서 바라보았을 때 배의 좌측로 하이킹 아웃!"

헤드셋을 통해 체이스의 외침이 들려왔다. 얼마 지나지 않아 에기르의 스키퍼도 같은 명령을 내렸다.

강풍으로 기울어진 요트의 균형을 잡기 위해 크루들은 요트의 좌측으로 옮겨 가 난간 밖으로 상체를 내밀었다. 그것만으로 여의치 않자 스키퍼도 그에 동참했다. 그 일사불란한 움직임을 레슬리는 감탄스러운 듯 바라보았다.

요트에 오르는 순간 크루도 요트의 일부가 된다. 레슬리는 그점이 흥미로웠다. 요트는 분명 최첨단 기술과 자본의 집약체이지만 그것만으로는 완전해질 수 없다. 핵심은 숙련된 크루와 유능한 스키퍼다. 그것을 갖추고 난 후에야 기술과 자본이 시너지 효과를 발휘할 수 있다.

균형을 잡은 두 요트는 반환점을 돌며 제네커 세일Geneker sail 뒷바람을 받아 속력을 높일 때 사용되는 돛을 올렸다. 30미터에 달하는 마스트에 세일이 올라가는 광경은 장관이었다. 레오니스의 상징인 포효하는 사자 엠블럼이 하늘과 바다 사이에서 나부꼈다.

"어, 저건 뭐야?"

느긋이 레이스를 지켜보던 윌이 다급히 블랙팀의 요트를 가리켰다. 에기르의 스키퍼가 유리한 오른쪽 코스를 선점한 순간, 체이스는 자이빙Gybing 뒤에서 바람을 받으며 순항하던 요트가 반대편으로 선회하는 기술으로 방향을 전환하여 왼쪽 코스로 진입했다. 누구도 예상하지 못한 선택이었다.

"어쩌려는 거야?"

"이거, 블랙팀 속도가 무섭게 가속되는데요?"

데이터를 체크하던 엔지니어 하나가 흥분하여 소리쳤다. 팀원들은 우르르 뱃머리로 몰려나와 허를 찌른 블랙팀의 질주를 지켜보았다. 체이스의 충동적인 선택은 옳았다. 바람의 방향이 미세하게 달라지며 왼쪽 코스가 바람을 받는 최상의 위치가 되었다. 당황한 에기르의 스키퍼도 뒤따라 방향을 바꾸었으나 이미 허사였다. 레오니스 블랙의 요트는 순풍을 받아 바다 위를 활주하기 시작했다.

34노트.

레오니스 블랙의 속력을 확인한 레슬리는 헛웃음을 터뜨렸다. 이 기종의 요트가 낼 수 있는 최고 속력. 아무튼 저 녀석 직관력 하나는 기가 막힌다. 체이스 와이즈. 저 짐승 같은 자식.

앞서 나가면서도 체이스는 뒤쫓는 에기르에 대한 경계를 소홀히 하지 않았다. 에기르의 스키퍼가 방향을 전환할 때마다 자신도 방향을 전환하며 바람의 그늘을 만들었다. 두 요트 사이의 간격이 점차 커지자 관람정에서 레이스를 지켜보던 관중들의 환호성도 절정에 달하였다.

마지막 전환점에서의 승부수로 인하여 승리는 블랙팀에게 돌아갔다. 결승점을 통과할 때는 두 요트 사이의 차이가 100미터 이상 벌어져 있었다. 모자를 벗어 던지며 기뻐하는 체이스 곁으로 팀원들이 우르르 몰려들었다. 패배한 에기르의 스키퍼도 황당한 듯 웃으며 다가가 악수를 청했다. 체이스 와이즈의 완벽한 승리다.

레슬리는 데이터 자료와 노트북을 챙겨 하선했다. 마리나는 한창 축제 분위기였다. 요트의 빼어난 성능이 입증된 셈이기도 하니 가슴 졸이고 있던 태진으로서는 만세라도 부르고 싶은 심정일 것이다. 그를 증명하듯 줄곧 근엄한 표정을 짓고 있던 태진의 오너도 지금은 싱글벙글거리며 체이스를 맞이하고 있다.

번잡한 자리는 질색인 레슬리는 격납고를 향해 걸음을 재촉했다. 그곳에서 그 여자를 보았다. 체이스가 아이처럼 눈을 반짝이며 이야기하던 여자, 이수안. 체이스 쪽을 바라보고 있던 여자는 급히 몸을 돌려세우는 참이었다. 공교롭게도 눈이 마주쳐 레슬리는 조금 당황했다. 그러나 여자는 마치 준비라도 하고 있었던 듯 상냥한 미소를 머금었다.

"안녕하세요, 와이즈 씨. 참 멋진 경기였어요."

여자는 지금 상황에 가장 적합한 말을, 가장 적절한 목소리로 건넸다. 대꾸할 말을 찾지 못한 레슬리가 머뭇거리고 있는 사이에 여자는 공손한 목례를 남기고 멀어져 갔다.

레슬리는 격납고의 벽에 기대선 자세로 여자를 지켜보았다. 체이스에게는 여리고 착해 보이는 여자라 말했지만, 자신이 한 말이 과연 옳은지 확신이 서지 않는다.

저 여자를 마주할 때마다 바닥이 비쳐 보이지 않는 물이 떠오른다. 오묘하고 아름다운 빛을 띠지만 수심을 가늠할 수 없어 어딘지 위험스러운 물. 그런 물에 몸을 던지는 바보짓 같은 거, 그라면 절대 하지 않을 터였다. 하지만 체이스라면 외려 그런 점에 미혹할지도 모른다. 용의주도하고 이성적이지만 가끔은 대책 없이 무모한 바보가 되기도 하는 녀석이니까.

인파 사이로 자취를 감추기 전, 여자는 고개를 돌려 체이스를 보았다. 형언하기 어려운 감정이 담긴 눈길이지만 하나만큼은 확실했다. 무언가, 한없이 그리워지게 만드는 눈길이다. 아스라하고 애틋하여 가슴이 저미는.

저런 눈길로 나를 바라보는 여자라면.

무심결에 가정해 보자 쓴웃음이 났다.

어쩌면 상처 받는 쪽은 체이스가 아닐까.

레슬리는 염려스레 체이스를 보았다. 아니나 다를까. 체이스는 그 여자를 찾듯 마리나 곳곳을 살피고 있다. 그사이 여자는 어디론가 사라져 버렸다.

인간의 감정도 도식화할 수 있으면 좋겠다고, 격납고 문을 열며 레슬리는 생각했다. X축과 Y축 사이, 명료한 좌표로. 손해도, 상처도 없도록.

뭉개진 듯 흐리게 번진 노을이 서쪽 하늘을 잠식했다.

샤워를 마친 체이스는 산책을 핑계로 빌라를 빠져나왔다. 청바지에 리넨 셔츠를 걸친 그에게서는 그 또래 남자 특유의 활기와 여유가 묻어났다.

체이스는 느긋한 걸음으로 별관을 향해 갔다. 확실한 근거가 있는 건 아니지만 수안이 그곳에 있으리라는 확신이 들었다. 아름다운 도서관 한구석에, 그림처럼 오도카니. 그런 생각을 하자 걸음이 조금 빨라졌다. 소년처럼 들뜬 스스로의 모습이 그리 싫지만은 않다.

"어……."

도서관으로 들어서자 책 정리를 하고 있던 사서가 탄성을 터뜨렸다. 체이스는 사교적인 미소로 인사를 대신했다. 얼굴이 빨개져 허둥거리던 사서는 꾸벅 허리를 숙여 인사한 후 자신의 자리로 돌아갔다. 힐끔힐끔 시선을 던지는 그녀를 뒤로하고 체이스는 여유로이 서가를 거닐었다.

도서관은 한산했다. 샹들리에의 은은한 불빛이 창밖에서 작렬하는 석양과 어우러져 심홍색의 빛 무리를 이루었다. 가장 구석진 서가의 끝에서 걸음을 멈추자 빽빽한 장서들 너머에서부터 도

바람이 지날 때 바다를

란도란 담소를 나누는 소리가 들려왔다. 중후한 목소리를 가진 노인과 그의 말벗이 되어 주고 있는 젊은 여자.

체이스는 서가의 칸과 칸 사이에 난 틈으로 이웃한 서가를 살폈다.

역시, 수안이다.

만면에 미소를 띤 수안이 벽안의 노신사에게 책을 추천해 주고 있었다. 이 리조트의 장기 투숙객인 듯 두 사람 사이에 조성된 분위기는 편안하고 친밀했다. 주로 수안이 말을 하고 노신사는 경청하는 식. 놀라운 광경이었다. 지독히도 말수가 적은 여자가 저렇게 조근조근, 사랑스러운 수다쟁이가 될 수 있을 줄이야.

수안이 추천한 책을 몇 권 챙긴 노신사는 만족한 얼굴로 도서관을 떠났다. 입구까지 그를 배웅한 수안은 잰걸음으로 돌아와 어질러진 책을 정리하기 시작했다. 체이스는 기척을 최소화하여 그녀 곁으로 다가섰다. 저물어 가는 태양이 객혈하듯 쏟아 낸 짙붉은빛 속에서 수안은 평온한 미소를 짓고 있다.

"나한테도 추천 좀 해 줘요."

좀처럼 돌아볼 생각을 하지 않는 수안에게 체이스가 먼저 말을 붙였다. 그를 발견한 수안의 눈이 퉁방울처럼 커졌다.

"언제 오신 거예요?"

"방금. 책이나 좀 읽어 볼까 싶어서 왔는데 도무지 고르질 못하겠네요. 뭘 읽어야 할지. 그러니까 추천해 줘요. 기왕이면 수안 씨가 제일 좋아하는 걸로."

체이스는 느슨히 팔짱을 꼈다. 요구 사항을 관철시키기 전까지는 절대 물러서지 않을 태세였다. 수안은 하는 수 없다는 듯 엉거

주춤 그의 곁으로 다가왔다.

"취향을 말씀해 주시면 거기에 맞춰 추천해 드릴게요."

"그냥 수안 씨가 골라 줘요. 난 이수안 씨가 좋아하는 책을 읽고 싶은 거니까."

"어째서요?"

"당신을 알고 싶으니까."

체이스가 제시한 이유는 어린아이의 생떼처럼 명료하고 당당했다. 당황하는 대신 수안은 짤막한 눈웃음을 지었다.

못 말려, 정말.

표정으로 전하는 살가운 잔소리. 가슴이 뛴다.

"책을 참 좋아하는 것 같은데, 혹시 문학을 공부했어요?"

서가를 거닐며 책을 고르는 수안의 뒤를 체이스는 일정한 간격을 두고 따랐다. 수안은 샐긋이 미소 지으며 그를 일별하였다.

"아니요. 전공은 아니에요."

"문학이 아니라면, 음악?"

"아니요."

"그럼 미술?"

"아니요. 수학이었어요, 전공은."

"수학? 수안 씨가? 세상에. 아무리 봐도 수안 씨 적성은 아닐 것 같은데. 왜 수학을 택했어요?"

"숫자에는 마음이 없을 것 같아서요."

"마음?"

"네. 마음. 그런데 결과적으로는 잘못된 선택이었어요."

"왜?"

"마음이 없는 숫자를 보고도 마음이 아플 수 있다는 점을 간과했더라구요. 덕분에 적성에 안 맞는 공부만 지겹도록 했죠."

수안은 작게 웃으며 고개를 수그렸다. 아래 칸에 꽂힌 책을 샅샅이 살피는 눈초리가 자못 예리하다. 체이스는 팔짱을 낀 채로 그녀를 내려다보았다.

"공부는 미국에서 했나 봐요? 영어가 능숙하던데."

"네. 미국에 있었어요."

"동부?"

"네. 보스턴."

"아아. 그럼 책은 그냥 취미?"

"말하자면요."

"숫자에는 마음이 없을 것 같아 수학을 택했단 사람의 취미치고 책에는 온갖 마음들이 너무 많이 담겨 있지 않나?"

"그러게요. 그런데 참 신기하게도 책 속에 담긴 마음들은 그게 슬픔이든, 고통이든, 외로움이든 결국은 위로가 되잖아요."

"위로? 책 속에는 길이 있다. 뭐, 그런 진리 때문인가?"

체이스는 눈에 띄는 책을 무작위로 꺼내 펼쳐 들었다. 무심히 페이지를 넘기는 순간에도 시선은 오직 수안만을 향해 있었다. 하늘색 표지의 하드커버 책을 찾아 낸 수안은 청안한 얼굴로 그와 마주 섰다.

"글쎄요. 책 속에 길이 있다고 확신하진 못하겠네요. 정말 길이 훤히 제시되어 있다면 제 삶은 지금과 확연히 달라야 할 테니까."

"길도 없는데, 그럼 대체 책의 어떤 점에서 위로를 찾아요?"

"소설을 읽는다고 하루아침에 인생이 달라지는 것도 아니고 실질적인 이득이랄 것도 없지만 세상 어딘가에 이런 말을 해 주는 사람이 있다는 사실만으로도 마음이 따뜻해지는 거. 그게 소설의 미덕 같아요. 그 미덕에 위로받아요, 전.”

스스럼없이 미소를 짓는 수안의 눈시울이 조각달처럼 휘어진다.

할 수만 있다면 시간을 붙들어 두고 싶다. 숨겨 온 진심을 살그머니 보여 주는 순간. 친밀하여 사랑스러운 표정들. 이 전부를.

“아무래도 영문판이 읽기 편하시겠죠?”

해맑게 웃으며 수안이 책을 내밀었다. 《History of Love》. 생경한 작가의 책. 식은땀이 들어찬 손으로 체이스는 서둘러 책을 건네받았다.

“읽어 볼 게요. 수안 씨 생각하며, 열심히.”

“……한 가지 물어봐도 되나요.”

이만 돌아서려는 체이스를 수안이 불러 세웠다. 체이스는 눈짓으로 허락을 표시했다.

“정말, 알고 싶은 건가요?”

“수안 씨를?”

“네.”

“왜요? 아직도 내 모든 행동이 가벼운 장난처럼 느껴져요?”

“……아니요. 차라리 그렇게 느껴지면 좋겠지만, 아니에요.”

수안이 고개를 저었다. 낮게 속삭이듯 말할 때 이 여자의 목소리는 지독히도 유혹적이다. 본인은 짐작조차 하지 못하겠지만.

“그런데, 뭐가 문제지?”

체이스의 목소리에 열기가 실렸다.

“문제 될 게 없어요. 그게, 가장 큰 문제예요, 나는.”

점점 어렵다. 무슨 말을 하고 싶은 걸까, 이 여자는.

체이스는 힘주어 책등을 감싸 쥐었다. 조급하게 다가서는 순간 저 여자는 단단한 껍질 속에 자신을 숨겨 버릴 것임을 안다. 그래서 의도적인 간격을 유지했다. 하지만 그 인내가 언제까지 지속될지 모르겠다. 이런 식의 고문 아닌 고문을 받느니 차라리 무모한 애송이가 되는 편이 나을 것 같으니까.

"만약, 제가 그 제안을 받아들인다면요."

"그 제안?"

"연애해 보자는 제안. 만약 그걸 받아들인다면, 만족시켜 줄 수 있나요?"

수안은 줄곧 발부리를 향해 있던 시선을 들어 체이스를 보았다.

이 여자가 지금, 무슨 말을 하는 거야.

바다에서도 하지 않는 멀미가 날 것 같아 체이스는 슬그머니 이마를 짚었다.

"짧은 시간이지만 최상의 연애를 해 봤다고, 내가 그렇게 만족할 수 있도록 해 줄 수 있나요?"

마주 선 두 사람 위로 보랏빛의 어둠이 드리워졌다. 다행이라고, 체이스는 거푸 생각했다. 이 어둠이 없었다면 저 어리숙하여 도발적인 여자를 차마 마주 보지 못하였을지도 모른다.

"뭐, 기회만 준다면야."

태연한 척 대꾸하는 순간에도 신경은 예민하게 곤두서 있었다. 여자 앞에서 이처럼 무력해진 적이 있었던가. 기억의 갈피를 헤집던 체이스는 돌연 실소를 터뜨리는 것으로 패배를 인정했다.

없다. 단 한 번도 그런 적이 없었다.

수안을 좌지우지한다 자신하였지만, 결국 자신이 그녀의 영향력 아래에 놓여 있었다. 난생처음으로 여자에게 휘둘리는 기분은, 그러나 생각만큼 나쁘지 않다. 흥분된다. 향로를 읽기 힘든 바람과 조우한 순간처럼.

"그렇다면 해요, 연애. 해 봐요, 한번."

도발적인 말을, 수안은 지극히 사무적인 어조로 꺼냈다. 그래서 더 기가 막혔다. 무구한 얼굴로 남자를 미치게 할 셈이구나, 이 여자는.

"체이스 씨 말대로 이해득실을 따져 계산해 봤어요. 그렇게 내린 결론이에요. 어차피 시간은 한정적이잖아요. 그러니 어떤 만남이 되더라도 우리 서로 손해 볼 건 없겠죠. 나는 연애라는 게 어떤 건지 알게 되고, 체이스 씨는 흥미를 가진 여자에 관해 알게 되고. 그러면 서로에게 공평한 일이 되는 거니까. 그게 다니까."

준비한 원고를 낭독하듯 제 할 말을 쏟아 낸 수안은 다급히 몸을 돌려세웠다. 아무 일도 없었던 양 다시 책을 정리하는 그녀의 손이 바들바들 떨리고 있다. 마음을 감추는 법을 알지 못하는 여자의 연기는 어설픈 탓에 더욱 자극적이다.

이거, 제대로 한 방 먹었구나.

머리를 쓸어 넘기며 체이스는 허탈하게 웃었다. 수안이 결국 승복하리라 자신하기는 하였으나 이런 식일 줄은 꿈에도 몰랐다. 머리를 얼얼하게 한 황당함은 곧 관능적인 쾌감이 되었다.

그런 식으로 얼버무려 넘기려고?

어림도 없지, 이수안.

체이스는 흘긋 데스크를 살폈다. 반납된 책의 정리를 마친 사서는 책상에 턱을 괴고 앉은 채로 꾸벅꾸벅 졸고 있다. 그것을 확인한 체이스는 주저 없이 수안에게로 다가갔다. 수안은 서가의 맨 위 칸에, 발돋움을 하여 책을 꽂고 있는 참이었다.

어떤 예고도 없이 체이스는 와락 수안을 끌어안았다. 놀란 수안이 떨어뜨린 책과 체이스가 놓쳐 버린 책이 동시에 바닥으로 곤두박질쳤다. 수안은 있는 힘껏 버둥댔지만 그를 밀어내기에는 역부족이었다.

체이스는 양손으로 서가를 짚어 수안이 달아날 길을 차단했다. 꼼짝달싹할 수 없게 되었음을 인지한 수안의 눈동자에 더럭 두려움이 들어찼다. 언제부터 가학적인 취향을 가지게 되었는지는 모르겠으나, 그마저 짜릿한 자극으로 다가온다.

떨리는 수안의 입술 위로, 체이스는 다급히 입술을 내렸다. 서가를 짚고 있던 손을 내려 수안의 얼굴을 감싸고, 수안에게로 몸을 밀착시켜 최소한의 저항마저 저지했다. 경악하여 몸을 뒤채던 수안은 얼마 지나지 않아 기진하였다. 그것을 감지한 체이스는 천천히 수안에게서 입술을 뗐다. 혼란에 빠진 여자의 맑은 눈에 욕망에 사로잡힌 남자의 얼굴이 고스란히 비치고 있다.

"눈 감아야지."

귓속말을 속삭이며 체이스는 천천히 수안의 눈을 감겼다. 그리고 다시, 자신으로 인해 달아오른 입술에 키스했다. 느긋해진 대신 집요하게. 수안이 내쉰 체념의 한숨마저 남김없이 집어삼켰다.

파랗게 질려 있던 수안의 얼굴 위로 서서히 번지는 온기가 느껴졌다. 그럴수록 짙어지는 그녀의 체취는 의식이 아득해질 정도로 황홀하다.

미치겠어.

수안에게만 겨우 들릴 만큼 낮은 목소리로 그는 속삭였다.

미치겠어.

당신 때문에, 정말.

후회하게 될 거다.

지나치게 맑아 섬뜩한 거울을 들여다보며 반복해 중얼거렸다.

후회하게 될 거다, 분명히.

세면대의 레버를 힘주어 내리는 것으로 수안은 돌림노래처럼 반복되는 상념에 방점을 찍었다. 세차게 쏟아지던 물줄기가 멎자 갑작스러운 침묵이 밀려왔다. 수안은 허리를 꼿꼿이 펴며 한 걸음 뒤로 물러섰다.

'이번 토요일.'

우연히 마주친 리조트의 산책로에서 체이스는 대뜸 말했다. 어떤 부연 설명도 덧붙이지 않았다. 당혹감에 미간을 좁힌 수안은 본능적으로 주변을 살폈다. 얼마쯤의 간격을 두고 다른 선수들이 다가오고 있었다. 보는 눈이 신경 쓰여 얼어붙은 수안과 달리 체이스는 한결같이 느긋했다.

'그날, 당신 비번이니까.'

되묻듯 빤히 쳐다보는 수안에게 체이스는 힘주어 말했다. 수안
은 그제야 그 말의 뜻을 이해했다.

그러니까, 일종의 데이트 신청인 셈.

도서관에서의 일이 떠올라 얼굴이 달아올랐다. 가야 할 곳이
있다고, 바보처럼 더듬더듬 말을 꺼내 보았지만 체이스는 꿈쩍도
하지 않았다.

'같이 가면 되지, 그럼.'

단순한 결론을 짓는 것을 끝으로 그는 멀어져 갔다. 혹여 팀원
들에게 들키기라도 할까 염려되어 수안은 아무 반박도 하지 못했
고, 그렇게 약속은 정해졌다.

네 스스로 택한 일이야.

거울 속 자신을 보는 수안의 눈에 냉소가 감돌았다. 무모한 일
탈이다. 남는 건 상처뿐일지도 모른다. 하지만 이미 선택한 이상
되돌릴 수는 없다. 책임져야 한다. 결과가 무엇이든.

수안은 고요한 얼굴로 욕실을 나섰다. 함평댁이 늦잠을 자는지
집 안이 고요하다. 낮게 틀어 둔 라디오의 아침 방송을 들으며 수
안은 화장을 하고 머리를 매만졌다. 자꾸만 손이 떨려 평소의 갑
절은 될 시간이 소요되었다.

웃겨, 이수안. 그 남자가 뭐라고.

입고 나갈 옷을 골라 둔 수안은 급히 부엌으로 가 아침 식사를

준비했다. 남아 있는 바게트로 프렌치토스트를 만들고 샐러드를 곁들였다. 약속 시간까지 여유가 얼마 없어 절로 손이 바빠졌다.

"아가씨! 벌써 일어나셨어요?"

플레이팅을 끝마칠 즈음 함평댁이 모습을 나타냈다. 당황하는 그녀를 향해 수안은 살가운 웃음을 보냈다.

"어휴. 제가 해야 될 일을 아가씨……."

"아니에요. 제가 좋아서 하는 일이잖아요. 언니는 2층에 있죠?"

앞치마를 벗으며 수안이 물었다. 함평댁은 난처해하며 수안의 눈길을 피했다.

"아…… 큰아가씨는 어제 안 들어오셨어요. 모르셨구나."

"네?"

"리조트에서 주무신다고……. 요즘 일이 많이 바쁘시다더니, 정신이 없어서 작은아가씨께 얘기한다는 걸 깜빡하셨나 보네요."

무안함을 달래 주기 위해서인지 함평댁이 공연히 수다스러워진다. 수안은 그렇구나, 작게 대답했다. 달리 보일 수 있는 반응이 없기도 했지만 사실 그리 서운할 것도 없었다. 늘 있어 왔던 일이다. 정안이 집에 있었다 하더라도 어차피 이 아침상에는 손도 대지 않았을 것이다.

"이렇게 정성껏 차렸는데 아까워서 어째."

함평댁의 혼잣말에는 연극의 대사처럼 과장된 감정이 실렸다. 어떻게든 자신을 다독여 주려는 함평댁의 선의에 화답하기 위해 수안은 씩씩하게 웃었다. 차려 두었던 음식을 밀폐 용기에 옮겨 담고, 식기도 재바르게 정리했다.

"큰아가씨가 얼른 작은아가씨 진심을 알아주셔야 할 텐데요."

눈치를 살피던 함평댁이 슬그머니 덧붙였다. 떨리는 입꼬리를 감추기 위해 수안은 깊이 고개를 숙였다.

진심. 진심이라.

예쁨 받기 위해 최선을 다하는 동생과 그 노력을 철저히 외면하는 언니. 제삼자의 눈에 비친 두 자매의 관계는 그러할 것이다. 하지만 본질도 그럴까. 수안은 짧게 자문하고, 그보다 더 짧게 조소했다.

정안의 무기가 멸시라면, 수안의 무기는 순종이다.

정안과 함께 있어 자신이 괴로운 만큼, 자신과 함께 있어 정안도 괴롭다는 것을 안다. 자신이 더욱 낮게 엎드릴수록 그 효과가 배가 된다는 것도. 그래서 수안은 언니의 요구대로 그녀 곁에 머물렀다. 서로가 서로의 지옥이 되는 삶을 택했다. 언니는 동생의 노력을 무시하고, 동생은 언니의 무시를 무시하고. 서로가 서로의 고통을 위안 삼는 삶.

가슴 깊은 곳에 숨죽인 악마가 산다.

밀폐 용기의 뚜껑을 닫던 수안의 손이 흠칫 떨렸다. 엄마의 여죄를 대신 짊어지겠다는 순교자적 체념의 이면에 똬리를 틀고 있는 스스로의 독기가 끔찍하다.

8시.

시간을 확인한 수안은 서둘러 자신의 방으로 돌아갔다. 미리 골라 둔 옷으로 갈아입기만 하면 나갈 채비는 끝이었다. 그러나 수안은 집어 들었던 옷을 맥없이 다시 내려놓았다. 침대 위에 놓인 옷과 옷장을 번갈아 살피는 눈동자에 전에 없던 혼란이 감돈다.

오랜 고민 끝에 수안은 결국 옷장 문을 열었다. 엷은 산호색의 원피스를 꺼내는 손끝이 미세하게 떨렸다. 이 옷을 보여 주며 퍼스널 쇼퍼는 유난한 찬사를 늘어놓았다. 컬러가 정말 예쁘죠. 우아하면서도 귀여운 느낌을 주는 옷이에요. 아가씨께 딱이네요. 무심히 흘려들었던 그 호들갑스러운 말들이 느닷없이 떠올라 머릿속을 어지럽힌다.

수안은 조심조심 옷을 갈아입었다. 좋아하는 향수를 살짝 뿌리고 돌아서자 휴대폰이 울리기 시작했다. 보지 않아도 발신자를 알 수 있다.

그 남자, 체이스다.

"일종의, 노블레스 오블리주 같은 건가?"

경청하던 체이스가 흥미롭다는 듯 물음을 던졌다. 화창한 오늘의 날씨처럼 그의 목소리도 쨍하게 푸르다. 수안은 조용히 호흡을 가다듬으며 그의 옆얼굴을 흘긋거렸다. 뚜렷한 음영 탓인지 얼굴선이 조금 더 날카로워 보인다.

"아니요. 저 좋자고 하는 일이니까 그런 거창한 명분은 어울리지 않아요."

수안은 힘주어 대답했다. 별거 아닌 말을 하였을 뿐인데도 심장 박동이 빨라졌다.

십 분 일찍 나간 약속 장소에 체이스는 벌써 나와 그녀를 기다리고 있었다. 머뭇거리며 다가오는 수안을 발견한 그는 차에서 내려 직접 조수석의 문을 열어 주었다. 조금의 과장이나 어색함도 깃들지 않은, 물 흐르듯 자연스러운 매너였다. 이 남자에게 연애는 숨을 쉬듯 쉽고 일상적인 일이겠구나. 가죽 시트의 서늘한 촉감을 느끼며 수안은 멍하니 생각했다. 설레지 말자. 이 남자에게 설레면 상처 받게 될 거다, 분명.

"좋아서 하는 일? 봉사가? 그거야말로 진짜 노블레스 오블리주 같은데."

부드럽게 커브를 틀며 체이스가 웃었다. 차는 이제 광양만과 면한 해안 도로로 접어들었다. 수안이 적절한 대답을 찾기 위해 애쓰는 동안 체이스는 차창을 내리고 카 오디오를 켰다. 수안은 낮게 흐르는 음악에 의지하여 긴장을 풀었다.

"어려운 사람들을 돕고 싶은 마음으로 하는 일이 봉사죠. 전 그런 생각은 한 번도 해 본 적 없어요."

수안은 단호했다. 가식적인 겸손은 아니다. 위안거리가 필요해 낭독 봉사를 시작했고 지금도 마찬가지다. 집중하여 책을 읽고 있을 때만큼은 잡념을 깨끗이 잊을 수 있어 좋았다. 구절구절 소리 내어 읽노라면 때때로 마음에 이는 아름다운 공명이 좋았다. 지금도 그 이유에는 변함이 없다. 나. 처음부터 끝까지 온통 나로 채워진 이기적인 자기만족.

다행히 체이스는 그에 관해 더 이상 묻지 않았다. 안도한 수안은 오늘 녹음하게 될 책을 펼쳤다. 책이 읽힐 리 없지만 손에 쥐고라도 있어야 했다. 그러지 않는다면 눈길이 자꾸만 저 남자를 향할 테니까.

"그래도 다행이네요, 거짓말은 아니라."

막 남해 대교에 접어들었을 무렵, 체이스가 다시 말을 이었다. 수안은 못 이기는 척 책에서 시선을 들었다.

"가야 할 곳이 있다는 말. 난 또 거짓말인가 했지."

"제가 왜 그런 거짓말을 해요?"

"연애하자고 해 놓고선 도망치려고."

"체이스 씨, 전 약속은 지켜요."

"그래요? 썩 믿음은 안 가지만, 그래도 믿어 줄게."

바람이 헝클어뜨린 머리칼을 쓸어 넘기며 체이스가 웃는다. 한없이 보드라울 것 같은 머리칼. 바라보고 있을 뿐인데 공연히 손끝이 간질댄다.

"그런데 수안 씨는 날 절대 지우라고 안 부르네. 다른 한국 사람들은 다들 지우 씨, 지우 씨 그러던데."

체이스가 능숙하게 말을 돌렸다. 수안은 골똘한 생각에 잠긴 눈길로 그를 보았다.

"그렇게 불러 주는 편이 좋은가요?"

"아뇨. 그냥, 이유가 궁금해서."

"만약에 그렇게 불리는 게 좋았다면, 소개를 할 때 그렇게 말했을 거라고 생각해요. 그런데 아니었으니까. 분명 '체이스 와이즈'란 이름으로 스스로를 소개했으니까, 그 이름으로 불러 주는 게 예의일 것 같았어요. 상대방의 의사는 상관없이 억지로 우리라는 울타리에 편입시키려 드는 거, 그것도 일종의 이기심이잖아요."

긴장한 탓에 목소리가 떨렸다. 고개를 끄덕거리는 체이스의 얼굴에 눈에 띄게 부드러운 미소가 떠올랐다.

"수안 씨는 참, 알수록 예쁜 사람이네. 그 체이스 씨라는 호칭만 바꿔 주면 더 예쁠 텐데."

"호칭은 이미 바꿨잖아요."

"와이즈 씨보다야 낫지만, 체이스 씨도 이상하잖아. 안 그래요? 난 그 '씨'라는 한국어가 참 낯설거든. 그러니까 그냥, 편하게 체이스라고 불러요. 이제 '공적인 관계'가 아니라 '사적인 관계'니까, 그래도 되는 거잖아."

체이스는 일전 수안이 핑계로 내세웠던 공과 사의 구분을 가져와 수안을 옭아맸다. 이래서야 순순히 납득할 밖에 달리 도리가 없다.

체이스.

고개를 숙이고 조심조심 속삭여 본다. 겨우 글자 하나가 사라졌을 뿐인데 최소한의 경계마저 무너져 버린 듯 지나치게 친밀한 느낌이다.

"설마 키스까지 해 놓고 이제 와 공적인 관계라 하지는 않겠지."

이 남자는 어쩜 이럴까.

키스를 마치 평범한 일상의 단어처럼 언급하는 체이스를 수안은 경악하여 바라보았다. 연연한 선홍빛의 입술이 싱긋 웃음을 머금는다. 그 입술이 자신의 타액으로 젖어 반짝였던 순간이 떠올라 수안은 아찔해졌다. 그날, 그 순간에도 저 남자는 저런 웃음을 보였다.

"저…… 그런데 왜 은근슬쩍 말을 놔요?"

수안은 슬그머니 말을 돌렸다.

"이수안 설레라고."

체이스는 일말의 고민도 없이 답했다. 시트 깊이 등을 기댄 본새가 얄밉도록 느긋하다. 휘말려 들지 말자. 스스로를 격려하며 수안은 공연한 한숨을 길게 내쉬었다.

"하나도 안 설레요."

"거짓말. 설레면서."

"아니에요."

"정말?"

"네. 정말."

"이상하네. 정말이면, 얼굴은 왜 빨개졌어요?"

체이스가 슬쩍 눈썹을 찌푸렸다. 장난이야. 휘말려 들지 마. 주문을 걸 듯 되뇌면서도 수안은 저도 모르게 한 손을 뺨으로 가져갔다. 그 모습을 지켜보던 체이스가 키들키들 웃음을 터뜨렸다.

"이거 봐. 설레었던 거 맞잖아."

한산한 국도로 접어들자 체이스는 속력을 높였다. 차창 밖 풍경의 흐름이 빨라지자 덩달아 현기증도 커졌다. 수안은 입술을 굳게 다물었다. 저 남자와는 말을 길게 섞지 않아야겠다고, 별거 아닌 일에 토라진 어린아이처럼 유치한 다짐을 하였다.

"아쉽다. 운전 중만 아니면 키스할 텐데."

비트가 강한 곡이 끝나고 감미로운 선율을 가진 곡의 전주가 막 시작되었을 때였다. 체이스는 혼잣말을 하듯 담박하게 중얼거렸다.

연애란 거, 원래 이렇게 빙글빙글 어지러운 건가.

해답을 찾지 못할 고민을 하며 수안은 차창을 조금 더 아래로 내렸다. 기분 좋은 바람이 불어와 입술을 간질였다. 다정하고 따스하게. 그날, 그의 숨결처럼.

무심결에 아랫입술을 더듬으며 수안은 또다시 체이스에게로 눈길을 돌렸다. 한 손으로 운전대를 잡은 채 노래를 흥얼거리는 그는 편안하고 자유로워 보인다. 차창 밖으로 펼쳐진 바다와 하늘의 푸름처럼.

Lights will guide you home
And ignite your bones
And I'll try to fix you.

반복되는 후렴 구를 수안은 소리 없이 되뇌었다. 그러자 난데없이 가슴이 시큰거렸다. 그 통증은 곧 슬픔이 되어 혈관 속으로 스몄다. 눈시울이 달아오르는 것과는 반대로 손은 차가워져 갔다.

그 손을, 체이스가 잡았다. 그리고 두 사람의 눈이 마주쳤다.

노랫말보다 더욱 다정한 체이스의 미소와 청신한 초여름 햇살의 지배하에 놓인 찰나. 수안은 무방비하게 행복했다.

복지관 3층의 복도는 텅 비어 적막했다. 느리게 서성거리는 발걸음 소리가 그 공간에 존재하는 유일한 기척이다.

체이스는 복도 끝에 멈추어 선 채로 기이한 침묵의 세상을 살폈다. 3층은 대부분 녹음실로 이루어져 있었다. 간단한 녹음 시설을 갖춘 작은 방들. 봉사자들은 그곳에 들어가 맡은 책을 낭독하여 녹음했다. 수안은 2번 녹음실로 들어갔다. 널찍한 창을 통해 내부를 들여다볼 수 있게 된 녹음실은 일견 라디오 부스를 닮았다.

정오가 가까워지자 햇빛이 강렬해졌다.

노곤한 하품을 흘린 체이스는 이만 수안의 녹음실 앞으로 되돌아갔다. 수안은 여전히 녹음에만 몰두하고 있다.

"참 열심히 하죠?"

대뜸 나타난 중년의 여자가 말을 걸어왔다. 이곳에서 일하는 직원인 듯했다.

"젊은 아가씨가 참 우직하고 책임감 있어요. 덕분에 인기도 높아요. 가끔 팬레터도 오고."

"팬레터요?"

"네. 수안 씨가 낭독한 책을 좋아하는 시각 장애인분들이 많으세요. 이렇게 감사 편지 전하는 분들도 더러 계시고. 점자 편지가 오면 저희가 글로 옮겨서 수안 씨한테 전해 주고 있어요."

인자한 웃음을 띤 여자가 작은 쇼핑백을 내밀었다. 두툼한 편지 한 통이 음료수와 함께 담겨 있었다.

"눈치 없이 끼어들면 안 될 것 같으니까, 이건 남자 친구분이 대신 좀 전해 주세요."

"네. 그러죠. 고맙습니다."

체이스는 흔쾌히 쇼핑백을 받아 들었다.

그녀가 돌아가고 얼마 지나지 않아 수안이 드디어 고개를 들었다. 잠시 휴식할 모양인지 녹음을 중단하고 의자 등받이에 몸을 기댔다. 체이스는 노크 없이 녹음실로 들어갔다.

"이거. 수안 씨한테 전해 주라네요."

쇼핑백을 내밀자 무표정하던 수안의 얼굴에 슬쩍 미소가 번졌다. 체이스는 창가에 놓여 있던 철제 의자를 가져와 수안 곁에 앉았다.

"팬레터라던데 안 읽어 봐요?"

"……이따가요."

만지작대던 편지를 봉투째로 가방에 넣은 수안은 앞만 보며 물을 마셨다. 그리고 다시 낭독할 책을 펼쳤다. 《사랑의 역사》. 그에게 골라 준 것과 같은 책의 한국어판이다.

"한 시간 정도만 더 하면 끝날 거예요. 1층에 휴게실 있는데, 거기서 기다릴래요?"

수안이 조그맣게 덧붙였다. 가만히 그녀를 내려다보던 체이스는 말없이 돌아섰다. 녹음실을 나가는 대신 의자를 들고 창가로 가 그곳에 자리를 잡았다.

"저, 이제 녹음해야 해요."

"해요. 난 여기서 기다릴 테니까. 조용히, 방해하지 않고 있으면 되는 거잖아."

체이스는 눕듯이 의자에 기대앉아 눈을 감았다.

입씨름을 벌여 보아야 승산이 없으리라 판단하였던지 수안은 군말 없이 녹음을 재개했다. 얼마간은 쭈뼛거렸지만 금세 본래의 페이스를 되찾았다.

체이스는 그제야 슬그머니 눈을 떴다. 커튼을 치지 않은 창문으로 햇빛이 쏟아졌다. 비스듬한 입사각을 가진 빛살들이 마치 약속이라도 한 듯 수안을 향해 줄달음질친다. 그 자취를 좇아 체이스의 눈길도 당연한 듯 수안을 향했다.

책을 읽는 수안의 목소리는 평소와는 사뭇 다른 느낌으로 다가왔다. 여전히 부드럽고 담담한 음성인데 맑은 울림이 갑절은 더 커졌다. 목소리로 가만가만 단어들을 어루만지듯이. 그래서인지 수안이 발음하는 모든 단어들은 그 모서리가 둥글다.

매순간 저 여자를 의식한다.

관계의 우위를 점한 척, 능청을 떨며 수안을 놀리는 순간조차도. 수안을 태우고 이곳으로 오는 길에는 여자와 난생처음 데이트를 해 보는 녀석처럼 들떠 웃고 떠들어 댔다. 어쩌면 점점 더 깊이 휘말려 들지도 모른다. 하지만 이미 충동 앞에 굴복했으니 남은 길은 하나뿐.

검은빛이 깊어진 눈동자에 햇살에 휩싸인 수안의 뒷모습이 또렷한 상으로 맺혔다. 혈관을 타고 번지는 나른한 욕망에 목울대가 요동치듯 꿈틀댔다.

끝까지 가 볼 작정이다.

욕망이든 사랑이든, 그 뿌리가 온전히 드러날 때까지.

기분 좋은 수런거림이 커피 향을 타고 떠돈다.

카페는 복층으로 이루어져 있었다. 널찍한 테라스를 지나 홀로 들어서면 정면으로 카운터가 보이고, 그 오른편에 있는 목제 계단을 오르면 다락방처럼 꾸며진 공간이 나타나는 식이었다. 체이스와 수안은 그곳에 배치된 테이블에 자리했다. 파티션으로 공간이 구획된 복층을 찾는 손님은 대부분 젊은 연인들이다. 그 아늑하고 은밀한 분위기에 두 사람은 무리 없이 녹아들었다.

"저는 캐모마일 티로 할게요."

수안은 메뉴판을 몇 번이나 정독한 끝에 결정을 내렸다. 비스듬히 턱을 괸 자세로 그녀를 지켜보던 체이스는 웃으며 차임벨을 눌렀다. 주문을 받으러 온 웨이트리스는 아직 솜털이 보송한 학생이었다. 체이스는 은은한 미소를 지어 친절에 대한 감사를 표시했다. 웃으며 돌아서는 웨이트리스의 얼굴이 홍시처럼 붉었다.

찻물이 적당히 우러나자 수안은 능숙히 차를 따랐다. 호텔리어답게 군더더기 없이 우아한 동작. 투명한 티 포트를 쥔 수안의 고운 손매를 체이스는 감상하듯 바라보았다. 절로 가늘어진 눈매가 어느 순간 부드럽게 휘어졌다.

"커피보다 차를 좋아하나 보다, 수안 씨는."

체이스는 테이블 끝에 놓인 수안의 손 위에 가만히 자신의 손을 포개 얹었다. 수안은 흠칫하여 그를 보았다. 급히 소서에 내려놓은 찻잔이 달그락, 맑은 소리를 냈다.

"아마…… 그런 것 같네요."

"케이크는 어느 쪽이 좋아요?"

팔을 뻗어 수안의 허리를 감아 안으며 체이스는 두 조각의 케이크가 놓인 접시를 가리켰다. 초콜릿 케이크와 스트로베리 무스 케이크. 고심 끝에 무스 케이크를 가리킨 수안은 쭈뼛거리며 소파 끝으로 몸을 물렸다. 피식 웃은 체이스는 곧이어 그 거리만큼 다가앉았다.

"저, 아무래도 마주 앉는 편이 편하지 않을까요?"

이제 달아날 공간이 마땅치 않아진 수안은 사정하듯 텅 빈 맞은편 자리를 가리켰다. 체이스는 일말의 고민도 없이 고개를 저었다.

"아니. 난 이 편이 훨씬 편하니 걱정 마요."

"그래도……."

"쓸데없는 걱정은 넣어 두고, 자."

체이스는 한입 크기로 뜬 무스 케이크를 수안의 입술로 가져

갔다. 포크와 체이스의 얼굴을 번갈아 살핀 수안은 맹렬히 도리질을 쳤다.

"괜찮아요. 제가 먹을게요."

"괜찮기는. 누가 수안 씨 포크질할 줄 모를까 봐 걱정돼서 그러나?"

"네?"

"연애하자면서요."

"아…… 네."

"그럼 얼른 아 해요. 팔 떨어지겠어."

단호하게 다그치자 수안은 엉겁결에 케이크를 받아먹었다. 새끼의 입에 먹이를 넣어 준 어미 새처럼 체이스는 흐뭇해졌다.

"그거, 제가 쓴 거잖아요."

조금 전의 그 포크로 뜬 케이크를 막 입을 대려 하자 수안은 화들짝 놀라 만류했다. 말뜻을 이해한 체이스는 의뭉하게 웃었다.

"뭐 어때요. 키스도 하는데."

수안의 혀끝에 닿았던 포크가 이번에는 체이스의 혀끝에 닿았다. 무스 케이크의 달콤한 풍미에 가슴마저 간질댔다.

이야기를 나누며 하나의 포크로 사이좋게 케이크를 나누어 먹었다. 주로 체이스가 말하고 수안은 고개를 끄덕이는 식이었다. 케이크 접시의 바닥이 보일 때쯤이 되자 수안의 두 볼은 병적으로 붉어져 있었다.

"이수안은 커피보다는 차를, 초콜릿보다는 과일 케이크를 좋아한다."

체이스는 가만가만 수안의 머리를 쓰다듬었다. 내리닫이창을 지나온 햇빛이 한가로이 두 사람을 비추었다. 자신이 좀처럼 수안에게서 손을 떼지 못하고 있음을 체이스는 그 순간 자각하였다.

"그게 무슨 말이에요?"

수안이 의아하게 물었다.

"수안 씨가 좋아하는 것들. 본인이 뭘 좋아하는지 잘 모르니까, 내가 대신 알아내 보려고."

"뭐예요. 엉뚱하게."

"난 진지한데? 기다려 봐요. 열심히 알아내서, 수안 씨가 어떤 걸 좋아하는 사람인지 내가 가르쳐 줄게."

장난기가 감도는 체이스의 목소리가 조금 열린 창문 틈으로 들어온 파도 소리와 조화를 이루었다. 청량하면서도 따스했다. 바다도, 바람도, 수안을 향하는 그의 미소도.

새치름히 고개를 숙인 수안은 공연히 창틀에 놓인 장식품들만 만지작댔다. 그 바람에 기우뚱거리던 주물 장식 하나가 테이블 아래로 곤두박질쳤다. 수안은 당황하여 상체를 숙였다. 균형을 잡기 위해 무심코 뻗은 손이 체이스의 허벅지 위에 놓였다. 온몸의 감각이 한곳으로 집중되며 등줄기가 뻣뻣해졌다.

"수안 씨는 참 겁이 없네."

막 장식품을 주워 든 수안을 향해 체이스는 한숨 쉬듯 말했다. 수안은 여전히 상체를 숙인 채였다. 아래로 처진 원피스의 앞섶 사이로 아이보리색의 브래지어와 가슴 둔덕이 드러났다.

"남자, 이렇게 함부로 만지는 거 아니에요."

급속히 경직되어 가는 하얀 손을 체이스는 힘주어 움켜쥐었다. 수안은 그만 얼이 빠져 버렸다. 울긋불긋해진 얼굴을 감출 생각조차 하지 못할 정도로.

"그렇게 놀랄 것까지는 없고. 함부로 만졌으면 책임지면 되지, 뭐. 안 그래요?"

잘도 능청거리는 순간에도 입술이 말라붙었다. 미칠 노릇이다. 어수룩한 여자라는 것을 미리 알지 못했더라면 교묘하게 계산된 유혹이라 착각하였을지도 모른다.

"……결국 그런 거겠죠."

한숨을 내쉬듯 수안이 중얼거렸다. 당황하여 쩔쩔매던 여자의 흔적은 어디에도 남아 있지 않은, 완벽히 침착하고 이성적인 모습이다.

"그래야 하는 거겠죠. 연애……하기로 했으니까."

수안은 반듯하게 어깨를 폈다. 자조가 스치는 얼굴이 놀랍도록 단정하고 차갑다. 전혀 다른 여자가 된 수안을 보는 체이스의 눈빛도 서늘히 가라앉았다.

"연애하기로 했으니까, 섹스도 일종의 의무란 걸 알고 있고 기꺼이 그 의무를 이행할 각오도 되어 있다. 뭐 그런 뜻인 건가? 난 어차피 그걸 바라고 다가온 남자니까?"

기다란 검지 끝으로 체이스는 가볍게 테이블을 두드렸다. 그리듬이 느릿해질수록 눈초리는 예리해졌다. 한참만에야 고개를 든 수안의 눈에는 긍정의 대답이 담겨 있었다.

어차피 그런 목적 아니었나요.

그게 아니라면, 당신은 내게 대체 무얼 바라는 거죠.

체이스는 피식거리며 고개를 끄덕였다. 수안을 향한 강렬한 이끌림. 그 시작은 욕망이다. 아니라고 하면 위선이다. 저 여자를 안고 싶다. 처음부터 지금까지, 한순간도 사그라진 적 없는 욕망이다. 인정한다.

하지만.

체이스는 입술을 비스듬히 끌어 올려 비소했다.

제법이다. 남자를 유혹하는 법부터 남자의 자존심을 자극하는 법까지, 무의식적으로 완벽히 파악하고 있는 여자라니.

어떻게든 침대로 끌어들일 작정이었다면 복지관까지 따라가고, 밥을 먹고, 이렇게 차를 마시는 수고 따위는 필요 없었다. 그런 식의 연애야말로 가장 쉽고 간단하니까.

하지만 또 그 마음이 우습다.

생각해 보면 저 여자가 옳다. 어차피 그런 연애인데 쓸데없는 감상 따위가 다 무슨 소용일까. 차라리 잘되었다는 생각도 든다. 몸을 섞고 나면 조금은 담담해질 테니. 그러면 선명해지겠지. 이 광증 같은 감정의 정체가 무엇인지.

"그렇긴 하지. 밥 먹고, 차 마시고, 영화 보고. 이런 연애나 하자는 뜻은 분명 아니었으니까."

칼자루를 다시 수안에게로 넘겼다. 수안이 이 칼을 어떻게 휘두르든 그는 기꺼이 따를 작정이었다.

"다른 연애도 이런 방식이었겠죠?"

수안이 심각하게 물었다. 시비나 비아냥거림이 아니었다. 이 여자는 진심이다. 진심으로 궁금해하고 있다.

"다른 여자와는 어떤 연애를 했느냐고, 지금 그걸 묻는 거예요?"

체이스는 기가 막혀 웃었다. 이 여자의 엉뚱함이 대체 어디까지일지, 이제 기대감이 들 지경이다.

"이유가 뭐든, 어쨌든 지금은 당신과 연애하고 있는 남자잖아. 그런데 그 남자가 다른 여자와 어떤 연애를 했는지, 그게 정말 궁금해요? 진심으로?"

재미있어 죽겠다는 듯이 키득거리며 되물었다. 수안은 여전히 요지부동으로 천천히 심호흡을 반복했다.

"당신이 생각하는 그런 연애였다면?"

뾰조록한 말끝에 얼마쯤의 악의가 담겼다. 그것을 감지하지 못하였을 리 없음에도 수안은 순하게 고개를 끄덕였다.

"그렇다면 우리도 그렇게 해요."

이수안이 덥석 칼자루를 쥐었다.

"그렇게 해요. 연애가 그런 거라면."

자신이 무엇을 베고 있는지도 모르는 채로 이수안이 기어이 칼을 휘두른다.

체이스는 만류하지 않았다. 흔쾌히 수긍하며 자리에서 일어나 아무렇지 않게 손을 내밀었다.

망설임 끝에 수안은 그 손을 잡았다.

전자음과 함께 문이 열렸다. 어느 호텔에서나 들을 수 있을 법한 가볍고 무심한 소리다.

수안은 가늘게 어깨를 떨었다. 온통 하얀빛으로 채워진 호텔 로비에 들어선 순간 표백되어 버린 머릿속으로 번뜩 의식이 되돌아왔다.

위압적인 자태로 서 있던 바닷가의 호텔. 단단히 깍지를 껴 오던 체이스의 손. 손가락과 손가락 사이, 예민한 살결들의 부대낌.

기계적인 친절이 밴 리셉션 데스크 여직원의 미소. 그리고 지금, 눈앞에서 천천히 열리는 문.

현실을 자각하자 비죽 실소가 흘러나왔다. 그러나 물러서진 않았다. 미루면 미룰수록 헛된 기대만 커질 것이다. 어차피 치러야 할 일이면 빨리 치러 버리는 편이 낫다.

체이스는 너른 보폭으로 객실에 들어섰다. 그 손이 이끄는 대로 수안도 걸음을 옮겼다.

바다를 향해 난 전면 창을 가진 객실은 완벽한 채광을 자랑했다. 맹렬한 햇빛과 그로 인한 반사광이 더해져 눈길이 닿는 모든 곳이 발작적으로 반짝이고 있다. 현기증을 느낀 수안은 체이스에게 잡힌 손을 급히 빼냈다. 때마침 체이스의 휴대폰이 울리기 시작했다.

"받아요."

수안은 침착하게 말했다.

"급한 전화 같으니까 받아요. 기다릴게요."

바보처럼 손짓까지 곁들여 가며 권유했다. 굳어 있던 체이스의 얼굴이 언뜻 번진 웃음으로 부드러워졌다.

전원을 꺼 버릴 태세로 휴대폰을 꺼냈지만 그는 결국 전화를 받았다. 팀의 운영과 관련된 용무인 듯 오가는 대화가 사무적이다. 통화를 하는 체이스를 남겨 두고 수안은 마스터룸으로 향했다. 벽의 두 면이 유리로 이루어진 방이었다. 감각적으로 배치된 침대와 윙 체어는 장식이 최소화되어 깔끔한 느낌을 주었다.

바다를 향해 난 유리 벽 앞에 수안은 우두커니 섰다. 갓 타 놓은 햇솜처럼 부푼 구름 사이로 햇빛이 쏟아졌다. 너울너울 바다

위를 춤추는 햇살이 꼭 얇은 사로 된 휘장 같다.

잘한 선택이라고, 수안은 자꾸만 움츠러드는 스스로를 격려했다.

진짜 연인처럼 구는 남자가 두려웠다. 그 남자의 다정함에 이끌리는 자신이 싫었다. 그런 식으로 빠져들어선 안 되는 거다. 사랑으로 시작된 관계가 아니지 않나. 끝을 정해 두고, 각자의 목적을 위해 시작한 만남일 뿐이다. 그러니 이편이 훨씬 자연스럽다.

저 남자가, 차라리 무도하였으면 좋겠다고 생각했다.

어차피 기대 이상의 현실은 없다. 그러니까, 덧없는 기대를 떨쳐 내는 최선의 방법은 현실과 마주하는 것이다. 남자도 다르지 않을 터였다. 결국 저급한 목적을 가지고 다가온 남자에 불과하다는 것을 깨달으면 더는 쓸데없는 번민에 휩쓸리지 않을 것이다. 분명히.

식은땀으로 젖은 손을 수안은 무심결에 원피스에 문질러 닦았다. 그로 인해 둥그런 얼룩이 진 치맛자락을 내려다보자 씁쓸한 웃음이 났다.

이 옷, 참 보기 싫다.

망설임 끝에 수안은 카디건을 벗어 반듯하게 개켰다. 진열된 새 옷처럼 완벽한 모양을 내 베드 벤치에 올려 두고는 연이어 스타킹도 벗었다. 스타킹은 개키는 대신 동그랗게 뭉쳐 가방 깊숙한 곳에 감추었다. 신었던 스타킹을 남자에게 보여선 안 될 것 같았다. 그러는 동안에도 수안은 바깥에서 들려오는 체이스의 목소리를 예민하게 의식했다. 지시 사항을 전하는 체이스의 어조에서 희미한 짜증이 묻어난다. 통화가 그리 오래 지속되진 않을 모양이다.

수안은 안절부절못하며 침실을 맴돌았다. 담대해지자고 스스로를 격려해 보아도 차마 원피스까지 벗을 엄두는 나지 않는다. 아니. 곧 벌어질 일을 감당할 수 있을지조차 확신할 수 없다. 스스로 선택한 일인데. 견뎌 내야 하는데.

빛.

저 빛 때문이다.

애먼 원망의 대상을 찾은 수안은 다급히 유리창 앞으로 다가갔다. 커튼의 레일이 움직이기 시작한 것과 체이스의 인기척이 느껴진 것은 거의 동시였다.

수안이 애써 포개어 여민 커튼은 체이스의 손에 의해 다시 열렸다. 맑고 차가운 소리를 내며 레일이 굴러가고, 한층 강렬해진 오후의 햇살이 눈을 찌르듯 쏟아져 들어왔다.

어째서?

따져 묻기라도 할 기세로 수안은 돌아섰다. 그러나 입술을 움직일 수 없었다.

한 걸음도 떨어지지 않은 곳에 그가 서 있었다. 본능적인 두려움에 사로잡혀 뒷걸음질 쳐 보았지만 곧 차가운 유리창에 등이 닿았다. 더 이상은 달아날 곳이 없음을 절감한 순간, 체이스의 손이 두 뺨을 감쌌다.

5월의 햇빛처럼 찬란한 미소를 보았다고 수안은 생각했다.

그것을 마지막으로 의식은 흐려졌다. 더 이상 어떤 생각도 할 수 없었다. 다만 느낄 뿐이다. 열기를 띤 남자의 입술. 부드러운 혀의 감촉. 젖은 입술과 입술이 주고받는 축축하고 더운 숨.

목덜미와 어깨를 배회하던 체이스의 손이 원피스의 지퍼를 내렸다. 떨고 있는 가는 몸을 타고 원피스는 허망하도록 쉽게 흘러내렸다. 수안은 벗은 몸을 가려 보려 애를 썼지만 체이스는 용납지 않았다. 가슴을 가리려는 수안을 가볍게 제압하고 고개를 깊이 숙여 브래지어 위로 드러난 가슴에 입 맞추었다.

"빨리 해요."

수안은 울먹이며 진저리 쳤다.

"그냥, 빨리……."

횡설수설 내뱉었으나 그건 분명 간절한 진심이었다. 한시라도 빨리 이 상황에서 벗어나고 싶다. 두 손을 모아 빌 수 있다면 그렇게라도 하였을 것이다. 그러나 체이스는 좀처럼 서두를 기미를 보이지 않는다. 허물어지는 수안의 몸을 안아 들어 침대에 누이고는 야속하도록 느긋한 키스를 반복했다.

입술에서 목덜미로, 다시 입술로.

재촉의 말조차 할 수 없게 된 수안은 베갯잇만 비틀어 쥐었다. 체이스의 희미한 웃음소리를 들은 듯도 하지만 기억은 확실치 않다. 등줄기를 더듬어 내려오던 뜨거운 손이 브래지어의 버클을 푼 순간 미약하게나마 존재하던 인지력마저 자취를 감추었다.

이제는 감각의 지배를 받는 시간.

드러난 젖가슴 위로 햇빛이 내려앉는다. 그 따스하고 보드라운 감촉이 터무니없이 선명해 수안은 그만 울어 버리고 싶어졌다. 체이스는 그녀를 달래며 옷을 벗었다. 적요한 공기를 흔드는 그 미세한 소리 사이로 체이스가 내뱉는 뜨거운 숨이 섞여 들었다.

소리로만 전해져 더욱 외설적인 욕망.

견딜 수 없어 눈을 뜨자 자신을 내려다보고 있는 체이스의 얼굴이 보였다. 수많은 감정이 담긴 얼굴이지만 그 감정의 정체를 헤아려 볼 재간이 수안에겐 없다.

나신이 된 체이스는 옥죄듯 수안을 안은 채로 가슴을 애무하기 시작했다. 조심스레 감싸 쥐어 매만지고 입속 가득 머금기를 반복했다. 곤두선 유두가 삼켜질 때마다 수안은 허리를 비틀며 그의 목을 끌어안았다. 뜨거운 체온을 확인하자 우습게도 안도감과 두려움이 동시에 찾아왔다.

모르겠다. 이 남자에게 느끼는 감정이 대체 무엇인지. 알고 싶지 않다. 그저 이 순간만을 기억하고 싶다. 난생처음 가져 본 제 몫의 온기. 날것의 욕망. 생생히 만져지는 것들. 느껴지는 것들.

정성스러운 전희 끝에 체이스는 수안의 몸 위로 올라왔다. 얼마 남지 않은 인내심을 증명하듯 다리를 벌리는 그의 손길에서는 동물적인 급박함이 묻어난다. 겁에 질려 떨면서도 수안은 저항하지 않았다.

사랑이 아니라 하여도 후회하진 않을 거란 확신이 든다. 그거면 됐다. 충분하다.

수안은 느리고 깊게 호흡하며 체이스를 안았다. 모양 좋은 견갑골의 감촉이 손끝에 닿았다. 용기를 내 조금 더 아래로 손을 내리자 촘촘하게 발달된 근육들의 움직임과 미끈한 골격이 느껴졌다.

아름다운 육체라고, 수안은 순정하게 감탄했다. 그것만 생각하려 했다. 허벅지 사이를 파고든 체이스의 손이 생경한 감각을 자극할 때도, 이윽고 그가 들어온 순간에도. 그러나 난생처음 남자를 받아들이는 고통은 그런 식으로 망각할 수 있을 만한 종류의 것이 아니었다. 통증은 극심했다. 저도 모르는 사이 숨이 멎고 사지가 비틀렸다.

"괜찮아."

고통에 차 헐떡이는 수안을 향해 체이스가 속삭였다. 비명을 참아 내며 수안은 필사적으로 그를 부둥켜안았다. 땀으로 흥건히 젖어 미끈거리는 강건한 등줄기 위에서 가느다란 손가락들이 경련했다.

"괜찮아질 거야, 곧."

핏기가 가신 수안의 얼굴을 쓰다듬으며 체이스는 반복해 속삭였다. 거짓인 줄 알면서도 수안은 말 잘 듣는 아이처럼 고개를 끄덕였다. 흡사 기도라도 하듯 마음이 간절해졌다.

무엇을 바라는지도 모르는 채로, 그저 바라고 또 바란다.

그런 수안을 내려다보며 체이스가 움직이기 시작했다. 더 이상 깊어질 수 없을 것 같던 결합이 조금씩 더 깊어질수록 감내해야 할 고통도 커져 갔다. 수안이 힘겨워하여도 그는 물러나지 않았다. 진땀이 흐르는 얼굴을 쓰다듬어 달래며 기어이 가장 깊은 곳까지 들어왔다.

자꾸만 감기는 눈꺼풀을 힘겹게 들어 올려 수안은 망연히 체이스를 바라보았다. 머리칼에, 콧잔등과 턱 끝에 맺힌 투명한 땀방울이 넘쳐흐르는 빛 속에서 반짝인다. 아랫입술을 질끈 깨문 그가 움직임에 박차를 가하자 빛을 머금어 찬란한 땀방울이 후드득, 수안 위로 떨어졌다. 저도 모르게 숨을 멈춘 수안은 소중한 것을 보듬듯 체이스의 얼굴을 감쌌다.

나를 원하는 사람의 얼굴.

기억해 두고 싶다. 나만 생각하며, 나만 느끼고 있는 사람. 나만을 채우는 열기. 나만을 향한 욕망. 이 순간만큼은 온전히 내 것인 사람.

체이스의 눈동자 가득 수안이 담겼다. 남자의 품에 안겨 신열을 앓고 있는 여자가 그곳에 있다. 어떻게 이럴 수가 있을까. 자신의 몸에 대한 통제권을 완벽히 잃어버린 데서 오는 무력감과 수치심 사이로 낯선 감정이 섞여 들었다. 포근하여 위로가 되는, 하지만 그 잔향이 어딘지 모르게 서글픈.

더 이상 눈을 뜨고 있을 수 없을 만큼 아뜩한 정사의 끝에서 수안은 체이스의 목덜미 깊은 곳에 얼굴을 묻었다. 빛과 땀에 젖은 육체는 온통 금빛. 힘주어 눈을 감아도 여전히 눈이 부시다.

"그 애는?"

자리에 앉기도 전에 백 씨는 날카롭게 물었다. 천천히 집 안을 둘러보는 눈길에 마뜩잖다는 기색이 가득하다. 정안은 피로감이 밴 얼굴로 조모를 마주했다. 연락도 없이 불쑥, 급습하듯이. 백 씨의 방문은 늘 이런 식이다.

"어른이 왔는데 인사도 안 할 참인가 보구나."

백 씨의 목소리가 더욱 신경질적으로 변모했다. 짜증스러운 표정을 짓지 않으려 애쓰며 정안은 거실과 부엌 사이에 어정쩡하게 선 함평댁과 눈을 맞추었다. 수안의 행방을 모르는지 그녀도 난

처한 표정이다.

"출장 보냈습니다. 내일은 되어야 돌아올 거예요."

정안은 적당히 둘러댔다.

딱히 수안을 감싸고자 하는 건 아니다. 다만 지겨운 돌림노래처럼 이어질 수안에 대한 험담을 듣고 싶지 않다. 과중한 업무로 지친 날이다. 조모의 히스테리를 받아 줄 여력 같은 건 없다.

"출장? 그 애를? 리조트에 일 잘하는 사람이 어지간히 없는 모양이구나."

백 씨의 입술에 비웃음이 걸렸다. 수안에 관해 말할 때면 으레 짓는 표정이다.

네, 네, 건성으로 대답해 넘기며 정안은 시간을 확인했다. 벌써 8시가 다 되었다. 비번인 날, 이 시각쯤이라면 수안은 응당 제 방에 있어야 한다. 그게 그 아이 삶의 패턴이니까. 뜻하지 않은 일이 발생해 늦어지게 되었다면 함평댁에게는 연락을 했어야 한다. 무슨 일일까 궁금했지만 정안은 깊이 생각하지 않기로 했다.

"그 애가 아무 말도 않던?"

숨을 고른 백 씨가 화제를 전환했다.

"영신 장남 얘기 말이다."

되묻기도 전에 백 씨가 먼저 덧붙였다. 함평댁이 내온 다반을 건네받으며 정안은 작게 고개를 갸웃거렸다. 적당한 예의와 냉담함의 균형이 절묘했다.

백 씨는 영신 그룹 장남과 수안의 맞선 결과에 관해 떠들어댔다. 이번에도 틀려먹었구나 체념하고 있는 차에 영신에서 연락을 해 왔다고 했다. 반편이 취급을 해 온 손녀를 팔아 영신 그룹을 얻다니. 응당 쾌재를 부를 일이나 백 씨는 기쁨에 앞서 불만부터 토로했다. 일이 그리되었으면 집안에 먼저 언질을 주었어야지, 고 깜찍한 것이 조개처럼 입을 꼭 다물고 있었노라고.

"그쪽 사정이 있어 가을까지는 식을 올리기 힘들고 연말이 어떨까 하더구나. 그쯤이면 적당할 것 같아 그리하자 했다."

백 씨의 얼굴에 비로소 만족의 빛이 감돈다. 가만히 그녀를 보는 정안의 눈초리에 조소가 번졌다.

영신 그룹 장남 신진욱과 고급 룸살롱 호스티스의 열애는 재계의 공공연한 가십거리다. 들리는 소문으로는 그 여자가 아이를 가졌다고 했다. 처음 그 말이 돌았던 게 지난 연말쯤이니 늦어도 올가을에는 아이가 태어날 터였다. 그쪽의 사정이란 건, 그러니까 혼외 자식의 탄생인 셈. 그 사실을 뻔히 알 텐데도 백 씨는 아무렇지 않게 기뻐하고 있다.

우리 집안의 대를 끊어 놓은 요물.

수안에 대한 백 씨의 미움은 그 믿음에 뿌리를 두고 있다. 저 애를 밴 탓에 최민혜가 감히 태진의 안주인이 되겠다는 발칙한 욕심을 품었고, 그 욕심 탓에 며느리가 정신을 놓았고, 그리하여 손자를 잃었으니까. 엎친 데 덮친 격으로 그 비극적인 사건이 일어난 후 이종인 회장은 더 이상 분란의 여지를 남기지 않기 위해 불임 수술을 감행해 버렸다. 노모가 눈물로 호소해도 끝내 뜻을 꺾지 않았다.

무슨 짓을 해도 아들의 결심을 돌이킬 수 없음을 깨달은 날, 백 씨는 수안을 내쫓았다. 내 눈앞에서 썩 꺼지라는, 여섯 살배기 아이를 향한 증오 섞인 고함이 쩌렁쩌렁 온 집 안을 울렸다. 마음이 약해진 가정부와 기사가 선뜻 나서지 못하자 백 씨는 직접 수안을 대문 밖으로 끌고 나가 패대기쳤다. 그 소동은 다행히 한나절 만에 끝이 났지만 그건 순전히 체면 때문이었다. 그렇지 않아도 집안의 위신이 진흙탕을 뒹구는 차에 당신의 금지옥엽인 이종인 회장이 제 친딸을 내쳤다는 추문까지 덧붙일 수야 없었을 테니.

"제 어미 닮아 반반한 얼굴이 이런 일에는 제법 쓸모가 있구나."

백 씨는 슬며시 정안을 보았다. 주름진 입술 끝에 공모자에게 보내는 은밀한 사인 같은 웃음이 걸려 있다. 정안은 대답 없이 차를 마셨다. 찻잔을 쥔 손이 미세하게 떨렸다.

너와 나는 같은 편.

백 씨의 논지는 항시 그런 식이다. 틀린 건 아니었다. 최민혜를, 최민혜가 세상에 남기고 간 딸을 증오한다는 점에서는 분명 궤를 같이 했으니. 그러나 단 한순간도 조모에게 호의를 가져 본 적은 없다. 만약 그 사고로 죽은 쪽이 동생이 아닌 자신이었더라면, 최민혜가 남긴 자식이 딸이 아닌 아들이었다면, 하다못해 최민혜가 대단한 집안의 여식이기라도 하였더라면 백 씨의 태도는 결코 지금과 같지 않았을 것이다. 어쩌면 지금 수안의 처지가 바로 자신의 처지가 되었을지도 모를 일이다.

"그 애는 그리 치우게 되었으니 이제 정안이 네 짝을 찾아야지."

새삼 인자한 할머니 노릇이라도 하고 싶어졌는지 백 씨의 말투가 부드러워졌다.

"회사 일을 배워야 한다니 하는 수 없어 그냥 두었다만 나는 역혼이 영 내키지 않는다."

"어쩔 수 없죠. 벌써 그렇게 결정되었으니."

"연말까진 아직 반년도 더 남았다. 여차하면 그 애 혼사를 내년으로 미룰 수도 있는 일이고."

"글쎄요. 괜찮은 혼처를 그사이에 어떻게 찾을까요."

웃음을 섞어 말했지만 정안의 눈빛은 싸늘했다. 그 사실을 알아차렸을 법도 하지만 백씨는 꿈쩍하지 않는다. 대신 잔뜩 기대에 부푼 얼굴로 채근하듯 정안을 바라보았다.

"그런 혼처, 찾자면 못 찾을 것도 없지."

네온사인이 켜지듯 불빛이 하나둘씩 바다 위로 돋아났다. 동백꽃으로 유명한 섬과 뭍을 잇는 방파제 길을 은은히 밝힌 불빛은 도미노처럼 번져 가 바다 건너 저편, 남해까지 닿았다. 관광지로 유명하다 하여도 아직은 한적한 시골. 불빛은 드문드문, 소박하게 반짝이고 있다. 그 가운데 자리한 화려한 불빛의 군락은 아마 제피로스 리조트일 것이다.

이렇게 보니 참, 허무하게 가까운 거리구나.

몽롱하던 잠기운이 걷히자 가장 먼저 그런 생각이 들었다. 반듯하고 착실한 이수안의 가면을 쓰고 살아가고 있는 곳을 지척에 두고 이토록 발칙한 짓을 저지르고 있다. 한평생을 죄책감이란 줄에 매달려 꼭두각시 춤을 추듯 살아온, 바로 그 이수안이.

소리 없이 실소한 수안은 지금 자신이 누워 있는 방을 낯선 듯이 살폈다. 해가 져 어둠이 스민 침실의 분위기는 한낮의 그것과는 사뭇 다르다. 여전히 활짝 열려 있는 커튼 너머로 보이는 밤바다의 풍경. 어지러이 흩어진 옷가지와 흐트러진 침구. 곁에 누워 잠든 남자. 그의 숨결. 그의 체온.

체이스를 보는 수안의 눈길은 텅 빈 듯 적막했다. 맨살을 맞대고 누워 있는, 불과 얼마 전까지만 하여도 뜨겁게 엉기어 몸을 섞은 남자가 어째서인지 타인처럼 낯설다.

당신은 누구죠.

그의 어깨를 흔들어 깨워 묻고 싶은 충동이 명치에서부터 치민다.

정사를 나누며 보낸 한나절의 시간 속에서 두꺼운 서류철로, 디스크에 저장된 수십 개의 파일로 인지한 체이스 와이즈란 존재는 폐허가 되어 허물어졌다. 그리고 그 자리는 자의와 상관없는 열망으로 채워졌다. 무미건조한 활자 너머에 있는 체이스 와이즈를 알고 싶다는, 결국 상처밖에 되지 않을 어리석은 열망.

그런 자신을 비웃듯 수안은 몸을 외로 돌려 누웠다. 흘러내린 시트를 당겨 맨가슴을 가리고 떨리는 두 손을 베개 아래로 감추었다. 유리창 밖의 달은 시간의 흐름을 따라 밝기를 더해 가고 있다. 달 주위를 선회하듯 감싸고 있는 구름 탓에 달빛이 한결 부드럽게 누그러졌다.

그래도 이편이 조금은 덜 쓸쓸하겠지.

달빛을 마시듯 깊은 숨을 들이쉬며 수안은 스스로를 위로했다. 사랑하는 여자를 지키기 위해 자신과 결혼할 남자에게, 단지 그 남자의 아이를 낳는 의무를 다하기 위해 처음을 내주고 싶지는 않았다. 자존심이라곤 없는 백치처럼 살아왔지만 거기까지 비참해질 자신은 없었다. 체이스의 제안을 받아들인 건 어쩌면 그래서였는지도 모른다. 누구에게도 사랑받지 못할 운명을 타고난 것 같아서, 남자 후리는 재주는 어미나 딸년이나 똑같다는 경멸과 냉소를 살까 두려워서 그 흔한 연애 한번 해 보지 못한 인생. 남은 생이라고 무에 크게 다르련만 적어도 숨 쉴 구멍 하나쯤은 가져야 할 것 같아서.

그러니까, 나쁜 건 너야.

수안은 싸늘히 자조했다.

적어도 저 남자의 욕망은 진실했다. 진심으로 이수안을 알고 싶어 하고, 진심으로 이수안을 가지고 싶어 했다. 그 진심 앞에 나는 얼마나 진실한가. 자문하자 그저 허무한 웃음만 난다.

저 사람을 이용하고 있는 건 너야. 그러니 싸구려 자기 연민에 빠질 자격도 없어, 넌.

달아오른 눈시울을 매만지며 수안은 몸을 작게 웅크렸다. 그 미세한 기척을 감지하였던지 체이스가 몸을 뒤척였다. 벗은 등과 가슴이 밀착되는가 싶더니 단단한 팔이 허리를 휘감아 안았다. 수안은 잠든 척 질끈 눈을 감았다.

경직된 수안의 어깨에 가볍게 입을 맞춘 체이스는 천천히 상반신을 일으켰다. 뒤이어 딸깍, 스탠드의 전원을 켜는 소리가 들려왔다. 감은 눈 앞이 환해지는 느낌에 수안은 반사적으로 몸을 움찔거렸다. 엉성한 연기를 알아차린 듯 체이스가 낮게 소리 내어 웃는다.

"깼어요?"

등 뒤에 다시 몸을 누인 그가 귓가에 속삭였다. 대꾸하는 대신 수안은 눈을 더욱 힘주어 감았다.

"이봐요, 이수안 씨."

더욱 낮고 장난스러워진 목소리가 뒷목을 간질였다. 이어지는 부드러운 숨기척이 목덜미를 타고 흐른다.

체이스의 의도를 알아차린 수안은 번쩍 눈을 떴다. 무슨 말이든 해야 할 텐데 입술이 떨어지지 않는다. 그사이 체이스는 수안의 몸을 휘감은 시트를 걷어 냈다. 그러고는 느릿느릿, 입술과 혀로 수안의 등줄기를 더듬어 내려가기 시작했다.

입술을 앙다문 수안은 허겁지겁 유리창 너머로 시선을 돌렸다. 달을 보려 했다. 밤풍경을 수놓은 불빛을 헤아려 보려 했다. 그러나 오감은 이미 이성의 통제를 벗어났다. 바늘 끝처럼 예민하고 날카로워진 감각은 오직 한 사람, 체이스 와이즈만을 향해 있다. 그의 입술. 그의 손길. 그가 불러일으키는 외설적인 열감.

"수안 씨."

귓바퀴를 매만지는 체이스의 손길이 더욱 짓궂어졌다. 눈을 바삐 깜빡이던 수안은 베개와 시트 사이에 얼굴을 묻었다.

울지 마. 그럴 자격 없어. 다 네가 자초한 일이잖아.

계속되는 자극으로 달아오른 수안의 뒷등을 그보다 더 뜨거운 체이스의 몸이 감쌌다. 목덜미부터 발끝까지 어느 한 곳의 빈틈도 없이, 흡착되듯이. 엉덩이의 굴곡을 자극하는 이물감을 느낀 수안은 터져 나오는 신음을 참기 위해 부랴부랴 한 손을 입술로 가져갔다. 하지만 저지하는 체이스의 손길이 수안보다 빨랐다.

체이스는 급습하듯 그녀 안으로 들어왔다. 생각지 못한 방식의 결합에 놀라 버둥거리는 수안을 자신의 품속으로 당겨 안으며 깊이, 조금씩 더 깊이. 자지러지는 비명과 뜨거운 탄식이 동시에 터져 나왔다.

저항을 포기한 수안은 통증과 열기로 혼곤해진 눈을 들어 달을 응시했다. 깃털 같은 구름이 달의 주변으로 모여들고 있다. 그로 인해 달빛은 더욱 은은하게, 먼 곳까지 번진다. 그 달빛에라도 의지하고 싶지만 시야는 점차 흐려졌다.

앞뒤로 천천히, 얕게 그리고 깊이. 체이스의 능란한 움직임을 따라 수안의 몸은 하릴없이 흔들렸다. 반응하지 않으려 애를 쓸수록 감각은 예민해졌다. 아랫배 아래에서부터 시작된 야릇한 둔통이 전신으로 번지며 진땀이 돋고 발끝이 움츠러들었다.

"……수안아."

교성과 거친 숨이 뒤섞이던 어느 순간이었다. 귓불을 적시던 체이스의 입술이 감탄사처럼 이름을 뱉어 냈다. 수안은 아득해진 얼굴을 돌려 체이스를 보았다. 쏟아지는 후텁지근한 숨결에서 흐무러지게 익은 과일의 향취가 맡아졌다. 달콤하고, 또 얼마쯤은 퇴폐적인 향.

어쩌면 결코 이 남자를 미워할 수 없을지도 모른다고, 어지러운 입맞춤 속에서 수안은 생각했다. 나를 갈망하던 눈동자. 내 이름을 속삭이던 다정한 목소리.

그 기억만으로도 나는 당신을 미워할 수 없겠구나. 나를 그렇게 바라봐 준 사람도, 내 이름을 그렇게 불러 준 사람도 당신이 처음이니까. 무슨 일이 있어도, 어떤 상처를 입어도, 나는, 당신을…….

굴곡진 허리를 타고 올라온 체이스의 손이 가슴을 그러쥐었다. 혈관이 비쳐 보이는 여린 살결이 우악스러운 손아귀 안에서 이지러졌다. 수안이 터뜨린 작은 비명은 철저히 묵살되었다.

부딪혀 오는 몸짓이 한층 격렬해졌다. 젖은 살갗의 마찰 음이 신음을 압도한다. 가까스로 의식을 차린 수안은 만류하듯 체이스의 손을 붙들었다. 그러나 선뜻 갈피가 잡히지 않는다. 밀어내고 싶은 것일까, 잡아 두고 싶은 것일까. 혼란에 빠진 수안은 결국 무력하게 손을 떨구었다.

그 손을, 체이스가 잡아챘다.

그의 손이 손등을 감쌌다. 손가락과 손가락이 단단히 얽혔다. 그리고 천천히, 그는 잡은 손을 수안의 가슴 위로 가져갔다. 초점을 잃어 멍하던 수안의 눈에 혼란의 빛이 더럭 들어찼다.

체이스는 수안의 손으로, 수안의 가슴을 애무해 나가기 시작했다. 자극에 반응하여 단단히 굳은 유두를 매만지고 동심원을 그리듯 젖무덤을 쓰다듬었다. 스치는 부드러운 손길과 그 자취를 더듬는 뜨겁고 단단한 남자의 손끝을 따라 부푼 가슴 곳곳에 붉은 손자국이 새겨졌다.

더 이상 견딜 수 없게 된 수안은 몸을 돌려 시트 위에 엎드렸다. 엉켜 있던 몸이 떨어지고 한기가 몰려온 것도 잠시. 여전히 뜨거운 체이스의 손이 허리를 들어 올렸다. 그것을 자각함과 동시에 홧홧한 열기와 중압감이 몸속으로 밀려들어 왔다. 거부할 틈도 없이 시작된 세찬 침범. 그의 움직임에서 배려와 여유가 사라졌다. 그 야만적인 순간을 견디게 해 준 것은 귓가를 간질이는 체이스의 속삭임이었다. 감미로웠다. 그의 모든 것이, 지나치도록.

체이스가 다가왔다 물러날 때마다 뇌리에선 단편적인 기억들이 깜빡깜빡 명멸했다. 그것도 다 저 애 때문이지 뭐. 엄마의 장례식에서 처음 만난 엄마의 외가 친척들이 수군거리던 말들. 자신을 모든 불행의 씨앗처럼 치부하던 눈길. 할머니가 내지르던 저주 섞인 고함. 팔을 잡아끌던 우악스러운 손길. 거세게 대문이 닫히던 소리. 차라리 사라져 버리자 작심하고 집을 나갔던 어느 날, 홀로 헤매 다닌 서울의 거리. 살을 에는 듯하였던 추위. 끝내 갈 곳을 찾지 못하여 패잔병처럼 터벅터벅 돌아온 집. 불이 꺼진 거실에 홀로 우두커니 서 있던 순간에 맛본 황당함과 설움. 뼈 마디마디가 시리고 아팠던, 사람의 온기를 갈망하였던 날들.

침대에 눕힌 수안의 다리를 넓게 벌리며 체이스는 깊숙이 파고들었다. 수안은 한숨 쉬며 고개를 돌렸다. 짙은 감색의 물감을 칠한 캔버스 같은 유리창에 몸을 섞는 두 사람의 모습이 비쳤다. 끈끈히 젖은 성기의 선드러진 움직임이 밤의 어둠 속에서도 적나라하다. 외설적이다.

차라리 눈을 감으려는 순간에 체이스의 손이 다가왔다. 자상한 손길로 얼굴을 감싸 쥔 그가 상반신을 내렸다. 가슴이 맞닿으며 서로의 심장 박동이 전해졌다. 그의 가슴도 터질 듯 뛰고 있다는 사실에 수안은 안도했다. 내어 주는 것이 아니라 나누고 있다는 느낌이 든다. 서로의 몸을, 감정을, 어쩌면 가진 전부를.

흔들리는 수안의 두 다리를 허리에 감은 그가 움직임에 박차를 가하였다. 세차게 부딪혀 오는 남자의 몸. 그 사나운 완력에 수안은 허리를 비틀며 흐느꼈다. 도무지 자신의 것이라 믿기지 않는 신음 소리 사이로 그와 함께 거닌 밤바다의 기억이 떠올랐다. 조약돌과 뒤엉기던 파도와 하얀 물거품. 밀려오고 부서지기를 반복하던, 그 은밀한 파문.

절정에 오르며 체이스는 거친 탄식을 쏟아 냈다.

뜨거운 그의 몸 아래에서 수안은 까무러치듯 눈을 감았다. 눈초리에 고여 있던 진득한 땀이 주르륵 흘러내려 귓바퀴를 적셨다. 눈물처럼.

　체이스는 수안을 품에 안은 채로 잠이 들었다. 멍하니 천장만 올려다보고 있던 수안은 그의 고르고 깊은 숨소리를 확인하고서야 침대에서 빠져나왔다. 물소리를 최소화하여 샤워를 하고 옷을 챙겨 입었다. 개켜 두었던 카디건까지 걸치고 나자 울음을 닮은 웃음이 흘러나왔다.

　갈증을 달래자고 바닷물을 마시는 바보짓을 저지르고 있는 건 아닐까.

　문득 몰려온 두려움을 부정하듯 수안은 서둘러 발코니로 나갔다. 희미한 불빛마저 사라져 버린 암흑 속에 덩그러니 남겨진 바다 위로 유령 같은 안개가 번지고 있다.

　수안은 불현듯 한기를 느끼며 몸을 웅크렸다. 작은 움직임일 뿐인데도 사지가 무지근하다. 그 통증이 환기시키는 기억에 수안의 눈빛이 흔들렸다.

　무모한 짓이었지만 후회는 없다. 체이스는 충분히 다정했다. 그런 남자와 처음을 보낸 거, 나쁘지 않다. 어찌 되었든 그의 온기에 얼마쯤 위로받기도 하지 않았나.

　수안은 달아오른 눈시울을 힘주어 문지르는 것으로 마음을 가라앉혔다. 겨우 한숨 돌리게 되자 눈길이 절로 체이스를 향했다. 유리문 너머에서 그는 평온한 잠을 자고 있다. 만족감이 깃든 얼굴 어디에도 후회나 혼란의 기색은 찾아볼 수 없다.

　애써 그에게서 시선을 거둔 수안은 비틀거리며 발코니의 난간으로 다가갔다. 멍이 든 듯 짙푸른 밤하늘 끝에서 달이 기울어 가고 있다.

"어떡해."

달을 향해 중얼거렸다. 뜨거운 기운이 눈시울로 몰려들며 시야가 흐려졌다.

"어떡해. 어떡해, 나……."

말을 끝맺지 못하고 수안은 고개를 떨구었다. 일그러진 형체의 달이 눈물이 되어 흘러내렸다. 그 눈물이 뺨을 흠뻑 적신 후에야 수안은 자신이 울고 있음을 알았다. 손끝으로 눈물방울을 더듬어 확인하자 기가 막혀 웃음이 났다.

눈물이 많은 아이였던 시절이 있었다. 매일같이 엉엉, 목이 터져라 섧게도 울어 댔던. 그러나 어느 날부터인가 더 이상 눈물이 나지 않았다. 아무리 맹렬하게 울어 본들 어차피 들어 줄 사람이 없으니까. 홀로 울어 보아야 설움만 더욱 깊어질 뿐이었다. 그렇게 아이는 눈물을 잃었고 울지 못하는 어른이 되었다. 그런 줄만 알았다.

그런데 아니구나. 나, 울 수 있는 사람이었구나. 하지만 왜 당신일까. 왜 하필, 당신 때문에, 내가…….

우두커니 난간을 짚고 선 채로 수안은 소리 없이 울었다. 미지근한 바닷바람이 위무하듯 눈물의 흔적을 어루만지자 당연한 듯 그가 떠올랐다.

그의 미소. 그의 손길. 그의 열기.

그의 모든 것.

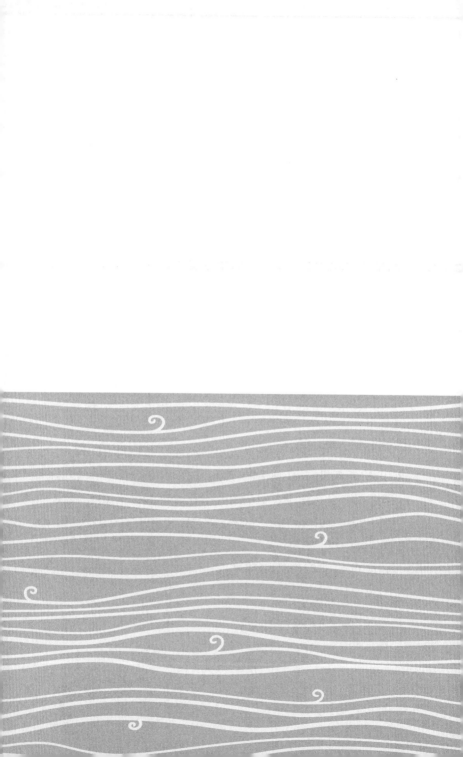

Motek

"이수안 씨를 좀 불러 줘요."

선미의 난간에 비스듬히 몸을 기댄 채로 체이스는 정중히 청했다. 스스로를 이 리조트의 연회 책임자라 소개한 남자는 다소 당황한 표정이었다.

"이수안 씨가 저희 팀을 전담하고 있으니까, 아무래도 그분과 논의하는 쪽이 편할 것 같군요."

체이스는 한층 부드러워진 어조로 설명을 덧붙였다. 그러나 그 이면에 담긴 뜻은 여전히 완고했다. 나는 당신이 아닌 이수안과 이 일을 논의하겠다는, 어찌 보면 다분히 무례할 수도 있는 요구. 그러나 자신이 그만한 무례쯤이야 충분히 범할 수 있는 위치에 있다는 사실을 체이스는 잘 알고 있다. 어차피 비즈니스 관계. 지켜야 할 도리와 누릴 수 있는 권리의 경계를 잘 지키면 그뿐, 사사로운 감정에 얽매일 필요는 없다.

친절한 미소를 되찾은 남자는 수안을 이곳으로 보내 주겠다는 말을 끝으로 마리나를 떠났다. 체이스도 이만 범장을 마친 레이싱 요트의 갑판으로 돌아갔다. 기술적 결함을 보완해 나감과 더불어 훈련의 강도가 높아졌다. 닷새 뒤에는 남해와 제주도 사이를 오가는 레이스를 펼칠 예정. 항로에 관하여 논의하는 크루들의 얼굴은 흥분으로 상기되어 있었다.

수안이 뛰다시피 하여 마리나에 도착한 건 출항 준비를 막 끝마친 무렵이었다. 체이스는 문득 고개를 돌린 방향에서 수안을 발견했다. 줄곧 차분하던 눈동자가 짧게 반짝였다.

크루들에게 양해를 구한 체이스는 서둘러 마리나로 내려갔다. 그를 알아본 수안은 놀란 토끼 눈이 되어 우뚝 그 자리에 멈추어 섰다.

"저를 찾으셨다고 들었습니다. 연회와 관련해서 상의할⋯⋯."

"그 말을 믿은 건 아니겠죠, 설마."

수안이 어렵게 꺼낸 말을 체이스는 냉정히 잘랐다. 이럴 작정은 아니었는데 무의식중에 날카로워져 버렸다.

마음에 들지 않는다.

유니폼을 차려입은 수안의 모습. 함께 보낸, 그 은밀했던 순간들을 까맣게 잊어버린 듯한 사무적인 얼굴이.

수안과 함께 보낸 그 밤에 그는 전에 없던 깊은 잠을 잤다. 완벽히 무방비해진 스스로가 놀라울 정도였다. 비어 있는 옆자리를 확인한 순간에 느낀 허전함은 그래서 더욱 컸다. 하지만 괜찮았다. 지난밤 품에 안았던 수안은 넘치도록 사랑스러웠고 섹스는 충일했으니까. 수안도 응당 그러하리라 믿었다.

발코니에 홀로 앉아 있는 수안의 모습을 확인한 체이스는 태평한 마음으로 샤워를 했다. 수안이 부끄럼을 타고 있다 생각하자 행복감은 최고조에 달하였다. 수안의 곁으로 다가선 후에야 그것이 혼자만의 착각이었음을 깨달았다. 동이 트는 바다를 바라보며 수안은 울고 있었다. 손끝만 닿아도 쨍하고 깨져 버릴 것 같은, 처음 본 그날과 꼭 같은 모습으로.

수안의 이름이 담긴 입술을 체이스는 끝내 열지 못했다. 덜컥 가슴이 주저앉으며 머릿속이 엉망으로 뒤엉켰다.

대체 무엇이, 어디서부터 잘못되었나.

아무리 생각해 보아도 알 수 없었다. 그래서 황당하고, 화가 나고, 무엇보다 죄스러웠다. 명확한 이유도 없는 죄책감이 짜증스러웠지만, 그럼에도 어쩔 수 없이.

'이만 가요.'

차마 손을 내밀 수 없어 바라만 보고 있는 체이스를 향해 수안은 초연히 말했다. 차라리 뜬금없이 화를 내거나 투정을 부리는 편이 나았을 거다. 파삭하니 메마른 미소 따위를 지어 보이는 것보다는 훨씬.

어깨를 잡아 흔들고 싶은 충동을 억누르며 체이스는 스쳐 지나가는 수안의 팔을 움켜쥐었다. 멈추어 선 수안의 몸이 위태롭게 휘청였다.

대체 왜 그런 얼굴을 하고 있는 거야. 내가 대단한 잘못이라도 저지른 것처럼. 어째서.

울컥 소리치고 싶은 충동을 억누르며 체이스는 위협적이도록 힘차게 수안을 안았다. 반사적으로 어깨를 움츠리기는 하였으나 수안은 그를 거부하지 않았다. 해풍을 오래 쐬어 서늘해진 작은 몸이 그의 품속에서 본래의 체온을 찾아갔다.

이수안을 향한 열망과 정체 모를 간절함. 그것을 단지 성적 욕망으로 치부할 수는 없음을 체이스는 체념하듯 받아들였다. 같이 자 보면 무언가 명확해지리란 예상은 완벽히 빗나갔다. 몸을 섞고 나니 오히려 몇 배는 더 혼란해졌다. 담담해지기는커녕 더욱 안달하게 되었다.

해가 수평선 위로 온전히 모습을 드러냈을 무렵, 미동도 않고 뻣뻣이 서 있기만 하던 수안이 팔을 뻗어 그의 허리를 감쌌다. 그 순간 깨달았다. 이 여자에게 흥미를 가지고 다가선 건 생각보다 훨씬 무모하고 멍청한 짓이었구나. 하지만 후회보단 설렘이 더 큰, 달콤한 바보짓. 그날의 기억이 떠오르자 어쩔 도리 없이 마음이 누그러진다.

"몸은 좀 괜찮아졌어요?"

다정한 염려가 밴 목소리로 체이스가 물었다. 질문의 뜻을 이해한 수안의 얼굴이 붉게 달아올랐다.

"그런 건 왜 물으시죠?"

"나 그렇게 나쁜 남자 아니에요. 나 때문에 아팠을 텐데, 걱정하지 않을 수가 있나."

"제 스스로 선택한 일이었어요. 그러니까 그런 건……. 그런 것까지 걱정할 필요는 없어요."

눈도 제대로 맞추지 못하면서 대범한 척은. 그 어설픈 연기가 귀여워 체이스는 피식 웃었다.

"오늘 저녁, 같이 먹자."

목소리를 한껏 낮추어 속삭였다. 주위를 두리번거려 보는 눈이 없음을 확인한 수안은 곤란한 듯 이마를 매만졌다.

"바쁜 일이 있어서 퇴근이 좀 늦어요."

"그럼 늦게 먹지, 뭐."

체이스의 태도는 지극히 천연스럽고 뻔뻔했다. 혼란스러운 시선으로 바라보던 수안은 얼마 지나지 않아 흐린 웃음을 보였다. 볼수록 예쁜 여자였다. 특히 웃는 얼굴이.

"파티에 관한 논의 사항은 정말 없나요?"

수안의 말투가 한결 친밀해졌다.

"없어요. 리조트 측에서 어련히 알아서 잘 준비했겠지."

"체이스. 앞으로는 이러지 마요. 다른 사람들이 눈치채면 어떡해요."

철부지 동생을 타이르는 누나처럼 수안은 짐짓 엄중했다. 체이스는 얄밉게 고개를 갸웃거리는 것으로 그 요구를 묵살했다. 수안이 한마디 덧붙이려는 찰나에 체이스를 찾는 우렁찬 목소리가 울러 퍼졌고, 두 사람의 밀회는 그렇게 막을 내렸다.

훈련을 나선 요트가 마리나를 벗어나기 전, 체이스는 고개를 돌려 수안을 보았다. 종종걸음을 쳐 가던 수안도 문득 바다를 향해 고개를 돌렸다.

시선이 마주친 찰나가 운명처럼 짜릿했다.

"체이스, 날씨가 변하고 있는데?"

메인 세일을 조절하던 바우맨 애런이 고함쳤다. 휠을 잡은 체이스는 가늘게 뜬 눈으로 바다와 하늘 사이를 살폈다. 하늘을 가리고 있던 옅은 구름들이 걷히며 햇빛이 내렸다. 바람과 파도의 방향이 미묘하게 달라졌다.

"재미있어질 것 같네."

가벼운 한숨을 쉬며 체이스는 웃었다.

레오니스의 볼보 오션 레이스 도전을 공표하는 파티까지는 이제 이레가 남았다. 각계의 유명 인사와 외신은 물론 레오니스 소프트의 오너까지 참석하는 큰 규모의 파티였다. 본래 레오니스의 본사가 있는 샌프란시스코에서 개최될 예정이었던 것을 가까스로 제피로스 리조트로 끌어왔다고 했다. 그런 만큼 태진이 파티 준비에 들이는 정성과 열정은 대단했다. 정작 레이싱팀 측은 무덤덤한데 리조트 직원들은 신경이 바짝 곤두서 있었다.

무시로 소집되는 회의를 끝마친 각 부서의 팀장들은 지친 얼굴로 대회의실을 빠져나왔다. 언제나처럼 수안은 가장 늦게 자리에서 일어나 클럽 라운지로 돌아갔다. 한산한 틈을 타 수다를 떨고 있던 직원들이 살가운 인사를 보내왔다.

"팀장님, 이거 알고 계셨어요?"

개중 가장 어린 여직원 하나가 수선을 떨며 다가왔다. 수안은 얼떨떨해하며 그녀가 내민 휴대폰을 받아 들었다. 화면을 가득 채우고 있는 것은 삼 년 전 날짜의 해외 스포츠 단신이었다. 볼보 오션 레이스에 출전하였던 선수 하나가 남극 항로를 지나던 중

불의의 사고로 사망하였다는. 볼보 오션 레이스라면 올가을, 레오니스 팀이 참가하게 될 바로 그 대회다.

"요트가 글쎄, 빙하랑 충돌했대요!"

외신 기사의 원문을 검색한 다른 직원이 설명을 덧붙였다.

"삼십 대 중반밖에 안 된 선수였다는데 안됐어요. 찾아보니까 다른 사고도 많았던가 본데, 대체 이렇게 위험한 레이스에 왜 굳이 참가하려는 걸까요?"

다른 여직원이 재빨리 한마디 거든다.

"다른 선수들도 다른 선수들이지만 저는 지우 씨가 제일 이해가 안 가요. 그만큼 많이 가진 남자가, 요트는 그냥 취미로만 해도 될 텐데 뭐하러 거기에 목숨을 걸지?"

과장된 한숨을 내쉬는 것을 끝으로 직원들은 각자의 자리로 되돌아갔다. 라운지는 고요해졌고, 수안은 그제야 전해 들은 뉴스를 온전히 이해했다.

에베레스트 등정에 비견될 만큼 거칠고 힘든 레이스라는 것쯤은 이미 알고 있다. 하지만 구체적으로 명시된 인명 사고를 접하게 되자 위험성이 훨씬 크고 생생하게 다가왔다.

맞아. 이런 레이스에, 기꺼이 뛰어드는 삶을 사는 남자였지, 당신은.

수안은 아무렇지 않게 업무에 열중했다. 체이스 와이즈와의 연애는 레이스가 시작되기 전에 끝난다. 그 이후의 일에 관해 생각하는 건, 그러니까 월권.

VIP들이 제기한 불편 사항과 그 개선책에 대한 만족 여부를 점검하는 것으로 오늘의 업무는 막을 내렸다. 벌써 창밖이 어두워지고 있었다.

탈의실에 들르기 전, 수안은 마치 남은 업무의 하나인 양 레오니스의 체력 훈련장을 찾았다. 오후 내내 인 포트 레이스 훈련에 임하였으니 고단할 법도 하건만 선수들의 기백은 여전히 맹렬했다. 그들 사이에서 수안은 어렵지 않게 체이스를 찾아냈다. 그는 막 러닝 머신에서 내려온 참이었다. 대기하고 있던 팀 닥터가 다가가 가슴에 부착했던 심박계를 떼는 동안 체이스는 흠뻑 젖은 머리칼을 쓸어 넘겼다. 그 습하고 뜨거운 숨이 자신에게 와 닿기라도 하듯 수안은 긴장했다.

체이스의 어깨를 두드려 준 팀 닥터는 곧 다른 선수를 체크하기 위해 자리를 옮겼다. 결과가 좋은지 두 사람 모두의 표정이 밝다.

당신은 정말, 무엇도 두려워하지 않는 사람인 걸까.

의구심에 발이 묶여 있는 사이 체이스가 돌아섰다. 유리벽을 사이에 두고 두 사람의 시선이 마주쳤다. 공적인 방문을 가장하기 위해 수안은 예의 바른 인사를 건넸다. 다행히도 체이스 역시 가벼운 고갯짓으로 화답해 주었다. 땀으로 뒤덮인 얼굴에는, 그러나 장난기 섞인 미소가 가득하다.

기다려요. 곧 갈게.

체이스가 입술로 전하는 말을 수안은 찬찬히 따라 되뇌었다.

곧 갈게.

참 따슙고 다정한 여운을 남기는 말.

수안은 서둘러 탈의실로 돌아가 옷을 갈아입고 화장을 고쳤다. 항상 바르던 것 대신 펄감이 있는 선홍빛의 립스틱을 택했다. 지

나치게 파리해 보이는 안색이 싫어 블러셔도 엷게 칠했다. 거울
에 비친 자신의 모습이 다소 바보스럽게 들떠 보였지만 수안은
고친 화장을 지우지 않았다.

최선을 다하자.

몸을 섞은 다음 날의 아침, 말없이 자신을 안아 주던 체이스의
품속에서 수안은 심저에서부터 시작된 맑은 공명을 느꼈다. 그리
고 결심했다. 이 순간만 생각하자. 이 순간에 최선을 다하자. 바
보처럼 살아온 삶과 바보처럼 살아갈 삶 사이. 선물처럼 주어진
휴식이라 여기자. 충분히 그럴 만한 가치가 있는 일이다. 생각이
거기까지 미치고서야 그를 안을 수 있었다. 의지할 수 있게, 하지
만 질척이지 않고 놓아줄 수 있을 만큼의 힘을 실어.

거울 속 자신을 향해 수안은 웃어 주었다. 연민과 설렘이 적절
히 뒤섞인 웃음. 석양빛과 어둠의 혼재 속에서 그 웃음의 잔상이
길게 번졌다.

"이수안은 원피스를 좋아한다."

스푼을 내려놓으며 체이스가 말했다. 입안 가득 번지는 아이스
크림의 풍미에 빠져 있던 수안의 눈이 동그래졌다.

"길이는 곧 죽어도 샤넬 라인을 고수. 색상은 은은한 파스텔
톤, 혹은 화이트. 구두는 주로 하이힐. 과감하기보다는 클래식한
디자인으로. 맞죠?"

수안의 머리끝부터 발끝까지를 체이스는 조목조목 면밀히 뜯
어보았다. 이만 스푼을 내려놓은 수안은 황급히 테이블 아래로
손을 내렸다. 테이블의 우측에 놓인 등이 던진 은은한 불빛이 당

황한 얼굴을 비추었다.

"그렇게 당황할 것까지야."

비스듬히 턱을 괴며 체이스가 웃었다.

"지금 뭐 하는 거예요?"

"분석. 내가 알려 주겠다고 했잖아요. 이수안이 뭘 좋아하는지 열심히 분석해서."

"진심으로 한 말이었어요?"

"당연하지. 나, 수안 씨에 대해서 상당히 진지해요."

체이스의 손끝이 가볍게 테이블을 두드렸다.

실없는 사람이야, 정말.

공연히 딴청을 부리며 수안은 다시 스푼을 쥐었다.

거리낌 없이 뜯어보는 시선. 불쾌해야 할 테지만, 사실 그리 싫지만은 않았다. 누군가 호의와 온정이 담긴 눈으로 자신을 지켜봐 주었다는 사실이, 사소한 습관들을 발견하고 기억해 주는 사람이 곁에 있다는 사실이 묘하게 설레었다.

체이스의 시선을 의식하면서도 수안은 디저트 접시를 깨끗이 비웠다. 불편했지만, 혀끝에 닿은 아이스크림은 어쩌면 그래서 더욱 달콤한 듯도 하였다.

"안타깝네. 그렇게 예쁜 다리를 가지고 있으면서 왜 그렇게 재미없는 옷만 입을까."

빈 접시를 치워 간 웨이터가 건물 안으로 사라지자 체이스는 심드렁히 중얼거렸다. 고개를 기울여 노골적으로 다리를 쳐다보면서도 전혀 부끄러워하는 기색이 없다.

"남자라면 자기 여자 친구가 짧은 스커트 입는 걸 싫어해야 하는 거 아니에요?"

다리를 힘주어 모아 붙인 수안이 새침하게 내쏘았다. 찬찬히 시선을 들어 그녀와 눈을 맞춘 체이스는 이해할 수 없다는 듯이 눈썹을 찡그렸다.

"어째서? 내 여자가 예뻐 보이는 건 자랑스러운 일인데."

"하지만 보통은 그렇게 생각하지 않잖아요."

"난 상관 안 해요. 어차피 죽으면 썩을 몸, 한창 예쁠 때 자랑하는 게 뭐가 나빠."

체이스의 입가에 서그러운 미소가 떠올랐다.

"언제 쇼핑이나 한번 같이 가요."

"왜요?"

"섹시한 원피스 한 벌 사 주게."

농담이라 치부하기에는 체이스의 눈빛이 너무 진지하다. 마땅한 대꾸의 말을 찾지 못해 허둥거리고 있는 사이에 웨이터가 향이 좋은 차를 내왔다. 수안은 두 손으로 찻잔을 감싸 쥐었다.

테이블을 밝히는 등불, 테라스의 난간을 장식한 꼬마전구, 바다 위에서 흔들리는 부표. 세상에 존재하는 모든 불빛을 인지할 수 있을 것 같은 밤이다.

그가 예약해 둔 레스토랑이 이곳이라는 사실을 처음 알았을 때, 수안은 당황했다. 자신은 기억하지 못하는, 그와의 첫 만남이 이루어진 장소였다. 그것도 썩 유쾌하지 못한 그림이었을 것이 분명한. 그런데 왜 하필 이곳을 택하였나. 그가 조금은 야속하기까지 하였다. 그 마음은, 그러나 얼마 지나지 않아 사그라졌다.

식기가 미리 세팅되어 있는 테이블을 가리키며 체이스는 온후한 미소를 지었다. 비틀린 악의 같은 건 느껴지지 않았다. 그 얼굴에서 수안은 그의 진심을 읽었다. 그날 그저 바라보아야만 했던 여자를 뒤늦게라도 위로해 주고 싶은 마음. 상냥한 배려.

"물어보고 싶은 게 있어요."

수안이 조심스레 입을 열었다. 밤의 풍경을 관망하던 시선은 이제 온전히 체이스에게만 집중되었다.

"레이스, 무섭지 않나요?"

하지 않으려 했던 말을 기어이 꺼냈다. 빗금을 넘었다.

"무슨 무서운 소문이라도 들었어요?"

평안한 안색을 한 체이스가 되물었다.

"그렇다기보다는…… 궁금했어요. 그냥, 문득."

"무섭다……. 글쎄. 그렇게 느꼈다면 하지 않았겠지. 처음부터."

체이스의 시선이 바다를 향했다.

"돈으로도 어찌해 볼 수 없는 일도 세상에 있다는 걸, 나는 요트 위에서 처음 배웠어요. 억만금을 투자한 요트를 바다에 띄운다고 해도 결국 그 요트의 명운을 결정하는 건 파도고 바람이니까. 돈으로 바람의 방향을 바꿀 수도, 태풍을 잠재울 수도 없지. 도무지, 어떻게 손써 볼 도리가 없는 그 순간들이 내겐 위로였어. 좀 이상하게 들리겠지만."

위로라…….

체이스의 시선이 닿아 있는 곳을 향해 수안도 고개를 돌렸다.

"그 순간의 느낌에 중독된 셈이죠. 이제 그게 내 인생이 되었고. 다른 사람들 눈에는 미친 짓처럼 보일지도 모르겠지만, 난 바다 위에 떠 있지 않은 나 자신을 상상할 수가 없어요. 그리고 요트가 그렇게 위험하진 않으니까. 자동차나 바이크보다는 훨씬 안전해요."

"하지만 요트 레이스에서도 사고는 일어나잖아요."

"그렇지. 하지만 수안 씨, 세상에 완벽히 안전한 스포츠는 없어요. 어쩔 수 없는 측면이지, 그건. 요트 레이서가 바다에서 죽는다면 그리 나쁜 죽음은 아니기도 하고."

체이스의 어조는 어떤 과장도 담겨 있지 않아 담박했다.

수안은 더 이상 반문하지 않았다. 그의 마음을 이해할 수는 없지만 어렴풋이 짐작해 볼 수는 있었다. 무엇으로도 해결할 수 없는 일 앞에 도리어 안도하였던 그의 마음이, 이상하게도 제 것인 양 헤아려졌다.

"내가 걱정돼요?"

고개를 돌려 눈을 맞추고 체이스가 묻는다. 수안은 잠자코 알맞게 식은 차를 마셨다. 그토록 향긋하던 차가 어째서인지 쓰다. 그래요. 당신이 걱정돼요. 그 한마디쯤은 건네도 좋았을 텐데. 뒤늦은 후회가 찾아왔지만 수안은 끝내 입을 열지 않았다.

체이스 와이즈를 향한 걱정은 이수안의 몫이 아니다. 제 몫이 아닌 것을 욕심내는 법 같은 건 알지 못한다. 다만 이 남자를 진심으로 사랑하는 여자는 참 외로울지도 모르겠다는 생각을 하였다.

나는 아니겠지만 다른 누군가는.

차를 마시고 나자 밤이 제법 깊어졌다. 주말에는 그토록 붐비던 레스토랑이 오늘은 휑할 정도로 한산하다. 드문드문 자리하고 있던 손님들도 모두 떠나고 남은 건 수안과 체이스뿐이었다.

흐르는 시간을 붙잡아 두고 싶다고, 주차장을 향해 걸으며 수안은 무심결에 생각했다. 이 남자와 함께할 시간을 늘릴 수 있다면 좋겠다. 조금, 아주 조금이라도.

"호칭에 관해서, 나도 하나 부탁하고 싶어요."

아름드리 벚나무 아래를 지날 때였다. 수안은 시선을 들어 체이스를 보았다.

"그냥 편하게 불러요."

"편하게?"

"네. 말 놓아서, 편하게."

어둠 속에서 수안의 얼굴이 조금 붉어졌다. 체이스는 곧 쾌활한 웃음을 터뜨렸다.

"수안아. 이렇게?"

"네."

"아아. 그렇게 불러 주는 게 제일 설레었구나?"

"아니요. 이랬다저랬다 하면 헷갈리니까 그냥……."

수안의 미간이 왈칵 좁혀졌다. 그럴싸한 명분을 내세우고 싶지만 할 수 있는 말이 없다. 어째서 이런 바보 같은 말을 주절거리고 있는지, 스스로도 그 이유를 알지 못하겠다.

"수안아."

웃음을 그친 체이스는 커다란 손을 뻗어 수안의 머리를 쓰다듬었다.

"네."

"수안아."

"왜 자꾸 불러요."

"얼굴 빨개졌다."

머리를 쓰다듬던 손이 뺨에 닿았다. 수안은 나쁜 짓을 하다 들 킨 아이처럼 당황했다.

"아니에요."

"빨개졌는데 뭘."

체이스의 손이 가볍게 뺨을 꼬집는다. 어린아이 다루는 듯한 태도. 발끈하여 고개를 치켜들었지만 수안은 결국 아무 말도 하 지 못했다. 싱긋이 웃는 그의 입술이 이마에 닿았다. 그것을 인지 하는 순간 생각이 멈추었다.

수안이 가리킨 장소는 도로와 별장의 진입로 사이로 나 있는 좁다란 산책로였다. 키가 큰 나무들 덕에 주변의 시선이 철저히 차단된 곳. 그 길의 중간쯤에서 체이스는 차를 세웠다. 유채꽃이 드문드문 피어 있는 길섶이 달빛 아래 환하다.

부모님의 눈을 피해 데이트하는 십 대도 아니고. 숨어 만나는 사이라니. 체이스는 실소하며 수안을 보았다. 안전벨트를 푸느라 꼼지락거리고 있는 수안의 손도 달빛처럼 희다.

"오늘 고마웠어요."

눈이 마주치자 수안이 인사를 건넸다. 금방이라도 미련 없이 차에서 내릴 태세다. 그 지나친 무구함이 욕망을 자극했다.

조수석 문을 열려 하는 수안의 손을 거칠게 잡아챈 체이스는 그대로 몸을 기울여 키스했다. 묵직한 소리를 내며 좌석이 뒤로 젖혀지고 수안은 그의 몸 아래에 갇혔다. 삽시간에 벌어진 일이었다.

체이스는 맹렬한 키스를 퍼부으며 원피스의 지퍼를 내렸다. 수안은 거부하지 않았다. 어설프게나마 입술을 열고 그의 목을 안았다. 부드럽게 혀가 엉기는 느낌이 척추를 타고 번졌다.

체이스는 브래지어를 밀어 올리며 고개를 들었다. 자연스러운 일이라 여겼다. 지금, 우리는 연인이니까. 적어도 체념하듯 눈을 감은 수안을 보기 전까지는.

"……차라리 끝가지 가기를 바라고 있지?"

뜨겁게 달아오른 손으로 수안의 얼굴을 감쌌다. 수안은 가빠진 숨을 몰아쉬며 눈을 떴다.

"그래야만 내가, 단지 이 이유 때문에 당신을 만나는 거라 생각할 수 있을 테니까."

어렴풋이 웃음 짓는 얼굴과 달리 체이스의 목소리는 위압적이었다. 눈을 슴벅거리던 수안은 대답 없이 시선을 회피하였다. 항상 먼 곳을 향해 있는 눈빛. 사람을 홀리고, 동시에 사람을 참 외롭게 하는 눈빛. 어김없이 또 그런 눈빛이다.

"그렇다면 참아야겠다, 그런 생각 못 하도록."

체이스는 허탈하게 웃으며 수안을 놓아주었다.

"하지만 이대로는 너무 억울하니까……."

이만 몸을 물리던 체이스가 돌연 수안의 가슴 위로 입술을 내렸다. 소스라치는 수안을 부여안고 브래지어 위로 드러난 젖무덤을 물었다. 뜨거운 입속 가득 빨아들여 자극하고 가볍게 깨물어 잇자국을 남기는 행위의 반복 속에서 살결 곳곳에 연붉은 흔적이 새겨졌다.

"이건, 볼 때마다 내 생각 나라고."

얼떨떨해하고 있는 수안을 주시하며 체이스는 조용한 웃음을 보냈다. 사납게 벗겨 냈던 옷을 다시 입혀 주는 손길이 저도 모르게 조심스러워졌다.

"수안아."

가만히 수안을 끌어안았다. 깊이 들이마신 수안의 살내가 한숨 섞인 이름이 되어 흘러나왔다. 수안은 그의 어깨를 감싸 안는 것으로 대답을 대신했다.

"주말에 하고 싶은 거, 생각해 놔."

"……주말에요?"

"응. 데이트하자. 네가 하고 싶은 대로."

"하고 싶은 거 아무거나요? 차 마시고 영화 보는 데이트 같은 것도?"

찌푸린 수안의 눈에서 체이스는 어렴풋한 설렘을 보았다. 그래서 미안해졌다. 너무 조급하게, 자신의 욕심만 채운 것 같아서.

"그래. 아무거나. 이수안이 하고 싶은 거, 뭐든지."

이마를 콩, 장난스럽게 맞대며 체이스는 웃었다. 멍해져 있던 수안도 곧 조용한 미소를 지었다.

"고마워요."

좀 전과 같은, 하지만 그 어감이 사뭇 다른 인사를 남겨 두고 수안은 차에서 내렸다. 뒤따라 내린 체이스는 보닛에 기대선 채로 멀어지는 수안을 지켜보았다.

달이 비추어 주는 조붓한 길을 따라 수안은 느리지도, 빠르지도 않은 걸음을 옮겼다. 그 길의 끝에서 잠시 멈추어 섰지만 끝내 돌아봐 주진 않는다.

허를 찔린 기분에 체이스는 실소하였다. 붉어질 대로 붉어진
입술이 내뱉는 한숨이 뜨겁다.

"무슨 좋은 일 있으세요?"

기웃거리며 눈치를 살피던 지영이 목소리를 낮추어 물었다. 그
것이 자신을 향한 질문이라는 것을 수안은 뒤늦게 알아차렸다. 동
요하지 않으려 애써 보아도 어쩔 수 없이 등줄기가 뻣뻣해졌다.

"요즘 얼굴이 좋아지셨어요. 반짝반짝 예뻐요. 팀장님 혹시 연
애하세요?"

지영의 눈에 호기심과 장난기가 비쳤다. 머뭇거리던 수안은 어
색한 웃음을 지으며 이마를 짚었다. 그 모습에 킥킥, 지영이 웃
는다.

"아무튼, 우리 팀장님은 너무 순진하시다니까. 농담이에요, 농담."

"네? 아…… 네."

"그런데 얼굴 좋아지셨단 말은 진짜예요. 보기 좋아요. 정말로."

예의 싹싹한 말투로 농담을 무마시키고 지영은 돌아섰다. 혹시
뭔가 알아챈 것은 아닐까. 조마조마한 마음으로 눈치를 살폈으나
별다른 낌새는 없다.

안도한 수안은 의자를 돌려 다시 책상을 마주했다. 책상은 귀
빈 영접과 관련된 자료들로 어수선하다. 수안은 체크를 마친 리
포트와 재검토가 필요한 리포트를 분류하여 정리했다.

파티가 코앞으로 다가왔다. 내일부터 초청된 귀빈들이 하나둘씩 도착하기 시작할 것이다. 그 명단이 하도 화려하여 VIP 접객에 이골이 난 수안도 조금은 긴장되었다.

개중 가장 까다로운 귀빈과 요구 사항을 수안은 명료하게 간추려 객실부로 전달했다. 돌아오는 길에는 파우더룸에 들러 옷매무새를 가다듬었다. 블라우스의 리본을 괜스레 새로 묶고 머리 모양을 정리하는 사이, 거울에 비친 얼굴은 미소로 해사해졌다.

체이스와 함께 보낸 주말은 평범했다. 여느 때와 마찬가지로 복지관에 들러 낭독 봉사를 하고 함께 점심을 먹었다. 함께 산책을 했다. 멀티플렉스에서 함께 영화를 보고 백화점에 들러 옷을 샀다. 체이스가 골라 준 원피스는 허벅지의 절반도 채 가리지 못할 만큼 짧았다. 수안은 경악하였지만 체이스는 기어이 그 옷을 사 수안의 품에 떠안겼다.

무엇 하나 특별할 것이 없었지만 한순간도 빠짐없이 설레었던 순간들을 수안은 찬찬히 반추하였다. 녹음실 창가에 앉아 자신을 바라봐 주던 체이스의 눈길. 함께 걸을 때면 당연한 듯 허리를 감싸던 팔의 아늑함. 함께 옷을 고르며 주고받던, 의미 없는 농담과 웃음. 팝콘을 쥐려 뻗은 손과 손의 부대낌과 그 손을 가만히 움켜쥐던 악력. 맥박이 희미하게 느껴지는 손목에 키스해 오던 입술. 그 메마르고 부드러운 감촉을 수안은 기억한다. 어떤 음식을 먹었는지, 무슨 영화를 보았는지는 희미하여도 그 감각들은 결코 잊히지 않는다.

'웃어 줘. 인사 대신.'

작별 인사를 건네려는 찰나에 체이스는 불쑥 엉뚱한 요구를 해왔다. 초여름의 오후처럼 마음이 느슨해져 있었던 수안은 기꺼이 웃음을 지어 보였다. 아직 혀끝에 남아 있던 캐러멜 팝콘의 풍미처럼 달콤하고 나른하게.

'예쁘다.'

머리를 쓰다듬어 준 체이스의 손이 얼굴을 감싸고, 길고 부드러운 입맞춤이 시작되었다. 수안은 놀라거나 긴장하지 않고 그를 감싸 안았다.

키스. 서로의 숨결에 익숙해지는 그 아름다운 유희가 좋았다. 하지만 그보다 더 좋은 건 키스가 끝난 후 다정하게 머리를 쓰다듬어 주는 손길이었다. 꼭 착한 아이가 되어 칭찬받는 것 같아서. 존재의 가치를 인정받는 것 같아서.

수안은 치맛단과 소매까지 꼼꼼히 체크한 후 파우더룸을 나섰다. 프런트 데스크에서 다급한 연락이 온 건 막 사무실에 당도하였을 무렵이었다.

—이 팀장님! 저, 좀 곤란한 상황이 생긴 것 같은데요.

프런트 데스크 여직원의 어조가 평소답지 않게 다급하다. 수안의 눈이 반사적으로 가늘어졌다.

—체이스 와이즈 씨의 가족들이라는 분들이 찾아왔어요. 지금 본관 로비에 계세요.

"가족이요? 와이즈 회장 내외는 내일 입국하기로……."

—아니요. 그 가족이 아니라, 한국 가족이래요. 어쩌죠?

한국 가족?

기억을 더듬던 수안의 얼굴에 낭패한 기색이 스쳤다. 체이스에 관한 외신 자료를 검토하던 중에 그와 연관된 기사를 보았던 기억이 난다. 한국에 있는 그의 가족. 엄밀히 말해서는 친아버지의 가족이었던 이들과 체이스의 갈등에 관한 기사였다.

수안은 한숨을 내쉬며 자세를 반듯이 하였다.

"기다려 주세요. 제가 지금 내려가겠습니다."

체이스는 당황하지 않았다. 괜찮은 척해 보려는 어색한 웃음이나 난처함도 찾아볼 수 없었다. 급한 사무에 관한 보고를 들은 듯, 조금 짜증스럽지만 대체로 침착한 표정과 태도. 그것이 전부다.

"어디 있다고 했지?"

모자를 벗은 체이스가 수안 가까이로 다가왔다. 다른 선수들은 모두 격납고에 모여 회의 중이었다. 그들은 모르게 해야 할 것 같아 체이스만 따로, 조용히 불러낸 참이었다.

"일단 클럽 라운지로 모셨어요. 설득해 보려고 했는데, 잘되질 않아서."

"당연하지. 설득이 될 사람들이었으면 여기까지 오지도 않았을걸."

체이스는 덤덤했다. 괜찮으냐고, 수안은 그래서 묻지 못했다. 괜찮은 척 연기를 하고 있는 게 아니다. 이 남자에게는 이 기가 막힌 상황이, 정말 일상의 일부쯤으로 치부해 넘기면 그만일 일인 거다.

수안을 숙연하게 한 건 그러한 면모였다. 도저히 괜찮을 수 없는 일이 아무것도 아닌 일이 되기까지의 시간. 굳은살이 단단히 박히기까지 감내하여야 했을 무수한 아픔들.

"체이스."

귀빈층으로 올라가는 엘리베이터 안에서 수안은 충동적으로 그를 불렀다.

"괜찮아. 그런 표정 지을 일 아니야."

어물거리고만 있는 수안을 향해 체이스는 웃어 주었다.

"이따 봐."

체이스는 꼭 힘주어 쥐었던 손을 천천히 놓았다. 때마침 엘리베이터가 멈추어 섰다.

"저기, 체이스!"

마음이 급해져 그를 불렀다. 체이스는 놀란 듯 한쪽 눈썹을 치켜세웠다.

"이따…… 이따 봐요."

귀를 기울여야 겨우 들릴 작은 목소리로 수안은 서둘러 말했다. 체이스가 맥이 풀린 듯 웃는 사이 엘리베이터의 문이 열리고 현란한 조명 불빛이 쏟아져 들어왔다.

짧은 일별을 끝으로 사적인 관계는 막을 내렸다. 체이스는 엘리베이터 밖으로 걸음을 내딛었고, 수안은 VIP를 배행하는 호텔리어로 분하여 그의 뒤를 따랐다. 프라이빗 룸에서 나와 기다리고 있던 이들이 우르르 다가와 체이스를 둘러쌌다. 지우야. 우리 지우. 오랜만이지. 그간 어떻게 지냈니. 그들이 쏟아 내는 호칭과 인사말들은 과장되게 친밀한 나머지 우스꽝스럽다.

일임된 역할을 마친 수안은 이만 체이스의 곁에서 물러났다. 아귀처럼 달려드는 친지들을 본체만체하며 체이스는 프라이빗룸으로 향했다. 곁눈질을 주고받으며 서로의 눈치를 살피던 그의 친지들도 곧 뒤를 따랐다.

소란을 가두듯 단호히 문이 닫혔다.

"피는 못 속인다더니. 지우 너는 갈수록 더 준영이를 닮는구나."

큰아버지를 자칭한 남자가 비굴한 웃음을 짓는다. 딴에는 분명 진지하게 고민하였을 텐데 겨우 떠올린 첫마디가 어쩌면 이토록 시시하고 졸렬할까. 체이스는 눈초리를 가늘게 하며 한쪽 입술을 당겨 올렸다. 그 표정을 웃음으로 해석한 듯 남자의 얼굴에 화색이 감돈다.

"네 할아버지는 작년에 큰 수술을 하셨다. 심장 혈관이 안 좋으셔서 큰일 날 뻔했지 뭐냐. 네게도 알리려 했는데, 통 연락할 길이 없으니 원."

남자가 끌끌 혀를 찬다. 꿔다 놓은 보릿자루처럼 앉아 있던 심술 맞은 인상의 노인은 그 장단에 맞추어 쿨럭쿨럭 마른기침을 쏟아 낸다. 혈관 질환과 가래 끓는 기침의 상관관계가 무엇인지는 모르겠으나, 두 부자의 호흡만큼은 기가 막혔다. 환상의 앙상블. 브라보.

흥미가 동한 체이스는 테이블 쪽으로 상체를 기울여 턱을 괴었다. 한번 들어는 볼 작정이었다. 이번에는 또 어떤 시나리오를 들고, 어떤 허무맹랑한 야망을 이루어 보려 덤벼들었을까. 아버지와 아들도 모자라 손자들까지 주렁주렁 달고서.

남자는 손짓과 발짓까지 곁들여 가며 열변을 쏟아 냈다. 화제는 늙은 아버지의 건강 문제에서 탕진한 가산과 부채로, 그로 인해 식구들이 받고 있는 고통으로 자연스레 확장되었다. 차갑게 가라앉은 눈빛으로 체이스는 자신의 생부가 생전 저 치들에게 제공하였던 향응을 가늠해 보았다. 좋은 집, 좋은 차, 사업 자금. 레오니스 소프트가 비약적 성장을 이루기 전이었음에도 아버지는 저들이 바라는 모든 것을 기꺼이 내놓았다. 무리를 해서라도 들어주려 했다. 혈육이라는, 그 허망한 이유 하나 때문에.

친부모에게서 버림받고, 양부모에게 또다시 버림받은 아버지에게 혈육이란 일종의 신앙이었다. 하여 대학을 졸업하기 무섭게 자신의 가정을 꾸렸고, 그것으로도 채워지지 않는 그 무엇에 대한 기갈로 뿌리에 집착하기 시작했다. 매사에 현명한 아버지였으나 혈육과 관련된 일에 관해서는 지극히 감성적이고 무모했다. 혈육이라 여겨 집착하는 이들이, 실은 자신을 철저히 이용하고 있을 뿐임을 모르지 않았을 텐데도.

아니. 어쩌면 그것을 알기에 더더욱 노력하였을지도 모른다.

주고 또 주다 보면 언젠가 저들도 진정을 가져 줄 것이라는, 그 가련한 희망의 끈을 놓지 못해서.

저들의 하소연은 어느덧 클라이맥스에 다다랐다. 아버지가 세상을 떠난 이후로 핏줄을 나 몰라라 하며 고통 속에 방치한 것에 대한 은근한 원망. 그로 인해 자신들이 견뎌야 했던 설움과 고통의 세월. 그럼에도 우리는, 핏줄이므로 너를 용서할 수 있노라는 싸구려 관용. 물론 거기에는 조건이 붙는다. 네 아비가 주었던 것들을 너 역시 내놓아야 한다. 우리는 네 아비의 핏줄이고, 또한

바람이 지날 때
바다를

너는 그 아비의 핏줄이니까.

역시.

작게 고개를 저은 체이스는 한껏 젖힌 몸을 의자에 기댔다. 입가에 머물던 미소가 일순간 흔적을 감추었다. 사뭇 달라진 분위기를 감지한 듯 귀 따갑게 떠들어 대던 이들이 동시에 입을 닫았다.

그네들 하나하나의 얼굴을 체이스는 유심히 뜯어보았다. 아버지의 아버지. 아버지의 형제. 아버지의 조카들. 그들이 피를 나눈 사이임을 알아채는 건 그리 어려운 일이 아니었다.

닮았다.

연배는 달라도 한씨 집안 남자들은 묘하게 그 생김새와 분위기가 닮았다. 외까풀의 시원한 눈매와 단호한 인상을 주는 입술, 날카로운 얼굴선까지. 그 특질들을 기억 속에 남아 있는 아버지의 얼굴과 견주어 본다. 역시 닮았다. 닮은 얼굴들이다. 그러니 친탁을 한 자신도 분명 저들과 몹시 닮은 얼굴을 가지고 있을 것이다. 체이스는 기꺼이 그 사실을 인정했다. 다만, 인정하되 특별한 의미 따위는 부여하지 않을 뿐. 저들은 그 점을 간과하고 있다. 미련퉁이처럼 뿌리와 핏줄에 집착하였던 월터 맥밀런 혹은 한준영과는 달리, 체이스 와이즈는 그까짓 것들에 조금도 연연하지 않는다는 것을.

"아버지의 가족들이니 곧 나의 가족이고, 형편이 어려운 가족을 돕는 건 당연한 일이다. 뭐, 이런 뜻이죠?"

체이스는 빙글거리며 그들의 말을 요약했다. 언뜻 보기에는 온화한 표정이었다. 무슨 청이든 기꺼이 들어줄 것처럼. 거기에 깜빡 속아 넘어간 치들의 얼굴에 도는 화색을 체이스는 고요히 지켜보았다. 상대가 저만큼의 공을 들였으면 이쪽에서도 그에 상응하는 보답을 해 주는 것이 인지상정. 쉽게 쳐 내는 건 재미없다.

"우리가 큰 욕심을 내는 건 아니다. 그저 빚이나 다 갚고 우리 식구들 오순도순 정답게 살아갈 수 있을 정도만 되어도 감지덕지지. 그 정도 도움을 주는 거야 지우 네게는 일도 아닐 테니 부디 좀……."

"도와주신다면 그 고마움은 두고두고 기억하겠습니다."

남자가 쿡 옆구리를 찌르자 그의 큰아들이 마지못해 입을 뗐다. 체이스보다 두어 살쯤 어려 보이는 남자는 놀랍도록 입성이 좋았다. 빚더미에 올라앉은 집안의 장손답지 않게 어떤 삶의 오욕도 묻지 않은 모습이다. 열의라고는 없이 설렁설렁, 한심하기 짝이 없는 사업 계획이나 세워 가며 허랑하게. 여태껏 살아온 방식을 대변하는 얼굴. 그 곁에 앉은, 아마도 그의 동생인 듯한 작자의 행색도 크게 다를 것은 없다.

"물론 그 정도 도움을 드리는 거야 어려운 일이 아닙니다."

체이스의 미소가 짙어졌다.

"그런데 어쩌죠? 전 조금도 그럴 마음이 없는데."

한껏 부풀어 올랐을 그들의 기대감을 체이스는 주저 없이 찢어발겼다. 그런 순간에도 표정에는 조금의 변화도 없다. 둘러앉은 친지들을 두루 살피는 눈길은 얼마쯤 사려 깊기까지 하였다.

"너, 너 지금……."

격분한 남자가 자리에서 일어섰다. 주먹으로 내리친 테이블이 부르르 진동했다. 체이스는 지극히 침착한 얼굴로 일어나 그를 마주했다.

"아무리 그래도, 네가 우리한테 이럴 수는 없다! 우리가 누군데!"

얼굴을 일그러뜨린 노인이 매섭게 일갈했다.

"한성철 씨. 당신껜 그래도 최소한의 연민은 가지고 있습니다. 아무리 파렴치한 철면피라 해도 가난 때문에 자식을 버려야 했던 부모니까요. 그 슬픔은 인정해 드려야 한다고 생각합니다."

침착하여 외려 위압적인 목소리로 체이스는 천천히 말했다. 웃음이 사라진 자리는 차가운 위엄으로 채워졌다.

"하지만, 당신은 아닙니다."

아연실색한 노인을 무심히 스친 체이스의 시선이 마주 선 남자를 향했다.

"부모에게 버림받아 외국으로 팔려 가고, 그곳에서 또다시 버림받아 가족애에 목마른 불쌍한 동생. 그 동생의 피를 빨아 먹고도 끝끝내 수치를 모르죠, 당신이란 사람은."

"뭐? 지금, 뭐라고……."

"경멸뿐입니다. 내가 당신에게 줄 수 있는 건. 그리고 너희들. 그쪽은, 경멸조차 아깝지."

남자를 지나 그의 두 아들로, 그리고 다시 남자에게로 체이스의 시선은 느리게 움직였다. 한씨 집안 남자들은 아무 말이 없었다. 씨근거리는 숨소리만이 싸늘한 정적 속을 떠돌 뿐이다. 점차 거칠어지는 그 숨소리에 체이스는 즐거운 듯이 귀 기울였다. 아드레날린이 솟구치는 느낌. 짜릿하다.

"……준영이가, 네 애비가 살아 있다면 이랬을 성싶으냐?"

시뻘게진 얼굴을 한 노인이 호통쳤다. 곧 쓰러질 사람처럼 노인은 부들부들 사지를 떨고 있다. 체이스는 무감동한 시선으로 그를 보았다.

"천만에요. 그럴 리가 있겠습니까. 아버지가 살아 계셨다면, 아마 당신들이 원하는 모든 걸 들어주셨겠지요. 생전에 그러셨던 것처럼."

"그걸 아는 놈이, 어떻게……."

"어쩌겠습니까. 이미 아버지는 돌아가셨고, 저는 아버지가 아닌 걸."

체이스는 안되었다는 듯 짧게 혀를 찼다. 놀라울 정도로 마음이 담담하다. 눈앞에서 저 노인이 죽어 나간다 하여도 아마 동요하지 않을 것이다.

제 분을 이기지 못한 노인이 휘청거리자 그 아들과 손자들이 수선을 떨기 시작했다. 자신을 향해 쏟아지는 그들의 비난을 체이스는 아무렇지 않게 경청했다. 여전히 가책 따위는 없다. 한 터럭만큼도.

"너 이 새끼! 돈이 썩어 나니 눈에 뵈는 게 없나 본데!"

분개한 장손이 나섰다. 체이스는 표정 없는 얼굴로 그를 내려다보았다. 당장 멱살을 잡아 패대기치기라도 할 듯 강강하던 기세는 얼마 못 가 수그러들고 그는 꼬리를 내린 개처럼 비굴해졌다. 그 눈동자에 담긴 구차한 계산을 체이스는 똑똑히 보았다. 꺾인 자존심보다 뜯어내야 하는 돈푼이 더 중요한, 하여 그 돈줄을 쥔 자 앞에선 납작 엎드릴 수밖에 없는.

체이스의 눈빛은 이제 완벽히 냉정해졌다. 차라리 그가 주먹질을 하였더라면 그 패기 하나는 높이 샀을지 모른다. 적선하는 셈으로 몇 푼 쥐여 주지 못할 것도 없었다. 그러나 이제 최소한의 관용도 사라졌다. 저들은 그대로다. 자식의, 동생의 죽음에 애도를 보내기는커녕 한재산 챙길 기회라 여겨 쾌재를 불렀던 그때와 조금도 달라지지 않았다.

"당신들이 지금, 대체 누굴 상대하고 있는 것 같습니까?"

체이스는 차갑게 웃으며 말했다.

"잘 들어요. 지금 당신들 눈앞에 있는 사람은 체이스 와이즈입니다. 나는 아버지가 아닌 내 방식대로 당신들을 대할 겁니다. 지금껏 그래 왔고, 앞으로도 그럴 겁니다."

테이블 끝에 놓아두었던 모자를 체이스는 조용히 집어 들었다. 나른하여 더욱 위압적인 몸짓. 네 명의 닮은 사내들의 눈빛이 일제히 흔들렸다.

"한편의 블랙 코미디, 잘 봤습니다. 다음에 또 보여 주고 싶다면 찾아오세요. 기꺼이 관람해 드리죠. 지난번처럼 저질 타블로이드지와 손잡고 덤벼드시는 것도 나쁘진 않습니다. 좀 귀찮긴 했지만, 어쨌든 재미는 있었으니."

모자를 눌러쓴 체이스는 쾌활한 소년처럼 웃어 보였다. 가벼웠다. 표정. 걸음걸이. 문을 여는 손놀림. 그 모든 것이.

"참."

문을 닫으려다 말고 체이스가 돌아섰다. 멍해져 있는 한씨들의 얼굴을 하나하나 각인하듯 응시하는 사이 미소는 더욱 환해졌다.

"데스크에 말해 둘 테니 차비는 받아 가요. 그 정도는 기꺼이 베풀겠습니다."

수안은 창가를 지키고 서 있다.

어둠에 잠긴 도서관의 가장 깊숙한 곳. 아늑한 의자와 아름다운 나뭇결을 가진 콘솔이 놓여 있는 장소. 이수안이 사랑하는, 이수안의 은신처.

다가서는 체이스의 기척에 수안이 돌아섰다. 입가에 번지듯이 떠오르는 미소가 가장 먼저 시야에 잡혔다. 체이스는 그 자리에 멈추어 섰다. 성큼 다가서려던 마음을 바꾸어 감상하듯 수안을 바라보았다. 만나고 싶다고, 처음으로 먼저 연락을 해 오고도 평소와 다름없는 얼굴이다. 지척에 두어도 안달하게 되는, 투명한 빛이 서린 듯 맑고 담담한 인상.

"왔어요."

달싹이던 수안의 입술이 나직한 말을 건넨다. 체이스는 부드러운 고갯짓으로 응답했다. 서서히 웃음이 번지자 파리해 보이던 수안의 얼굴이 일순 환하게 피어났다. 그런 수안에게서 체이스는 전과는 미묘하게 달라진 분위기를 감지하였다. 경계심이 사그라진 덕분인지 수안의 감싼 공기가 사뭇 달라졌다. 조금 더 부드럽고 따스하게. 저물녘의 빛살처럼.

체이스는 무심결에 조심스러워진 걸음을 옮겨 수안의 곁으로 다가갔다. 소년 같은 수줍음에 가슴 한구석이 뭉근히 달아올랐다.

"날 먼저 찾아 주는 날도 있네."

팔을 뻗어 수안의 허리를 휘감았다. 답삭 안겨 오는 작은 몸피가 따스하다.

"나, 보고 싶었어?"

"그냥. 한 시간 정도 여유가 있어서요."

나직한 소곤거림에 수안의 뺨이 붉어졌다. 가슴 깊은 곳에서부터 잔물결이 이는 듯한 느낌을 즐기며 체이스는 조금 전까지 수안이 앉아 있던 의자에 기대앉았다. 풀썩이며 피어오른 미세한 먼지에서 수안의 향이 맡아졌다.

"앉아, 수안아."

멀뚱히 서 있는 수안에게 체이스는 짧게 명했다.

"네?"

"앉아. 그렇게 서 있지 말고."

"아. 그럼 의자를…….."

"뭐하러 그래. 자리 있는데."

돌아서려는 수안을 체이스가 붙들었다. 의자 뒤로 몸을 물리고, 의문스러운 표정을 짓고 있는 수안을 끌어당겨 다리 사이에 앉혔다.

"안 물어봐?"

바싹 얼어붙은 수안을 감싸 안으며 체이스는 낮게 웃었다.

"뭘요?"

"낮에 있었던 일. 어떻게 됐는지."

"……물어봐야 해요?"

"그 일 때문에 보자고 한 거잖아. 위로해 주려고."

체이스는 수안의 목덜미에 가만히 뺨을 마주 댔다. 말수는 적지만 눈빛이 풍부한 여자다. 가만히 눈만 바라보고 있어도 그 마음을 짐작할 수 있는. 지금, 그를 보는 수안의 눈에 담긴 감정은 분명 걱정과 위로였다.

"그거…… 말하고 싶지 않을까 봐."

"맞아. 굳이 말할 필요 없는 일이라고 생각해."

"그런데 왜 이런 말을 해요?"

"꼬치꼬치 캐묻지 않는 이수안이 참 신기하고 예뻐서."

하얗게 드러난 수안의 뒷목에 체이스는 길게 입을 맞추었다. 수안에게서 느껴지는 연약한 떨림에 숨결이 산란해졌다.

"수안아."

"네."

"무슨 말이든 해 봐."

"무슨 말을요?"

"아무거나. 네 목소리 듣는 게 좋아."

체이스는 스르르 눈을 감았다. 수안의 목덜미를 입술로 더듬으며 은은하게 풍기는 살 내음을 깊이 호흡했다.

사실, 위로가 필요한 것은 아니다.

귀찮기는 했지만 그게 전부였다. 아픔이나 번민 같은 건 조금도 느끼지 못했다. 오히려 즐겁다. 제 발로 여기까지 찾아와 준 그들이 고마울 지경이다. 다시는 볼 일이 없기를 바라지만, 한편으로는 그들이 다시 찾아오기를 바라기도 한다. 그래야 그들의 가슴에 비수 하나씩을 더 꽂아 줄 수 있을 테니. 수안의 걱정처럼 그래도 혈육이니 어쩔 수 없이 마음 쓰이는 일 따위, 그에게는 없었다.

스스로의 그런 냉정함이 때로는 오싹하다.

마음의 어느 한 부분이 고장 난 인간은 아닐까 하는 의문이 들기도 한다. 어쩌면 숨겨진 가학성 같은 걸 가지고 있을지도.

"그러면…… 책 읽어 줄까요?"

고민 끝에 수안이 물었다. 무엇이라도 해 주고 싶은 마음. 돌아보는 수안의 옆얼굴에서 체이스는 그런 마음을 보았다.

체이스가 고개를 끄덕이자 수안은 벌떡 일어나 서가로 갔다. 어둠도 미처 가리지 못한 하얀 손으로 천천히 책을 고르는 수안에게서 체이스는 한시도 눈을 떼지 못했다.

"이 책, 괜찮아요?"

얼마 지나지 않아 수안은 노란색 표지의 책을 소중하게 받쳐 들고 돌아왔다. 제목도 확인하지 않은 채로 고개를 끄덕거린 체이스는 조금 전 그 자리에 수안을 다시 앉혔다. 향긋하고 부드러운 몸을 품에 안자 저절로 눈이 감겼다.

몇 번의 헛기침으로 목소리를 가다듬은 수안은 차분히 책을 읽기 시작했다. 동심원처럼 번져 나가 적요한 공간을 채우는 목소리. 수안이 읽어 주는 책의 내용이 무엇인지 체이스는 알지 못했다. 인지할 수 있는 것은 울림이 청아한 수안의 음성. 그것이 전부다.

"……마음에 들어요?"

수안의 긴장된 물음에 체이스는 단잠에서 깨어나듯 눈을 떴다. 도서관 밖 가로등의 불빛과 콘솔 끄트머리에 놓인 스탠드 불빛이 하나로 어우러져 수안을 비추고 있었다. 그 아늑한 빛의 향연 속에서 수안은 아름답다.

체이스는 오직 수안만 바라보았다. 부끄러워하면서도 수안은 시선을 피하지 않았다. 온기 어린 미소를 지으며 책장을 매만지던 손을 들어 체이스의 뺨을 쓸었다. 그 손 위에 체이스는 자신의 손을 포개 얹었다.

“위로해 주려면 이 정도론 안 되는데.”

“네? 그럼…….”

“다른 거. 좀 더 따뜻한 거.”

체이스는 움켜쥔 수안의 손을 자신의 입술 위로 옮겼다. 수안은 망설임 끝에 그 요구에 응했다.

당신은 참 순하고 여린 사람이구나.

머뭇머뭇 다가온 수안의 입술을 느끼며 생각했다. 그에 반하여 지금 자신은 얼마나 비열하고 계산적인지도.

체이스 와이즈는 본래 이런 사람이다. 응당 상처 받아야 할 일 앞에서도 아무렇지 않을 수 있으며, 상대의 선의를 모르는 척 이용할 수 있는 사람. 하지만 여전히, 가책 따위는 느끼지 않는다.

“하고 싶은 거, 해요.”

조심스러운 키스를 마친 수안이 속살거린다. 그녀의 작고 동그스름한 뒷머리를 쓰다듬던 체이스의 손이 굳었다.

“지난번엔 내가 하고 싶은 대로 해 줬으니까, 오늘은 당신이 하고 싶은 대로 해요.”

수안은 진지했다. 기브 앤 테이크. 말하자면 그런 논리. 그 함의를 이해하자 눈시울에 웃음이 걸렸다.

“내가 하고 싶은 게 뭔지 알아?”

체이스는 수안의 귓불을 가볍게 깨물었다. 그사이 손은 수안의 유니폼 앞섶에 닿았다. 리본이 풀리고 연이어 단추가 열렸다. 수안은 그를 저지하지 않는 것으로 자신의 의지와 각오를 증명했다.

뜨거운 손으로 수안을 안아 올린 체이스는 별다른 전희 없이 좁은 몸속으로 들어갔다. 휘어지는 수안의 등줄기를 달래듯 쓸어 내리며 풀어 헤쳐진 블라우스의 앞자락으로 입술을 가져갔다. 수안의 몸은 이제 온통 새빨개졌다. 열기가 오른 만큼 체취가 짙어진다.

숨죽인 신음과 탄성이 어지러이 뒤섞였다.

빨라지는 심장의 박동을 따라 수안을 가지는 체이스의 몸짓도 급박해졌다. 그럴수록 수안은 안간힘을 써 매달려 왔다. 그녀가 전율할 때마다 그녀 안으로 파고드는 체이스도 함께 전율했다.

"체이스."

가쁜 숨 사이로 그의 이름이 흘러나왔다. 체이스는 몽혼해진 눈으로 그녀를 보았다.

"나는, 당신이 내 안에 들어오면, 나는 참 따뜻한데, 내 안에서, 당신도, 따뜻한가요?"

가느다랗게 신음하며 수안이 묻는다. 그 목소리에, 눈빛에, 결합된 몸을 통해 느껴지는 떨림에 체이스의 흥분은 최고조에 달하였다.

"따뜻해. 너무, 따뜻해."

흔들리는 수안의 몸 곳곳에 입 맞추며 반복하여 되뇌었다.

따뜻해. 네가 너무 따뜻해서 나는, 정말 미칠 것만 같아.

헐떡이며 쏟아 낸 거친 숨과 억눌린 교성 속에서 격정은 막을 내렸다. 고통스럽도록 뜨겁게 들끓던 욕망이 한순간 수안 안에서 눅진해지며 땀 냄새와 뒤섞인 비릿한 정사의 잔향이 후각을 자극했다.

다행이다.

그의 젖은 머리칼을 매만지며 수안이 혼잣말을 속삭였다. 깊은 안도와 기쁨이 묻어나는 목소리. 체이스는 수안의 등, 그 우아한 만곡을 어루만지며 눈을 감았다.

연인의 숨기척처럼 감미롭게, 어둠이 깊어졌다.

여우비가 내렸다. 하늘은 파랗고 내리쬐는 햇빛은 티 없이 맑은데 그 쾌청한 풍경 사이로 뜬금없이 빗방울이 들었다.

수안은 경탄하며 창문을 열었다. 고운 빛의 입자가 반짝이고, 그 빛의 입자를 가득 흡수한 빗방울은 그보다 더 환하게 반짝였다. 꼭 동화 속의 한 장면 같았다. 온 누리에 축복의 마법이 내리는 완벽한 해피엔드. 창문 밖으로 손을 내밀자 가벼운 빗방울이 가만가만 손바닥을 두드렸다. 그 간지러운 감촉에 저도 모르게 웃음이 났다. 이런 날씨라면 여우 색시가 호랑이 신랑에게 시집을 간다 하여도 이상하지 않을 것 같다.

오래지 않아 비는 그치고 날씨는 시치미를 뚝 잡아떼듯 더욱 화창해졌다. 잠깐의 변덕 같았던 비를 기억하는 건 한결 싱그러워진 바람과 물기가 어려 더욱 짙어진 녹음이 전부다.

빗방울의 흔적이 아직 남아 있는 자신의 손을 수안은 물끄러미 내려다보았다. 분명 오감으로 인지한 현실인데도 조금의 현실감도 들지 않는다. 눈을 뜬 채로 꾸는 한낮의 꿈이 이럴까 싶었다. 아름다운, 이것이 꿈이라는 것을 이미 알아 더욱 아름다운 자각몽.

물기가 깨끗이 마른 손으로 창문을 닫고 수안은 이만 거실로 나갔다. 집은 텅 비어 있었다. 첫 손주를 본 함평댁은 휴가를 내 서울로 올라갔고 정안은 요즘 리조트에서 살다시피 하고 있었다.

그리고 이수안은……

장식장 유리에 비친 자신의 모습을 마주한 수안은 기가 막혀 웃었다. 오전 근무가 시작되어 퇴근이 이른 주였다. 습관대로라면 곧장 집으로 돌아와 책상 앞에 앉았을 것이다. 미처 다 처리하지 못한 업무를 살핀 후 리조트 일과 연관된 공부를 하고, 그래도 여유가 남는다면 책을 한 권쯤 읽었겠지. 그리고 저녁을 먹고, 운동을 하고, 다시 책을 읽다가 잠이 드는 그런 하루. 기껏해야 잠깐의 산책을 즐기는 정도가 그 단조로운 삶 속에 존재하던 유일한 파격이었다. 그런데 지금은 평생 입을 일이 없을 것 같던 옷을 입고, 평생 저지르지 않을 것 같던 짓을 저지르기 위해 들뜬 걸음을 옮기고 있다니.

정말 괜찮은 것이냐 자문하는 사이에 휴대폰이 울렸다. 전화를 받는 대신 수안은 서둘러 집을 나섰다. 짧은 원피스의 불편함. 아무렇지 않게 남자와 밤을 보내는 여자가 되었다는 자책감. 이 일탈의 끝에 대한 두려움. 발목을 휘감던 그 묵직한 상념들이 한순간 증발되었다.

체이스 와이즈 앞에서 이수안은 철저히 여자다.

그 하나만 기억한다.

수안은 느지막한 아침이 되어서야 잠에서 깨어났다. 채 졸음이 가시지 않은 눈을 떠 시간을 확인하자 헛웃음부터 나왔다.

11시. 태평하게, 잘도 늦잠을 잤다.

전처럼 화들짝 일어나는 대신 수안은 느긋이 몸을 돌려 누웠다. 젖었다 마르기를 반복하며 기진하였던 몸이 빗발쳐 들어온 햇빛으로 달아올랐다. 부끄럽고도 나른한 감각. 뺨이 조금 뜨거워졌다.

그와 함께 보내는 밀애의 시간은 처음으로 마셔 본 와인의 맛을 닮았다. 막연한 동경을 보기 좋게 무너뜨렸던 떨떠름함과 시큼함. 그럼에도 한 모금 또 한 모금 홀짝이게끔 하였던, 어른의 세계로 한발 내디딘 듯한 짜릿함. 서서히 취기가 오르기 시작할 즈음이 되자 혀끝에 감돌던 달착지근한 여운. 그 이채롭고도 은밀하였던 풍미를.

마신 적 없는 와인에 취한 듯 혼곤해진 의식을 추스르며 수안은 침대에서 빠져나왔다. 손가락으로 빗질을 한 머리를 느슨하게 묶고 벗어 둔 슬립을 입었다. 새틴의 차고 매끄러운 감촉에 소름이 돋아났다.

반쯤 열린 문 너머에서 누군가와 통화하는 체이스의 목소리가 들려왔다. 수안은 망설임 끝에 응접실로 나갔다. 체이스는 소파에 기대앉은 채로 통화에 열중하고 있었다. 갓 샤워를 마치고 나온 듯 머리칼이 젖어 있다.

이제는 낯설지 않은 룸을 수안은 찬찬히 둘러보았다. 여수와 남해 사이에 가로놓인 바다가 유리창 너머로 펼쳐졌다. 본격적인 더위가 시작되려는지 바다를 뒤덮은 빛살의 기세가 드높다.

인기척을 느낀 듯 고개를 든 체이스가 가벼운 손짓으로 수안을 불렀다. 잠그지 않은 셔츠의 앞자락이 벌어지며 맨가슴이 드러났다. 수안은 머뭇거리며 그의 곁으로 다가갔다. 시선은 발부리에 붙박아 둔 채였다.

지극히 사무적인 어조로 통화를 이어 가며 체이스는 낚아채듯 수안의 허리를 휘감아 안았다. 균형을 잃고 비틀거리는 수안을 자신의 다리 사이에 앉히고 자연스레 어깨 위에 턱을 괴었다. 버둥거려 보아도 허사. 허리를 감싼 한쪽 팔의 완력만으로도 체이스는 완벽히 수안을 제압했다.

못 말려. 정말.

입술로만 벙긋거리며 수안은 아프지 않게 체이스의 손등을 찰싹 쳤다. 묵묵히 상대방의 말을 경청하는 중이던 체이스는 엄살을 부리듯 얼굴을 찡그렸다. 그러고는 피해 볼 겨를도 없이 수안의 목덜미를 물었다. 살짝. 장난을 치듯이. 그러나 숨결은 어김없이 뜨거워 수안은 소스라쳤다. 두 손으로 황급히 입술을 틀어막지 않았더라면 비명을 터뜨렸을지도 모른다. 한 대, 이번에는 정말 아프게 때려 주려다 말고 수안은 항복하듯 웃어 버렸다. 심해를 닮은 눈길로, 체이스는 오직 수안만 바라보았다.

아름답다는 듯.

소중하다는 듯.

영원히 사랑하겠다는 듯.

지나치게 신실하여 잔인한, 그럼에도 기꺼이 속아 넘어가고 싶은 거짓.

상대의 말이 그치자 체이스는 차근차근 자신의 견해를 피력하기 시작했다. 수안은 이만 시선을 내렸다. 여름 바다의 푸름처럼 청량한 샴푸 향기가 공기 중을 떠돌았다. 취기가 돌 듯 눈앞이 어지럽다.

수 분간 더 지속된 논의 끝에 합의점을 찾은 체이스는 메모를 남기기 위해 몸을 수그렸다. 이만 일어서려는 수안을 힘주어 안고 간략한 문장으로 통화 내용을 요약했다. 수안의 등과 맞닿은 가슴. 심장의 박동이 빨라졌다.

완성된 문장 끝에 세 개의 점을 연속해 찍는 것으로 체이스는 통화를 끝마쳤다. 불현듯 찾아온 밀도 높은 침묵이 응접실을 감쌌다. 수안의 순수한 감탄은 그래서 더욱 선명하게 전해져 왔다.

"뭘 그렇게 열심히 봐?"

휴대폰을 내려놓은 손으로 체이스는 천천히 수안의 어깨를 쓰다듬었다.

"의외예요, 정말."

"뭐가?"

"만년필. 당신, 만년필을 쓰네요."

"아, 이거."

체이스는 웃으며 만년필을 집어 들었다. 수안의 시선은 여전히 그곳에만 붙박여 있다.

"좀 구식이긴 하지."

"번거롭지 않아요?"

"번거롭지. 주기적으로 잉크 넣어야지, 분해해서 세척해야지, 펜촉 망가지지 않게 조심해야지. 어휴. 귀찮아."

"그런데 왜 만년필을 써요?"

"그거야, 소중하니까."

체이스는 일말의 주저도 없이 대답했다. 손에 쥔 만년필을 응시하는 시선이 깊어졌다.

아버지를 추억하면 가장 먼저 떠오르는 건 종이와 잉크의 냄새다. 공학도답지 않게 아날로그적인 것들에 대한 애착이 유달리 깊은 분이었다. 서재의 사방을 두른 책장. 그 책장을 가득 채운 온갖 분야의 책. 수백 장의 LP와 턴테이블. 그중에서도 어린 체이스에게 가장 깊은 인상을 남긴 건 만년필이었다.

멋스럽게 낡은 마호가니 책상 앞에 앉아 만년필로 글씨를 써 내려가는 아버지를 지켜보는 순간이 좋았다. 그런 순간이면 어김없이 흘러나오던 글렌 굴드나 기돈 크레머의 연주. 그 선율을 흥얼거리는 아버지의 콧노래. 이따금 음악이 멈출 때면 들려오던 사각사각, 펜촉이 종이 위를 스치는 소리. 어린 체이스 와이즈가 가장 사랑하였던 순간.

그래서였다. 만년필을 사 달라 아버지를 조르기 시작한 건. 만년필을 가지면 자신도 그토록 근사한 세계의 주인이 될 수 있을 것이라는, 막연하고도 간절한 믿음 때문에. 어린아이답지 않은 관심사를 기특하게 여긴 아버지는 흔쾌히 승낙해 주었다. 단, 조건이 붙여졌다. 가치 있는 물건은 그 물건을 소유할 자격이 있는 사람 손에 들어가야 한다. 그러니 멋진 펜을 가지고 싶다면 그것을 소유할 자격을 갖추었음을 먼저 증명해 보일 것.

기필코 아버지를 만족시키겠다고 마음먹은 체이스는 여덟 살 아이가 할 수 있는 최선을 다했다. 공부를 열심히 하고, 자진하여 동생을 돌보고, 부모님의 심부름을 하고. 그런 자신을 흐뭇하게 바라보는 아버지의 눈길이 좋았다. 머지않아 아버지처럼 멋진 남자가 될 수 있을 것 같았다. 만년필만 가지면. 결국은 이루지 못한 꿈이었지만.

함께 만년필을 사러 가기로 한 날을 이틀 앞두고 아버지는 세상을 떠났다. 꿈꾸던 세계의 문이 닫혔다. 지켜지지 못한 약속의 잔재가 가슴을 할퀴었지만 체이스는 돌아보지 않았다. 현재를 감당하기만도 벅찬 아이에게 과거나 미래는 사치였으니까. 이를 악문 채 새로운 세계를 구축하고, 그 세계에 적응하려 안간힘을 썼다. 시간이 흘러 조심스럽게나마 과거를 추억할 수 있게 되었을 때, 그는 더 이상 소년이 아니었다. 그렇게, 유년이 종결되었다. 그것을 깨달은 날 유년과 함께 사라진 줄 알았던 세계의 문이 열렸다. 이제 세상에 없는 아버지의 약속을 기억하는 다른 한 사람의 아버지에 의해.

입학할 대학이 있는 뉴저지로 떠나기 전날 밤이었다. 그를 서재로 부른 아버지가 건넨 선물은 뜻밖에도 만년필이었다. 알고 계셨다고 했다. 돌아가신 아버지가 어린 아들에게 한 약속을. 그 이야기를 들려주던 날 아버지가 지은 표정, 그 뿌듯하고 행복한 미소를 묘사하는 양부의 눈시울이 젖어 있었다. 그는 고맙다고 말했다. 행복하다고도 했다. 네가 월터 맥밀런과 폴 와이즈의 아들이라는 사실이, 이토록 멋진 남자로 자라 주었음이 우리에게는 축복이라고.

아버지가 건넨 만년필을 체이스는 조심스레 손에 쥐었다. 따스한 색감의 나무로 된 배럴에 반하여 펜촉은 화려했다. 그곳에 각인된 왕관 문양이 조명의 불빛을 받아 반짝였다.

'너는 우리들의 왕이다.'

멍해져 있는 그의 어깨를 다독이며 아버지는 말했다. 깊은 울림을 남긴 그 한마디를 한시도 잊어 본 적 없다.

"……아름답네요."

묵묵히 경청하던 수안이 입을 열었다. 고개를 숙여 그녀의 이마에 입 맞추며 체이스는 천천히 만년필을 쓰다듬었다. 연인을 매만지듯 다정스러운 손길이다.

"만년필촉은 말이야, 쓰는 사람에게 길들여지거든. 그 사람 필체를 따라 조금씩 마모되고 휘어져서 완벽히 그 사람에게 맞는, 오직 그 한 사람만의 것이 된다는 거 근사하잖아. 그러니까 책임져야지. 번거롭더라도, 내가 길들였으니까."

소년처럼 웃은 체이스는 만년필을 가만히 수안에게 건넸다.

"한번 써 봐."

"내가요?"

수안은 크게 놀라 되물었다. 체이스는 대수로울 게 없다는 듯이 고개를 끄덕거렸다.

"당신 손에 길든 펜이잖아요. 남이 함부로 쓸 수 없는, 소중한 물건."

"괜찮아."

찬찬한 고갯짓을 해 보인 체이스는 수안의 손에 손수 만년필을 쥐여 주었다. 수안은 머뭇거리며 종이 위로 펜을 가져갔다. 우습도록 요란하게 심장이 두근거렸다.

한참을 고심한 끝에야 겨우 몇 개의 알파벳으로 이루어진 단어를 하나 쓸 수 있었다. 펜과 종이의 마찰. 그 나지막한 사각거림에 온 신경이 집중되었다.

"영어는 아닌 것 같은데."

숨죽여 지켜보던 체이스가 고개를 갸웃거렸다. 젖은 머리칼이 귓불에 닿는 느낌에 수안은 어깨를 살짝 움츠렸다.

"지금, 가장 선명하게 떠오른 단어."

"무슨 뜻?"

"음. 글쎄요."

수안은 애매하게 얼버무렸다. 캐묻는 대신 체이스는 피식거리며 수안을 안았다. 철저히 무기력해지고 마는 순간. 저절로 눈이 감기고 호흡이 느려졌다. 그리고 길고 느린 키스가 시작되었다. 입술이 열리고, 혀가 엉기고, 이윽고 들숨과 날숨이 어지러이 뒤섞이는 행위. 그 키스의 끝에서 체이스는 부드러운 한숨을 내쉬었다. 그것이 충분히 만족한 남자의 여유라는 것을 수안은 이제 안다.

"수안아."

체이스는 이름을 부르며 손을 잡았다. 은빛의 캡을 닫은 만년필이 수안의 작은 손 위에 놓였다.

"네게 줄게."

설마 하였던 말을 체이스는 덤덤히 건넸다. 세차게 고개를 저으며 거부해 보아도 그는 완강했다.

"이제 네 방식대로 길들이고 책임져 줘."

그토록 소중히 간직해 온 물건을 선뜻 내어 주면서도 그는 일말의 주저도 하지 않았다. 지극히 이성적이며 침착한 얼굴이다. 한순간의 무모한 충동이라고는 도저히 믿을 수 없는. 한동안 아연해져 있던 수안은 달콤한 미소로 체념을 표시했다.

잠시 간직하는 것뿐이다.

우리의 연애 감정이 유효할 동안만. 길들이지도, 길들여지지도 말고, 있는 그대로. 겨우 그 정도의 욕심은 부려 봐도 되겠지. 겨우 그 정도의 욕심을 부려 받게 되는 벌이라면 감내하지 못할 것도 없겠지. 그러니, 이 모래의 성이 허물어지기 전까지만.

다시 찾아온 체이스의 입술을 느끼며 수안은 눈을 감았다. 만년필을 쥔 손에 지그시 힘이 들어갔다.

지루하다.

노트북을 덮으며 체이스는 무심결에 중얼거렸다. 지루하다. 지루해 미칠 지경이다.

억지로라도 집중해 보려는 노력을 내려놓은 체이스는 황당한 얼굴로 일어섰다. 침실에 딸린 발코니로 통하는 유리문을 열자 미지근한 바닷바람이 불어왔다. 한낮의 햇빛이 남긴 잔재처럼 환한 별들이 검푸른 밤하늘을 장식했다. 그 무수히 많은 별들 가운데서 체이스는 단박에 눈에 익은 별자리를 찾아냈다.

백조자리.

은하수가 흐르는, 여름밤의 가장 아름다운 별자리. 그것을 인지한 순간 참을 수 없이 더디게 흐르던 시간이 돌연 급류로 화하였다.

어렵게 끊은 담배가 불현듯 간절해진다.

체이스에게 시간이란 항시 같은 속도로, 같은 방향을 향해 유동하는 해류 같은 것이었다. 지극히 일정하기에 특별히 신경 쓰거나 의식할 필요가 없는 흐름. 변함없는 시간의 유속에서 속도를 체감할 수도 있다는 사실을, 하여 그는 믿지 않았다. 일종의 엄살이라 여겼다. 하루를 한 시간처럼, 또 한 시간을 하루처럼 느끼고 있는 스스로를 발견하기 전까지는.

"미친놈."

밤하늘을 향해 있던 시선을 거둔 체이스는 신랄하게 스스로를
비웃었다. 샤워를 하고, 팀의 운영 상황에 대한 보고를 받고, 남
은 일정을 체크했다. 굳이 서둘러야 할 필요가 없는 일까지, 쓸데
없는 부지런을 발휘해 가며. 그런데도 좀처럼 시간이 가지 않
았다. 수안과 함께한 하루보다 수안을 배웅한 후 소요한 몇 시간
이 더욱 길게 느껴졌다. 아니. 느낌이 아닌 현실이다. 명확히 증
명해 보일 수도 있을 것 같은.

침실로 돌아온 체이스는 침대에 드러누워 책을 펼쳐 들었다.
수안이 골라 준 소설은 놀랍도록 견고하고 아름다운 문장으로 이
루어져 있었다. 느린 호흡으로, 행간을 세밀히 읽어야 하는 소설
의 성결이 수안과 퍽 닮았다.

"뭐냐, 그건."

샤워를 마치고 나온 레슬리가 고개를 갸우뚱거렸다.

"그런 간지러운 제목의 책이 네 취향은 아닐 테고, 그 여자의 선
물?"

"아마도."

체이스는 슬쩍 눙치며 책장을 넘겼다.

"대체 무슨 책인데?"

"소설. 아주 조금 행복해지고, 또 아주 조금 슬퍼지는 책이라던
데."

"이야. 축하한다."

"뭘."

"섹스 이외의 용도에 가슴을 쓸 줄 아는 여자를 만난 거."

침대 끝에 걸터앉은 레슬리가 킬킬거리며 박수를 쳤다. 발길질을 하려다 말고 체이스는 웃음을 터뜨렸다.

"레슬리."

웃음이 그치자 체이스는 얼굴을 가리고 있던 책을 천천히 내렸다. 제 침대로 향해 가던 레슬리가 어깨 너머로 흘긋 시선을 던졌다.

"······아니다."

한숨을 쉬며 체이스는 다시 책을 들었다. 스스로도 납득할 수 없는 광기. 이해받을 수 있을 리 없다.

별 싱거운 꼴을 다 보겠다는 듯 혀를 찬 레슬리는 곧 잠자리에 들었다. 체이스는 스탠드의 조도를 낮춘 후 헤드 쿠션에 기대앉았다. 느리게 문장을 읽어 나가던 눈길이 어느 한 부분에 못 박히듯 고정되었다. 소녀가 아버지의 모국어를 반추하는 장면. 알파벳으로 표기된 히브리 어 단어들.

느리게 슴벅거리던 눈을 들어 천장을 올려다보며 체이스는 마른세수를 하듯 얼굴을 쓸어내렸다. 선선한 밤공기와는 딴판으로 손은 뜨겁고 건조하였다.

피식피식 실소하며 몇 번이나 되뇌었다. 어쩌면 영영 잊을 수 없을 단어.

motek.

연인.

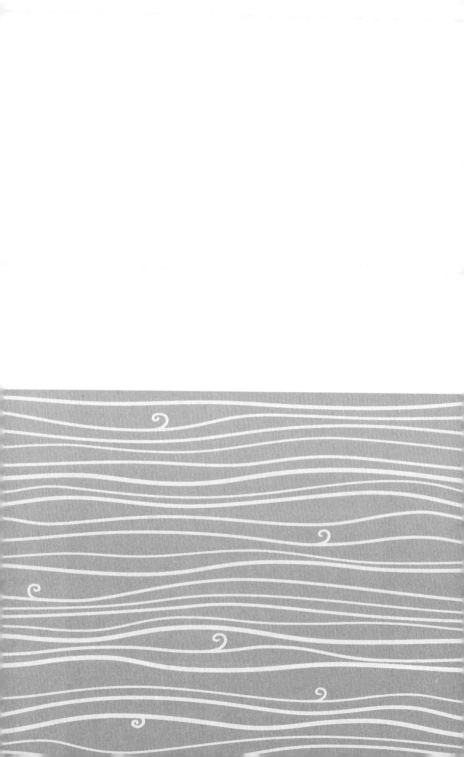

붉게, 하얗게, 푸르게

"오늘은 레오니스 소프트와 레오니스 레이싱팀 모두에게 특별한 날입니다. 레오니스는 세일링 퍼포먼스 제품의 론칭은 물론, 다가올 볼보 오션 레이스를 준비하는 오션 레이싱팀의 지원을 통해 항상 새로운 분야로 확장하며 도전하는 레오니스의 기조를 증명해 보일 것입니다."

연단에 오른 폴 와이즈의 연설은 온화한 미소와 함께 시작되었다. 사람 좋고 소탈해 보이는 외양과는 달리 그의 목소리에는 거대 기업의 수장다운 품위와 기백이 서려 있다.

마리나를 채운 대부분의 귀빈들처럼 수안은 주의 깊게 폴 와이즈를 살폈다. 다갈색의 고수머리와 따스한 회녹색의 눈동자가 인상적인 남자였다. 야윈 편이지만 큰 키와 다부진 골격 덕에 그리 왜소해 보이진 않았다. 레슬리 와이즈와 꼭 닮은 외양. 두 사람이 어지간히도 닮은 부자라는 결론에 도달하자 번뜩 체이스가 떠올랐다. 폴 와이즈의 아들이자 레슬리 와이즈의 형제인, 그러나 그들과 조금도 닮지 않은 남자.

수안은 서둘러 체이스를 찾았다. 뒤이어 연단에 오를 예정인 그는 반듯한 자세로 자신의 차례를 기다리고 있었다. 새 경기용 요트의 순항을 기원하기 위한 자리인 만큼 그는 말끔한 유니폼 차림이다.

클라이맥스에 다다른 폴 와이즈의 연설도 잊고 수안은 물끄러미 체이스를 바라보았다. 싸구려 흥미가 담긴 시선들 속에서도 체이스는 전혀 주눅이 들지 않았다. 누가 뭐라 하여도 자신은 와이즈가의 떳떳한 일원임을 천명하듯이. 그 모습에 수안은 안도했다.

폴 와이즈의 유려한 연설이 갈채 속에서 막을 내리고 뒤이어 체이스의 차례가 다가왔다. 수안은 단상과 가까운 곳으로 몇 발자국 다가섰다. 기도하듯 모아 쥔 두 손이 열기로 달아올랐다.

체이스의 연설 역시 폴 와이즈의 그것 못지않게 훌륭했다. 새 경기정에 대한 찬사로 시작된 연설은 지원을 아끼지 않는 레오니스에 대한 감사의 인사로, 대회에 참가하는 각오로 자연스레 이어졌다. 그리고 얼마 지나지 않아 요트의 뱃머리에 샴페인 병을 깨며 순항을 기원하는, 이 행사의 하이라이트인 의식이 치러졌다. 전통대로 그 의식에는 요트의 여신으로 초빙된 미녀가 참석했다. 레이첼 포먼. 할리우드에서 한창 주가를 올리고 있는 유대계 여배우이자 체이스 와이즈의 옛 연인.

체이스의 에스코트를 받은 레이첼이 요트의 뱃머리 앞에 서자 마리나의 열기는 최고조에 달하였다. 정교하게 세공한 보석 같은 여자였다. 하버드 출신의 재원다운 이지적 이미지와 소녀 같은 풋풋함을 동시에 가진, 그야말로 빛이 나는 여자. 작은 체구임에도 그녀의 존재감은 압도적이었다.

샴페인 병을 들고 나란히 선 두 사람을 수안은 신기한 듯 바라보았다. 저토록 화려한 여배우가 한때 그의 연인이었다니. 질투보다 놀라움이 먼저 찾아왔다. 저런 여자와의 열애를 즐기던 남자가 어째서 자신에게 다가온 것일까 하는 순수한 의구심도 함께.

맑고 날카로운 파열음과 함께 샴페인 병이 깨졌다.

튀어 오르는 샴페인의 하얀 포말 너머에서 나란히 선 체이스와 레이첼이 웃는다. 이수안은 한 번도 지어 본 적 없는, 어쩌면 앞으로도 영영 짓는 법을 모를 것만 같은 환한 웃음. 그것을 자각하자 우습게도 가슴 한구석이 욱신거렸다. 단지 한정된 현재의 시간을 함께할 뿐, 저 남자의 과거도, 미래도 자신에게 속해 있지 않음을 잘 알고 있음에도.

이제 한 달.

남은 시간을 가늠해 본 수안의 눈빛이 쓸쓸해졌다. 한 달 후, 저 남자는 다시 자신의 세계로 돌아갈 테고 이수안은 남겨질 것이다. 어차피 그런 관계다. 어떤 접점도 없이 그걸로 끝이 날. 그러니까 적정선을 지켜야 한다. 남겨진 자신의 삶이 저 남자로 인하여 달라지지 않도록.

"……괜찮아."

나락으로 떨어지는 마음을 다잡듯 중얼거렸다.

괜찮다.

괜찮을 것이다.

포켓 치프의 모양을 가다듬은 체이스는 몇 발자국 뒤로 물러섰다. 전신 거울에 비친 자신의 모습을 살피는 눈초리가 꼼꼼하고 예리하였다. 머리끝부터 발끝까지. 거듭하여 뜯어본 연후에야 그는 비로소 만족스러운 표정을 짓는다.

"넌 정말 안 나갈 작정이야?"

재킷의 버튼을 채운 체이스가 몸을 돌려세웠다. 레슬리는 별 황당한 소리를 다 듣겠다는 듯이 코웃음 쳤다.

"됐어. 기념식 참석했으면 됐지. 불편하게 차려입고 가식 떠는 자리 같은 건 흥미 없어."

"혹시 알아? 컴퓨터하고 노는 것보단 재미있을지도."

"천만의 말씀."

얼굴을 찡그린 레슬리가 침대에서 일어났다. 하는 수 없다는 듯이 고개를 저은 체이스는 향수를 가볍게 뿌리는 것으로 단장을 끝마쳤다.

완벽.

체이스를 볼 때마다 레슬리는 그 단어를 떠올린다. 언제, 어디서나, 무엇에든 완벽한 녀석이다. 일과 연애는 물론 사소한 일 하나하나까지도. 한때는 그것이 타고난 성격 때문이리라 속 편한 생각을 하였지만 요즘은 그런 완벽함에 마음이 아프다.

무엇 하나 당연한 것이 없었을 삶. 갖은 애를 써 가며 스스로의 가치를 증명하고 또 증명하여야 했을, 그 삶의 그림자를 레슬리는 알지 못한다. 다만 어림짐작을 해 볼 뿐이지만, 어쩌면 그조차도 알량한 오만일지도 모른다. 하여 알은체를 할 수 없다. 그건, 어쩌면 저 녀석의 자존심을 건드려 더 큰 상처를 입히는 일이 될

지도 모르니까.

"옛날 여자와 지금 여자. 이 둘하고 같은 공간에 있으면 숨 막히지 않냐?"

레슬리는 공연한 말로 분위기를 전환시켰다. 막 침실을 나서려던 체이스가 웃으며 고개를 돌렸다.

"아니. 숨 막힐 게 뭐야. 레이첼과 난 이제 비즈니스 관계일 뿐인데. 서로 좋게 헤어졌고, 감정도 깨끗이 정리됐고. 고로 문젯거리는 전혀 없음."

"그거야 그렇다만……."

"걱정 마라. 내가 좋은 남자가 아닐지는 몰라도, 적어도 나쁜 남자는 아니니까. 사귀다 헤어진 여자한테 미움 받는 일 같은 거, 없어."

"에이. 몰라. 그래. 너 잘났다. 다 알아서 해라."

익살스럽게 손을 저으며 레슬리는 웃었다.

녀석의 말이 옳다. 좋은 남자가 아닐 수는 있지만, 그렇다고 나쁜 남자도 아니다. 연애에 있어 체이스는 항상 100퍼센트의 왕자님이었다. 심지어 이별할 때에도. 그래서일 것이다. 명문가 출신의 콧대 높은 톱스타. 무엇 하나 아쉬울 것 없는 그 레이첼 포먼이, 아무리 비즈니스일 뿐이라 하여도 옛 연인의 레이싱팀 마스코트 역할을 기꺼이 수락한 것은.

그런데 그 100퍼센트의 왕자님이 수안과 관련된 일에서는 어딘지 어설퍼진다. 그 여자 생각에 초조해하고, 그 여자의 일거수일투족에 예민하게 반응하며, 그 여자에게서 좀처럼 눈을 떼지 못하기까지. 전에 없던 그 모습들이 레슬리는 좋았다. 완벽하지 않아서 좋았다. 그리고 좋은 만큼 불안했다. 도무지 속을 알 수 없는 그 여자의 진심이 체이스의 그것과 같지 않을까 봐.

체이스는 짧은 인사를 남기고 침실을 떠났다. 아무 말 없이 레슬리는 긴 한숨만 내쉬었다. 할 수 있는 일이라고는 그저 진심으로 바라는 것뿐이다. 그 여자의 마음이 부디 체이스와 같기를.

과연 어쩔 작정인가.

리셉션홀을 향해 가는 길 내내 체이스는 곱씹어 생각했다. 레슬리 앞에서 보인 여유는 빌라를 나서는 순간에 자취를 감추었다. 진종일 수안만 생각한다. 행사장에서도 그 많은 인파 사이에서 단박에 수안을 찾아냈다.

수안만 보였다. 오직 그 여자 하나만.

시간은 한정되어 있으나 마음은 이미 멈추는 법을 잊었다. 그토록 자신하였던 균형 감각이 이 관계에서만큼은 빛을 발하지 못하고 있음을 체이스는 인정해야만 했다. 이미 기울대로 기울어져 버렸다.

가벼운 만남. 산뜻한 정리.

질척하지 않은 연애를 가능케 해 주었던 그 두 가지 요소를 이 수안에게는 적용키 어려울지도 모른다.

그렇다면 이 관계의 끝은?

자문하는 체이스의 미간이 좁혀졌다.

모른다. 알지 못한다. 비정상적으로 수안에게 연연하고 있다는 것밖에는.

넥타이를 풀어 버리고 싶은 충동을 억누르기 위해 체이스는 힘주어 주먹을 쥐었다. 본관의 로비를 가로지르는 걸음걸이가 다급해졌다. 그 사실을 깨닫자 신경이 예민해지며 짜증이 치솟는다.

"체이스?"

엘리베이터의 버튼을 누르는 찰나였다. 떨림이 담긴 목소리가 가만히 흘러왔다. 날카롭게 곤두섰던 눈초리가 가라앉으며 숨결이 나른해졌다. 머리가 판단하기 전에 몸이 먼저 인지한다. 수안의 존재. 수안의 목소리. 수안의 체온. 체이스 와이즈를 미치게 하는 것들.

고개를 돌리자 예상대로 수안이 보였다. 유니폼 대신 담청색의 칵테일 드레스를 차려입은 채였다. 당혹감에 흠칫, 어깨가 경직되었다.

"아, 이건, 이 파티엔 사적으로 참석하는 거라서……."

수안은 어색하게 웃으며 어깨를 움츠렸다. 하얗게 드러난 어깨가 휘황한 조명을 받아 빛났다. 손을 뻗어 만지고 싶은 충동을 억누르기 위해 체이스는 애써 느슨한 팔짱을 꼈다. 뼈마디가 불거진 손이 식은땀으로 축축해졌다. 욕망이 임계점을 지나기 전에 다행히 엘리베이터가 도착하였다.

"혹시 안 오면 어쩌나 했어요. 이런 파티는 싫어할 것 같아서."

엘리베이터 문이 닫히자 수안이 나긋이 말을 건네 왔다. 참았던 한숨을 몰아쉬며 체이스는 수안을 향해 비스듬히 몸을 돌려세웠다.

수안의 눈이 호선을 그리며 휘어졌다. 체이스의 입술이 미세하게 경련했다. 서로를 담은 눈동자가 까마득히 깊어지고, 체이스의 크고 뜨거운 손이 수안의 손을 감싸 쥐었다. 멈추어 있던 전광판의 숫자가 바뀌기 시작하기까지. 그 찰나의 시간 사이에 벌어진 일이었다.

수안은 당혹감을 감추지 못했다. CCTV가 설치되어 있는 방향을 살피는 눈길에는 언뜻 공포마저 어려 있었다.

"괜찮아."

여전히 수안의 손을 힘주어 잡은 채로 체이스는 한 걸음 뒤로 물러섰다. 반듯한 등줄기가 티크로 마감한 엘리베이터의 내벽과 맞닿았다.

"들킬 리 없어. 네가 그렇게 표시 내지만 않으면."

체이스는 장난스럽게 눈을 찡긋하였다. 못미더워하는 기색이었으나 수안은 다행히 웃어 주었다. 평소보다 짙은 화장 탓인지 눈웃음이 더욱 선연하다.

빠르게 바뀌는 전광판의 숫자를 응시하며 체이스는 거듭하여 수안의 손을 매만졌다.

이대로, 어디로든 가 버리고 싶었다.

단둘만 있을 수 있는 곳에서, 욕심껏 이 여자를 느낄 수 있도록. 사뭇 맹렬히 들끓는 유치하고도 절박한 충동. 실소가 절로 흘러나온다.

"나갈까?"

충동적인 질문이 웃음 끝에 매달렸다. 수안은 눈을 휘둥그렇게 뜨고 고개를 저었다.

"안 돼요. 빠지면 안 되는 자리예요."

"뭐야. 재미없다, 이수안."

"재미없어도 어쩔 수 없어요. 안 되는 건 안 되는 거야."

밉지 않게 흘겨보며 수안이 웃었다.

"체이스."

"왜 그러십니까. 재미없는 이수안 씨."

"궁금한 게 하나 있어요."

"뭔데?"

"그게…… 예쁜가요?"

손아귀에 가둔 수안의 손이 작게 바르작댔다.

"뭐?"

"이 드레스, 예뻐 보여요?"

수안은 더 이상 웃고 있지 않았다. 뺨은 물론 귓불과 목덜미까지 붉게 물들이고도 더없이 심각한 얼굴로 대답을 기다렸다. 참을 수 없게 된 갑갑함에 체이스는 넥타이를 느슨히 잡아당겼다. 탄식과 함께 쾌활한 웃음이 터져 나왔다.

"드레스란 남자들로 하여금 그것을 벗기고 싶은 충동을 불러일으키지 않는다면 의미 없는 물건이다."

사뭇 엄정한 투로 체이스가 속삭였다. 어리둥절해하던 수안은 곧 낮은 웃음을 터뜨렸다.

"프랑수아즈 사강."

눈을 맞추며 수안이 소곤거렸다. 들릴 듯 말 듯 작은 목소리에 감질이 난다.

"예뻐. 당장 벗겨 버리고 싶은 충동이 들 만큼."

체이스는 짐짓 의뭉을 떨며 수안의 이마에 입 맞추었다.

엘리베이터는 곧 19층에 당도하였다. 천천히 열리는 문틈 사이로 혼잡한 소음과 뒤섞인 음악 소리가 흘러 들어왔다.

이만 수안의 손을 놓아준 체이스는 태연한 얼굴로 엘리베이터에서 내렸다. 그러나 몇 걸음 옮기지 않아 시선이 저절로 수안을 향했다. 수안은 여전히 엘리베이터의 구석자리를 지키고 서 있었다. 지나치게 희어 창백한 살빛이 지금은 무르익은 듯 발그레하다. 전신으로 번져 가는 달콤한 열패감.

체이스는 결국 투항하였다.

사랑스럽다, 이수안.

감히 상상도 못하였을 만큼, 지독스럽게도.

"아무리 그래도 그렇지. 어떻게 그런 결혼을 할 작정을 하지? 뺄도 없나?"

곱상한 생김새와는 달리 여자의 목소리는 거칠고 신경질적이다. 생각만 하여도 불쾌하다는 듯이 콧잔등을 찌푸리는 것도 잊지 않았다.

"그런 거 따질 처지겠어? 개구멍으로 나온 자식이 사람대우 받고 살려면 납작 엎드리는 수밖에. 서자 새끼가 주제 파악조차 못하면 어디 이 바닥에서 살아남을 수나 있어야 말이지."

맞은편에 앉은 남자가 야기죽거리며 말을 받았다. 그다지 우스울 것도 없는 말임에도 곳곳에서 키득거리는 웃음이 터져 나왔다. 뿌듯한 얼굴을 한 남자가 내뿜은 담배 연기가 포커 테이블을 가로질렀다.

수안은 숨을 참으며 고개를 수그렸다. 담배 연기를 견디지 못한 눈이 붉게 충혈되었으나 남자는 개의치 않는다. 다시 한 번 수안을 향해 담배 연기를 내뿜는 모습이 다분히 악의적이다.

"안 그래, 수안아?"

겨우 고개를 든 수안을 향해 남자가 물었다. 시가룸에 모인 모두의 이목이 일순 수안에게로 집중되었다.

수안은 침착한 얼굴로 남자를 마주하였다. 찬찬히 호흡을 가다듬으며 혼자만의 주문을 되뇌었다.

괜찮아.

별거 아니야.

이런 식의 악의는 새삼스러울 것이 없었다. 인기 여배우와 재벌 2세의 불륜 행각. 그리고 재혼. 재계는 물론 온 대한민국을 떠들썩하게 하였던 그 추문의 살아 있는 증거 이수안. 어찌 되었든 당당히 이씨 집안의 호적에 오른 덕에 재계의 일원으로 받아들여졌지만, 그렇다 하여 미운 오리 새끼라는 꼬리표를 끊어 낸 건 아니다. 사생아보다 하등 나을 것이 없는 존재. 아니, 그보다 훨씬 복잡하고 지저분한 존재. 고결하신 적통들에게 그런 존재와 부대끼는 일은 아마도 견딜 수 없는 치욕일 터였다.

어깨를 반듯이 편 수안은 은은한 미소를 지어 보였다. 적당한 대답도 몇 마디 꺼냈다. 그러나 자신이 무슨 말을 하였는지는 기억하지 못한다. 재미있어 죽겠다는 듯 키득거리는 얼굴들을 보며 다만 짐작할 따름이다. 주제 파악을 하여 적절히 대처했구나. 다행이다.

비굴한 정략결혼을 하게 된 총리 집안 사생아에 대한 뒷이야기는 그로써 막을 내리고 포커 게임이 다시 시작되었다. 이런 자리에 빌붙어 희희낙락하고 싶은 마음은 추호도 없지만 수안은 군말 없이 카드를 받았다. 적당한 사교 활동은 선택이 아닌 의무다. 이 세계의 일원으로 받아들여진 대가로 응당 감내해야만 할. 어쩌면 천형이라 하여도 좋을.

오픈 카드를 선택한 수안은 무심코 시가룸의 입구 쪽으로 고개를 돌렸다. 그곳에 체이스가 서 있었다. 그와 눈이 마주치자 죄를 짓기라도 한 것처럼 철렁, 가슴이 주저앉았다.

돌아가길 바랐다. 그에게는 보이고 싶지 않은 모습이니 부디 걸음을 돌려 주기를. 그러나 체이스는 기어이 수안 곁으로 다가왔다. 생각지도 못한 인물의 등장에 테이블이 술렁이기 시작했다.

"안녕하세요. 게임 중에 매너가 아닌 줄은 알지만 제가 합류해도 되겠습니까?"

체이스는 한껏 예의를 차려 부탁했다. 얼떨떨하여 할 말을 잃었던 이들은 뒤늦게 반색하며 체이스를 맞이했다. 와이즈 회장이 귀애하는 아들이자 명실상부 이 파티의 주인공. 그런 그를 거부할 수 있는 위치에 있는 사람은 이 자리에 없다.

눈인사로 감사를 표시한 체이스는 자연스레 수안의 옆자리에 착석했다. 부드럽게 미소 짓고 있음에도 어쩐지 눈빛이 차갑고 날카로웠다. 노기를 애써 억누르고 있기라도 한 것처럼.

하지만 어째서.

수안은 의문에 찬 눈길로 체이스를 보았다. 그러나 그는 어떤 힌트도 주지 않는다. 무심한 눈길로 일별을 보낸 것이 전부였다. 초조함으로 떨리는 손을 수안은 테이블 아래로 급히 감추었다.

체이스의 등장으로 인한 흥분이 가라앉자 새로이 카드가 돌아가기 시작했다.

게임이 시작되었다.

"스트레이트 플러시."

쥐고 있던 패를 공개하며 체이스는 웃었다. 패배한 상대의 기분 따위는 조금도 고려하지 않는, 지극히 거만한 웃음 앞에서 포커 테이블의 분위기는 양분되었다. 마지막까지 접전을 펼쳤던 이들의 짜증과 분노. 일찌감치 체념한 구경꾼들의 순수한 경탄.

"제법인데요?"

아슬아슬한 차이로 패한 남자가 미소를 지었다. 욕지거리라도 내뱉고 싶은 심정을 교묘히 숨기는 재주가 제법이다.

"운이 좋았죠."

체이스는 느긋하게 말했다. 조금도 대수로울 것이 없다는 투였다.

짤막한 담소가 오가고 게임이 다시 시작되었다. 재미 삼아 설렁설렁 임하였던 이들의 눈빛이 눈에 띄게 진지해져 있었다. 베팅액이야 시시한 수준이지만 내리 몇 게임을 지기만 하였으니 자존심들이 이만저만 구겨진 게 아닐 터. 의도대로 흘러가는 상황에 체이스는 만족했다.

카드가 돌아가자 시가룸의 적막이 깊어졌다. 일찌감치 다이를 택한 수안은 긴장된 얼굴로 그를 지켜보았다. 아직도 영문을 몰라 하는 눈빛이다.

너 때문이야, 이수안.

힘주어 내뱉고 싶은 말을 체이스는 애써 참아 냈다. 분노를 가라앉히고 어느 때보다 차가운 머리로 카드를 마주했다.

뜬금없이 포커 판에 끼어든 건, 물론 의도한 상황은 아니다. 이곳으로 찾아올 때만 하더라도 수안의 얼굴만 보고 돌아갈 작정이었다. 적당한 때를 살펴 수안을 데리고 나갈 계획을 하며 나사 풀린 놈처럼 실실거리기도 하였다. 그러나 수안이 처해 있는 기막힌 상황을 목도하자 그 모든 것들이 한순간 깡그리 잊혔다. 남은 것은 분노. 오직 순도 높은 분노뿐이었다.

수안을 대하는 이 무리의 태도는 한결같았다. 교묘한 멸시. 웃는 얼굴로 조롱하고 비아냥거리며 수안을 바보로 만들어 갔다. 그 순간 그 비열한 작자들보다 체이스를 더욱 분노케 한 건 수안이었다.

속도 없는 사람처럼 웃기만 하던 여자. 마땅히 분노하여야 할 일 앞에서 수안은 외려 더욱 담담해졌다. 그 모습에서 체이스는 이 여자가 살아온 방식을 보았다. 스스로를 벌주기라도 하듯 바보처럼 참기만. 살아가는 것이 아닌, 견뎌 내는 시간. 수안의 어깨를 쥐고 흔들고 싶은 충동을 억누르기 위해 그는 몇 번이고 힘주어 주먹을 움켜쥐어야 했다.

게임은 별다른 긴장감 없이 끝났다. 풀 하우스. 이번 게임도 체이스 와이즈의 승. 카드를 내려놓는 체이스의 얼굴에는 기쁜 기색이 없었다. 느른하게 내리뜬 눈으로 주위를 둘러보며 따분해 죽겠다는 듯 하품마저 곁들였다.

명백한 도발.

그것을 알아차리지 못하였을 리 없지만 다들 쉬쉬하며 눈치만 살필 뿐, 선뜻 불쾌함을 드러내지는 못한다.

체이스는 보일 듯 말 듯 한 미소를 지었다.

이런 부류들을 잘 알고 있다. 속물적인 잣대로 사람을 재고 따지는 족속들. 그들 대부분은 자신이 아주 대단한 사람이라도 된

듯한 착각에 빠져 우쭐거리지만, 반대로 자신이 도저히 당해 낼 수 없는 상대 앞에선 꽁지 내린 강아지처럼 유순해지기 마련이다. 그런 치들의 자존심을 짓밟는 종류의 일에 한 번도 가책 따위를 가져 본 적이 없다. 지금도 마찬가지. 눈에는 눈, 이에는 이. 함부로 사람의 마음을 난도질하였으니 이제 당해 보기도 하셔야지.

상대가 보일 반응을 체이스는 느긋이 기다렸다. 허둥지둥 찬사를 주워섬기고 일말의 친분이라도 만들어 보기 위해 고군분투를 하는 꼴들이 꽤나 볼만하였다.

"겜블을 즐기시는 것 같은데, 우리 모임에 한번 나오시죠. 다음 주말쯤에 제대로 된 판이 열릴 겁니다."

비굴한 웃음을 띤 남자가 말을 붙여 왔다. 수안을 짓밟았던, 바로 그 작자다.

"글쎄요. 굳이 그 모임에 찾아갈 이유는 없을 것 같습니다만."

체이스는 포커 테이블을 두드리던 손을 들어 머리칼을 쓸어 넘겼다.

"이렇게 시시한 포커 판, 지루하군요. 게다가 격이 맞겠습니까? 사생아도 사람 취급을 해 주지 않는 분들의 모임에, 감히 입양아 따위가 끼어들어 물을 흐릴 순 없죠."

체이스는 빙글거리며 말을 이었다. 기가 막혀 할 말을 잃은 이들의 얼굴을 하나하나 살피는 것도 잊지 않았다. 조금 전의 그 남자가 변명을 해 보려 입을 뗐지만 체이스는 여지를 주지 않고 몸을 일으켰다.

"격. 그거 참 중요하죠. 혈통을 중시하는 그쪽 분들에게는 입양아인 내가 격이 너무 떨어지고, 재력을 중시하는 내겐 시시한 하청업체 수준인 회사의 자제인 그쪽 분들이 너무 격이 떨어지고. 서로 격에 맞지 않는 상대이니 이쯤에서 안녕 하는 게 좋지 않겠어요?"

체이스는 찬찬히 좌중을 둘러보았다. 찬물을 끼얹은 듯한 분위기 속에서 다들 모욕감에 치를 떨고 있다.

빙고.

"아. 죄송합니다. 생각해 보니 하청업체는 좀, 지나친 과장 같군요. 정정하죠. 일개 구멍가게쯤으로."

여유롭게 마지막 일격을 가한 체이스는 수안 쪽으로 이만 눈길을 돌렸다.

"놀랍도록 재미없는 파티예요. 일이나 하는 편이 낫겠어. 안 그래요, 이수안 씨?"

새하얘진 수안의 얼굴을 체이스는 흔들림 없는 시선으로 응시했다.

"내가 부탁했던 거, 혹시 준비됐습니까?"

"네? 아…… 그게, 죄송합니다. 연회 준비로 바빠 아직 끝마치지 못했습니다."

은밀한 사인을 알아차린 수안이 재빨리 보조를 맞추었다.

"그래요? 그러면 지금 처리해 주실 수 있겠습니까? 근무시간이 아닌 때에 이런 부탁을 드려 죄송하지만, 될 수 있으면 오늘 안으로 끝냈으면 싶은데."

"네. 그렇게 해 드리겠습니다."

수안이 재빨리 자리에서 일어섰다. 그녀를 보는 체이스의 눈길은 갖가지 상념들로 복잡했다.

이 여자의 삶의 방식을 도통 이해할 수 없다. 갑갑증이 치밀고 화가 난다. 그럼에도, 이 여자가 싫지 않다. 오히려 더욱 애가 타 미칠 지경이다.

미쳐도 단단히 미친 거지. 병신 같은 놈.

체이스는 앞장서 시가룸을 빠져나갔다. 수안은 적당한 간격을 두고 뒤를 따랐다. 사람들의 시선이 닿지 않는 곳에 당도하면 한바탕 퍼부을 작정이었다. 어째서 그런 꼴을 자처하느냐. 당신처럼 미련한 여자는 처음이다. 그러나 채 열 걸음도 내딛지 않아 체이스는 모든 전의를 상실했다.

수안만 느낀다.

연회장의 떠들썩한 소음 속에서도 놀랍도록 예민하게 수안의 기척을 감지하고, 수안의 발걸음 소리를 듣는다. 사랑은 일종의 정신병이라던 말에 이젠 기꺼이 동의할 수 있다. 지금의 감정 상태는 정상의 범주를 한참이나 벗어났다.

홀의 한가운데에서 체이스는 깊게 탄식했다.

꼴좋다. 꼴좋게 됐다.

본관의 로비를 빠져나오자 바다 내음을 실은 바람이 불어왔다. 여름의 초입이지만 아직은 선선한 바람. 드러난 어깨와 팔에 자잘한 소름이 돋아났다.

몸을 움츠린 수안은 너른 보폭으로 걷는 체이스를 따라잡기 위해 종종걸음 쳤다. 또각거리는 하이힐 굽의 소리가 어둠 속에서 낭랑하다.

"체이스?"

본관과 빌라 동을 잇는 산책로에 접어들었을 즈음이었다. 벤치에 앉아 담배를 피우던 여자가 벌떡 일어나 체이스에게로 다가갔다. 수안은 무연히 그 자리에 멈추어 섰다. 체이스에게 말을 붙여 보려 달싹이던 입술이 어색하게 굳었다.

레이첼이다. 아름다운 여배우. 그의 옛 연인.

"벌써 돌아가는 거야?"

새 담배를 꺼내 든 레이첼이 느릿하게 물었다. 펄감이 있는 은색 매니큐어를 칠한 손톱이 체이스의 어깨 위에서 반짝거렸다.

"이럴 줄 알았어. 이런 파티는 역시 네 취향이 아니지."

레이첼이 낮게 웃는다. 우두커니 서서 그녀를 바라볼 뿐 체이스는 어떤 반응도 보이지 않았다.

"내 방으로 올래?"

담뱃불을 붙인 레이첼이 다시 입을 뗐다. 내포하고 있는 의미와는 딴판으로 심상한 어조에 수안은 자신의 귀를 의심했다.

"아니. 거절할게."

체이스는 가벼운 웃음과 함께 고개를 저었다.

"이런. 요즘 만나는 여자 있구나?"

눈썹을 찌푸리는 것으로 실망감을 표시하며 레이첼은 이만 체이스의 어깨를 놓아주었다. 단칼에 유혹을 거절당하였음에도 상심한 기색이 없는 얼굴이다.

"여전하네. 한 여자를 만날 땐 오직 그 여자에게만 집중. 아쉽지만 어쩔 수 없지. 이게 네 매력이니까."

짧은 인사를 끝으로 레이첼은 산책로를 떠났다. 체이스 역시 아무렇지 않게 다시 제 갈 길을 재촉했다.

한때는 연인이었던 두 사람이 이런 식으로 조우할 수도 있다니. 모르고 지내 온 세계의 일면을 엿본 기분이었다. 신기하고, 멍멍하고, 어째서인지 가슴이 아렸다.

체이스는 마리나로 이어진 길을 택했다. 텅 빈 행사장을 가로질러 정박되어 있는 레이싱 요트 앞에 다다르고서야 걸음을 멈추었다. 돌아보는 체이스의 얼굴은 다정했다. 시가룸에서 보았던 노기는 어디에도 남아 있지 않다.

"네 차례야."

재킷을 벗어 어깨를 감싸 준 체이스가 귓가에 속삭였다. 수수께끼처럼 아리송한 말에 수안의 눈이 가늘어졌다.

"무슨 뜻이에요?"

"축복. 네게서도 축복받고 싶어."

체이스의 시선이 레이싱 요트를 가리켰다.

"아무래도 샴페인이 있어야겠지? 가져올 테니 여기서 잠시……."

"아니. 그러지 마요."

수안은 돌아서려는 체이스를 황급히 붙들었다.

"그러면 안 될 것 같아요."

"왜?"

"이미 축복받았잖아요. 요트의 여신에게서."

"그거야 가져다 붙이기 나름이지."

"그래도 수호 여신은 한 명만 둬요. 혹시 부정이라도 타면 어떡해."

수안은 고개까지 절레절레 저었다.

"대신 나는 마음만 보낼게요."

못마땅해하는 체이스를 남겨 두고 수안은 잔걸음을 옮겨 요트의 뱃머리로 다가섰다. 체이스와 레이첼이 함께 샴페인 병을 깨뜨린 곳에 손을 얹고 가만히 눈을 감았다. 다시 눈을 떴을 때, 수안의 얼굴에는 옅은 미소가 번져 있었다.

"나는 신을 믿지 않지만 그래도 당신을 위해 기도할게요. 건투를 빌어요."

수안은 요트를 축원하였던 손으로 체이스의 손을 그러쥐었다. 온 마음으로 바랐다. 이 요트가 대양을 항해할 즈음. 우리가 비록 타인이 되었다 하더라도, 그래도 당신이 행복하기를. 건강하기를. 승리하기를.

전하지 못한 말들로 달싹이는 입술 위로 그의 입술이 다가왔다. 그리고 당연한 듯 맹렬한 키스가 시작되었다. 수안은 기꺼이 체이스의 어깨를 부둥켜안았다. 숨결만큼이나 눈시울이 뜨거워졌다. 사람을 향한 사람의 마음이 어쩜 이럴 수 있나. 어쩜 이토록 애달프고 애달파 가슴이 시릴 수 있나. 어떻게.

"……가자."

가득 고인 눈물로 시야가 흐려질 즈음에 체이스가 속삭였다.

"파티하러 가자, 우리 둘만."

언제나처럼 파티는 지루했다.

안면의 근육이 욱신거리도록 환하게 웃으며 나누는 인사. 무의미한 잡담. 치밀한 탐색전. 상대를 바꾸어 가며 반복하는 동일한 행위들. 할당된 임무를 완수한 정안은 조용히 발코니로 나갔다. 푹신한 의자에 몸을 묻자 긴 탄식과 실소가 흘러나왔다.

장담하였던 대로 백 씨는 큰손녀의 혼사를 위해 두 팔을 걷고 나섰다. 입안의 혀처럼 살가운 태도로 와이즈 부인에게 접근하여 자연스레 혼기가 찬 그녀의 아들을 화제로 삼고, 문득 떠오른 척 당신의 과년한 손녀 이야기를 가져다 붙였다. 흠잡을 곳 하나 없는 완벽한 화술. 예의상 대화에 응하였던 와이즈 부인도 어느 순간부터는 진지한 관심을 표했다.

　이런 일에는 당사자가 직접 나서는 것이 아니라는 조모의 조언에 따라 정안은 일정 간격 떨어진, 그러나 와이즈 부인의 눈에 충분히 띌 만한 위치에서 참한 규수를 연기했다. 그 노력이 주효하였음을 말해 주듯 정안을 살피는 와이즈 부인의 눈길에는 호의가 담겨 있었다.

　인간이란 참, 서글플 정도로 이기적인 존재들.

　와이즈 부인을 지켜보며 정안은 거듭 환멸을 느꼈다. 친구의 아들을 입양하여 친아들과 다름없이 아끼고 사랑하며 길러 준 천사 같은 여자. 세인들이 입을 모아 칭찬하는 와이즈 부인은 그러했다. 하지만 실상은 결국 이토록 쓸쓸하다. 응당 친아들의 몫이 되어야 할 것들을 혹여 양자에게 빼앗기게 되기라도 할까 전전긍긍. 자신들과 견주자면 격이 낮아도 한참 낮을 혼처에 솔깃하기까지. 만약 그 상대가 레슬리 와이즈라면 어림도 없는 일이었을 것이다.

　정안은 지친 몸을 일으켜 발코니의 난간으로 다가갔다. 몸을 돌려세우자 파티가 한창인 홀의 광경이 시야에 들어왔다. 이야기가 잘 마무리되어 가는 듯 마주 선 백 씨와 와이즈 부인의 표정이 밝다.

정안은 서늘하고 정밀한 시선으로 와이즈 부인을 뜯어보았다. 키가 크고 몸집이 호리호리하여 전체적으로 우아한 분위기를 풍기는 여자였다. 미국에서 나고 자란 교포 2세임에도 그녀가 구사하는 한국어는 상당히 유창했다. 사정을 깊이 알지 못하는 사람이라면 누구라도 체이스를 그녀의 친아들로 지목할 것이다. 하긴. 비록 피가 섞이지 않았다 하여도 모자지간의 연을 맺고 살아온 세월이 벌써 이십여 년. 서로 닮은 분위기를 풍기는 것도 무리는 아니다.

　아마도, 정이 없지는 않을 것이다.

　체이스 와이즈를 대하는 그녀의 태도에서 묻어나는 온정. 그건 분명 진실한 감정이었다. 다만 친아들처럼 대할 수는 있어도, 끝내 친아들로 받아들이지는 못하였겠지. 사람의 마음이란 결국 그토록 간사한 것이니까.

　와이즈 부인은 얼마 지나지 않아 다른 무리와 합류하였다. 의기양양하게 어깨를 편 백 씨는 곧장 발코니로 나와 정안과 마주 섰다.

　"내 잘될 거라 했지. 저쪽도 은근히 이런 혼처를 바라는 거다. 아무리 우리네와는 달라 데려다 기른 자식도 제 자식처럼 귀히 여긴다 해도, 막상 공들여 죽 쑤어 개 주고 싶은 사람이 어디 있으려고. 제 배 아파 낳은 자식 자리 지켜 주고 싶은 건 어미의 본능인 게지."

　짐작과 조금도 다르지 않은 말을 전하며 백 씨는 연신 차가운 비웃음을 덧붙였다. 냉소를 참아 내기 위해 정안은 실룩거리는 입꼬리에 힘을 실었다.

"데려다 기른 아들 혼처로는 우리 정도가 딱이다 싶은 거다. 친아들 자리를 위협할 날개는 달아 주지 않되 구색 맞추어 짝지어 주었다 생색은 낼 수 있는 자리이니."

본격적인 혼담이 오고 간 것도 아니건만 백 씨는 벌써 손주 사위를 맞이하기라도 한 듯 흥에 겨웠다.

"정신 바짝 차려라. 수안이 그 애가 마냥 순해 보여도 속에는 백 년도 더 산 여우를 숨기고 있을 거니. 피는 못 속이는 법이라는 말이 그저 생겨난 게 아니다. 제 어미의 천박한 피가 어디 갔을까."

수안을 향한 반감을 백 씨는 여과 없이 드러냈다. 당신이 혐오해 마지않는 둘째 손녀의 핏속에는 당신과 당신의 그 잘난 아들의 피도 분명 섞여 있을 테지요. 조롱하며 내뱉고 싶은 말을 정안은 꾹꾹 씹어 삼켰다. 덜 익은 고깃덩이를 삼킨 듯한 비릿함에 욕지기가 치민다. 그러나 정안은 아무렇지 않게 고개를 끄덕였다.

알고 있다.

조모가 노골적인 멸시로 수안을 학대하였다면, 자신은 철저한 방관으로 그에 일조해 왔다는 것을. 이를테면 전략적 제휴 관계. 이제 와 새삼 도리를 따질 계제가 되지 못한다.

"밉다 밉다 하면 미운 짓만 한다더니. 오늘 같은 날도 어디로 꽁지를 내빼 버린 걸 봐라. 이래서 사람은 근본이 중한 거다."

끌끌 혀를 차는 것을 끝으로 백 씨는 발코니를 떠났다. 돌아선 정안은 힘주어 난간을 움켜쥐었다.

최민혜를 증오한다. 그 여자가 남긴 딸 역시 증오한다. 그건 분명한 진실이고, 또한 책무이다. 그것만 기억하자. 오직 그것만.

붉게, 하얗게, 푸르게 **227**

깊은 탄식을 하며 정안은 이만 난간에서 물러섰다. 해풍을 따라 조경수의 가지가 흔들린다. 그 느릿한 리듬을 따라 눈빛도 흔들렸다.

독한 술 한 잔이 절실해진다.

제법 길어진 초여름의 해가 수평선 아래로 온전히 자취를 감추었다. 수안은 어깨에 두른 체이스의 재킷을 여미며 선미의 갑판으로 나갔다. 동그마니 놓인 탁자와 샴페인이 가장 먼저 눈에 띄었다. 그 곁에서 체이스는 고심하여 음악을 고르고 있었다. 감미로운 선율과 보컬이 어우러지는, 그가 좋아하는 밴드의 노래. 휴대폰의 볼륨을 최대치로 올리고 돌아선 체이스의 얼굴이 미소로 환하다.

"이리로 오시죠, 이수안 씨."

과장된 정중함을 담아 내민 손. 수안이 그 손을 잡자 체이스는 덥석 수안의 허리를 끌어안았다. 삽시간에 몸이 밀착되며 선명한 열기가 전해졌다. 부끄러워 쩔쩔매는 대신 수안은 전에 없던 장난기를 발휘하여 체이스의 어깨를 꼬집었다. 신이 나 깔깔거리고 입을 맞추기를 반복하는 사이에 바다의 어둠이 깊어졌다.

수안이 헝클어진 호흡을 가다듬는 동안 체이스는 샴페인을 따랐다. 톡톡 터지는 기포를 따라 수안의 마음도 들끓었다. 기쁨으로. 설렘으로. 어지러이.

선 베드에 자리를 잡고 앉은 체이스가 당연한 듯 수안을 당겨 안았다. 몸이 기울고, 긴장으로 경직된 등줄기와 체이스의 가슴이 단단히 밀착되었다.

바람이 지날 때 바다를

이제는 수안의 귀에도 익은 노래는 어느덧 클라이맥스에 이르렀다. 빛이 당신을 집으로 인도해 줄 거예요. 당신을 따스하게 해 줄 거예요. 그리고 내가 당신을 어루만져 줄게요. 마음이 녹아내릴 듯 달콤한 노래.

수안은 체이스의 품에 기대어 누운 채로 그 노래의 선율을 흥얼거리고 샴페인을 마셨다. 달콤하고 청량한 풍미에 마음이 별처럼 환해졌다.

"그러다 취해."

막 세 번째 잔을 채우려 할 때였다. 단단한 체이스의 손이 수안의 손목을 움켜쥐었다.

"한 잔만요. 딱 한 잔만 더."

수안은 무구하게 웃는 얼굴로 애원했다. 냉엄한 척 굴던 것도 잠시. 체이스는 얼마 못 가 픽, 바람 빠지듯 가벼운 웃음을 터뜨렸다.

체이스가 따라 준 샴페인을 수안은 이번에도 단숨에 들이켰다. 취기 때문일까. 투명한 분홍빛의 샴페인. 어깨를 매만지는 커다란 손의 온기. 바다의 밤처럼 깊은 남자의 미소. 지나치게 아름다워 비현실적인 것들이 불현듯 원망스럽다.

"한 가지 더 알아냈다."

금세 비어 버린 잔을 빼앗으며 체이스가 속삭였다. 수안은 비스듬히 고개를 돌려 그와 눈을 맞추었다.

"이수안은 은근한 술꾼이며 샴페인을 좋아한다."

"뭐…… 그렇다고 해 줄게요."

"그렇다고 해 주는 게 아니라 그런 거지요. 술꾼 아가씨."

머리를 쓰다듬던 체이스의 손이 핀을 빼냈다. 손써 볼 틈도 없이 흘러내린 머리칼이 바람에 나부꼈다.

"예쁘다."

체이스는 기다란 손가락으로 수안의 머리칼을 쓸어 넘겨 주었다. 몹시도 다정한 손길에 마음이 순해진다.

"머리, 풀고 있는 쪽이 훨씬 더 예뻐."

낯부끄러운 말을 참 태연히도 건네는 남자. 민망함에 눈 둘 곳을 몰라 하면서도 수안은 배시시 웃었다.

And I will try to fix you.

어렴풋한 수평선 너머에서부터 아름다운 바다의 밤이 시작되었다.

술에 취한다는 건 생각보다 훨씬 근사한 일이었다. 의식이 흐려진 만큼 세상이 아름다워지며 힘껏 조인 나사처럼 빈틈없던 마음이 느슨해진다. 전에 없던 안식과 여유다.

"술은 참, 좋은 거네요."

수안은 느리게 중얼거렸다. 지금껏 한 번도 마음 놓고 취해 본 적이 없었다는 사실을 취해 보고서야 문득 깨달았다. 이래서 괴로울 때 다들 술을 찾는구나. 수안은 낮게 키득거리며 고개를 가로저었다. 한 번쯤 술에 의지해 볼 생각도 못 해 보고 산 바보. 바보 천치.

"술도 약하면서 무슨 자신감으로 그렇게 급하게 마신 거야."

체이스의 손이 머리칼을 헝클어뜨렸다.

"나 안 취했어요."

"어이구. 이제 술주정까지?"

"정말이야. 나 하나도 안 취했어요. 나른하기는 한데, 머리는 맑아요. 그러니까 취한 게 아니라 그냥 기분이 좋은 거예요."

"아아. 그러시다니 다행입니다. 취하진 않은 주정꾼 이수안 씨."

체이스는 비스듬히 몸을 뉘여 수안과 눈높이를 맞추었다. 벌어진 셔츠 깃 사이에 얼굴을 묻자 친숙한 체취가 물큰 풍겼다. 수안은 쿡쿡거리며 체이스의 허리를 끌어안았다.

"오늘 참 고마웠어요."

"뭐가?"

"아까, 시가룸에서. 사실 당장이라도 뛰쳐나가고 싶었지만 그럴 용기가 없었어요. 그때, 당신이 나타나 날 구해 준 거예요."

수안은 몸을 바르작거려 체이스의 품 깊숙이 파고들었다. 맞닿은 가슴이 서로의 심장 박동으로 떨렸다.

"우와. 나 오늘 백마 탄 왕자 된 건가?"

수안의 등을 다독여 주며 체이스는 장난스럽게 환호했다.

"음. 백마까지 내어 주기는 아깝고, 그냥 왕자."

체이스의 농담에 수안도 농담으로 응수했다. 눈이 마주치자 두 사람은 누가 먼저랄 것도 없이 웃음을 터뜨렸다.

"치사하네. 그깟 백마 한 마리 가지고."

"백마는 이다음에. 더 멋진 모습 보여 주면 상으로 하사해 줄 거예요."

"괜찮겠어? 이보다 더 멋지면 수안이 네 심장에 무리 갈 텐데?"

"어휴!"

수안은 가볍게 쥔 주먹으로 체이스의 어깨를 때렸다. 체이스는 그 손을 그러쥐어 자신의 입술로 가져갔다. 오므린 손가락을 펼치고, 그 손가락 하나하나에 정성스레 입을 맞추었다.

"아마도 나, 오래오래 기억할 것 같아요."

당신을.

당신과 함께한 순간을.

당신이 떠난 후에도 오래도록.

차마 꺼내지 못하는 말을 수안은 차곡차곡, 가슴 깊숙한 곳에 눌러 담았다. 눈물이 나려 했다. 형언할 수 없이 행복하고, 그 행복의 크기만큼 슬퍼져서.

"안아 줄래요?"

수안은 충동적으로 말했다.

"⋯⋯수안아?"

"당신이 내 안에 머무는 순간이 좋아요. 사실 너무 부끄럽고 어째야 좋을지 모르겠지만, 그래도 좋아요. 꼭 내 몸 구석구석이 빛으로 채워져 반짝이는 느낌이 들어요. 꼭 크리스마스트리처럼요. 그렇게 환하고 예쁘게⋯⋯."

단어 하나하나를 성심껏 고르고 정제하여도 그 순간의 감정들이 온전히 전달되지는 못한다. 그것이 안타까워 한숨짓는 수안의 입술 위로 체이스의 입술이 포개졌다.

여유를 잃은 키스는 마치 해일 같았다. 입술이 금세 붉게 부풀어 오르고 열기가 응축된 숨이 쏟아졌다. 그것만으론 성에 차지 않는다는 듯 체이스는 단숨에 수안의 옷을 벗겨 냈다.

밤공기의 선득함을 느낄 새도 없이 다가온 뜨거운 몸 아래에서 수안은 눈을 감았다. 거칠게 뒤섞이는 숨소리 사이로 뱃전에 부딪치는 파도의 소리가 들려왔다. 자신도 그 파도처럼 부서지고 있다는 생각이 들었다. 이 남자에게 부딪혀 하얗게, 형체도 없이.

가쁘게 오르내리는 가슴을 훑으며 한 줄기의 미풍이 지나갔다. 하나 남은 속옷마저 벗긴 체이스는 입술과 혀로 수안의 몸을 더듬어 내려갔다. 목덜미를, 가슴을, 어깻죽지와 허리를. 배꼽 주위를 맴돌던 혀끝이 조금 더 아래를 향해 움직이기 시작하자 수안은 소스라치며 눈을 떴다. 허우적거리며 저항했지만 체이스는 멈추지 않았다.

체념한 수안은 헐떡거리며 밤하늘을 마주하였다. 뭍의 불빛이 닿지 못하여 농밀한 어둠 속에서 현기증이 날 정도로 많은 별이 빛나고 있다. 자꾸만 시야를 흐리는 열기 탓에 부옇게 번지는 별빛이 안타까워 수안은 부지런히 눈을 깜빡였다. 이윽고 또렷한 별빛을 마주하게 되었을 때, 따스한 물이 도는 몸속으로 그가 들어왔다.

"긴장하지 말고. 지금처럼, 편안하게 느껴 봐."

땀에 젖은 머리칼을 쓸어 넘겨 주며 체이스가 속삭였다. 수안은 순순히 고개를 끄덕였다. 그 모습에 체이스가 웃자 그 떨림이 결합된 몸으로 고스란히 전해졌다. 부끄러움과 쾌감이 동시에 고조되었다.

체이스는 느리게 움직였다. 수안의 표정, 신음 하나까지 유심히 살피며 부드럽게 자극해 왔다.

수안은 머리를 들어 올려 서투른 키스를 건넸다. 젖은 입술에, 맥박이 뛰는 관자놀이에, 가파르게 오르내리는 목울대에. 흐트러지는 체이스의 호흡이 더 이상 두렵지 않았다. 나를 소중히 여기는 사람이란 걸 아니까. 믿으니까.

눈을 질끈 감았다 뜬 체이스는 수안을 거칠게 안아 일으켰다. 수안은 두 팔로 그의 목을 휘감아 흔들리는 몸을 지탱하였다. 반복되는 거센 침범에 아랫배 깊숙한 곳에 뜨거운 멍울이 졌다. 당장이라도 터져 나올 것 같은 울음을 참기 위해 수안은 체이스의 어깨 너머로 시선을 옮겼다.

반구형의 원근감이 선명한 하늘에서 별들은 각기 다른 색으로 반짝인다. 붉게, 하얗게, 푸르게. 경탄하는 수안의 눈빛이 흔들렸다.

별은 언제나 저만의 빛깔로 빛나고 있었던 거구나. 지나치게 밝은 지상의 불빛에 가려져 보이지 않았을 뿐이구나. 그렇다면 지금껏 나는 얼마나 많은 것들의 아름다움을 보지 못하고 살아왔을까. 보지 못하고 살아가게 될까. 눈동자 속에서 차츰 부풀어 오른 별빛이 후드득, 뜨거운 눈물이 되어 흘렀다.

적정선을 지켜야 한다. 알고 있다. 하지만 대체 그 경계는 어디일까. 어쩌면 나는, 이미 내 마음의 경역 속에 당신을 들여놓은 것이 아닐까.

수안은 혼란스러운 얼굴로 체이스를 보았다. 무언가 불만스러운 듯 굳어 있던 입술이 게걸스레 수안의 입술을 삼켰다. 한 손으로 단단히 수안의 턱을 감싸 쥔 채로 혀를 깊숙이 빨아들이고 입 속의 여린 살결을 자극했다. 어떤 저항도 허락하지 않는 강압적인 키스.

수안은 속절없이 휩쓸렸다. 혈관 속에서 샴페인의 기포가 터지는 듯하였다. 주체할 수 없이 짜릿하고 간지러운 감각. 급격한 상승과 급격한 하강이 되풀이되며 온몸의 세포가 그를 향해 열렸다.

그를 느낀다.

허리를 강하게 밀어 올리며 체이스는 수안을 선 베드에 눕혔다. 천천히 몸을 열고 타인이 닿을 수 있는 가장 깊숙한 곳까지 파고들었다. 수안은 힘겹게 그를 받아들였다. 겨우 초점을 되찾은 눈에 그의 얼굴이 비쳤다. 심술궂었다가, 자상하였다가. 걷잡을 수 없는 눈빛이 매혹적이다.

부드럽던 움직임이 점차 거칠어진다.

그의 불규칙해진 숨소리와 찌푸린 미간에서 수안은 한계치에 다다른 욕망을 읽었다. 사랑스러웠다. 자신으로 인하여 흐트러진 이 남자가. 그리고 행복했다. 이 남자를 흥분시키는 여자일 수 있어서.

경련하는 체이스의 등을 수안은 힘껏 끌어안았다. 낮은 신음과 헐떡임이 목덜미로 쏟아졌다. 떨리는 손으로 체이스의 젖은 등과 어깨를 쓰다듬자 불현듯 눈이 시큰거렸다.

만약 사랑이라면 어떨까 생각했다.

지금 우리가 나누고 있는 감정이 사랑이라면, 몸이 아닌 마음으로 서로에게 닿아 있는 것이라면 얼마나 좋을까.

간절하였다가, 허망하였다가, 종내에는 슬픔이 되는 가정.

참아 보려 할수록 거세진 감정의 파고는 기어이 울음이 되어 터져 나왔다. 수안의 몸 위에 휘늘어져 거친 숨을 내쉬던 체이스가 당황하여 고개를 들었다.

어찌해야 할지 갈피를 잡지 못하는 체이스의 품에서 수안은 다져 눌러 온 울음을 쏟아 냈다.

괜찮지 않다.

조금도 괜찮지 않다.

항상 아프고, 서럽고, 힘겨워 비틀거렸다. 하지만 그것을 인정하기 무서워서, 한번 주저앉으면 영영 다시 일어서지 못할 것 같아서 스스로를 기만해 왔다. 괜찮아. 괜찮아. 얄팍한 거짓말로.

"수안아."

체이스가 천천히 상반신을 일으켰다. 수안은 칭얼거리듯이 고개를 저으며 매달렸다. 가지 마. 가지 마요. 목이 메어 하지 못하는 말이 절박한 손길에 담겼다.

조용하게 수안을 바라보던 체이스는 수안의 곁에, 몸을 낮추어 누웠다. 그리고 가만히 수안을 안았다. 눈물의 이유 같은 건 묻지 않았다. 울지 말라는 말도 그는 하지 않았다. 대신 묵묵히 기다려 주었다. 수안이 울음을 그칠 수 있을 때까지. 흐느낌으로 떨리는 어깨와 등을 어루만지며. 그의 품에서 수안은 마음껏 울었다. 울며 웃었다.

마음이 반짝였다.

붉게, 하얗게, 푸르게. 그렇게 예쁘게.

참을 수 없이 보드라운 감촉에 눈이 떠졌다.

뒷목에서 어깨로. 견갑골의 윤곽을 더듬다 고랑이 진 등줄기를 따라 아래로. 작은 손이 살금살금 몸을 쓰다듬고 있었다. 설마 하였다. 꿈이겠지. 아주 기분 좋은 꿈.

졸음에 겨운 눈을 체이스는 느릿하게 깜빡였다. 초점을 되찾은 눈에 가장 먼저 들어온 건 수안이었다. 정물처럼 고요하게 앉은 수안이 엎드려 누운 그를 내려다보고 있었다. 실오라기 하나 걸치지 않은 몸이 아침 햇살을 받아 투명하게 빛났다.

체이스가 한숨을 삼키는 사이에 수안은 상체를 깊이 수그렸다. 둥글고 부드러운 가슴이 어깨에 닿자 반사적으로 숨이 멎으며 등줄기가 경직되었다. 그것을 눈치채지 못한 듯 수안은 동요하지 않았다. 호기심에 사로잡힌 아이처럼 그의 등을 매만지고 어깻죽지 위로 살며시 뺨을 가져다 댔다. 그것이 유혹임을 자각하지 못해 더욱 유혹적인 몸짓. 느긋이 수안을 지켜보려던 결심은 그 순간 자취를 감추었다.

손을 뻗어 어깨를 감싸 쥐자 수안이 천천히 고개를 돌렸다. 잠기운이 옅게 남은 수안의 얼굴은 정결했다. 숨죽여 바라보던 체이스의 뺨이 어렴풋이 붉어졌다.

"당신, 참 따뜻해요."

잔물결이 번지듯 수안이 미소 짓는다.

"이렇게 당신을 만지면요, 옛날 기억이 떠올라. 나한텐 아주 소중한 기억."

"기억? 어떤 기억?"

"중학교에 다닐 때였어요. 학교 근처에 작은 카페가 하나 있었는데, 그 카페 주인이 커다란 레트리버를 키웠거든요. 그 강아지 때문에 매일매일 그 카페에 들렀어요."

"강아지 좋아하는구나."

"딱히 그런 건 아니었어요."

"그런데 왜?"

"참 따뜻했거든요, 그 강아지가. 그래서 이렇게 꼭, 한참씩 안고 있곤 했어요. 따뜻해서, 너무너무 따뜻해서.”

수안의 눈빛이 아련해졌다. 행복해 보이기도, 쓸쓸해 보이기도 하는 눈빛이다.

“차라리 강아지를 한 마리 키우지 그랬어.”

“그럴 순 없었어요.”

“왜?”

“할머니가 동물을 싫어하시니까. 그리고 나는요…… 무서웠어요.”

“무서워?”

“네. 강아지는 사람보다 수명이 짧잖아요.”

“그렇지.”

“그래서 무서웠어요. 분명 많이 사랑하고 의지하게 될 텐데 결국은 먼저 떠나보내야 하니까. 그런 거, 도저히 견딜 수 없을 것 같아서.”

수안은 담담했다. 그런 수안에게서 체이스는 지독히도 외로운 아이를 본다. 온기를 나눌 상대가 강아지 한 마리뿐인 아이. 그마저 온전히 욕심내지 못하는, 그런 아이.

“신기해요. 강아지는 사람보다 체온이 높아서 그렇게 따뜻하다던데, 당신도 그만큼 따뜻하거든요. 남자도 여자보다 체온이 높은 걸까요?”

수안이 눈을 반짝이며 묻는다. 여전히 그의 등에 뺨을 맞댄 채였다.

“뭐야. 나 지금 개랑 같은 취급을 당하고 있는 거야?”

그의 실없는 투정에 수안은 짐짓 새치름한 웃음을 보였다.

“그 강아지랑 꼭 닮은 걸요 뭐. 크고, 따뜻하고.”

"아. 그러세요, 이수안 씨. 하지만 그 말, 금방 후회하게 될걸."

"어째서요?"

"나는, 강아지하고는 비교도 되지 않을 만큼 널 따뜻하게 해 줄 수 있으니까."

짓궂은 말과 함께 체이스는 민첩하게 몸을 돌려 수안을 안았다. 그 결에 매트리스가 출렁이며 고운 먼지가 피어올랐다. 그 먼지를 따라 수안의 자지러지는 웃음소리도 번졌다. 체이스가 장난치듯 목덜미를 깨물고 볼을 비빌 때마다 웃음소리가 더욱 맑고 선명하게 증폭되었다.

"수안아."

그는 시트에 닿은 팔꿈치에 체중을 실은 채로 수안을 내려다보았다. 겨우 웃음을 그친 수안의 눈동자 가득 그의 얼굴이 비쳤다.

"사랑해."

대단한 비밀이라도 전하듯 체이스의 고백은 은밀하고 신중했다. 수안을 떠올릴 때마다 동반되었던 희미한 짜증과 불안은 더 이상 남아 있지 않다.

이 여자를 사랑한다.

사랑이 아닌 다른 무엇일 수도 없는 감정이다.

"사랑해."

다시 한 번, 확신을 담아 말했다. 요 며칠 집요하게 머릿속을 어지럽혔던 번민이 이제 깨끗이 해결되었다.

나는 너를 사랑한다.

하여 나는, 너를 놓지 않는다.

그토록이나 단호하고 간명한 결론.

수안은 가만히 그를 안았다. 대답은 들려오지 않았다. 수안의 입술은 다만 맥이 팔딱이는 그의 목덜미에, 어깨에, 가슴에 키스를 건넬 뿐이었다. 초조해하는 대신 체이스는 천천히 수안의 몸속으로 들어갔다. 땀으로 젖어 가는 두 나신과 뒤엉키는 빛의 입자가 눈부셨다.

"웃어 봐, 수안아."

움직임을 조금씩 크게 하며 그는 신음하듯 나직하게 속삭였다. 수안은 망설임 끝에 손을 들어 그의 얼굴을 감쌌다. 그리고 웃어 주었다. 콧날에 맺힌 땀방울을 닦아 주며, 뺨을 매만지며, 몇 번이고.

충동적으로 시작되었던 섹스는 아침처럼 고요하게 이어졌다.

그가 이끄는 대로 수안은 순순히 몸을 내맡겼다. 어찌해야 할지 모르는 순간이 찾아올 때면 눈을 꼭 감고 무작정 그를 부둥켜안았다. 그 미숙한 몸짓이 그를 극도의 흥분으로 몰아갔다.

사랑은 철저한 계산과 노력의 산물에 불과하다는 믿음은 이제 더 이상 유효하지 않다.

이성이 개입할 여지 따위는 존재하지 않았다. 손써 볼 도리도 없이 그저 빠져드는 것. 아마도 그것이 사랑이리라고, 수안의 작은 몸 안으로 비집고 들어가는 순간마다 생각했다. 그리고 굴복했다.

사랑이란 빌어먹을 감정 앞에, 기꺼이.

오전 내내 수영을 배웠다.

갑작스럽게 시작된 일이었다. 무인도 연안에 정박하여 휴식을 가지던 시간. 신이 나 바다에 뛰어든 체이스가 유혹하듯 손을 내밀었다. 홀린 듯 바다로 들어가 그 손을 잡은 후에야 자신이 수영하는 법을 모른다는 사실을 깨달았다. 이게 무슨 바보짓이냐고 핀잔하던 체이스가 떠올라 수안은 조용히 미소 지었다.

허우적거리는 그녀를 다급히 붙든 체이스의 얼굴은 백지장처럼 창백해져 있었다. 걱정이 담긴 눈빛이 좋았다. 소중한 듯이 안아 주는 두 팔의 든든함이 좋았다. 그의 모든 것이 못 견디게 좋아 물에 대한 공포마저 잊어버렸다.

괜찮다. 체이스가 있으니까.

괜찮을 것 같았다. 이 남자와 함께라면 무엇이든.

"볕 좀 쬐고 있어. 마실 거 가져올게."

수안의 젖은 몸을 커다란 타월로 감싸 준 체이스는 성큼성큼 선실을 향해 갔다. 백일하에 벗은 몸을 드러내고도 조금도 스스러워하는 기색이 없다.

얼마 지나지 않아 체이스는 두 잔의 따뜻한 민트 티를 내왔다. 트레이닝팬츠와 얇은 카디건을 챙겨 입은 모습임에도 수안은 어쩐지 부끄러워져 시선을 피했다. 체이스는 재미있다는 듯 키들거리며 그녀 곁에 앉았다.

"나 되게 빨리 배우죠?"

수안은 어색함을 떨쳐 보기 위해 입을 열었다. 체이스는 와하하 웃으며 수안의 머리를 쓰다듬었다.

"물에 얼굴 담그는 데만 몇 시간 걸린 사람이 할 말은 아닌 거 같은데?"

"그거야. 처음엔 누구나 다 그런 거잖아요."

"뭐, 그렇다고 해 줄게."

관대한 척 그가 어깨를 으쓱거린다. 머그잔을 내려놓은 수안은 살그머니 그의 품으로 파고들었다. 가슴에 얼굴을 기댄 채 눈을 감자 달콤한 안식이 밀려왔다.

"체이스."

"응."

"나요, 배영을 배우고 싶어요. 하늘을 보면서 수영하는 기분, 참 근사할 거 같아."

"글쎄. 일단은 물에 뜨는 법부터 제대로 배워야 하지 않을까."

체이스의 손이 아프지 않게 볼을 꼬집었다.

"그렇긴 하지만…… 오래 걸릴까요?"

"보통은 그렇지만 넌 그보단 빨리 배우겠지."

"훌륭한 학생이란 걸 인정해 주는구나?"

"아니. 학생은 좀 어설프지만 선생이 훌륭하니까."

체이스는 고개를 숙여 수안의 이마에 입 맞추었다. 한껏 거드름을 피우는 모습도 밉지 않은 남자다.

"빨리 배워야 할 텐데."

못 이긴 척 고개를 끄덕거리며 수안은 혼잣말을 하듯 중얼거렸다.

당신이 떠나기 전에.

불쑥 뒤따르려던 말은 다행히 입술 속에 가두어 두었다.

이상했다. 그와 함께하는 순간마다 체념조로 되뇌었던 주문인데 느닷없이 격렬한 고통과 슬픔이 들끓었다. 손에 쥔 사탕을 빼앗긴 아이라도 된 것처럼.

"체이스. 나 궁금한 게 있는데요……."

"물어봐."

"정말?"

"그래. 뭐든지."

체이스의 목소리는 서늘하고 부드러웠다. 수안은 심호흡을 반복하며 그의 얼굴을 마주하였다.

"당신은 어떤 사람일까요? 내가 알지 못하는, 지난 시간 속에서의 체이스 와이즈는."

"지난 시간? 글쎄. 어떤 사람이었을까?"

수안을 품에 안은 체이스는 깊은 생각에 잠긴 눈으로 먼 하늘을 응시했다. 미소로 휘어진 입매에 햇빛이 담겼다. 눈이 부시다.

"대단한 사람이라도 되는 듯이 살아왔는데, 막상 돌이켜 보니 결국은 지극히 평범한 사람이었던 것 같네. 행복하고, 슬펐고, 그리고 다시 행복하기도 했던."

행복. 슬픔. 그리고 다시 행복.

체이스의 말을 수안은 조용히 따라 되뇌었다.

"열 살 때였어, 그 일이 있었던 게. 친하게 지냈던 친구들이 개중 한 아이네 집에 모여 밤새 놀 거라는데 거기 끼고 싶어서 엄마를 무작정 졸랐어. 끈질기게 매달리니까 엄마도 결국 항복하셨지. 그날, 그 애 집에서 신 나게 놀았어. 그러다 새벽에야 잠이 들었는데 아직 해도 안 뜬 시간에 그 애 엄마가 날 흔들어 깨우는 거야. 새파랗게 질린 얼굴로 펑펑 눈물을 흘리면서. 그러더니 한참만에야 겨우 말했어. 우리 집에 강도가 들어서 가족들이 전부, 죽었다고."

참담한 비극에 관하여 말하는 순간에도 체이스는 예의 평온을 잃지 않았다. 아버지의 유산에 눈독을 들인 친지들. 그를 지켜 주기 위해 후견인에서 양부가 되기로 결심한 폴 와이즈. 그로 인해 얻은 새로운 가족과 부대끼며 살아온 시간. 체이스 맥밀런이 체이스 와이즈가 되기까지의 시간에 관한 이야기는 어떤 자기 연민도 담고 있지 않아 담담했다.

작위와 허세가 아니라는 것을 수안은 알았다.

그에게는 죽도록 아파 보았고, 또 그 아픔을 견뎌 낸 사람만이 가지는 의연한 기품 같은 것이 깃들어 있었다. 수안이 갈망하였으나 여전히 가지지 못한 것. 가지지 못하였기에 더욱 분명히 알아볼 수 있는 것.

"아버지는, 그야말로 최고의 아버지였어. 레슬리 녀석도 뭐 좋은 동생이었지. 가끔 형한테 기어오르는 것만 빼면. 하지만 내가 가장 사랑한 건 어머니였어."

새로운 가족과의 삶을 이야기하던 체이스의 눈빛이 봄볕처럼 부드러워졌다.

"좋은 분이었어, 어머니는. 울 수조차 없던 나를 품에 안고 대신 울어 준 사람도, 악몽에서 깨어날 때마다 내 손을 잡아 준 사람도 어머니였어. 그런 어머니를 사랑하지 않을 길이 없었지. 친모, 양모의 구분 같은 건 무의미했어. 가끔은 친어머니의 존재를 잊을 만큼 그분을 사랑했으니까. 그분도 당연히 그럴 거라 믿었고."

막힘없이 말을 이어 가던 그가 돌연 침묵에 잠겼다. 초조함을 견디기 힘들었지만 수안은 참을성 있게 기다렸다. 흐려졌던 그의 눈빛은 다행히 금세 초점을 되찾았다. 고쳐 잡은 손 역시 변함없이 따스했다.

"월가에서 일하던 무렵이었어. 아버지는 내가 회사로 들어오길 바라셨고, 나도 아버지의 바람대로 해 드릴 작정이었지. 그런데 어머니는 아니었어. 불안하셨나 봐. 그때까지도 레슬리는 과학에만 미쳐 있었는데, 이러다 정말 당신의 친아들이 아닌 내가 회사를 물려받게 되기라도 할까 봐. 그 일로 두 분이 크게 다투는 소리를 듣다가 우연히 알게 됐어."

체이스의 깊은 시선이 다시 수안을 향했다. 달리 대꾸할 말을 찾지 못해 수안은 침묵했다. 대부분의 우연은 왜 이토록 잔인할까. 몰라야 좋을 것들을 알게 하고, 슬픔을 주고, 마음을 찢고.

"만약 어머니가 그렇지 않은 척 연기했다면 나는 어머니를 원망하고 미워했을 거야. 하지만 아니었어. 그날 이후로, 날 보는 어머니 눈은 항상 젖어 있었어. 가끔은 당신 혼자 가슴을 치며 숨어 울기도 하셨지. 똑같이 사랑하려 애써도 어쩔 수 없이 레슬리 쪽으로 조금 더 기울고 마는 마음을 어쩌지 못해서, 그게 너무 미안하고 가슴 아프지만, 그래도 마음대로 바꿀 수 없는 게 마음이라서."

이야기를 시작한 후 처음으로 그의 목소리가 떨렸다. 수안은 마디가 새하얘진 손으로 그의 머리를 쓰다듬었다.

"그래도…… 당신은 참 아팠을 텐데."

"아팠지. 도저히 견딜 수가 없었어. 아무리 애써 보아야 친아들과 똑같아질 수는 없는 건데, 맹목적으로 사랑한 내가 너무 병신 같아서. 그런데 어느 날, 정말이지 뜬금없는 의문이 들었어. 그래서 체이스 와이즈로 살아온 나는 불행했던 걸까. 그날부터는 그 하나만 생각했어. 머리가 깨지도록 열심히. 아주 작은 추억 하나까지 쥐어짜 내며. 그러다 보니 어느 순간 그 답을 알겠더라."

"어떤 답이었어요?"

"아니다. 체이스 와이즈로 살아온 나는 불행하지 않았다."

걱정이 가득한 수안의 눈을 바라보며 체이스는 웃었다. 씩씩하게. 한 점의 그늘도 없이.

"친아들과 똑같이 사랑한 게 아니라고 해서 그 사랑을 전부 부정할 순 없더라. 어머니는 분명 나를 사랑하셨어. 그분의 방식으로, 최선을 다해서. 내가 원한 종류의 사랑이 아니었다고 해도 어머니가 나를 사랑했다는 사실은 변하지 않는 거였어. 그걸 깨달은 날 결심했어. 요트 레이서로 살아가기로."

"어머니를 위해서요?"

"아니. 날 위해서. 친아들과 똑같은 존재가 되어야 한다는 집착을 버리니 내가 살고 싶은 인생이 보였거든."

"그래서 슬펐던 체이스 와이즈는 다시 행복한 사람이 된 거네요."

수안은 몸을 일으켜 체이스와 마주 앉았다. 그처럼 환히 웃어 주고 싶었지만 입술이 뜻대로 움직여 주지 않아 바보처럼 울먹이고 말았다.

"다 잊었다면 거짓말이야. 전처럼 어머니를 바라볼 수 있다고 한다면, 그것도 거짓말이지. 하지만 난 여전히 체이스 와이즈고, 내 방식대로 어머니를 사랑해. 가족을 잃었지만 그만큼 좋은 가족을 얻었고, 많은 걸 가졌고, 또 누리며 살고 있기도 하지."

도리어 수안을 위로하듯 체이스는 찬찬히 수안의 머리를 쓰다듬었다.

"그러니까 수안아, 나는 구원받았어. 그걸 잊지 않는 한, 나는 불행하지 않아, 절대."

구원.

아픔과 설움의 굽이를 돌고 돌아 다다른, 내 아름다운 남자의 아름다운 결론.

체이스의 곁에 수안은 기도하듯 무릎을 꿇고 앉았다. 그리고 천천히 그를 안았다. 타월이 흘러내리며 벗은 몸이 고스란히 드러났지만 그런 것쯤은 아무래도 좋았다.

"지난 시간 속의 체이스 와이즈란 사람이 꽤 마음에 들었나 봐? 끝내주는 보상이네."

수안의 품속에서 체이스가 피식 웃음을 터뜨렸다. 뜨거운 숨결이 어깨를 간질였다.

"참 강한 사람이에요, 당신."

수안은 아이를 어르듯 그의 머리를 쓰다듬었다. 입술은 미소를 그리는데 이상하게도 눈시울이 뜨거워졌다.

소녀를 사랑한 책 속의 그 소년처럼 수안은 아주 조금 행복해지고, 또 아주 조금 슬퍼졌다. 해서 이제야 소년의 말을 가슴으로 이해한다. 오늘 조금 더 행복해졌다고 해서 조금 더 슬퍼졌다는 사실이 변하지는 않는다는 것. 그러니까 지금 이 순간이 인생에서 가장 행복하고 또 가장 슬프다는 것.

당신보다 날 더 행복하게 하거나 슬프게 하는 건 없으니까.

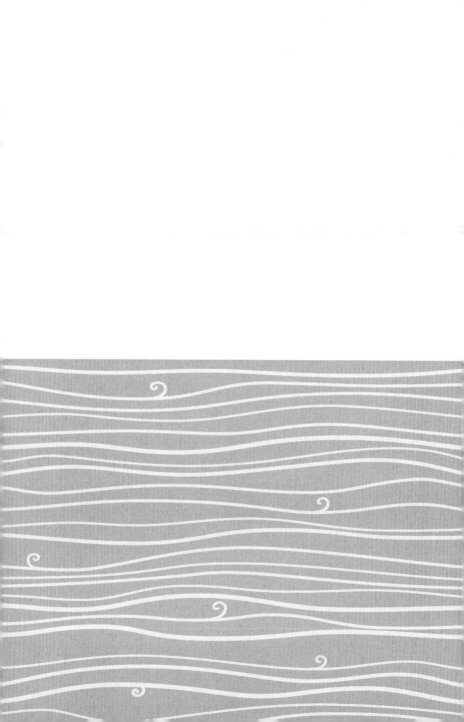

그래 나는 두 손에 얼굴을 묻고 울어 버렸지

비가 내렸다.

이른 새벽 시작된 세찬 폭우는 오후로 접어들어서는 안개비가 되었다. 바로 어제까지만 하여도 쾌청하던 하늘이 오늘은 비구름과 해미로 자우룩하다.

수안은 느지막이 잠에서 깼다. 천둥소리로 잠을 설친 탓인지 물 먹은 솜처럼 몸이 무겁다. 손가락 하나 까딱하고 싶지 않아 이불 속에서 한참을 빈둥거렸다. 커튼을 치지 않은 창밖으로 보이는 풍경은 온통 청회색. 하루아침에 온 세상이 모노톤으로 변해 버린 것만 같은 착각이 든다.

불현듯 침묵의 무게가 버거워져 라디오를 켜자 막 정오 뉴스가 시작되었다. 아나운서가 알린, 예년보다 빠른 장마 전선의 북상 소식에 수안은 시무룩해졌다. 좋아하지도, 싫어하지도 않았던 비가 지금은 원망스럽다. 그와 함께하는 날은 언제나 쨍하게 맑았으면 하였는데…….

심통이 난 아이처럼 부루퉁한 얼굴로 수안은 침대를 빠져나왔다. 냉수 한 잔으로 잠기운을 씻어 내고 오랫동안 샤워를 했다. 뜨거운 물줄기가 몸을 적시자 우습게도 체이스가 떠올랐다.

거침없이 부딪혀 오던 뜨거운 몸. 뜨거운 숨. 뜨거운 말들.

단지 회상하는 것만으로도 가슴 깊은 곳에서부터 열감이 인다. 그런 스스로가 황당해 수안은 연거푸 작게 웃었다. 천둥이 치던 새벽에도 그를 생각했다. 몸이 절로 움츠러들 때마다 반사적으로 옆자리를 더듬었다. 그의 부재를 잘 알고 있으면서도, 바보처럼.

젖은 머리를 꼼꼼히 말리고 나오자 때마침 휴대폰이 울렸다. 수안은 서둘러 달려가 전화를 받았다. 체이스였다.

―이수안이 안 보이니 허전하다. 언제 출근해?

"이번 주는 오후 근무예요. 이제 나가려고 준비하고 있어요."

―그래? 그러면 얼른 와. 보고 싶다.

그의 목소리에 은근한 투정이 섞였다. 수안은 피식거리며 화장대 앞에 앉았다.

"오늘 스케줄 바쁘잖아요. 어차피 만날 시간도 없을 텐데."

―그래도 틈틈이 훔쳐볼 수 있잖아. 리조트에 있으면.

"훔쳐본다니. 어쩐지 음흉하게 느껴지네."

―수안아, 남자란 원래 음흉한 동물들이야. 그거 빼면 시체지.

능청스럽게 잘도 받아친다. 아무튼, 말장난으로는 절대 못 이길 남자.

통화는 기분 좋은 웃음으로 마무리되었다. 휴대폰을 내려놓은 수안은 들뜬 손놀림으로 화장을 했다. 머리는 묶는 대신 곱게 빗어 내렸다. 어차피 출근하면 단정히 틀어 올려야 하겠지만 혹시 그 전에 체이스와 마주칠지도 모르니까. 리조트까지 입고 갈 옷도 고심하여 골랐다. 불확실한 그 잠깐을 위해.

가방을 챙기기 위해 수안은 잠시 책상 앞에 앉았다. 적당히 낡은 초콜릿색의 가죽 커버의 다이어리와 펜 케이스, 펼쳐 두었던 얇은 소설책. 차례로 물건을 챙기고 일어서자 스탠드 아래에 놓인 푸른색의 벨벳 상자가 시선을 잡아끌었다. 금단의 상자를 여는 판도라처럼 조심스럽게 수안은 그 상자를 열었다. 체이스에게서 선물받은 만년필이 조명등의 불빛을 받아 반짝였다. 고심 끝에 천천히 캡을 돌려 열자 한눈에 그녀를 사로잡았던 아름다운 펜촉이 드러났다.

오직 한 사람을 위해 길들여지는 물건이라니. 그 진중한 의미의 무게에 짓눌려 수안은 만년필을 쓰지 못했다. 오늘도 마찬가지. 종이 위로 펜촉을 가져갔다 물리기를 수차례 반복하다 결국은 제자리에 고이 돌려놓았다. 하얀 종이 위로 번진 몇 개의 잉크 자국만이 미욱한 망설임의 자취처럼 남았다.

출근 시간까지는 아직 한 시간 남짓의 여유가 남았지만 서둘러 집을 나섰다. 레몬색의 레인코트를 입고 커다란 우산을 받쳐 썼다. 걸음을 내딛을 때마다 튀어 오르는 물방울을 보며 다시 한 번 수안은 웃었다. 근래 들어 웃음이 참 헤퍼졌다. 별것도 아닌 일에도 이처럼 실없이 웃고야 만다.

리조트의 입구에 다다랐을 무렵 또다시 휴대폰이 울렸다. 수안은 허겁지겁 숄더백을 열었다. 마음이 들떠 서두르느라 하마터면 우산을 놓칠 뻔하였다. 그러나 발신자를 확인한 순간 마음이 차게 식었다. 휴대폰을 움켜쥔 손이 하얗게 질리며 입술에 물려 있던 미소도 자취를 감추었다.

심장이 터질 듯이 쿵쾅거린다.

회의는 짤막하게 진행되었다. 새로운 의안은 없었다. 이미 예정되어 있던 경기 스케줄을 공지하고 준비 사항을 확인하는 정도. 레오니스는 볼보 오션 레이스에 참가하기 전 규모가 작은 몇 개의 레이스에 참가할 예정이다. 팀의 전술과 실제 레이스에서의 요트 성능을 점검하기 위함이다. 뉴포트—버뮤다, 시카고—맥키녹 레이스를 거치며 전력을 보강한 뒤 9월, 볼보 오션 레이스의 출발지인 알리칸테에 입성하게 될 것이다.

부상 방지를 당부하는 것을 끝으로 회의는 파하였다. 추가적인 논의를 위해 격납고로 이동하는 엔지니어들을 따라 체이스도 빌라를 나섰다. 실처럼 가늘어진 빗줄기가 부슬거렸다. 우산을 펼치는 대신 체이스는 윈드브레이커의 깃을 올렸다. 주머니에 들어 있던 이어폰을 끼고 정지되어 있던 파일을 재생시키자 외부의 소음이 완벽히 차단되었다.

"뭘 그렇게 열심히 들어?"

슬그머니 다가온 레슬리가 한쪽 이어폰을 잡아 빼 자신의 귀로 가져갔다.

"뭐야, 이거. 그냥 책 읽는 사람 목소리잖아. 이런 걸 대체 왜 들어? 혹시…… 이 여자가 그 여자?"

레슬리가 기가 막혀 하며 던진 질문에 체이스는 아무렇지 않게 고개를 끄덕였다. 안됐다는 듯 혀를 끌끌 찬 레슬리는 보폭을 넓혀 앞서 가는 엔지니어 무리와 합류하였다. 체이스는 싱긋거리며 이어폰을 다시 꽂았다.

수안이 녹음한 오디오 북을 구하고 싶다는 충동이 든 건 복지관을 두 번째로 찾게 된 날이었다. 낭독하는 수안을 지켜보노라니 저 목소리를 가지고 싶다는, 얼토당토않은 충동이 찾아왔다. 책 읽어 주는 이수안. 아름다운 목소리. 나른한 오후의 햇살이 지배하는 시간. 이 모든 것을, 나만의 것으로.

그 충동 앞에 굴복한 체이스는 조용히 녹음실을 빠져나가 낯이 익은 복지관의 직원을 찾아갔다. 오디오 북을 구입하는 건 그리 어렵지 않았다. 여자 친구를 향한 극진한 사랑에 감명한 직원은 CD로 된 오디오 북을 MP3 파일로 변환하여 주는 수고도 마다하지 않았다. 이 일을 수안에겐 비밀로 하는 은밀한 공모에도 기꺼이 응해 주었다.

—계속 그녀를 품에 안을 수 있도록 허락해 주세요.

수안이 낭독하는 소설은 이제 남자 주인공의 감정이 폭발하는 대목에 이르렀다. 소녀를 향한 사랑과 열망을 억누를 수 없었던 남자는 완고한 자신의 아버지를 찾아가 애걸한다. 무기력하고 나약하게 살아온 남자가 난생처음으로 용기를 내 드러내 보이는 마음의 속살. 수안은 언뜻 건조하게 느껴지는 어조로 그 대목을 읽었다. 그러나 목소리의 끝이 미세하게 떨리고 있다. 남자의 불안과 초조, 그럼에도 단념할 수 없는 사랑이 그로 인해 더욱 현실감 있게 전해진다.

저도 모르게 걸음이 늦추어졌다. 그리고 견딜 수 없이 수안이 그리워졌다. 문득 고개를 돌린 건 그래서였다. 그리고 그곳에 수안이 서 있었다. 드리우는 빗발 사이로 눈이 마주쳤다. 거짓말처럼.

산뜻한 빛깔의 레인코트와 자잘한 도트 무늬의 플레어스커트가 박히듯 눈에 들어왔다. 무채색의 풍경 속에서 수안은 홀로 선명하다.

체이스는 눈을 찡긋거리는 것으로 인사를 대신하였다. 수안은 앞서 가는 엔지니어들의 눈치를 살피고서야 미소로 화답해 주었다. 5미터 남짓의 간격이 가로놓여 있지만 수안의 미세한 표정 변화 하나까지도 또렷이 인지할 수 있었다.

머리, 예쁘다.

입술로만 벙긋거리며 체이스는 자신의 머리칼을 가리켜 보였다. 금세 그 몸짓의 뜻을 이해한 수안은 수줍게 눈을 가라뜨며 웃었다.

머뭇거리는 손 인사를 끝으로 수안은 멀어져 갔다. 체이스는 한숨 쉬며 오디오 북의 볼륨을 높였다.

—사랑은 아직도 죽고 싶을 만큼 열렬했고, 그것은 이젠 위로할 길 없는 희열이었다.

가는 비를 닮은 목소리로 수안이 속삭인다.

직원들이 줄지어 퇴근하고 나자 한밤의 탈의실은 깊은 적막에 잠겼다. 저녁을 기점으로 다시 굵어진 빗줄기가 창문을 두드리는 소리만이 텅 빈 공간을 음울하게 울렸다.

로커의 문을 잠근 수안은 휘청거리며 창가로 다가갔다. 혼돈 같은 어둠을 간신히 밝히고 있는 가로등의 불빛들이 어쩐지 애처롭다.

오후에 걸려 온 조모의 전화는 언제나처럼 명령조였다. 이번 주말에 올라오너라. 결혼 준비를 서둘러야지. 간략한 인사말을 꺼내기도 전에 쏟아진 그녀의 명령들이 수안의 말문을 막았다. 얼마간은 그 말들의 뜻을 이해하지 못해 멍하였다.

결혼 준비라니. 결정하지도 않은 결혼을, 어떻게.

결혼을 결정한 바 없다고, 간신히 목소리를 쥐어짜 내 말해 보아도 백 씨는 변함없이 완고했다. 이미 양가가 합의한 일이라는 말로 수안의 항변을 자르고 일방적으로 통화를 종료했다. 남은 건 뚜우뚜우, 처량 맞게 이어지는 기계음뿐. 그 소리를 들으며 한참을 서 있었다. 그러다 불쑥 웃음이 났다. 그간 꿈에 젖어 현실을 잠시 망각하였다. 이게 현실이다. 이수안이 발 딛고 서 있는 현실.

창문을 조금 열자 선득하고 습한 공기가 몰아닥쳤다. 수안은 창틀에 등을 기댄 채 휴대폰을 들었다. 서먹한 상대에게 전화를 걸기에는 늦은 시간이지만 지금은 그런 예의를 생각하고 싶지 않다.

—네. 수안 씨.

남자는 신호음이 울린 지 얼마 지나지 않아 전화를 받았다. 조금도 당황하지 않은 목소리다. 수안은 각오를 다지듯 힘주어 휴대폰을 움켜쥐었다.

"죄송합니다. 실례인 줄 알지만, 낮에는 좀처럼 통화가 되지 않아서요."

—괜찮습니다. 그렇지 않아도 연락을 드리려던 참이었으니까. 무슨 급한 용무라도 있으십니까?

"우리 결혼이 확정되었다는 거, 알고 계셨나요?"

—네. 알고 있습니다. 문제 될 게 있습니까?

남자는 오히려 뻔뻔하게 되물었다.

"저는 아직 대답하지 않았어요. 분명히 생각할 시간을 달라고 부탁드렸고, 그렇게 하겠다고 약속하셨잖아요."

—그 점이 불쾌하셨다면 사과드리죠. 하지만 전 수안 씨가 이미 결혼에 동의한 거라 생각했습니다. 정략결혼이라는 건 어차피 서로 조건을 맞추는 계약이고, 우리는 이미 그 합의를 이루었으니까요.

"어떻게 그런 확신을 하시는 거죠?"

—이 결혼보다 나은 대안이 수안 씨에게도 없을 테니까요. 그렇지 않습니까?

수안은 반박하지 못했다. 남자의 말은 틀리지 않다. 누구와 결혼하여도 상관없다는 자포자기의 심정으로 그 자리에 나간 건 사실이니까. 만약 체이스를 만나지 않았더라면 지금쯤 아무렇지 않게 이 결혼을 준비하고 있을 것이다.

—수안 씨를 조금 더 배려하지 못한 점은 분명 제 불찰입니다. 그 점은 다시 한 번 사과드리겠습니다.

"진욱 씨."

—통화를 길게 하기는 좀 어려운 상황인데, 이번 주말쯤에 한번 만나도록 하죠. 만나서 이야기합시다. 조만간 다시 연락드리죠.

남자는 서둘러 대화를 끝맺었다. 무어라 대꾸하기도 전에 전화는 끊어지고 귀 따가운 통화 종료 음이 둔탁한 빗소리와 뒤섞였다.

수안은 표정이 사라진 얼굴로 물끄러미 휴대폰 액정 화면을 응시했다. 이게 네 현실이라고 언제나처럼 자조하여 보았다. 그러나 전처럼 쉽게 수긍되지 않는다.

당신들은 언제나 당신들의 말만 쏟아 내. 내 말은 들어 보려고도 하지 않지. 내가, 이수안이 말을 할 줄 아는 사람이라는 걸 알고나 있을까.

다시 전화를 걸고 싶은 충동을 억누르며 수안은 습한 공기를 깊이 호흡하였다.

웃음이 나오지 않는다. 더 이상은.

리조트에서 벗어나자 밤길은 더욱 어둡고 스산해졌다. 채 몇 분 걸리지도 않는 퇴근길이 불현듯 막막하여 수안은 우뚝 멈추어 섰다. 쏟아지는 빗줄기와 그 빗줄기가 모여 이룬 내가 세차게 흐르는 소리만이 귓가에 왕왕거릴 뿐 어디에도 사람의 기척은 없다. 택시를 불렀어야 했다는 뒤늦은 후회가 밀려들었다. 그게 아니면 함평댁 아주머니께 마중을 좀 나와 달라고 부탁이라도 할걸.

아니. 그보다는 그가 보고 싶다. 당신만 있다면 나, 이렇게 막막하고 무섭지 않을 텐데. 다 괜찮을 텐데. 당신만 곁에 있으면.

차가워진 손으로 휴대폰을 꺼냈다. 그러나 선뜻 그의 번호를 누르지 못했다. 이 말도 안 되는 현실과, 이 진창 같은 현실에 빠져 버둥거리고 있는 이수안이란 여자를 어떤 말로 설명할 수 있을까.

수안은 결국 전화를 걸지 못했다. 불빛이 꺼진 휴대폰을 바라보자 바닥없는 서글픔이 찾아왔다.

어렵다.

사람도, 사랑도 알수록 어렵기만 해 어찌할 바를 모르겠다. 차라리 그를 알기 전이 나았던 것 같기도 하다. 가슴이 텅 비어 서걱거리기는 하여도 이런 혼란은 없었으니까. 그때는 그저……

북받쳐 오르는 눈물을 참기 위해 눈을 질끈 감았다. 그리고 다시 눈을 떴을 때, 수안은 하마터면 그 자리에 그대로 주저앉을 뻔하였다. 자동차의 경적 소리와 함께 두 줄기의 눈부신 빛이 어둠을 건너왔다. 한순간 눈이 멀어 버리게끔 하는 강렬한 빛이었다. 몇 초가 흐르고서야 수안은 그것이 헤드라이트의 불빛임을 알았다.

운전석의 문이 열리고 검정색 우산을 받쳐 든 남자가 내렸다. 체이스다. 시야를 흐리는 빗발 탓인지 성큼성큼 다가오는 그의 모습이 비현실적이다. 지척까지 다가온 그가 손을 잡을 때까지도 수안은 줄곧 멍한 상태였다.

"가자."

체이스는 수안을 자신의 우산 아래로 끌어당겼다. 수안은 얼떨결에 우산을 접고 그의 곁으로 다가갔다. 허리를 휘감아 안는 팔이 단단하고 뜨겁다.

수안을 에스코트하여 조수석에 앉힌 체이스는 손수 벨트까지 채워 주었다. 그의 체취와 뒤섞인 비의 내음에 한순간 가슴이 주저앉았다.

"어떻게……."

완결되지 못한 질문이 저절로 흘러나왔다.

"도무지 연락이 올 기미가 없어서 무작정 여기로 나와 기다렸지. 이수안이 나타나기를."

"연락이요?"

"그래. 연락."

"우리, 오늘 만나기로 약속했던 건가요?"

혹시 약속을 잊어버린 것인가. 수안의 얼굴에 당혹감이 떠올랐다.

"미련하긴. 약속이 없어도 오늘 같은 날은 당연히 연락을 해야지. 혼자 가기 무서우니 데려다 달라고."

손끝에 맺힌 빗방울을 튀기며 체이스가 웃었다.

그런가. 연인이란 본래 이런 날 당연히 연락을 해도 되는, 거리낄 것이 없는 사이인 건가. 그런 권리가 주어진 건가. 갖가지 의문이 얼기설기 뒤엉켰다.

잘 모르겠다. 당연함이 허락되는 사이란 어떤 것이며, 그 당연함의 범위는 또 어디까지인지. 하지만 그 당연함에 행복했다. 그 행복에 기대고 싶었다. 잠시라도.

"고마워요."

수안은 가만히 그의 오른쪽 어깨를 쓰다듬었다. 우산을 쓰고 있었음에도 한쪽 어깨가 흠뻑 젖어 버렸다. 조금 전, 자신이 그의 왼편에 서 있었음을 기억해 내자 손끝이 저릿해졌다.

체이스는 대수롭지 않아 하는 얼굴로 차를 출발시켰다. 집으로 가는 길과 반대되는 방향이다.

"어디로 가는 거예요?"

"드라이브 가자. 이대로 돌려보내면 내가 좀 억울하니까."

"드라이브요? 체이스, 남해는 밤이면 온통 캄캄해요. 오늘은 비까지 와서 아무것도 안 보일 텐데."

수안은 걱정스레 덧붙였다. 별 엉뚱한 소리를 다 듣겠다는 듯 체이스는 소리 내어 웃었다.

"역시, 이수안은 연애를 몰라도 너무 모르네."

"네?"

"드라이브를 어디 경치 보려고 하나."

"그럼요?"

"같이 있으려는 거지. 밀폐된 공간에, 이렇게 단둘이."

체이스는 진지한 얼굴로 능청거렸다. 머쓱해진 수안은 차창 밖으로 시선을 돌렸다. 어둠에 잠식당한 해안선이 음험하게 꿈틀대고 있다. 빗방울도 점점 더 굵어져 간다.

이런 날씨에 드라이브라니. 이렇게 말도 안 되는 짓도 즐겁게 저지를 수 있다니. 사랑. 소설에서도, 영화에서도, 유행가에서도 사랑, 사랑, 사랑. 만연한 그 사랑 타령을 이해할 수 있을 듯도 하였다. 이렇게 좋은 거니까. 아름다운 거니까.

"체이스."

그를 다시 눈에 담으며 용기를 내 입을 열었다. 말을 해야 할 것 같다. 모든 것을, 솔직하게. 하지만 어떻게 말할 수 있나. 실은 결혼을 염두에 둔 남자가 있었어요. 당신과 연애란 거 한번 해 보고 나서 그 남자와 결혼할 작정이었죠. 그런데 이제 그러고 싶지 않아요. 당신 곁에 있고 싶어요. 보내고 싶지 않아. 내 곁에 있어 줘요. 이토록 뻔뻔한 말을, 어떻게.

"뭐든 말해. 괜찮아."

체이스의 손이 수안의 손등을 다독였다. 짧은 순간이었지만 그 온기가 선명했다.

수안은 차창 밖을 보았다. 두 손을 무릎 위로 거두어 모았다. 가죽 시트 깊숙이 등을 기댔다. 눈을 감고 깊은 숨을 들이쉬었다. 그럼에도 삭이지 못한 말이 기포처럼 들끓는다.

"오늘 밤에는 쭉, 함께 있고 싶어요."

내뱉는 순간 후회한 말.

그러나 돌이키고 싶지 않은 말.

그 말의 잔향이 적막한 차내를 떠돌았다. 수안은 여전히 차창 밖만 보았다. 무릎 위로 거두어 모은 두 손이 차갑게 식었다. 가죽 시트 깊숙이 묻은 등이 허물어질 듯 떨렸다.

"취소해야겠다."

체이스가 허탈하게 말했다. 수안의 시선이 이끌리듯 체이스를 향했다.

"연애를 너무 모른다는 말, 취소."

설레설레 고개를 젓는 체이스의 얼굴에 희미한 미소가 떠올랐다. 수안은 서둘러 차창 너머로 시선을 돌렸다.

스쳐 지나가는 풍경의 속도가 빨라졌다.

샤워를 마친 수안은 민소매의 하얀 모슬린 원피스를 입었다. 어떤 장식이나 무늬도 없는 수수한 디자인이 수안의 청신한 이미지와 썩 잘 어울렸다.

소파의 팔걸이 쪽으로 비스듬히 몸을 기울여 앉은 체이스는 마음에 든 그림을 감상하듯 수안을 지켜보았다. 내딛는 걸음을 따라 무릎길이의 원피스 끝단이 흔들릴 때마다 오목한 뒷무릎이 보일 듯 말 듯 드러났다. 그곳에 키스할 때면 수안은 어김없이 억눌린 탄식을 흘렸다. 그 순간의 관능을 기억하는 오감이 예리하게 곤두섰다.

체이스의 미소와 한숨이 덩달아 깊어 가는 동안에 수안은 두 병의 탄산수를 들고 소파로 다가왔다. 당연한 듯 허리를 감싸자 스스럼없이 안겨 오는 작은 몸. 아직 희미하게 물기가 남은 목덜미에 얼굴을 묻자 따뜻한 살내가 풍겼다.

수안을 품에 안은 채로 체이스는 느긋이 사위를 둘러보았다. 장기 투숙을 예약한 호텔 룸에서는 이제 희미하게나마 생활의 흔적이 묻어난다. 수안이 가져다 놓은 옷가지. 몇 개의 화장품. 수안이 좋아하는 차와 비스킷.

문득, 이 여자가 있는 일상을 상상한다.

이수안의 취향과 이수안의 분위기가 깃든 공간. 이수안이 있는 삶. 나쁘지 않을 것 같다. 그런 생각을 하는 스스로가 황당하여 그는 짧게 실소했다.

"그리고 그이는 빗속으로 가 버렸지. 말 한마디 없이 나는 보지도 않고."

줄곧 침묵하던 수안이 갑작스럽게 입을 열었다. 극도로 차분한 음성이다. 체이스는 의아해하며 고개를 들었다. 수수께끼 같은 말을 꺼내 놓은 사람답지 않게 평온한 얼굴로 수안은 유리창에 부딪치는 빗방울의 흔적을 응시하고 있었다. 체이스는 더럭 힘을 주어 수안의 손을 잡았다. 그렇게 하지 않으면 수안을 놓쳐 버리기라도 할 듯이.

"시예요, 프랑스 시인이 쓴. 어째서인지 비만 오면 이 시가 떠올라. 비의 이미지가 너무 선명해서 그런가."

그를 안심시키듯 수안은 시선을 맞추고 웃어 주었다.

"슬픈 시인가 보네."

"어떤 연인이 아침 식사를 하고 있어요. 이미 식사가 끝난 조용한 식탁에서 남자가 후식으로 커피를 마시죠. 그리고 담배를 피우고, 재를 털고, 자리에서 일어나 모자를 쓰고. 마지막으로 비옷을 입고 남자는 떠나요, 빗속으로. 여자는 그런 남자를 그저 바라만 보고 있어요. 말 한마디 없이, 나는 보지도 않고 떠나가는 남자를. 그 담담하던 여자가 무너지는 구절을 떠올리면, 내 마음이 꼭, 저 빗방울들처럼, 그렇게 부서지는 것 같아."

"어떤 구절인데?"

"……그래, 나는 두 손에 얼굴을 묻고 울어 버렸지."

웃는 듯 우는 듯 수안의 표정은 불분명했다.

"사랑도, 이별도 모르는데도 이 시가 참 아팠어요. 그걸 알게 되면 더 선명하고 아프게 기억될까 봐 겁이 나. 그러니까 이렇게 비가 내리는 날에는 이별하지 말아야지, 절대."

처연하기까지 하였던 눈빛이 거짓말처럼 가벼워졌다. 못내 마음에 걸렸으나 체이스는 내색하지 않았다.

"체이스."

"응."

"갖고 싶은 거, 하나만 말해 줘요."

몸을 돌려 앉은 수안이 어깨를 쓰다듬었다.

"왜?"

"생각해 보니 당신한테 받은 건 참 많은데, 내가 해 준 건 없잖아요."

"이야. 선심 한번 크게 쓰려나 보네. 엄청 비싼 걸로 말해야겠다."

수안의 머리를 헝클어뜨리며 체이스는 장난스럽게 경탄했다. 그에 반하여 고개를 끄덕이는 수안의 얼굴은 진지했다.

"네. 비싸도 괜찮아요. 당신만큼은 아니지만 나도 돈이 없진 않으니까."

"수안아."

체이스의 얼굴에서 웃음이 가셨다. 꼭 부채를 정산하려는 듯이 구는 태도. 마음에 들지 않는다. 수안의 손목을 잡은 손에 힘이 들어가며 눈빛이 서늘해졌다. 그럴수록 수안은 절박해진다. 그까짓 선물 하나가 뭐라고.

너. 이수안. 이수안의 진심. 이수안의 사랑.

하고 싶은 말을 마른침과 함께 삼킨다.

수안을 뒤로하고 체이스는 유유히 응접실을 거닐었다. 다시 한번, 수안의 흔적을 눈길로 더듬는다. 윙 체어의 등받이에 걸쳐진 베이지색 카디건. 콘솔 위에 놓인 브러시. 진주 귀걸이. 바디 파우더. 그리고……

"이걸로 할게."

체이스는 모서리가 둥근 사각형의 향수병을 집어 들었다. 수안의 눈초리가 당혹감으로 찌푸려졌다.

"체이스, 그건……."

"알아. 네가 쓰는 향수. 이걸로 할래."

"장난하지 말구요."

"장난은 무슨. 난 이게 마음에 들어."

수안을 직시하며 체이스는 가볍게 펌프를 눌렀다. 분사된 향수가 공중으로 퍼지며 달콤하면서도 쌉싸름한 향기가 번졌다.

비에 젖은 흙과 무화과나무의 향기.

수안의 향기.

"다른 걸 말해 줘요. 내가 쓰던, 그런 물건 말고."

수안은 난처한 기색이었다. 일말의 주저도 없이 고개를 저은 체이스는 천천히 향수병을 내려놓았다. 결이 고운 목재와 유리가 부딪치는 소리가 차고 맑게 울렸다.

장맛비처럼 지루하게 이어지는 침묵.

깊고 골똘한 응시.

먼저 시선을 피한 쪽은 수안이었다. 그녀를 향해 체이스는 성큼 다가섰다.

"아니. 나는 꼭, 저걸 가질래."

그의 뜨거운 손이 수안의 턱을 감쌌다. 시선이 부딪쳤다.

"왜 이런 엉뚱한 고집을 부려요?"

수안의 눈초리가 가늘어졌다. 표정이 사라졌던 체이스의 얼굴에 심술궂은 미소가 떠올랐다.

"저게 마음에 드니까."

"어째서요?"

"네 향기, 흥분되거든."

언죽번죽, 잘도 뇌까렸다. 수안은 여전히 말이 없다.

체이스는 허리를 깊이 숙여 수안의 입술에 키스했다. 코끝이 스치고, 숨결이 섞이고, 각기 다른 이유로 뜨거워진 입술들이 서로의 한숨을 삼켰다.

하늘을 산산조각 내기라도 할 듯 장엄하게 천둥이 쳤다. 수안이 와락 그의 허리를 끌어안은 것은 그 순간이었다. 커다란 눈에 가득 들어찬 공포. 안심시키듯 등을 쓸어내리던 손으로 그는 어렵지 않게 수안을 안아 들었다.

마스터룸의 침대는 첫 번째 정사의 흔적으로 어지러웠다. 구겨진 시트 위에 수안을 눕힌 체이스는 갈급히 수안의 안으로 들어갔다.

흔들린다.

몸이, 마음이, 어쩌면 전 생애가.

체이스는 막막한 듯 수안을 보았다. 몸이 뜨거워질수록 체취도 짙어졌다. 닮은 몸 냄새. 그것을 감지하자 몸짓이 사나워졌다. 수안은 목을 젖히며 숨을 몰아쉬었다.

뒤엉키며 팽창되는 만족감과 욕망. 또다시 번쩍인 번개가 남긴 잔상이 어둠을 밝혔다. 그 빛을 받아 더욱 창백해진 수안의 두 다리가 그의 어깨 위에서 흔들렸다.

얼크러진 뇌성과 신음이 밤의 적막을 난자한다.

퇴근 시간의 서울 도심은 쏟아져 나온 차량들로 혼잡했다. 예정대로라면 벌써 연희동에 도착했을 시간이지만 두 자매를 태운 차는 여전히 정체된 도로 위에 갇혀 있다.

줄곧 서류 검토에만 열중하고 있던 정안은 갑갑증을 이기지 못해 고개를 들었다. 그것을 감지한 최 기사가 뒷좌석의 차창을 조금 내려 주었다. 정안은 백미러를 통해 눈인사를 전했다. 진심 어린 감사와 온정이 담겨 있던 눈길은, 그러나 곁에 앉은 수안에게 닿은 순간 놀랍도록 서늘하고 건조해졌다. 수안은 반대편 차창 밖을 가만히 내다보고 있었다. 딱히 무언가에 집중하고 있는 것은 아닌 멍한 상태. 비행기에서부터 수안은 줄곧 저런 모습이었다.

정안은 무심히 시선을 거두었다. 아마 결혼 때문일 것이다. 거부하는 법을 알지 못하는 아이이니 조모가 내민 혼처를 순순히 받아들이기야 하겠지만 공공연히 정부와 사생아를 둔 남자와의 결혼이 달가울 리 없다. 그러나 그건 최민혜의 딸 이수안의 인생. 자신이 관여할 일은 아니었다.

사직로를 벗어나자 체증이 한결 완화되었다. 속도를 높여 가는 차창 밖으로 고궁과 빌딩이 어우러진 도시의 풍경이 흘러갔다. 정안은 이만 차창을 올렸다. 다시 비가 내리기 시작했다. 점점이 흩뿌려진 빗방울이 시야를 가렸다.

어쨌든 저 아이에게는 잘된 일이다.

정안은 간명한 결론으로 복잡한 머릿속을 정리했다. 어차피 사랑 없는 결혼이다. 사생활이 깨끗하지 못하다는 점을 제외한다면, 사실 신진욱은 크게 흠잡을 곳이 없는 조건의 신랑감이다. 그와 결혼하여 어떤 마음고생을 한들 이 집안에서 받은 멸시와 홀대만큼 혹독하지는 않을 것이다.

하늘이 검기울어 갈 무렵 차는 연희동에 도착했다. 최 기사가 주차를 하는 동안 두 자매는 정원으로 들어섰다. 조경에 대한 백 씨의 유별난 관심 덕에 정원은 사시사철 아름다운 풍광을 자랑했다. 초여름인 지금은 진초록으로 여문 조경수의 잎사귀와 수국의 어울림이 한창이다.

하얀 포석이 놓인 길을 따라 정안은 평소보다 조금 너른 보폭으로 걸었다. 일정한 간격을 두고 뒤따르는 수안의 발걸음 소리가 빗소리 사이로 들려왔다.

"······언니."

안채와 이어지는 돌계단에 이르렀을 때였다. 남해에서 서울에 이르기까지 한마디 말도 않던 수안이 처음으로 입을 열었다.

정안은 천천히 돌아섰다. 수안은 계단 아래에서 가만히 그녀를 올려다보고 있었다. 하얀 우산 아래로 드러난 얼굴이 비에 씻긴 듯 맑다. 정안은 대답을 해야 한다는 것도 잊고 수안을 바라보았다.

이상한 기시감이 들었다. 언젠가, 지금과 꼭 닮은 순간이 존재하였던 것만 같은. 그리고 얼마 지나지 않아 정안은 뇌리의 한 기슭에 유폐되어 있던 기억을 찾아냈다.

스무 해쯤 전이었다. 늦은 하교를 하여 집으로 돌아온, 지금처럼 온 정원 가득 수국이 피어난 계절이었다. 돌계단의 중턱까지 올라왔을 즈음 정원에서 홀로 놀던 수안이 수국꽃 타래 사이로 빠끔히 얼굴을 내밀었다. 언니. 조금 전처럼 청신한 목소리로 그녀를 부르며.

봉은사에서의 그 난리가 있기 전. 이수안이 이정안에게, 무언가를 조심스럽게 기대하던 시절이었다. 그때의 수안은 이상하리만치 정안을 따랐다. 곁을 내어 주지 않는 언니의 곁을 강아지처럼 빙빙 맴돌며 한 조각의 마음이라도 얻어 보려 안간힘을 썼다.

유치원에서 돌아온 수안에게 가장 중요한 일과가 자신을 기다리는 것임을 정안은 알고 있었다. 그래서 더욱 화가 났다. 내 동생은 죽어 버렸는데 그 여자의 딸인 너는 살아 나를 기다리고 있어서. 죽은 동생이 네가 아니라서.

이제나저제나 언니가 돌아오기만을 기다렸을 수안을 외면한 채 정안은 돌아섰다. 할 말이 많은 얼굴을 하고 있었다는 건 잊기로 했다. 그런 건 어차피 중요하지 않았다. 중요할 수 없었다. 후원에 있던 조모가 달려와 수안을 잡아채는 소리가 들렸지만 돌아보지 않았다. 화단을 망쳐 놓았다는 이유로 수안이 호된 손찌검을 당해도, 울음을 터뜨려도 정안은 끝내 돌아보지 않았다. 조용히 방으로 가 옷을 갈아입고 아무렇지 않게 책을 펼쳐 공부를 했다. 그런 날들이었다.

"말해. 듣고 있으니까."

불쑥 튀어나온 냉담한 말에 정안은 흠칫 놀랐다. 무조건적 반사. 어째서인지 수안과의 대면은 늘 이런 식이다.

흔들리는 눈빛으로 정안을 보던 수안은 여전히 아무 말 없이 눈을 내리감았다. 양옆으로 늘어서 있는 푸른빛의 수국 사이에 오도카니 서 있는 수안은 가냘프고 청초했다. 누구라도 한 번쯤 꼭 안아 주고 싶을 모습. 수안을 낳은 그 여자도 꼭 저런 모습을 하고 있었다.

"아니에요."

눈을 뜬 수안이 희미하게 웃으며 얼버무렸다. 그 얼굴 어디에도 어린 시절의 그것과 같은 기대의 빛은 더 이상 담겨 있지 않다.

"아무것도 아니었어요."

그 말을 끝으로 수안은 눈을 가라떴다. 대화 같지 않았던 대화는 그렇게 종료. 정안도 이만 갈 길을 재촉했다.

수안은 여전히 멀지도 가깝지도 않은 간격을 유지하며 뒤를 따랐다. 무게감 없는 발걸음 소리는 추적거리는 빗소리와 하나로 뒤섞였다. 무의식적으로 발끝이 움찔거렸지만 정안은 돌아보지 않았다. 당당히 현관문을 열고 오직 자신만을 반기는 조모와 반가운 척 인사를 나누었다.

여전히, 그러한 날들의 연속이다.

강도 높은 클라이밍 훈련은 해가 저문 후에도 계속되었다. 이곳에서의 전지훈련이 막을 내리면 그 이후는 실전의 연속. 그런 만큼 선수들은 하나같이 진지하고 열성적이었다.

체이스는 가장 먼저 훈련을 끝마쳤다. 티셔츠가 땀으로 흥건했지만 지친 기색은 없었다. 기록을 측정한 코치는 밝은 얼굴로 다가와 차트를 보여 주었다. 최상의 컨디션을 증명하듯 기록이 눈에 띄게 향상되었다.

"끝내주는데?"

코치는 신이 나 소리쳤다.

"당연하지. 내가 누군데."

하네스를 벗은 체이스가 거드름을 피웠다. 능청스러운 미소가 떠오르자 땀에 젖은 얼굴이 더욱 환해졌다.

코치가 킥킥거리며 내뱉은 야유를 시작으로 곳곳에서 장난기 섞인 욕지거리와 웃음이 터져 나왔다. 체이스는 유들거리며 받아 넘겼다. 막 인공 암벽에서 내려온 바우맨의 엉덩이를 걷어차는 짓궂은 장난도 빼놓지 않았다.

한바탕의 유치한 법석으로 훈련장의 분위기가 전환되었다. 그것을 확인한 체이스는 느긋이 로커룸으로 향했다. 씻고 싶은 마음이 간절했지만 우선 휴대폰부터 들여다보았다. 아직 메시지를 확인하지 못한 것인지 수안에게서는 아무 연락이 없다.

바쁜 탓일 거라고, 아무렇지 않은 척 웃으면서도 휴대폰을 내려놓지 못했다. 공연히 통화 목록을 체크하고 수안의 번호를 눌렀다 지우기를 반복했다. 그러한 스스로의 집착을 부정하듯 체이스는 휴대폰을 로커 깊숙한 곳으로 내던졌다.

샤워를 해 비정상적인 열기를 식히자 무뎌졌던 균형 감각이 되살아났다. 그래. 일시적인 현상일 뿐이다. 괜찮을 거다.

체이스는 배스 타월을 허리에 두른 채 로커룸으로 되돌아갔다. 콧노래를 흥얼거리며 갈아입을 옷을 챙겼다. 웃음이 났다. 그래. 괜찮아. 이 정도면 꼴사나울 정도는 아니지. 그러나 퍼뜩 정신을 차려 보았을 때, 그의 손은 어느샌가 휴대폰을 움켜쥐고 있었다. 수안은 여전히 연락이 없다.

졌다. 이수안.

체이스는 굴복하듯 벤치에 주저앉아 통화 버튼을 눌렀다. 꼴은 우습게 되었으나 마음은 놀랍도록 편안해졌다. 체이스 와이즈는 확실히 이수안에게 집착하며 조바심 내고 있다. 그래서 뭐 어떻단 말인가. 사랑하는데. 사랑이란 이 우스운 감정의 핵심이 결국은 집착 아닌가.

신호음의 리듬을 따라 발끝을 까딱이며 끊임없이 수안을 생각했다. 네. 저예요. 수안은 항상 그런 식으로 전화를 받는다. 그 말을 들으면 묘한 안정감이 느껴졌다. 언제나 그 자리에서 나를 기다려 줄 존재를 가진 것처럼. 그러나 음성 사서함으로 연결된다는 안내 메시지가 신경을 긁을 뿐 고대하던 그 목소리는 끝내 들려오지 않는다.

체이스는 찌푸린 눈으로 휴대폰을 내려다보았다. 언니와 함께 서울 본가에 들를 것이라고 했다. 대수롭지 않은 일이라 해서 그도 대수롭지 않게 받아들였다. 하지만 지금은 글쎄, 잘 모르겠다. 리조트를 떠난 이후로 수안은 한 번도 연락을 해 오지 않았다. 전화는 물론 사소한 메시지 한 통도. 이것이 과연 대수롭지 않은 일일 수 있는가.

체이스는 차가운 벽에 벗은 등을 기댔다. 대부분의 경우 안달하며 먼저 연락을 하는 쪽은 자신이었다는 사실이 문득 떠올랐다. 그거야 문제 될 것이 없었다. 먼저 다가선 쪽이 더 안달하는 게 당연하니까. 대부분의 연애가 그러했다. 그러나 또한, 체이스는 알고 있다. 한쪽의 일방적인 구애로 시작된 연애라 할지라도 사랑하는 마음의 크기에 따라 관계의 구도는 얼마든지 변화하기 마련이다.

그렇다면 우리의 관계는?

자문하는 체이스의 눈썹이 슬며시 찌푸려졌다. 안달하는 쪽은 여전히 체이스 와이즈. 처음과 달라진 것이 없는 구도.

아니다. 아닐 것이다.

명백한 진실을 부인하듯 체이스는 서둘러 그럴싸한 근거들을 찾기 시작했다. 마주 설 때마다 붉게 달아오르던 뺨. 달콤한 미소. 미세한 떨림이 아름다운 목소리와 수줍음 섞인 한숨. 절정이 다가올 때면 힘껏 등을 휘감아 안는 몸짓. 사랑이어야만 하는, 사랑이 아닐 수 없는 것들.

너는 나를 사랑한다.

근거를 모으고 모아 쌓아 올린 모래성. 체이스는 승리의 깃발을 꽂듯 결론을 도출해 냈다. 일종의 아집이라는 것을 알지만 흡족했다. 이런 식의 아집은 한 번도 그를 배신하지 않았다. 그러니 앞으로도 그럴 것이다. 예외는 있을 수 없다. 비정상적으로 강한 자신감이야말로 나약과 초조의 발로라는 사실은 깨끗이 잊기로 했다.

옷을 갈아입고 돌아서자 훈련을 마친 동료들이 우르르 몰려 들어왔다. 치고받는 그들의 유치한 장난질에 체이스는 기꺼이 동참했다. 실컷 웃고 떠들었다. 이따금 끊어지는 화면처럼 드문드문 웃음이 사라지는 순간이 찾아오면 자신 있게 되뇌었다.

사랑한다 말할 것이다.

머지않아, 분명히.

네 식구가 한자리에 모인 건 지난 명절 이후 처음이었다. 두 딸의 결혼이라는 중대한 사안이 걸린 자리였지만 분위기는 서름했다. 하기 싫은 일을 미루듯 서로의 눈치를 살피는 피로한 탐색전은 늘 그러하였듯 백 씨로 인해 막을 내렸다.

"마음 같아서야 정안이 네 혼사를 먼저 치르고 싶다만, 영신 쪽에서 하루빨리 식을 올리자 닦달이니 그건 어려울 것 같다."

백 씨는 언짢은 투로 말했다. 줄곧 손끝만 내려다보고 있던 수안은 놀란 눈으로 정안을 보았다. 정안을 탐내는 집안이야 많지만 지금껏 한 번도 제대로 된 혼담이 오간 적은 없었다.

"괜찮아요. 그런 순서 같은 거, 저는 상관없습니다."

정안이 어깨를 반듯이 폈다.

"오냐. 네가 그리 생각한다니 다행이다. 날짜는 아마 수일 내로 잡힐 거다. 그쪽에서 조만간 아들 의사를 물어 자리를 마련하겠다 했으니."

"네."

"혼사야 어차피 집안끼리의 일인걸. 어른이 어른답게 못 박아 정하면 될 것을, 왜 이리 지지부진하게들 구는지."

짧게 혀를 찬 백 씨의 시선이 수안에게로 옮겨왔다. 정안을 볼 때에도 그다지 다정하지는 않았던 눈길은 수안에게 닿아선 서릿발처럼 냉엄해졌다.

"네 혼사는 올가을이 지나기 전에 치를 거니 그리 알고 있어라."

여든을 앞둔 노구임에도 백 씨의 안광은 형형하다. 그 눈을 마주하고 있는 것만으로도 등골이 서늘해지는 듯하여 수안은 작게 몸을 떨었다.

"조금만 더, 생각할 시간을 주세요."

주저 끝에 수안이 어렵사리 청했다. 그 나직한 말이 뿔뿔이 흩어져 있던 식구들의 시선을 한곳으로 끌어 모았다. 한시바삐 이 자리를 떠나고 싶어 좀이 쑤셔 하던 이 회장조차도 휘둥그레진 눈으로 막내딸을 바라보았다.

"생각?"

백 씨의 말끝이 날카롭게 올라갔다. 저런 말투를 잘 알고 있다. 그다지 깊지 못한 인내심이 기어이 바닥을 드러내는 소리. 어김없이 폭언과 매질을 동반하던 저 목소리를 어린 시절에는 경기하듯 두려워했다. 그리고 지금도 수안은 그녀가 두려웠다. 더 이상 힘없는 어린아이가 아니라는 것을, 그녀가 노쇠한 만큼 자신은 자라났다는 것을 알고 있음에도 여전히.

"결혼은 인륜지대사라 할 만큼 중요한 일이니까 조금 더, 여유를 가지고 숙고해 결정하겠습니다."

수안은 사력을 다하여 또박또박 말했다. 얼굴이 파랗게 질렸지만 목소리는 완벽히 침착했다.

"그래. 그러니까 영신 장남 정도로는 네 성에 차지 않기라도 한다는 거냐?"

"그런 뜻이 아니에요. 그게 아니라……."

"잔망스러운 것."

더 이상 들어 줄 수 없다는 듯 백 씨가 수안의 말을 잘랐다.

"내 이럴 줄 알았다. 그 어미에 그 딸이지. 겉으로는 네네, 쓸개 빠진 척하면서 뒤로는 앙큼한 수작질. 네 어미란 년도 꼭 그랬다. 그렇게 되어 먹지 않은 욕심을 부려 이 집안을 뒤집어 놨지."

"……할머니?"

"우리 집안 집어삼키려는 네 속을 모를 줄 알고? 그따위 허튼 욕심, 애초에 접어라. 내 두 눈 시퍼렇게 뜨고 있는 한은 절대 그 꼴을 봐 넘기지 않을 거니."

백 씨는 발을 구르며 고함쳤다. 지친 한숨을 내쉰 이 회장이 일어나 만류하여도 그녀의 악다구니는 멈추지 않았다. 뻔한 레퍼토리다. 어미의 죄를 낱낱이 읊고 그 어미의 몸을 빌려 태어난 자식의 원죄를 설파한 끝에 다다르는 못 박힌 결론. 너는 죄인이다. 죄인은 응당 죗값을 치러야 한다. 그러므로 네게는 나의 뜻을 거역할 권리가 없다.

"저도, 할머니 손녀잖아요."

수안이 차갑게 돌아서는 백 씨의 팔을 붙들었다. 무슨 말을 하고 있는지 스스로도 알지 못하는 사이에 입술이 움직였다.

"할머니가 미워하는 여자의 딸이지만, 그래도 저 아버지 딸이고 할머니 손녀이기도 하잖아요. 그리고 저요, 그런 거 아니에요. 나쁜 욕심 부리는 거 아니에요. 저는……."

"감히, 어디서 배운 버르장머리로 어른 앞을 막아서!"

백 씨의 벽력같은 일갈이 수안의 해명을 잘랐다. 겁에 질려 뒷걸음질 치면서도 수안은 백 씨의 팔을 놓지 않았다. 그 손을 거칠게 뿌리친 백 씨는 그 기세를 몰아 수안의 뺨을 올려붙였다. 피하거나 말려 볼 겨를도 없이 벌어진 일. 이 회장은 대경실색하여 노모를 붙들었다. 철저히 관조하던 정안도 반사적으로 자리에서 일어나 휘청거리는 수안을 부축했다. 뺨은 금세 빨갛게 부어올랐다. 그럼에도 조모를 놓지 않는 수안을 정안이 만류했다. 그동안 이 회장은 노모를 부축하여 안방으로 갔다. 남은 것은 켜켜이 쌓인 냉기뿐이다.

"다음에 해."

이만 수안의 팔을 놓아준 정안이 소리 죽여 말했다.

"지금 쫓아가 봐야 더 험한 꼴만 당할 거야. 그러니까 오늘은 그만해."

정안의 목소리는 건조했지만 적어도 차갑지 않았다. 그 사실 하나만으로도 퍼석하던 가슴에 물이 진다.

후들거리는 두 다리를 겨우 지탱하여 서 있던 수안은 더 이상 견디지 못하고 소파에 주저앉았다. 숨죽이고 난리를 지켜보던 가정부가 도둑 걸음으로 다가와 얼음주머니를 건네주었다. 수안은 그제야 뺨의 쓰라림을 자각했다. 울음 대신 웃음이 흘러나왔다.

"할머니 말처럼, 나 그런 욕심 부리려는 거 아니에요."

수안이 간신히 말을 꺼냈다. 잠시 눈길을 주었던 정안은 어떤 대꾸도 없이 돌아섰다. 층계를 오르는 정안의 발걸음 소리마저 사라져 버리자 너른 거실은 완벽한 침묵에 휩싸였다.

오래도록, 수안은 그 자리를 떠나지 못했다.

창문이 흔들리는 소리에 잠에서 깼다. 깜빡하고 닫지 않은 창문 틈으로 비바람이 들이닥치고 있었다. 창문 앞에 놓인 의자가 빗물로 흠뻑 젖었다. 정안은 느릿하게 침대를 빠져나왔다. 불을 켜고 창문을 닫는 사이에 잠기운은 깨끗이 달아났다. 억지로 다시 잠을 청하면 악몽을 꾸게 될 것 같은 예감이 드는 밤이다.

잠옷 위에 카디건을 걸쳐 입은 정안은 2층 끝에 마련되어 있는 바로 향했다. 독한 술을 단숨에 들이켜자 허루룩하던 가슴에 열기가 번졌다.

체이스. 그 남자.

두 번째 잔을 채우고 나니 문득 그의 얼굴이 떠올랐다. 충분히 매력적이며 유능한 남자지만 그 이상의 감흥은 없었다. 지금도 마찬가지다. 그 역시 다르지 않을 것이다. 비즈니스 관계로 몇 차례 대면하였던 그는 완벽히 세련된 매너를 갖추어 그녀를 대했지만 단지 그것이 전부였다.

이번에는 천천히 잔을 비웠다.

이미 혼담이 오가기라도 한 듯 김칫국을 마시는 조모가 정안은 우스웠다. 아무리 양자라 하여도 그 집안사람으로 받아들여 번듯하게 키워 낸 아들이다. 설마 그런 아들을 짐짝 치우듯 하기야 할까. 혹여 와이즈 부인이 그런 마음을 먹었다 한들, 체이스 와이즈는 순순히 그 장단에 따를 남자가 아니다.

정안은 자조하며 세 번째 잔을 채웠다.

그럼에도, 그것과 상관없이 그를 만날 것이다. 밑져야 본전. 만에 하나 운이 따르기라도 한다면 그보다 더한 행운도 없을 것이다.

"언니?"

막 잔을 들어 입술로 가져가는 찰나였다. 기척도 없이 수안이 나타났다. 한잠도 이루지 못한 얼굴이다. 정안은 고갯짓으로 옆자리를 가리켰다. 피로하다. 첨예한 신경전 같은 거, 지금은 벌이고 싶지 않다.

"신진욱. 조건 좋은 남자야."

술이 반쯤 남은 잔을 천천히 돌리며 정안이 먼저 말을 꺼냈다. 잔 속에 담긴 얼음이 맑은 소리를 내며 흔들렸다. 수안은 생수를 한 병 꺼내 와 정안이 가리킨 자리에 앉았다.

"알고 있어요."

"그런데 뭘 망설이니? 사생활 문제 때문에?"

"그 남자, 사랑하지 않아요. 앞으로 사랑할 수 있게 될 것 같지

도 않아요. 이런 마음으로, 쫓기듯이 결혼해도 되는 건지 확신이
서지 않아요."

"사랑? 넌 아버지의 그 잘난 사랑을 보고도 사랑 같은 걸 믿니?"

정안이 실소했다.

그 여자를 사랑한다고, 아버지는 자신에 차 말했다. 사랑 없는
결혼 따위 지속하여 무엇하겠느냐고. 이제 그만 놓아 달라고. 사
랑하는 여자와 살고 싶다고. 아이들을 생각해서라도 제발 돌아와
달라는 엄마의 애걸을 묵살하며, 그토록 잔인하게. 그 잘난 사랑
이 채 6년도 지속되지 못했다.

아버지의 사랑은 비열하고 하찮았다. 수안을 낳은 그 여자의
사랑은 악독하고 천박했다. 정안이 목도한 사랑이란 고작 그런
것이었다.

"사랑…… 그따위 것에 연연해 봤자 불행해지기밖에 더 하겠
니. 그보다는 차라리 눈에 보이고 손에 잡히는 것들을 믿어. 그
편이 나아."

"언니는 그렇게 믿어요?"

"그래. 그러니 레오니스가의 아드님 눈에 들게 아양을 좀 떨어
보라는, 할머니의 그 같잖은 요구도 기꺼이 받아들였겠지."

"언니가 만날 남자가 레슬리 와이즈였나요?"

수안의 눈이 커졌다.

"그럴 리가. 할머니가 아무리 안하무인이라도 설마 그 정도까
지야."

"그러면…….."

"체이스야. 레슬리 와이즈가 아니라 체이스 와이즈. 그쪽도 언

감생심 오르지 못할 나무에 가깝긴 하지만, 일단 최선을 다해 볼 가치는 충분하겠지. 태진의 사교 범위 내에선 그보다 더 괜찮은 조건을 가진 남자도 없을 테니까."

정안은 자조하며 남은 술을 마셨다. 빈 잔을 내려놓음과 동시에 수안이 만지작거리던 생수병이 바닥으로 곤두박질쳤다.

수안은 무춤거리며 자리에서 일어났다. 허둥거리며 마른행주를 가져와 엎질러진 물을 닦고 뚜껑을 잠근 생수병을 쓰레기통에 버렸다. 평소답지 않게 어딘지 산만한 모습이다.

"먼저, 들어갈게요."

멀거니 허공만 쳐다보고 있던 수안이 더듬더듬 말을 꺼냈다. 정안은 창밖의 풍경에 시선을 붙박아 둔 채로 고개를 끄덕였다.

다가올 때 그러했던 것처럼 수안은 기척 없이 물러갔다. 깊은 한숨을 내쉬며 정안은 또다시 술잔을 채웠다. 거세진 비바람에 조경수의 가지들이 격렬하게 흔들리고 있다.

NO-GO-ZONE

뾰족한 펜촉의 끝이 햇빛을 받아 빛났다. 그 반짝임에는 어딘지 서늘한 구석이 있었다. 마치, 그의 눈빛처럼.

수안은 막막한 얼굴로 만년필을 내려놓았다. 펼쳐진 다이어리는 여전히 백지. 무엇이든 써 보려 하였으나 끝내 아무 흔적도 남기지 못했다. 작은 점 하나조차도.

《어린 왕자》를 읽었을 때, 수안을 가장 마음 아프게 한 건 사막 여우와 어린 왕자가 나눈, 길들여짐에 관한 대화였다. 어린 왕자에게 길들여지고 결국은 홀로 남겨진 사막 여우가 가여웠다. 넘실거리는 밀밭을 보며 어린 왕자를 떠올릴 사막 여우를 생각하면 괜스레 어린 왕자가, 그가 사랑한 장미꽃이 미워져 수안은 더 이상 책장을 넘기지 못했다. 하여 수안이 아는 《어린 왕자》는 그 장면에서 멈추어 있다. 길들여 달라 애원하고, 길들여지고, 그리고 길들여진 채 남겨진 사막 여우.

"이 팀장님, 아직 퇴근 안 하셨네요?"

살가운 목소리로 사서가 말을 걸어왔다. 이만 만년필의 캡을 닫은 수안은 그녀를 향해 천천히 돌아섰다.

"해야죠. 읽을 책을 몇 권 골라 갈까 해서 들렀어요."

"그러시구나. 참, 이거 좀 드셔 보세요."

만면에 웃음을 띤 사서가 비닐에 싸인 작은 과자를 하나 내밀 었다.

"여기 마카롱을 한번 먹어 보고 싶다고 태훈 씨한테 지나가는 말로 그랬더니, 글쎄 서울 출장 다녀오는 길에 두 상자나 사 왔더 라고요. 이 단걸 어떻게 다 먹으라고."

한숨을 푹푹 쉬어 가며 그녀는 수선스레 재잘거렸다. 남자 친 구 자랑을 하고 싶어 하는 어린 아가씨의 마음이 귀여워 수안은 부드러운 미소를 지었다. 영업부 직원과 사내 연애를 시작하였다 더니 얼굴이 봄꽃처럼 피었다.

"태훈 씨 참 자상한 남자네요. 이런 것도 세심히 챙겨 주고. 두 사람 정말 보기 좋아요."

"에이. 뭘요. 열 번 말하면 한 번 들어줄까 말까인데."

손사래를 치면서도 그녀는 기쁜 기색을 감추지 못했다.

도서관의 문이 열리는 소리가 들리자 사서는 재빨리 데스크로 돌아갔다. 수안은 다시 창문을 마주하고 섰다. 뜬금없이 언젠가 지영이 건넸던 말이 떠올랐다. 요즘 얼굴이 좋아지셨어요. 반짝 반짝 예뻐요.

그때, 나 역시 저토록 예뻐 보였던 것일까.

그렇다면 그건 사랑이었을까.

번민하는 스스로를 비웃으며 수안은 라운지체어에 놓아둔 가방을 열었다. 만년필과 마카롱을 챙겨 넣고 새틴 리본으로 장식된 핀을 꺼내 머리를 묶었다.

정안과 체이스의 만남이 혼담으로 이어질 가망성은 제로에 가깝다는 것을 알고 있다. 언뜻 방만해 보이지만 실은 누구보다 스스로에게 엄격하고 반듯한 남자다. 잠깐의 일탈에 불과하였다 할지라도 자신과 접점을 가진 여자. 그런 여자의 언니와 얽히는 선택을 할 리 없다.

하지만, 그와 상관없이, 이쯤에서 멈추고 싶다.

선물처럼 주어진 휴식으로 기억하고 싶은 시간이었다. 충분히 설레고, 즐겁고, 행복하였던. 그 기억의 끝을 타인들의 오해와 추문으로 더럽히고 싶지 않다. 어차피 끝이 정해진 인연이라면 여기서 안녕. 살아가는 어느 날엔가 떠올릴 추억만큼은 아름다울 수 있도록.

손수건으로 감싼 만년필을 핸드백 깊숙한 곳에 챙겨 넣고 수안은 도서관을 나섰다. 막 별관의 입구를 빠져나올 무렵에 휴대폰이 울렸다. 그였다.

준비는 완벽했다. 오픈된 주방에서는 맛있는 냄새가 풍기기 시작하였고 세팅을 마친 홀에는 수안과 함께 즐겨 듣던 음악이 흘렀다. 블랙 진의 주머니에 느슨히 양손을 걸친 체이스는 여유로운 걸음으로 홀을 거닐었다. 하늘을 뒤덮고 있던 구름이 걷히며 햇살이 흘러 들어왔다.

무엇 하나, 완벽하지 않은 것이 없는 날이다.

테라스에 세팅된 테이블까지 꼼꼼히 체크한 체이스는 서둘러 주차장으로 나갔다. 막 도착한 택시에서 수안이 내리고 있었다. 오늘도 어김없이, 수안은 아름답다.

"먼저 와 있었네요."

그를 발견한 수안이 어색하게 웃었다. 체이스는 마주 웃으며 다가가 그녀의 허리를 안았다.

"……이게 어떻게 된 거예요?"

잠자코 따르던 수안이 카페의 입구에서 주춤거리다 멈추어 섰다. 참아 왔던 뿌듯한 미소를 지으며 체이스는 대기 중인 웨이터에게 눈짓을 보냈다. 고개를 끄덕여 보인 그는 서둘러 주방을 향해 갔다.

"설마 여길 빌린 거예요?"

"응. 특별한 날이니까. 특별한 장소에서, 단둘이 재미있게 놀아 보려고."

"그게 무슨 소리예요?"

"이보세요, 이수안 씨. 오늘이 본인 생일이란 것도 모르셨습니까?"

놀랍게도 수안은 여전히 영문을 몰라 하는 표정이다. 체이스는 고개를 기울여 수안과 시선을 맞추었다. 헛웃음과 함께 부드러운 한숨이 흘러나왔다.

"뭐야. 정말 몰랐나 보네. 재미없다, 이수안. 어떻게 자기 생일도 잊어버릴 수 있어?"

두 손을 뻗어 수안의 얼굴을 감쌌다. 불이 꺼진 유리창처럼 수안의 눈동자는 깊고 막막하다.

일순 침묵에 휩싸인 두 사람 위로 폭죽이 터졌다. 생일 축하합니다. 웨이터들의 떠들썩한 환호성과 함께 폭죽이 뿜어 낸 화려한 빛깔의 종이꽃 가루가 휘날렸다. 뒤이어 케이크를 든 웨이터가 다가왔다.

체이스는 짐짓 유쾌한 웃음을 지으며 트레이를 건네받았다. 머리와 어깨 위로 내려앉은 종이꽃을 떼어 낼 생각도 하지 못하는 채로 수안은 멍하니 그만 바라보았다. 여전히 길을 잃은 아이 같은 눈동자. 예상과는 다른 반응이지만 나쁘지 않다. 어느 쪽이든 수안은 넘치도록 사랑스럽고, 그런 수안을 보는 마음은 이토록 애틋하니.

"생일 축하해."

두 손으로 받쳐 든 케이크를 사이에 두고 수안과 마주 섰다. 주홍빛의 촛불이 잔바람에 흔들렸다.

"축하해, 수안아."

체이스의 속삭임이 잔물결과 같은 파동으로 번졌다. 촛불을 끄는 대신 수안은 지그시 눈을 감았다. 붉어진 눈시울 끝에 묻어 있던 한 이파리의 종이꽃이 팔락, 나부꼈다.

생일에 관한 기억은 흑백으로 된 무성영화의 한 장면처럼 정적이고 단조롭다. 살얼음판 위를 걷는 듯 조마조마하여 평소보다 더욱 숨을 죽이고 몸을 사리게 되던 날. 생일 선물이란 명목으로 통장에 이체되던, 지나치게 많은 액수의 용돈을 제외한다면 생일을 연상시키는 건 아무것도 없었다. 그 흔한 미역국 한 그릇조차. 하여 수안이 기억하는 생일은 항상 고요하고 스산했다. 어느 순간부터인가는 수안조차 자신의 생일을 잊었다. 올해도 분명 그러했을 것이다. 멋대로 일상을 휘젓고 있는 저 남자가 아니었다면.

수안은 여전히 혼란한 눈길로 체이스를 보았다. 눈이 마주치자 체이스의 미소가 더욱 환해졌다. 눈시울이 완만하게 휘어지며 길고 촘촘한 속눈썹의 그늘이 짙어지는, 그 마법 같은 찰나를 수안은 기억한다. 이 남자 체이스 와이즈가 세상에서 가장 다정한 남자의 얼굴을 하는 순간. 무심결에 기억하게 된, 사소하여 더욱 사무치는 습관들.

"생일이라는 거. 어떻게 알았어요?"

"그거야, 마음만 먹으면 얼마든지 알아낼 수 있지."

"이것도…… 직접 만든 거예요?"

수안의 시선이 테이블 한가운데 놓여 있는 케이크를 향했다. 얇은 팬케이크를 겹겹이 쌓아 올려 만든 생일 케이크는 한쪽 끝이 뭉개지고 생크림이 흘러내렸다. 장식으로 올린 과일들도 배열이 뒤죽박죽. 도저히 돈을 받고 팔 수 있을 법해 보이지는 않는 모양새다.

"마무리가 좀 아쉽긴 하지만, 그래도 봐 줄 만하지?"

"정말 당신이 만든 거예요?"

믿기지 않아 되물은 말에 체이스는 의기양양하게 고개를 끄덕였다.

"선물이야. 네 말처럼, 돈이 없지는 않아서 원하는 물건이야 얼마든지 가질 수 있었을 이수안이, 대체 어떤 선물에 감동할까 장장 일주일을 고민한 끝에 떠올린 선물. 그러니 감동하지 않으면 좀 슬퍼지긴 할 거 같네."

물 잔의 가장자리를 매만지던 손으로 체이스는 턱을 괴었다. 검지와 엄지를 감싼 살색 밴드를 수안은 망연히 바라보았다. 눈이 시렸다.

"수안아?"

체이스의 얼굴에서 유들유들하던 웃음이 사라졌다.

수안은 화장실을 핑계로 자리에서 일어섰다. 잰걸음으로 홀을 가로질러 가 여자 화장실의 문을 걸어 잠그자 완벽한 정적이 찾아왔다.

저도 모르게 레이첼 포면을 떠올렸다. 그녀를 사랑할 때도 그는 이토록 근사하고 다정한 남자였을 테지. 그런데 왜 두 사람은 헤어졌을까. 사랑에도 분명 끝이 존재하는 것일까. 그렇다면 우리가 나누고 있는 이 감정도 언젠가는 빛이 바래 소멸하게 되는 것일까. 이 연애의 유효 기간이 다하면 그땐 우리, 레이첼과 당신이 그랬듯이, 그토록 쿨하고 산뜻한 관계로 되돌아가는 것일까.

수안은 비척거리며 세면대로 다가가 차가운 물을 틀었다. 그와 동시에 울음 섞인 웃음이 흘러나왔다.

그날, 레이첼과 체이스의 조우를 떠올린다. 레이첼을 지우고 그 자리에 이수안을 놓는다. 다른 여자의 연인이 된 체이스 와이즈에게 이수안이 은근한 유혹을 담은 인사를 건네고, 체이스 와이즈는 가볍게 거절하고, 이수안은 대수롭지 않게 수긍하고. 그렇게 끝. 친근하지도, 그렇다고 서먹하지도 않은 인사를 끝으로 그들은 스쳐 지나간다. 신파적인 눈물도, 미련도 없는 담백한 결말. 그런 해후.

거울 속 자신을 바라보며 수안은 고개를 저었다.

할 수 없다.

이수안은 레이첼 포먼처럼, 체이스 와이즈가 한때 사랑하였고 이제 더 이상 사랑하지 않게 된 다른 여자들처럼, 그렇게 쿨하고 산뜻하게 이별할 수 없다.

그런 주제에, 대체 무슨 짓을 벌인 거니.

수안은 허물어지듯 차가운 바닥에 주저앉았다. 뜨거운 눈물이 손등을 적신다.

수안의 포크질은 느리지만 규칙적으로 이어졌다. 포크 가득 케이크를 뜨고, 삼키고, 숨을 깊이 들이쉬고, 또다시 포크 가득 케이크를 뜨는 식. 그렇게 케이크가 줄어들어 갈수록 체이스의 입가에 머물던 만족의 미소는 흐려졌다.

"그만."

자리에서 일어선 체이스가 수안의 손목을 잡았다. 수안이 놓친 포크가 접시 위로 떨어지며 쨍한 소리를 냈다.

"그만 먹어도 돼, 수안아."

체이스는 허리를 깊이 숙여 수안의 입술 가장자리에 묻은 생크림을 닦아 주었다. 눈이 마주치자 싱긋, 수안이 웃었다.

"아니에요. 먹을래요."

"그러다 체해."

"괜찮아요."

"수안아."

"나한테 준 선물이잖아요. 이제 내 거니까, 내 마음대로 할래."

"그렇다고 억지로 다 먹을 필요까지야."

"억지 아니에요. 맛있어. 맛있어서 먹는 거예요, 나."

수안의 엉뚱한 고집에 잠시 아연해 있던 체이스는 결국 움켜쥐고 있던 손목을 놓아주었다. 그를 안심시키듯 환한 미소를 보낸 수안은 곧장 케이크 접시로 손을 뻗었다.

체이스는 염려 섞인 눈길로 수안을 지켜보았다. 그가 아는 이 수안은 몹시도 입이 짧은 여자였다. 특별히 음식을 가리지는 않지만 특별히 좋아하는 음식도 없는, 새 모이만큼도 먹지 않는 듯해 걱정스러울 정도의. 그런 여자의 식탐이라. 아니. 식탐이라 칭하기도 무엇하다. 지금 수안에게선 느껴지는 건 탐욕이 아닌 비감이니까. 그로서는 짐작해 볼 길이 없는 감정. 그래서 끝내 수안을 만류하지 못했다.

바다의 일몰이 시작될 즈음이 되자 케이크 트레이가 깨끗이 비워졌다. 체이스는 조용히 티 포트를 들어 차를 따랐다. 이마에 맺힌 식은땀을 손등으로 훔쳐 낸 수안은 핏기가 가셔 창백한 손으로 찻잔을 감싸 쥐었다. 아직 따뜻한 차에서 피어오른 김이 코발트색으로 물들어 가는 허공으로 번졌다.

"고마워요."

떨리는 목소리로 수안이 말했다.

"이런 선물 처음이에요. 아마 평생, 잊지 못할 거야."

목소리의 떨림은 커졌지만 수안의 표정은 완벽히 평안하다. 체이스는 막막해져 말을 잇지 못했다. 어째서인지 눈물이 날 것 같았다.

여자의 취향, 성향, 그리고 기념일. 그러한 것들을 면밀히 파악하는 건 성공적인 연애를 위한 초석이다. 한 번도 그 일을 소홀히한 적 없었고 수안을 대함에 있어서도 마찬가지였다. 이 여자와 완벽히 만족스러운 연애를 하고 싶었고, 그를 위해 최선을 다하고 있다. 그런데 어째서인지 노력하면 할수록 말도 안 되는 가책이 느껴졌다. 습관화한 기술로 이 여자를 대하고 있음이, 재미있는 놀이쯤으로 여기며 이 여자와의 연애를 시작하였음이, 한때는 백전백승의 전략이라 자부하였던 자신의 모든 요령들이 이 여자, 이수안 앞에서는 한없이 면구스럽고 미안해졌다.

대체 어떤 말이, 이 마음을 담아 낼 수 있나.

말하지 않아도 알아주기를 바라는 미련퉁이들을 그는 철저히 비웃어 왔다. 아무리 간곡한 진심이라도 말로 꺼내 놓지 못한다면 한낱 거짓보다 하찮다. 그런데도 입을 꾹 다물고 꽁꽁 숨겨 놓은 진심을 상대가 간파하여 주기를 바라는 건 멍청하다 못해 이기적인 짓이다. 해서 체이스는 말로 표현하지 못하는 진심보다는 차라리 그럴싸한 감언이설의 효험을 믿었다. 그러나 지금은 그 미련퉁이들의 마음을 알 것 같다.

모르겠다.

가슴이 이렇게 터질 듯이 부푸는데, 네가 너무 예뻐서, 네게 미안해서, 네게 사랑받고 싶어서, 네게 특별한 사람이고 싶어서, 이토록 무질서하고 비합리적인 감정들로 가슴이 들끓는데. 그런데 어째서 나의 진심이 너의 마음에 닿을 길은 이토록 요원하기만 할까. 간절하면 할수록, 점점 더.

유려한 고백과 약속의 말을 찾는 대신 체이스는 수안의 눈시울에 길게 입 맞추었다. 새순처럼 여린 살결에서 희미한 소금기가 느껴졌다.

어디까지 가 볼 작정이냐고, 아득하게 자문한다. 해답은 이미 정해져 있는 듯도, 영영 찾을 수 없을 듯도 하였다.

"내년 이맘때면 당신은 바다 위에 있겠죠?"

한 곡의 음악이 그치고 다른 한 곡의 음악이 시작되기까지의 시간. 그 짧은 정적이 수안의 물음으로 채워졌다. 보랏빛의 어둠이 내린 바다 저편에서 등대의 불빛이 깜빡였다.

"아마도. 그때쯤이면 레이스의 막바지겠지. 프랑스에서 스웨덴으로 향하는."

다정한 대답과 함께 등 뒤로 다가오는 체이스의 기척이 느껴졌다. 등을 감싸 안는 그의 품속에서 수안은 잠시 눈을 감았다. 정수리에 그의 턱 끝이 닿았다. 서늘한 손 위로 그의 뜨거운 손이 포개졌다.

따스했다. 목소리, 숨결, 체온. 그의 모든 것이.

남해와 대서양. 그 아득한 거리가 수안은 더럭 슬퍼졌다. 일 년 후면 당신과 나 사이의 거리도 그토록 멀어져 있겠지. 당연하게 받아들일 수 있을 줄 알았는데 아니었다. 그가 없던 삶이 기억나지 않는다. 두 달 남짓의 시간이 이십칠 년의 지난한 시간을 압도하였다.

다음 곡이 재생되었다. 저 별들을 좀 봐요. 모두 당신을 위해 빛나고 있죠. 달콤한 노랫말을 흥얼거리며 체이스는 수안을 안은 팔에 힘을 실었다. 자꾸만 흐려지는 눈을 깜빡이며 수안은 천천히 전망대의 전경을 살폈다.

2층 외벽에 설치된 옥외 계단을 따라 올라오면 나타나는 카페의 옥상 정원에는 바다를 조망할 수 있는 전망대가 마련되어 있었다. 만개한 이팝나무의 꽃이 바람을 따라, 한여름의 눈처럼 흩날렸다. 아름다운 노래. 아름다운 풍경. 세상이 아름다운 만큼 마음은 서글퍼진다.

"나는요, 생일이 참 싫었어요."

가늘고 메마른 목소리로 수안이 말을 꺼냈다.

"내가 이 세상에 태어났다는 사실이, 한 해 또 한 해 내가 살아온 시간이, 과연 요란한 축하를 받을 만한 가치가 있는 일인지 모르겠어서. 그런 건 생각하면 할수록 괴로워지기만 할 뿐인데, 그런데 생일은 자꾸 그런 걸 생각하게 만드니까 싫었어요. 생일 같은 거, 차라리 없었으면 좋겠다 싶었어."

수안이 돌아섰다. 바다 위로 내리는 어둠처럼 수안의 눈동자는 맑고 깊었다.

"그래서 사실은 나, 아직 실감이 잘 나지 않아요. 이래도 되는 걸까 조금은 두렵기도 하고."

"그렇게 안 봤는데 이수안 참 어지간히도 멍청한 사람이구나."

잠자코 있던 체이스가 돌연히 냉담한 말을 꺼냈다. 음악이 그치자 파도의 소리가 높아졌다.

"그게 사람이든 물건이든, 가치라는 건 결국 남의 잣대로 매겨지는 거잖아. 스스로 정할 수는 없는 거. 그래서 참 냉정한 거."

체이스의 손이 수안의 얼굴을 단단히 감쌌다. 시선을 피하지 못하도록. 오직 그만 바라보도록.

"세상에 내 가치가 얼마쯤이라고 스스로 정할 수 있는 사람은 아무도 없어. 되도록 높은 가치가 매겨지도록 노력하는 거. 그게 최선이지. 그러니까 수안아, 할 수 있는 최선을 다했다면 그 이상의 것들은 그저 흐르는 대로 놓아둬. 나를 재고 따지기 위해 세상이 휘두르는 칼날에 베인 상처만으로도 너무 아픈 게 인생인데, 너까지, 너 자신을 그렇게 난도질하지는 마. 그런 삶, 너무 힘들잖아."

체이스의 눈빛에 온기가 감돌았다. 완연한 어둠이 땅거미마저 삼킨 여름의 밤. 보름달이 떠오른 하늘에서부터 온화한 바람이 불어왔다.

"견디기 힘든 것들은 더러 잊기도 하고 합리화하기도 하면서 그렇게 살아. 그게 꼭 비겁한 것만은 아니거든. 그 두 가지 능력이 없었더라면 인간이란 종은 진작 멸종돼 버렸을걸. 생각해 봐. 모든 과오를 기억하고, 그걸 잣대 삼아 스스로를 평가하고. 그런 삶을 견뎌 낼 수 있을 만큼 강한 인간이 얼마나 되겠어? 그러니까 망각과 자기 합리화라는 건, 어쩌면 잔인한 생을 어떻게든 견뎌 보라며 신이 인간에게 베풀어 준 최소한의 자비인지도 모르지. 다들 그 자비 뒤에 몸을 숨기고 살아가고 있고. 그러니까 너도 그렇게 살아. 그래도 돼. 나쁜 거 아니야."

체이스의 입가에 웃음이 떠올랐다. 무언가를 필사적으로 찾아내기라도 하듯 골똘히 그를 살피던 수안은 느릿하게 눈을 내리감았다. 커다란 눈동자 가득 투명하게 차올랐던 눈물이 자잘한 조각들로 부서져 흘러내렸다.

"그리고 수안아, 나한테 넌 이 세상에 태어난 걸 축복받아 마땅한 사람이야. 얼마든지 그럴 가치가 있는 사람."

"……그럴까요?"

"응. 믿어도 돼."

"정말?"

"정말. 새끼손가락이라도 걸까?"

체이스의 진지한 농담에 수안은 그만 눈물이 그렁한 채로 웃어 버렸다. 턱 끝에 맺혀 있던 눈물의 조각들이 후드득 떨어져 앞섶을 적셨다. 마주 웃은 체이스는 고개를 깊이 숙여 수안의 턱 끝에 입 맞추었다. 그리고 느릿느릿 눈물의 흔적을 거슬러 올라갔다. 뺨으로, 콧잔등으로, 눈시울로. 눈물을 핥으며.

"……행복한 것 같아요."

수안이 고요히 속삭였다. 뜨거운 눈물이 흘러나와 눈시울에 머무르고 있는 체이스의 입술을 적셨다.

"나, 지금 참, 행복한 것 같아. 그런 것 같아요."

목소리의 떨림이 증폭되었다. 체이스의 셔츠 끝을 움켜쥔 손의 떨림도 더는 숨길 수 없을 만큼 커졌다. 그것을 감추듯 수안은 체이스의 품속 깊이 얼굴을 묻었다. 익숙한 향기가 났다. 그가 기어이 고집을 부려 가져간 자신의 향수. 바로 그 향기.

어떡해요, 나.

시선을 들어 하늘을 보았다. 잠시 멈추었던 눈물이 다시 흐르기 시작했다. 마음이 간절해졌다. 믿지도 않는 신에게 고해라도, 기도라도, 아니, 애걸이라도 하고 싶은 심정이다.

이 남자, 보내고 싶지 않습니다.

보낼 수 없을 것 같아요.

"데리고 가면 어떨까 해."

드레스룸의 문을 열며 체이스는 태평하게 대꾸했다. 마치 점심 메뉴를 결정하듯 가볍고 심상한 어조. 레슬리는 황당한 표정을 지었지만 체이스는 개의치 않았다.

별다른 고민 없이 검정색 셔츠를 골라 입은 체이스는 느릿한 동작으로 콘솔의 서랍을 열었다. 흐트러짐 없이 정렬된 손목시계들이 조명등의 불빛을 받아 반짝였다.

"장난하지 말고. 진지하게 묻는 거니까 진지하게 좀 대답해 봐."

쿵쾅거리며 다가온 레슬리가 재우쳐 물었다. 머리에 까치집을 지은 푸석한 모습과 달리 표정은 자못 심각하다.

"이만하면 충분히 진지하게 대답한 것 같은데."

체이스는 피식거리며 맨 앞줄의 끝에 놓인 오토매틱 시계를 집어 들었다. 소매 깃과 대조를 이룬 은빛 메탈의 광휘가 눈을 찌른다.

"체이스."

"진심이야. 데려가고 싶어, 미국으로."

"그렇게 쉽게 결정할 일이 아니잖아."

"쉽지 않을 것도 없지."

체이스가 돌아섰다. 능청거리며 웃는 얼굴이지만 목소리는 한 음조 낮아졌다. 그것을 감지한 듯 레슬리는 더 이상 따져 묻지 않았다. 물끄러미 바라보는 그의 눈빛에는 의구심과 염려가 공존하고 있었다.

안심시키듯 레슬리의 어깨를 두드려 주고 체이스는 1층으로 내려갔다. 발코니로 통하는 문을 열자 후텁지근한 비바람이 불어닥쳤다. 기분 좋은 햇빛의 내음을 머금고 있던 셔츠가 금세 눅눅해졌다.

체이스는 느슨히 팔짱을 낀 자세로 문설주에 기대섰다. 비 내리는 산책로 저편으로 곧 수안이 모습을 나타낼 것이다. 보지 않아도 훤히 그릴 수 있다. 수안의 걸음걸이, 수안의 미소, 수안의 뺨에 번질 홍조까지. 얼빠진 놈이라 자조하면서도 끝내 산책로의 끝에서 시선을 떼지 못했다.

어디까지 가 볼 작정이냐는 자문이 더는 혼란스럽지 않다. 수안의 생일. 행복한 것 같다 속삭이는 수안을 바라보던 순간부터였다. 어떤 주저나 두려움도 없이, 온전한 행복 속에서 미소 짓는 이수안이 보고 싶었다. 그 행복의 순간에 자신도 함께이기를 갈망하였다.

행복하게 해 주고 싶었다.

체이스 와이즈가, 이수안을.

지나치게 성급하며 무모한 결정이라는 것을 알지만, 그 결정이 의미하는 바가 그저 연애에만 국한되지 않으리라는 것을 알고 있지만 문제 될 것은 아무것도 없다.

그 순간의 결심을 되새기자 신기하도록 마음이 편해졌다. 미국에서 수년간 공부하였다니 수안은 어렵지 않게 그곳 생활에 적응할 것이다. 호텔리어로 계속 일하든 다른 공부를 해 보든, 수안이 원하는 것이라면 무엇이든 들어줄 수 있다. 원한다면 약혼을 하는 것도 나쁘지 않겠다. 그래. 그편이 좋겠다. 수안에게도, 그녀의 가족에게도. 평범하지 않은 수안이 집안이 다소 걸리기는 하여도 깊은 고민거리는 되지 못했다. 태진이 제 아무리 내실 있는 기업이라 하여도 레오니스와의 비즈니스에서는 약자의 위치. 철저한 비즈니스맨인 수안의 아버지가 그 사실을 모를 리 없다. 그것으로 협상은 끝.

체이스 와이즈는 이수안을 얻는다.

이수안은 체이스 와이즈 곁에서 행복해진다.

간지러운 한숨을 내쉬며 체이스는 시간을 확인했다. 10시가 갓 지난 시간. 공연히 조바심이 나 휴대폰을 꺼내 들자 기다렸다는 듯 벨이 울렸다. 발신자는 수안이 아니었으나 체이스는 기꺼이 반색하며 전화를 받았다.

"오랜만이에요, 어머니."

남자의 방문은 갑작스러웠다. 지금 막 리조트에 도착하였으니 만나서 이야기를 나누자, 정중한 어조로 건네는 그 강압적인 말에 수안은 수분간 허공만 바라보았다. 겨우 정신을 차린 후에도 연신 손이 떨려 옷을 갈아입기까지 평소의 갑절은 될 시간이 소요되었다.

결혼에 대한 확답을 주지 않는 수안에게 그는 수차례 연락을 취하였고, 수안은 시간이 필요하다는 대답으로 일관하였다. 이런 식으로, 그가 이곳까지 불쑥 찾아오리라는 예상은 전혀 하지 못했다.

"팀장님, 오늘은 일찍 퇴근하시네요."

후들거리는 다리로 탈의실을 나서자 오전 근무를 마치고 퇴근하는 한 무리의 직원들이 수안을 에워쌌다. 무슨 말을 하고 있는 지도 모르는 채로 수안은 그들의 잡담에 동참했다. 상냥한 미소와 고갯짓밖에 모르는 인형처럼.

"이수안 씨!"

듣기 좋은 음역대를 가진 남자의 목소리가 막 건물을 빠져나오는 수안을 불러 세웠다. 수안은 물론 동행하던 직원들의 시선까지 일제히 그 목소리가 들려온 방향을 향하였다.

신진욱. 그다.

그와의 거리가 좁혀질수록 수안의 안색은 창백해져 갔다. 흥미로운 가십거리를 접한 직원들이 숨을 죽이자 빗소리가 더욱 거세졌다. 우산을 접은 남자는 깍듯한 목례로 예의를 갖추었다. 수안은 물론 직원들에게까지. 그런 후에야 수안의 곁으로, 한 걸음 더 가까이 다가섰다.

"가시죠."

남자의 눈길이 10미터 남짓 떨어진 곳에 주차되어 있는 검정색 세단을 가리켰다. 쥐 죽은 듯 조용하던 직원들이 술렁이기 시작했다. 불필요한 언쟁을 벌이는 대신 수안은 순순히 그를 따랐다. 한시라도 빨리, 이 남자를 데리고 리조트를 떠나야 한다. 머릿속엔 온통 그 한 가지 생각뿐이다.

대기하고 있는 기사를 물리고 그는 직접 뒷좌석의 문을 열어주었다. 우산을 접기 위해 몸을 돌려세운 수안은 산책로 저편에서부터 다가오고 있는 체이스를 발견했다. 거세진 빗발 사이로 두 사람의 눈이 마주쳤다.

환하던 그의 웃음은 금세 의문으로, 다시 당혹감으로 빠르게 변화하였다. 그리하여 결국은 표정이 사라져 버린 얼굴. 그 순간 그의 차가운 눈빛을 수안은 똑똑히 보았다.

"……수안 씨, 괜찮습니까?"

남자의 목소리가 넋이 나가 있던 수안을 일깨웠다. 수안은 서둘러 시선을 돌렸다. 휘청거리는 자신을 남자가 부축하고 있음을 그제야 깨달았다. 몹시 희고 뼈마디가 가는 손은 그의 눈빛과 마찬가지로 서늘했다.

"네. 잠시, 현기증이 났을 뿐이에요. 괜찮습니다."

적당히 얼버무린 수안은 서둘러 차에 올랐다. 보지 않으려 하였으나 시선은 무의식적으로 체이스를 향했다. 산책로의 한중간에 그는 꼼짝 않고 서 있었다. 차창의 선팅이 짙어 내부가 보일리 없음에도 수안은 그의 시선이 자신의 얼굴에 와 닿고 있다고 느꼈다.

뒤이어 남자가 차에 오르고 차창 밖의 풍경이 서서히 움직이기 시작했다. 멀어져 가는 체이스의 모습에서 가까스로 시선을 뗀 수안은 멍하니 자신의 발부리만 내려다보았다. 있는 힘껏 손을 맞잡아 보아도 아픔이 느껴지지 않았다.

한바탕, 신 나게 웃고 말 작정이었다. 퇴근하는 수안을 찾아가던 순간까지만 하더라도 체이스는 그런 마음을 먹고 있었다. 낯선 남자의 부축을 받으며, 자신을 외면한 채 그 남자의 차에 오르는 수안을 보기 전까지는 분명.

어머니와의 통화는 평이했다. 여느 때와 다름없이 서로의 안부를 묻고, 친밀한 농담을 나누는 식. 분위기가 반전된 건 어머니가 불쑥 '그 아가씨'를 언급한 순간부터였다. 놀랍게도 어머니가 수안의 존재를 알고 있었다. 요즘 전에 없이 진지하게 빠져 있는 여자가 있다고, 레슬리 녀석이 귀띔을 주었다고 했다. 그보다 더 놀라운 건 깜짝 선물이라는 명목하에 어머니가 벌여 놓은, 전혀 어머니답지 않은 일이었다.

파티에서 만난 수안의 조모와 약속을 하였다고 했다. 두 집안의 아이들이 서로에게 호감을 가지고 있는 듯하니 격식을 갖춘 식사 자리를 한 번 마련하도록 하자고. 그 소식을 전하는 어머니의 목소리는 시종일관 들떠 있었다. 소녀처럼 설레어하고 있을 어머니의 얼굴이 그려져 체이스는 부드러운 미소를 지었다.

그리 내키지 않는 일이지만, 그리 나쁠 것도 없었다.

어차피 한 번은 마련해야 할 자리. 어떤 식으로든 초석을 깔아 두었다면 일이 한결 수월해질 터였다. 어머니가 '정안'이라는 이름을 입에 올린 순간에 느낀 당혹감은, 그래서 더욱 컸다.

그 여자가 이정안이라고, 어머니는 철석같이 믿고 있었다. 태진가에 딸이 하나 더 있다는 사실을 전혀 모르고 있는 눈치. 구구절절 설명하는 대신, 체이스는 이제 그 일은 자신이 알아 진행하겠다는 말로 통화를 끝마쳤다.

맙소사. 수안의 언니라니.

유쾌한 해프닝이라 여겼다. 수안과 얼굴을 마주하고, 그런 일이 다 있었더라고 한바탕 웃어넘기면 그만일 종류의. 어머니의 착각보다 더욱 황당한 일이 벌어지지만 않았더라면 지금쯤 실컷 웃은 후 머릿속에서 지워 버렸을 것이다. 그런 말도 되지 않는 오해 따위, 깨끗이.

얼마 남지 않은 인내력마저 바닥을 드러내 버렸음을 느끼며 체이스는 감고 있던 눈을 느릿하게 떴다. 조금 열린 차창의 틈새로 쏟아져 들어온 빗소리는 창끝처럼 단단하고 날카롭다. 그 사이로 어렴풋한 자동차 소리가 들려왔다. 핸들을 쥔 체이스의 손아귀에 힘이 실렸다.

매복 중인 포식자처럼 체이스는 별장의 진입로 가까이로 천천히 차를 몰았다. 좀 전의 그 세단처럼 보이는 차가 길을 돌아 나가고, 우산을 받쳐 든 한 사람의 인영이 희끄무레하게 드러났다. 체이스는 입술을 굳게 다물고 헤드라이트를 밝혔다. 살차게 뻗어나간 불빛 속에 수안이 서 있었다. 덫에 치인 어린 짐승처럼 두려움에 휩싸인 채로, 무력하게.

"수안아."

낮게 가라앉은 체이스의 목소리가 뇌성처럼 울렸다. 도서관에 들어선 이후로 줄곧 고개를 수그리고 있던 수안이 어깨를 움찔거리며 시선을 들었다. 변한 것은 없다. 두 눈 가득 고인 눈물을 제외하고는 딱히 표정이랄 것이 없는 얼굴. 처음 보았던 날과 조금도 다르지 않은 그 얼굴이 체이스를 점점 더 초조하게 만들었다.

"이수안."

의자에 앉아 있는 수안 앞으로 체이스는 한 걸음 더 가까이 다가섰다. 발끝이 맞닿고 그림자가 포개졌다. 유달리 검은자위가 큰 수안의 눈동자가 그의 형상으로 채워졌다.

"집안끼리, 결혼 이야기가 오가고 있는 상대예요. 우리가…… 이런 관계가 되기 전부터."

시체 같은 안색에 비하여 수안의 목소리는 담담했다. 그 이질감으로 인해 분위기는 더욱 무겁게 가라앉았다.

"이런 관계? 그게 어떤 관계라는 거지?"

"체이스."

"그런 표정 지을 건 없어. 나는 정말, 정말이지 모르겠어서 묻고 있는 거니까."

말귀를 알아듣지 못하는 아이를 상대하듯 체이스의 어조는 상냥했다. 그 순간에도 입술은 차가운 웃음을 놓지 않고 있었다. 말꼬리나 잡고 늘어지는 치졸한 꼴이라니. 깊어진 자기혐오가 실소가 되어 흘러나왔다.

"정리하자면 이런 거지. 결혼 상대가 정해진 상태로 날 만났고, 즐겼고, 이제 내가 떠날 날이 다가오고 있으니 다시 결혼 상대에게 집중."

의도와 달리 입술이 내뱉는 말은 점차 차갑고 잔인해져 간다. 그 이면에 자리하고 있는 것은 실낱같은 기대감. 수안이 분노하기를 바랐다. 모욕받은 듯, 상처 입은 듯 그렇게. 그러나 수안은 조용히 그를 바라보기만 했다. 손을 들어 카디건의 앞섶을 모아 쥔 것이 그녀가 보인 반응의 전부다.

"너 참, 끝내주게 쿨한 여자였구나."

체이스는 과장된 웃음을 터뜨렸다.

"즐기고, 깔끔하게 정리하고, 다른 남자와 결혼하고. 이수안이 이렇게 쿨한 여자라는 걸 내가 미처 몰라봤네. 미안해서 어쩌지."

부당하다.

엄밀히 따져 보자면 이런 식으로 수안을 몰아붙일 자격 같은 거, 자신에겐 없다는 것을 체이스는 알고 있다. 단순한 충동과 호기심으로 저 여자를 유혹했다. 이런 비정상적인 감정에 휩싸이지 않았다면 가볍게 즐기고 산뜻하게 정리하였을 것이다. 결혼 상대를 따로 두고 자신을 만난 여자. 불쾌하고 찜찜하기는 하였겠지만 거기까지. 질척거리며 매달리는 것보단 나은 경우라 여기면 그만이었다. 그런 주제에 이런 맹렬한 분노라니. 부당하다. 부당해도 한참 부당하다.

하지만, 그럼에도.

"이렇게 쿨한 여자면, 내가 네 언니와 맞선인지 뭔지를 본다고 해도 눈 하나 깜짝하지 않겠다. 안 그래?"

수안이 상처 받기를 바란다. 비참하기를 바란다. 분노하기를 바란다. 자신이 그러하였던 것처럼. 그 감정의 크기만큼. 그렇게라도 확인하고 싶었다. 그토록 친밀하고 특별하였던 시간들이 혼자만의 착각은 아니었다는 것을. 사랑은 아니었다 할지라도, 적어도 아무렇지 않게 털어 내면 그만일 하찮은 감정은 아니었기를.

그러나 수안이 보인 반응은 철저히 그의 기대를 배반했다.

"당신도, 알고 있었던 건가요?"

휘둥그레진 눈으로, 수안은 놀란 듯이 되물었다. 얼마간의 정적이 흐른 후에야 체이스는 그 질문의 의미를 깨달았다.

"……당신도? 그러니까 너는 이미 알고 있었다는 거지. 너희 집안이 네 언니를, 다른 사람도 아닌 네 친언니를 내게 들이밀 계획을 세우고 있다는 걸? 너는 다 알면서도 아무렇지 않게 날 만나고, 내 앞에서 웃고, 내 품에 안기고. 그렇게, 그렇게 너는!"

체이스의 뜨거운 손이 수안의 손목을 잡아챘다.

"이수안. 너 대체 뭐야? 아무것도 모르는 순진한 얼굴로, 대체 무슨 생각을 하는 거야?"

"이러지 마요, 체이스. 나는……."

"결혼 전에 실컷 즐겼으니 그 이후의 일이야 어찌 되든, 내가 네 언니를 만나든 말든, 너는 그 남자와 결혼하면 그걸로 끝이다?"

체이스의 악력이 더욱 거세졌다. 잡힌 손목이 아플 법도 하건만 수안은 낮은 신음 한 번 흘리지 않는다. 체이스는 결국 제 풀에 지쳐 수안을 놓았다. 살성이 약한 피부에 선명히 손자국이 남았다. 어쩌면 멍이 들지도 모른다고 생각하자 그의 자기혐오는 극에 달하였다.

"하긴. 네 잘못은 아니지. 고작 이 정도의 관계. 그게 정답이니까."

체이스는 서가에 느른히 기대섰다. 수안을 굽어보는 눈길이 담담했다. 목소리에서도 더 이상 노기가 묻어나지 않는다. 눈 깜짝할 사이에 체이스는 완벽히 침착해졌다. 적어도 표면적으로는.

"끝내려는 건가요?"

자리에서 일어선 수안이 입을 열었다. 팽팽하던 체이스의 입술 끝이 미세하게 실룩였다.

"우리 관계. 그러니까 이 연애, 이제 끝낼 건가요?"

수안은 기이하게 맑아 생기가 없는 눈으로 물끄러미 그를 보았다. 그가 끝이라고 말한다면 어떤 반문도 없이 고개를 끄덕이기라도 할 것처럼.

체이스는 말없이 수안에게로 다가갔다. 방어적으로 몸을 움츠리는 수안을 유리창으로 밀어붙이며 서슴없이 입술을 내렸다. 키스라기보다는 일방적으로 입술을 유린하는 행위. 수안의 작은 비명마저 체이스는 남김없이 집어삼켰다.

지금껏 어떤 여자도 그에게 이런 모욕을 안긴 적은 없었다. 수안보다 훨씬 아름답고, 훨씬 유능하며, 훨씬 부유한 여자도. 그러나 어떤 여자도 이토록 원해 본 적 없었다. 그것이 그를 미치게 했다. 자신을 모욕하는 여자를 여전히 원하고 있다는, 그 치욕스럽고도 명백한 사실이.

한숨을 쉬며 입술을 떼자 수안이 몸을 휘청거렸다. 붉게 부어오른 입술이 어둠 속에서도 선명했다. 그 입술을 쓰다듬던 체이스의 손이 수안의 목 줄기를 타고 내려왔다. 손끝에 부드러운 시폰 블라우스의 깃이 닿자 최소한의 자제력마저 자취를 감추었다.

잡아 뜯다시피 하여 블라우스의 앞섶을 헤치자 튕겨져 나간 단추가 후드득 바닥으로 떨어졌다. 놀라 버둥거리는 수안을 체중을 실어 압박하며 체이스는 거칠게 브래지어를 밀어 올렸다. 입술이 탐식하듯 가슴을 삼키고 자극하는 사이 두 손은 스커트를 들쳤다. 소스라치며 저항하는 수안이 떨어뜨린 두꺼운 책들이 둔탁한 소리를 내며 마룻바닥을 뒹굴었다.

낮은 한숨을 내뱉은 체이스는 그대로 수안을 안아 들어 라운지 체어 가운데 내려놓았다.

사나운 욕망이 극에 달한 그 순간에 바로 이 자리에서 수안을 안은 날이 떠올랐다. 자신을 위로해 주고자 하였던, 수줍고 어설픈 모습마저 사랑스러웠던 여자. 어쩌면 처음으로 몸이 아닌 마음을 나누었던 순간.

체이스는 멍해진 눈을 들었다. 수안은 두 손으로 얼굴을 가리고 있었다. 그 손을 치워 보지 않고도 체이스는 그녀가 울고 있음을 알았다. 욕망이 급속도로 사위어 든 자리가 서글픔과 자조로 채워졌다.

힘주어 주먹을 움켜쥔 체이스는 이만 몸을 일으켰다. 기다렸다는 듯 천둥소리가 울려 퍼졌다. 그리고 덥석, 수안이 그의 셔츠 자락을 붙들었다. 어렵게 입술을 열어 건넨 말은 한층 드높아진 천둥소리에 가려졌다. 전해지지 못한 말에 관해 묻는 대신 체이스는 성급히 돌아섰다.

바람이 불어오는 방향의 정면으로 요트는 나아갈 수 없다.

No Go Zone.

아무리 애를 써도 항해할 수 없는 곳. 이것이 레이스라면 그의 선택은 하나일 것이다.

Bearing Away.

바람으로부터 멀어질 것.

도서관을 빠져나와 눈을 감자 오직 소리로만 전해지는 세상의 풍경이 텅 빈 가슴속에서 메아리쳤다.

음울한 천둥소리. 거세진 비바람의 소리.

뜨겁게, 그리고 아프게 심장이 뛰는 소리.

나의 일부는 유리로 되어 있어

식어 버린 커피에서는 더 이상 김이 피어오르지 않는다. 그러나 그 잔향만은 비오는 날 특유의 습하고 묵직한 공기 깊숙이 스며들어 허공을 부유하고 있다.

그윽한 커피 향이 스며 있는 공기를 호흡하며 체이스는 자리에서 일어섰다. 우드 블라인드를 걷어 올리자 거센 파도로 뒤덮인 바다가 시야를 채웠다. 어둠이 짙어지기 시작했다. 곧 밤이 될 것이다.

그러니까, 시간은 이렇게, 아무 일 없다는 듯 잘만 흐르고 있다. 빌어먹을.

조급해진 걸음으로 책상 앞으로 되돌아갔다. 아무렇게나 놓여 있는 노트북과 태블릿. 정리되지 않은 서류. 책. 빈 위스키 잔. 아무렇지 않은 척해 보려던 무던한 노력의 잔해들이 너른 책상을 온통 뒤덮고 있다.

체이스는 한숨 쉬며 의자에 앉았다. 서류철 아래에 놓인 휴대폰을 들어 부재중 통화 목록을 확인했다. 몇 통의 국제전화가 들어와 있지만 수안의 번호는 없다. 메시지도 마찬가지. 팽개치듯 휴대폰을 내려놓고 눈을 감자 공허하던 수안의 얼굴이 떠올랐다. 그를 미치게 하였던, 어떤 감정도 담겨 있지 않던 얼굴.

　그렇게 지독하게 굴 마음은 없었다.

　끝내려는 건가요. 기계음처럼 매끈하고 차분한 음성으로 수안이 건넨 질문을 듣기 전까지는. 마치 계약의 만료를 통보받는 기분이었다. 당신과 나는 여기까지. 우린 어차피 이 정도의 사이였으니 이제 그만.

　조갈을 느낀 체이스는 다급히 식은 커피를 마셨다. 본래의 풍미를 잃은 커피는 그저 쓰고 끈적하기만 하다. 가중된 불쾌감. 체이스는 분풀이를 하듯 커피 잔을 내던졌다. 카펫 위로 흩어지는 자기의 파편 사이로 진갈색의 얼룩이 번진다.

　아니다.

　그런 게 아니었다.

　고통스레 얼굴을 찡그린 체이스는 가장 짙고 흉한 얼룩을 우두커니 딛고 섰다.

　수안은 겁에 질려 있었다. 네 언니라는 말을 듣던 그 순간부터. 맥없는 체념과 뜨거운 갈망 사이를 빠르게 오가던 눈빛. 체이스를 자극한 건 바로 그 눈빛이었다. 진심을 터놓지 못하는, 신뢰하지 못하는, 어쩌면 자신을 두려워하는 듯도 하였던 그 눈빛.

　내 것이라 믿었던 여자가 한순간 완벽한 타인이 되었다. 견딜수 없는 건 그것이었다. 그래서 수안을 몰아붙였다. 그렇게 해서라도 듣고 싶었다. 당신을 사랑한다는 말. 믿고 의지한다는 말. 차마 꺼내 놓지 못하는 말. 그 모든 말들을.

어째서.

수백 번은 되뇌었을 말을 또다시 떠올린다.

수안은 그 남자를 사랑하지 않는다. 사랑할 수 있을 리 없다. 그 눈길, 그 미소, 그 손길. 수안이 사랑하는 남자는 체이스 와이즈였다. 태진에 최대의 이익을 가져다줄 수 있을 결혼 상대 역시 체이스 와이즈다. 그러므로 이수안은 체이스 와이즈를 택했어야만 했다. 사랑을 따르든, 조건을 따르든. 어느 쪽이든 간에.

그 당연한 일을, 어째서 너는.

황급히 돌아서 휴대폰을 움켜쥐었다. 그러나 체이스는 선뜻 수안의 번호를 누르지 못했다. 정상이 아니다. 가족에 관해 이런저런 평가를 내릴 만한 입장은 못 되지만, 그 하나만큼은 확신할 수 있다.

가족에 대한 수안의 인지는 결코 정상의 범주에 속하지 않는다. 그것을 추궁해 묻는다 한들 수안은 입을 열지 않으리라는 것도 알고 있다. 그 공허하고 시린 얼굴을 자신은 견딜 수 없을 테고, 마음에 없는 말로 수안을 더욱 상처 입힐 것이고, 엉킬 대로 엉켜 버린 관계는 그렇게 종결.

완연한 어둠이 응접실을 삼켰다. 체이스는 불을 밝히는 대신 심호흡을 거듭했다. 일시적으로나마 숨결이 정돈되자 갖가지 잡념들이 곤죽이 되어 들끓던 머릿속도 잠잠해졌다.

어둠이 사물의 윤곽마저 지워 버리기 전에 체이스는 책상 옆에 세워진 플로어 램프를 켰다. 스위치의 딸깍임과 함께 은은한 호박색의 불빛이 번졌다.

그 불빛을 받아 반짝이는 만년필을 체이스는 사납게 노려보았다. 그러나 얼마 지나지 않아 눈빛은 슬픔으로 누그러졌다. 지난밤, 훈련을 마치고 돌아오자 만년필이 이곳에 놓여 있었다. 당신에게 소중한 물건이니 돌려줄게요. 수안이 남긴 흔적이라고는 만년필의 클립에 끼워져 있던 그 짤막한 메모 한 장이 전부였다.

체이스는 경직된 손으로 만년필을 내려놓았다. 어쩌면 그 순간부터였을 것이다. 분신처럼 소중히 여겨 온, 레슬리조차 손을 댈 수 없게 하던 물건을 거리낌 없이 수안의 손에 쥐어 줄 수 있었던 그 순간. 수안을 사랑하게 된 것은, 아마도.

그녀로 인해 행복했고, 그녀로 인해 불행하다.

그래. 불행하다.

심호흡을 반복한 체이스는 서둘러 손에 익은 번호를 눌렀다. 얼마 지나지 않아 깍듯하고 사무적인 남자의 목소리가 들려왔다. 만지작거리던 위스키 잔을 책상의 가장자리에 내려놓으며 체이스는 천천히 입을 뗐다.

"부탁드릴 일이 하나 있습니다."

겹겹의 구름을 지나온 햇살은 미약했다. 커튼을 활짝 열어 두었음에도 방 안 곳곳에 남아 있는 어스름을 몰아내기에는 역부족이다. 그 희미한 빛에도 수안은 예민한 반응을 보이며 눈을 떴다. 동틀 녘까지도 얕은 잠을 어지럽혔던 악몽은 증발되듯 사라지고 목을 졸린 듯한 느낌만이 진득하게 남았다.

혈관이 파랗게 비치는 여윈 목을 매만지며 일어난 수안은 서둘러 불을 켰다. 천장 등. 스탠드. 벽 등. 방 안에 있는 모든 조명을 최대한의 조도로 밝혔다. 강렬한 빛에 눈이 부실 때까지.

주말이면 으레 그래 왔던 것처럼 운동으로 아침을 시작했다. 러닝 머신과 사이클을 정해진 시간만큼 타고 가벼운 필라테스 동작 몇 가지를 곁들였다. 뜨거운 물로 오랜 샤워를 하고 나자 시곗바늘은 9시를 가리키고 있었다.

수안은 단정한 옷을 차려입고 부엌으로 내려갔다. 예쁜 옷을 고르기 위한 수고로움은 없었다. 손에 잡히는 대로, 눈에 띄는 대로 적당히. 그 정도면 충분했다. 어차피 늘 그래 왔으니까.

"안녕히 주무셨어요, 작은아가씨."

인기척에 총총히 달려 나온 함평댁이 살가운 인사를 건넸다. 미소로 답한 수안은 천천히 에이프런을 맸다. 감자 오믈렛과 토마토 샐러드. 아침 메뉴를 지시하자 함평댁이 재바르게 재료를 손질하기 시작했다. 그 재료들로 수안은 기계처럼 요리를 했다. 딱히 요리에 취미가 있는 것은 아니지만 습관적으로 반복하다 보니 절로 능숙해졌다.

먹어 줄 사람도 없는데, 오기를 부리듯 부득부득.

자조하던 수안의 얼굴이 일순간 아득해졌다.

어째서 밥 한 끼 해 먹일 생각도 하지 못하였을까. 그러면 분명 맛있게 먹어 주었을 텐데. 아이처럼 웃으며, 다정하게 속삭이며. 그러면, 그 남자라면……

제멋대로 가지를 쳐 나가는 상념을 제어하듯 수안은 입술을 앙다물었다.

자신을 외면하고 돌아서던 그의 뒷모습이 환영이 되어 떠올랐다. 지난 며칠 내내 이런 상태의 연속이다. 꼴사납고 추해지는 한이 있더라도 매달려 보고 싶은 마음과 최소한의 자존심이나마 지킨 채로 깔끔히 끝맺고 싶은 마음이 쉼 없이 교차되었다.

허위허위, 정신이 나간 여자처럼 체이스를 찾아가 보기도 했다. 먼발치에서 바라본 그는, 그러나 여느 때와 조금도 다르지 않은 모습이었다. 아무렇지 않게 훈련을 하고, 밥을 먹고, 웃고 떠드는 그에게 수안은 차마 다가가지 못했다.

끝이구나.

차분히 스스로를 다독이려 애썼다. 단지 예정보다 조금 일찍 막을 내렸을 뿐, 어차피 이렇게 끝날 관계였다. 최상의 연애를 원했고, 그는 그것을 주었다. 그러니 미련은 가당치 않다. 가슴 아플 것도, 서러울 것도 없다.

잠시 꿈을 꾸었고 이제 다시 현실로 돌아왔다. 그것이 전부다. 달라진 것은 없다.

"큰아가씨 내려오시라고 할까요?"

함평댁이 명랑한 목소리로 물었다. 평소처럼 고개를 끄덕이는 대신 수안은 잘 차려진 식탁을 가만히 내려다보았다.

어차피 손도 대지 않은 채 버려질 음식들. 이런 것들로 언니의 숨통을 죄어 얻고자 하는 건 무엇이었을까. 자신이 괴로운 만큼 언니도 괴로울 테니까. 정말 그것이 전부인가. 살붙이로 인정받고 싶다는 바람을 정말 버렸나.

수안은 무의식중에 손을 목으로 가져갔다. 악몽에서 깨어나면 어김없이 목이 졸리는 듯한 느낌이 들기 시작한 건 어린 시절, 봉은사에서의 난리를 겪은 후부터다. 그날, 자신의 목을 조르는 정안의 외조모의 눈에서 수안은 순수한 살의를 보았다. 살의가 무엇인지 알지도 못할 만큼 어린 나이였음에도 느낄 수 있었다. 내가 살아 숨 쉬고 있다는 사실을 못 견뎌 하는 사람이 이 세상에 존재하는구나. 그것이 내 죄목이구나. 그 통렬한 자각은 가슴 깊은 곳에 낙인처럼 새겨져 수많은 악몽의 기저를 이루었다.

그것이 무서워 매일 밤 울었다. 사방이 쥐 죽은 듯이 고요한 밤이면 겁에 질려 훌쩍이는 아이의 울음은 더욱 크고 처량하게 넓은 집을 울렸다. 그러나 누구 하나 방문을 여는 사람은 없었다. 울다 지쳐 잠이 들 때까지, 수안은 철저히 외면당했다.

그날도 그런 날들 중 하루였다.

눈이 짓무르도록 울다 쓰러져 잠이 든 밤. 어김없이 악몽에 시달리다 눈을 뜬 수안이 가장 먼저 감지한 것은 온기였다. 차갑게 식은 자신의 손을 감싼 사람의 온기. 혹여 그조차 꿈일까 두려워 수안은 가느다란 실눈만 겨우 떴다.

그리고 정안을 보았다.

잠옷 차림의 정안은 우두커니 침대 옆을 지키고 서 있었다. 수안의 손을 잡은 채로 멀지도, 가깝지도 않게. 언니. 소리 내어 불러 보고 싶었지만 수안은 아무 말도 하지 못했다. 본능적으로 알아차렸다. 자신이 입을 여는 순간 정안이 돌아서리라는 것을.

오 분. 아니. 십 분쯤이었던가.

고요히 머무르던 정안은 고요히 떠나갔다. 그 밤에 수안은 더 이상 악몽을 꾸지 않았다. 수일 만에 처음으로 깊고 편안한 잠을 잘 수 있었다. 그리고 다음 날부터, 어쩌면 악몽보다 더 지독한 기다림이 시작되었다.

매일 밤 언니를 기다렸다.

겨우 잠이 들었다가도 번뜩 깨어나기 일쑤였다. 혹시 언니가 와 있을까 봐. 그러나 두 번 다시 그런 일은 없었다. 아무리 섧게 울어도, 간절하게 바라여도 정안은 와 주지 않았다. 그래도 기다렸다. 언니는 아버지나 할머니와는 다른 사람인 것 같아서. 언니라면 나를 가족으로 여겨 줄지도 몰라서. 사랑해 줄지도 몰라서. 결코 그럴 리 없다는 것을 머리는 알지만 미욱한 가슴은 알지 못하여서. 어쩌면 오늘날까지도.

"아가씨?"

함평댁이 조심스레 팔을 흔들었다. 수안은 놀란 기색 없이 고개를 들었다. 먹음직스러운 음식들을 둘러보는 눈길이 환멸과 자조로 어지러웠다.

겨우 하룻밤, 그 한 번의 온기를 잊지 못하여 이십 년이 넘는 세월이 흐르도록 이토록 처량한 미련을 떨고 있다. 그렇다면 체이스 와이즈, 그 남자에 대한 미련은 대체 얼마나 더 질기고 참혹할 것인가.

수안은 충동적으로 오믈렛 접시를 집어 들었다. 함평댁이 말려 볼 틈도 없이 오믈렛은 음식물 쓰레기 처리기에 처박혔다. 샐러드와 빵도 곧 같은 신세로 전락하였다.

"음식. 간이 안 맞는 것 같아요."

수안은 태연한 척 말을 이으며 에이프런을 풀었다.

"언니 아침 식사는 아주머니가 대신 좀 챙겨 주세요."

웃음 섞인 당부의 말을 남기고 수안은 곧장 2층으로 올라갔다. 가방을 챙겨 다시 내려왔을 때까지도 함평댁은 얼이 빠진 얼굴로 식탁 앞을 지키고 서 있었다.

"다녀올게요."

아무렇지 않게 인사하고 집을 나섰다. 미리 불러 둔 택시는 진입로의 중간쯤에서 서 있었다.

느긋이 운전대를 잡고 있던 옆모습과 카 오디오에서 흘러나오는 노래를 낮게 흥얼거리던 목소리. 짓궂지만 다정하였던 농담들. 기억하고 싶지 않은 그의 기억을 차단하듯 수안은 서둘러 택시에 올랐다.

"토요일이니까 복지관으로 가시는 거지요?"

목적지를 언급하기도 전에 기사가 먼저 말을 꺼냈다. 택시는 수안이 고개를 끄덕이기 무섭게 출발했다.

차창 밖을 내다보며 지난봄의 기억을 반추하였다. 카페의 테라스에 앉아 부드러운 푸른빛의 하늘을 멍하니 바라보았던 날. 그 하늘을 가로질러 간 하얀 새. 너무 짧고 아름다워 환영 같았던 찰나. 그 새는 정말 백로였을까.

무의미한 의문을 떨치듯 수안은 천천히 고개를 저었다.

미련 같은 거, 가지지 말자.

미련인 줄 알고도 멈추지 못하는 미련 같은 거, 더 이상 가지지 말자.

그래야 살지. 살아지지.

"그게, 대체 무슨 뜻이죠?"

잠자코 듣기만 하던 체이스가 돌연 말허리를 잘랐다. 감정이 배제된 목소리로 보고서를 읽어 나가던 김준후는 덤덤히 고개를 들었다. 허공 위 한 점에서 두 남자의 시선이 맞부딪쳤다.

"그 일과 이수안 그 여자가 대체 무슨 상관이죠?"

체이스의 미간에 깊은 주름이 팼다. 질문의 뜻을 알아차린 김준후는 느리게 고개를 주억거렸다.

"미국에서 나고 자란 와이즈 씨는 아마 이해하기 어려우실 겁니다."

"문화 차이라는 겁니까?"

"그럴지도요. 한국과 미국은 아무래도 가족에 대한 관념이 상이하니까요."

"그렇다면 김 실장님은 이게 당연한 일이라 생각하십니까?"

체이스의 목소리가 미세하게 떨린다. 잠시 생각에 잠겼던 김준후는 억지웃음으로 곤혹스러움을 표했다.

"글쎄요. 심정적으로 어느 정도 이해는 하지만 당연하다고는 할 수 없을 것 같습니다."

"그 정도의 일이 아니죠. 이건 명백한 학대예요."

체이스는 테이블을 내리치며 자리에서 일어섰다. 창가를 서성거리는 체이스에게서는 선명한 울분과 초조함이 느껴졌다. 좀처럼 보기 힘든 모습. 흥미가 동한 그의 눈이 가늘어졌다.

체이스 와이즈와는 매킨시 & 컴퍼니의 동료로 만났다. 소속된 부서는 달랐으나 같은 프린스턴 출신인 데다 회사 내의 단둘뿐인 동양계라는 공통분모 덕에 교우하며 지내게 되었다. 막역하지는 않으나 이따금 만나 술이나 한잔하는 정도의 관계였다.

선망하기는 하나 선뜻 가까워지기는 힘든 존재.

그가 본 체이스 와이즈는 그러했다. 최상의 학벌과 재능, 비록 입양이라는 흠결이 있기는 하나 어찌 되었든 최상의 집안. 자신이 넘치도록 많은 것을 가졌다는 사실을 그는 잘 알고 있었다. 그것을 어떤 식으로 활용하여야 하는지도.

그러나 화려한 백그라운드보다 더욱 그를 돋보이게 한 건 중도를 파악하는, 신기에 가까운 감각이었다. 당당함과 오만함. 능글맞음과 부박함. 습자지보다 얇은 그 경계를 그는 절묘하게 지켜 냈다. 달리 말하자면 그건 철저히 계산적이라는 뜻이기도 했다. 가볍게 빙글거리는 순간에도 머릿속으로는 치밀하게 상황을 파악하여 가장 적절한 대응을 준비하고 있는. 그것이 의도가 아닌 본능이기에 더욱 무서운 남자였다. 그런 체이스 와이즈의 뜻밖의 모습을 본 건 김준후가 최악의 상황에 처해 있던 시기였다.

중요한 컨설팅 프로젝트에서 그는 치명적인 실수를 저질렀다. 다행히 다른 팀원들의 노력으로 위기를 무사히 넘겼지만 결과와 책임은 별개였다. 훌륭한 성적으로 입사하여 빼어난 업무 능력을 보여 왔다는 사실은 일순간 무용해졌다. 그 정도의 고급 인력은 넘쳐 났고, 그것을 잘 알고 있는 김준후는 담담히 해고 통보를 받아들였다.

체이스가 불쑥 찾아온 건 그날이었다. 가식적으로나마 안타까움을 표하는 동료들과 달리 그는 천연스레 웃는 얼굴이었다.

'끝내주는 스카치 위스키를 킵해 놨는데, 같이 술이나 한잔하죠.'

그 말투가 하도 태평하여 김준후는 자신이 초라하게 쫓겨나는 신세라는 사실도 잠시 잊었다.

그날, 얼떨결에 함께하게 된 술자리에서 체이스는 생뚱맞은 스카우트 제의를 해 왔다. 월가를 떠나 요트 레이서가 되겠다는 결심도 황당했지만, 그보다 더 황당한 건 자칫 회사에 막대한 손해를 끼칠 뻔하여 모가지가 날아간 자신을 레이싱팀의 경영 기획자로 영입하려는 고집이었다.

'지금 장난하는 겁니까?'

김준후는 분개하여 내쏘았다. 그러나 체이스는 조금도 흔들리지 않았다.

'실수를 저질렀다고, 누가 그 사실을 파악하기도 전에 제 발로 상사를 찾아가 실토했다고 들었습니다. 그 덕에 더 큰 손실을 막을 수 있었고요. 그걸 듣고는 아, 저 남자를 스카우트해야겠다 결심했죠. 실수는 누구나 저지르지만 그 실수를 인정하고 솔직히 고백하는 사람은 드무니까. 제가 필요한 건 그런 사람입니다. 능력 있고 믿을 수 있는 사람. 실수할지언정 음흉하거나 비열하지 않은 사람. 바로 김준후 씨처럼.'

빙글빙글 위스키 잔을 돌리며 체이스는 웃었다. 그는 멍해져 한동안 말을 잇지 못했다. 그사이 체이스는 재킷을 벗고 넥타이마저 풀었다.

'요트 레이스 좋아해요?'

기지개를 켜며 체이스가 물었다. 김준후는 일말의 주저도 없이 고개를 저었다.

'아뇨. 전혀 관심 없는 스포츠고 앞으로도 관심 가질 일은 없을 겁니다.'

'와. 이거 봐. 내가 사람을 제대로 봤다니까.'

'뭐라고요?'

'지금도 거짓말을 안 하잖아. 미련하게 솔직한 사람이에요, 준후 씨는. 그러니 나랑 일합시다. 매킨시에서 받던 수준의 연봉을 보장하죠.'

'이봐요, 체이스.'

'요트 레이스, 생각보다 재미있을 겁니다. 그리고 우리 팀, 몇 년 안에 최고가 될 겁니다. 그땐 훨씬 좋은 조건으로, 훨씬 높은 연봉을 받으며 일할 수 있을 거라 약속하죠.'

뜬구름 잡는 소리를 잘도 늘어놓으며 체이스는 싱긋 웃었다. 그 순간만큼은 아무런 계산 없이, 철모르는 아이처럼.

정신 나간 몽상가라 비웃으면서도 그는 그 엉뚱한 스카우트에 응했다. 해고당하여 자포자기한 심정이었다거나 술에 취해 판단력이 흐려진 건 아니었다. 논리적인 이유는 댈 수 없지만 마음이 움직였다. 결과적으로 그건 현명한 선택이었다. 체이스가 단언하였던 대로 레오니스 오션 레이싱팀은 최고가 되었고 그는 매킨시에서보다 좋은 조건에서, 높은 연봉을 받으며 일하게 되었으니까.

어째서인지 그날, 그 술자리가 떠오른다.

경우는 전혀 다르지만 그 철두철미한 체이스 와이즈가 제 감정을 꾸미지도, 감추지도 못하고 있다는 점은 그날과 크게 다르지 않다. 태진 그룹 오너 일가의 가정사를 완벽히 조사해 달라는, 본래의 체이스 와이즈라면 결코 하지 않을 부탁을 하였던 순간부터 이미 그러했다.

"말씀하신 것들. 전부 사실입니까?"

자리로 되돌아온 체이스가 재차 물었다. 김준후는 주저 없이 고개를 끄덕거렸다.

"네. 한국 재계에선 대단히 유명한 사건이었습니다."

"과장되었을 수도 있죠. 소문이란 게 원래 그러니까. 유명한 사건이라 여러 입에 오르내렸다면 더더욱."

"그 집안의 운전기사로 십수 년을 일했던 사람과 접촉해 얻은 정보예요. 발언의 신빙성에는 문제가 없습니다."

김준후는 냉철한 말로 의문을 일축했다. 망연자실한 체이스는 한동안 말이 없었다. 블라인드의 틈 사이로 뻗쳐 들어온 희미한 햇살이 혼란으로 막막해진 그의 얼굴을 비추었다.

"잘 모르겠군요. 어떻게, 단지 누구의 딸로 태어났다는 이유로 죄인 취급을 받을 수 있죠? 다른 사람도 아닌, 그 가족들이 어떻게."

메마른 체이스의 목소리 끝이 미세하게 갈라진다. 타인의 사생활에 철저히 무심한 남자가 타인의 불행한 가족사에 분노하는 모습이라. 재미있는 일이다.

이수안.

체이스 와이즈를 이토록 안달하게 만든 여자를 떠올려 본다. 차분하면서도 사려 깊은 인상을 주는 여자였다. 더구나 눈에 띄게 아름답기까지 한. 체이스의 흥미가 동한 것도 무리는 아니다.

하지만 남자라면 누구나 눈이 뒤집힐 법한 미녀들을 만날 때에도 초연했던 그가 이렇게, 자신의 페이스를 잃어버릴 만큼 푹 빠져들 정도인지는 모르겠다. 뭐, 남녀 사이의 일이란 본디 제삼자가 이해할 수 있는 성질의 것은 아니지만.

"제 자식인데, 제 손녀인데, 어떻게 그럴 수 있죠?"

다져 눌러 응축된 감정을 담은 말은 밀도가 높아 단단하다. 김준후는 어깨를 으쓱거리며 체이스를 마주하였다.

"말하자면, 일종의 희생양인 셈이죠."

"……희생양이라."

"네. 이수안 씨를 죄인으로 삼아 다른 식구들은 결속력을 다진 겁니다. 내분되어 싸우던 무리들도 공의 적이 생기면 똘똘 뭉쳐 연합하는 것처럼."

"다른 식구들이 저지른 잘못, 그 잘못이 만들어 낸 비극. 그 모든 걸 이수안에게 덮어씌워서, 그 여자 숨통을 조이며 가정의 평화를 지켰다. 이 말입니까."

"이 정보들을 토대로 하자면, 그런 식의 해석이 가장 합당할 것 같습니다. 진실은 당사자들만 아는 거니 함부로 확신할 수는 없겠지만요."

"아무리 생각해도 이건 문화의 차이가 아닌, 상식의 문제예요. 상식적으로 말이 되지 않는."

"네. 상식적으로 이수안 씨는 아무 잘못이 없고 그런 사람을 죄인으로 몰아 매도하는 건 부당한 일입니다. 하지만 어쩔 수 없죠. 슬프게도 이 세상은 비상식이 상식을 압도하는 곳이니까요."

가장 객관적인 분석을 끝으로 김준후는 입을 닫았다. 이수안의 처지가 안쓰럽기는 해도 자신이 상관할 바는 아니었다.

그보다는 체이스가 놀랍다.

이제 숨길 수 없게 된 분노를 드러내며 허둥대고 있는 이 남자가.

"수고 많으셨습니다."

테이블의 한 모서리만 노려보고 있던 체이스가 일어섰다. 적당한 겸양을 표시한 김준후도 뒤따라 몸을 일으켰다.

"태진 조선과의 파트너십 계약, 보류할 수 있겠습니까?"

유능한 경영자의 얼굴을 되찾은 체이스가 차갑게 물었다.

"결정권은 전적으로 우리에게 있으니 계약 보류야 어려울 게 없습니다."

"그렇다면 일단은 보류해 주십시오. 자세한 사항은 이다음 회의에서 논의하도록 하고."

"네. 그렇게 하겠습니다."

김준후는 의문 없이 명령을 받아들였다. 손목시계와 창문 밖의 풍경을 번갈아 살피던 체이스는 하는 둥 마는 둥 한 인사를 남기고 먼저 응접실을 떠났다.

김준후는 흐릿하게 웃으며 서류철을 챙겼다. 자세한 사정이야 알 길이 없고 굳이 알고 싶은 마음도 없다. 하지만 한 가지는 확신할 수 있다.

체이스 와이즈는 요트 레이스에 미쳤듯 그 여자에게 미쳐 있다는 것. 한번 미쳐 버린 이상 저 남자는 반드시 끝을 보리라는 것도.

낭독은 순조롭지 못했다. 수시로 목이 잠기는 통에 같은 부분을 몇 번이나 재녹음했음에도 결과가 썩 만족스럽지 못하다. 결국 리셋 버튼을 누른 수안은 잠시 녹음을 중단했다.

비치되어 있는 생수를 연거푸 들이켰다. 목의 컨디션이 나쁜 것도 아닌데 목소리가 여전히 불안정하다. 스트레칭이라도 해 보려 일어선 수안의 얼굴이 돌연 아득해졌다.

창문 앞에 놓인 철제 의자에서 체이스의 환영을 보았다. 저 의자에 앉아 자신을 지켜봐 주었던 남자. 그 남자의 미소. 그 남자의 눈빛. 짧은 시간이나마 내 것이던, 눈이 부시게 아름다운 남자.

"우습다."

그 의자의 등받이를 쓰다듬으며 수안은 비죽 웃었다. 지난 이 년간 홀로 이 복지관을 드나들었다. 체이스와 동행한 건 불과 몇 주에 불과했다. 그런데 어떻게 몇 주의 기억이 이 년의 기억을 밀어낼 수 있나. 마치 한 번도 이 공간에 홀로 남겨진 적이 없었던 듯이 허허로울 수 있나.

고개를 휘저은 수안은 서둘러 책상 앞으로 되돌아갔다. 어차피 잊힐 것이다. 영원한 것은 없으니까. 짧은 시간 함께하였을 뿐인 사람을 깊이 사랑하게 되는, 로맨스 영화에나 나올 법한 사랑 같은 건 믿지 않는다. 그러니까 괜찮다. 괜찮을 것이다.

손바닥에 차오른 땀을 스커트에 문질러 닦고 수안은 낭독할 페이지를 펼쳤다.

"유리 시대에 사람들은 자신의 일부가 대단히 부서지기 쉽다고 믿었다. 어떤 사람들에게 그것은 손이었고 어떤 사람들에게는 넓적다리였다. 자기 코가 유리로 만들어졌다고 믿는 이도 있었다."

아무 일 없는 듯이 낭독을 시작했다. 흔들림 없는 목소리가 가라앉은 녹음실의 공기를 흔들었다.

"이 남자가 젊은이일 때 어느 파티에 간 적이 있다. 거기에서 한 소녀를 만났다. 초등학교 동창이었다. 그는 소녀가 자신의 존재조차 인식하지 못할 거라고 확신하면서도 늘 약간 그 소녀를 사랑했다. 그녀의 이름은 그가 들어본 이름들 중에서 가장 아름다웠다. 알마. 문가에 서 있는 그를 발견하고는 그녀의 얼굴이 환히 밝아지더니 그녀가 방을 가로질러 그에게 다가왔다. 그리고 말을 걸었다. 그는 믿을 수 없었다. 두어 시간이 지났다. 이야기는 재미있었던 게 분명했다. 알마가 눈을 감으라고 말했기 때문이다. 그리고 그녀는 그에게 키스했다. 그녀의 키스는 그가 평생 대답하고 싶은 질문이었다."

수안은 저도 모르게 미소를 지었다. 난생처음으로 나 아닌 다른 존재의 숨결을 느꼈던 순간을 기억한다. 낮과 밤의 경계에 놓인 시간. 도서관을 채우던 노을빛처럼 그의 입술은 감미로웠다. 만약 머릿속이 새하얗게 변해 버리지 않아 생각이란 걸 할 수 있었다면 이 남자와 같은 생각을 하였을 것이다. 그의 키스는 내가 평생 대답하고 싶은 질문이었다고.

두 눈에 잔뜩 힘을 실은 수안은 떨리는 손으로 페이지를 넘겨 낭독을 이어 갔다.

"무릎이 떨리기 시작하자 그는 유리 파편으로 부서져서 쓰러진 자신의 모습이 떠올라서 도망치고 싶었지만, 그 욕구에도 저항했다. 그의 손가락이 그녀의 얇은 블라우스 위로 그녀의 등뼈를 어루만지는 동안 그는 잠시 자신이 처한 위험은 잊을 수 있었다. 뚜렷하게 분리가 되어 있는 이 세상, 그래서 그것을 이겨 내고 서로 가까워지는 즐거움을 누릴 수 있는 이 세상에 감사했다. 마음

속 깊은 곳에서는 극복할 수 없는 차이의 슬픔을 절대로 잊을 순 없지만."

이상하다. 지난봄, 이 책을 반복하여 읽고 또 읽을 적에는 도통 이해할 수 없었던 구절을 지금은 온전히 이해한다. 유리 파편으로 부서져 쓰러져 버릴까 두려웠던 그 마음을. 체이스 앞에서 수안 역시 매번 그런 감정을 느꼈다. 그의 손길이 닿는 몸 곳곳이 부서지기 쉬운 유리로 변해 가는 것만 같았다.

그래서 두렵고 그만큼 행복했던 유리의 시대.

감정의 동요를 억누르기 위해 수안은 서둘러 다음 문장으로 시선을 옮겼다. 다행히 낭독은 순조롭게 이어졌다. 그 단락의 끄트머리에 자리한 두 문장과 마주하기 전까지는.

"그는 몇 년 동안이나 말하고 싶었던 두 문장을 말하려다가 그만두었다. 나의 일부는 유리로 되어 있어. 그리고 사랑해."

목소리의 떨림은 이제 감출 수 없을 만큼 커졌다. 이번 역시 실패. 수안은 더듬더듬 손을 뻗어 녹음을 중단했다. 실수로 건드린 물병이 바닥으로 곤두박질쳤다. 그것을 줍기 위해 수안은 부랴부랴 몸을 수그렸다.

나의 일부는 유리로 되어 있어.

물병에 손이 닿는 순간 저도 모르게 그 말을 되뇌었다.

사랑해.

당연한 듯 뒤따르는 속삭임에 손이 떨렸다. 그 바람에 놓쳐 버린 물병을 줍기 위해 일어선 수안은 그만 온몸에 힘이 풀려 주저앉아 버렸다. 차가운 리놀륨 바닥을 짚은 두 손 위로 어른거리는 빛 그림자를 응시하며 수안은 문득, 어쩌면 그 새의 이름은 백로가 아니었을지도 모르겠다는 생각을 했다. 아니. 하얀 새 같은 건 그 하늘에 존재한 적이 없었을지도 모른다. 눈을 뜨고 꾼, 덧없이 찬란한 한순간의 꿈이었을지도.

눈물일까.

수안은 뜨거워진 자신의 얼굴을 천천히 매만져 나갔다. 턱 끝을, 뺨을, 눈시울을. 언젠가 체이스가 눈물을 핥아 주었듯이. 그러나 얼굴 어디에서도 물기는 느껴지지 않는다.

온몸이 눈물로 채워진 것 같은 순간에도 눈시울은 완벽히 메말라 있었다.

오늘 녹음했어야 할 분량의 절반도 채우지 못한 채로 수안은 복지관을 떠났다. 터벅터벅 걸음을 옮겨 주차장으로 가는 길, 완만한 바람이 불어왔다. 같은 방향으로 휘날리는 스커트와 머리칼을 따라 물색없는 마음도 휘날렸다.

선천적으로 시각 장애를 가진 사람들보다 사고나 병으로 후천적 시각 장애를 가진 사람들의 답답함과 고통이 훨씬 깊다고 했다. 애당초 가져 보지 못한 것에 대한 미련보다는 가지고 있다 잃어버린 것에 대한 미련이 몇 갑절은 더 큰 탓이다.

번뜩 떠오른 그 말이 수안의 발목을 잡은 것과 진회색의 컨버터블이 주차장으로 질주해 온 것은 거의 동시였다.

눈앞에서 벌어지는 일을 수안은 스크린 속 한 장면을 보듯 관망했다. 지면과 타이어의 날카로운 마찰 음을 뿌리며 차가 멈추어 섰다. 수안을 기다리고 있던 택시 기사가 놀란 얼굴로 차에서 내리고, 곧이어 난폭하게 차를 몰고 온 남자도 모습을 나타냈다.

체이스다.

수안이 꼼짝달싹하지 못하고 있는 동안에 체이스는 유유히 택시 기사를 향해 다가갔다. 대화를 전해 듣기에는 먼 거리지만, 양해를 구하듯 몇 마디 건넨 그가 지갑을 꺼내 택시비를 지불하는 모습은 똑똑히 볼 수 있었다. 택시 기사는 그 돈을 받아야 할지 묻듯 시선을 보냈다. 어찌해야 좋을지 몰라 수안은 고개를 숙여 사과했다. 그것을 허락의 사인으로 받아들인 듯 택시 기사는 체이스가 대신 지불한 요금을 챙겨 주차장을 떠났다.

"가자."

성큼 다가온 체이스가 손목을 움켜쥐었다. 뼈를 으스러뜨릴 듯 악력이 거셌다.

수안은 헝겊 인형처럼 끌려가 조수석에 태워졌다. 안전띠를 매 주느라 거리가 좁혀진 찰나에 마주친 그의 눈은 우물처럼 검고 깊었다.

차는 금세 속력을 높였다. 엉망이 된 얼굴을 보이고 싶지 않아 수안은 차창 쪽으로 시선을 돌렸다. 흘러내린 머리칼을 쓸어 넘기려 손을 들어 올린 수안은 흠칫하여 입술을 깨물었다.

더듬어 본 눈시울이 뜨겁게 젖는다.

눈물이다.

바람이 바다를 지났다.

그 바람의 방향을 따라 하얗게 파도가 일고, 뒤미처 울창한 수목의 가지가 흔들렸다. 바다와 숲이 주고받는 수런거림이 돌림노래의 선율처럼 다정하다.

앞장서 걷는 수안의 뒤를 따라 체이스는 느린 걸음을 옮겼다. 노송과 굴참나무가 우거진 숲길을 지나자 고요한 바다가 시야에 들어왔다. 바다와 숲의 조화가 아름다운 마을. 이곳으로 오는 길목에 스치듯 보았던 지명이 번뜩 뇌리를 스친다. 앵강. 꾀꼬리의 눈물. 언젠가 수안이 말갛게 속삭인 이름.

백사장을 지나 바다 깊은 곳까지, 하염없이 걷고 또 걸을 것만 같던 수안은 바다로 이어지는 산책로의 끝에서 멈추어 섰다. 찬찬히 주위를 둘러본 그녀는 한 방향으로 휘우듬히 굽어진 아름드리나무 둥치에 기대앉았다. 그 자리에서 체이스는 한동안 수안을 지켜보았다. 그리고 천천히 녹음이 던진 짙은 그늘 속으로 들어갔다. 가만히 수안의 곁에 앉자 익숙한 체취가 풍겨 와 코끝을 간질였다.

시동을 끈 차 안에서 그가 꺼낸 이야기를 수안은 묵묵히 듣기만 했다. 함부로 뒷조사를 하여 자신의 치부를 드러낸 데 대한 분노나 원망은 보이지 않았다. 마치 남의 이야기를 듣듯 수안은 완벽히 무덤덤했다. 그러고는 귀를 기울여야 겨우 들을 수 있을 만큼 작게 중얼거렸다.

바람을 좀 쐬고 싶어요.

그 목소리가 위태롭게 떨리고 있지 않았다면, 어쩌면 수안의 어깨를 잡아 흔들었을지도 모른다.

체이스는 뜨거운 한숨을 삼켰다. 고개를 돌리자 묵연히 앉은 수안이 보인다. 일견 평온한 모습이지만 눈빛은 쉴 틈 없이 흔들리고 있다. 어떻게든 해 주고 싶지만 선뜻 손을 뻗지 못했다. 비틀거리며 차에서 내리는 수안을 부축하였을 때, 그의 팔을 스친 수안의 차가운 손은 식은땀으로 흥건히 젖어 있었다.

그러니까 이 여자는, 조금도 괜찮지 않은 것이다.

수안을 닦달하는 대신 체이스는 바다로 시선을 옮겼다. 억척스럽게 뻗어 나간 갯메꽃 덩굴이 백사장을 뒤덮었다. 해풍 속에서도 기어이 피어난 꽃송이. 그 순하게 둥근 꽃잎과 대조를 이루어 6월의 바다는 더욱 푸르다.

코리아 매치 컵에 참석하기 위해 한국을 찾았던 해에 저 꽃을 처음으로 보았다. 척박한 모래사장에서 피어난 꽃이 신기해 한참을 주의 깊게 들여다보았다.

'갯메꽃이라고 합니다. 한국의 야생화지요.'

기척 없이 다가온 주최 측의 한 공무원이 불쑥 말을 걸어왔다. 웃는 얼굴이 선한 초로의 남자였다.

'메꽃이라고, 저 육지의 들판에 피는 꽃이 있는데 그 꽃의 씨가 바닷가로 날아와 뿌리 내리고 자라 갯메꽃이 되었다고 합니다. 이렇게 척박한 곳에서도 꽃을 피우는, 천성이 씩씩한 식물이지요.'

차근차근 설명하는 공무원에게서는 언뜻 긍지가 느껴졌다. 모국에 어떤 호감이나 관심도 표하지 않는 검은 머리의 외국인 선수에게 한국의 아름다움, 혹은 얼 같은 것을 전하고자 하는 책임의식의 발로였는지도 모르겠다.

귀를 기울여 듣고 고개를 끄덕였지만, 그러나 체이스는 그 말을 가벼이 흘려보냈다. 그렇구나 하는 단편적인 지식의 습득일 뿐, 가슴 깊이 간직할 만한 감흥 같은 건 없었다. 잊어버린 줄 알았던 그날의 기억이, 삼 년이란 시간이 흘러 버린 지금에, 마치 바로 어제의 일처럼 선명하게 떠올랐다.

갯메꽃.

천성이 씩씩한 꽃.

남자가 들려준 말을 곱씹는 체이스의 얼굴에 허탈한 웃음이 걸렸다.

천성. 태생적으로 타고나는 기질 따위, 그는 믿지 않는다. 바다로 날아온 메꽃의 씨앗이 모래에 뿌리를 내리고 꽃을 피워 갯메꽃이 될 수 있었던 것은 단지 그럴 수밖에 없었기 때문이다. 주어진 환경이 그러하니까. 적응해야만 하니까. 그래야만 살아남을 수 있으니까. 생명 있는 모든 것이 마찬가지다. 만물의 영장을 자처하는 인간 역시도.

갓 태어난 인간은 형태 없는 찰흙 덩이에 불과하다. 어떻게 만져지느냐에 따라 무엇이든 될 수 있다. 사랑과 관심 속에서 자란 아이는 올곧은 인간이 되고, 늑대의 무리에 섞여 자란 아이는 늑대가 된다. 그건 내재된 본성과는 무관한, 단지 처한 환경의 상이함이 만들어 낸 차이에 불과하다. 들판에 뿌리 내린 씨앗은 메꽃이 되고, 해변에 뿌리 내린 씨앗은 갯메꽃이 되는 것처럼. 그래서 생명은 위대하고, 또한 그래서 생명은 나약하다.

바닷바람이 헝클어뜨린 머리를 쓸어 넘기며 체이스는 고개를 돌렸다. 우두커니 앉은 수안은 여전히 수평선만 응시하고 있다. 지나치게 평온하여 위태로운 모습. 가득 채워진 잔이 떠오른다.

아슬아슬한 표면 장력으로 버티고 있는, 한 방울의 물만 더해져도 넘쳐 버릴.

수안이 살아온 시간을 생각했다.

집무실을 박차고 나와 수안을 찾아 미친 듯이 내달리는 내내, 찾아낸 수안을 무작정 차에 태워 이곳으로 데려오는 내내 그 한 가지 생각뿐이었다. 아무 죄 없는 아이에게 가해진 학대. 그 학대에 길들여지며 자란 아이. 그 시간이 빚어낸 이수안이라는 형상을 떠올린 순간부터는 살의에 가까운 분노가 치솟았다. 손끝으로 건드리기만 해도 바스러져 내릴 것 같은 모습으로 먼 곳을 바라보는 여자. 자신이 무엇을 좋아하는지 알지 못하는 여자. 목 끝까지 슬픔이 차올라도 쉽게 울지 못하는 여자. 바보처럼 참아 내는 것 외에는 달리 생을 견디는 법을 알지 못하는 여자. 너를 이런 여자로 만들어 놓은, 그 저주스러운 시간을 나는 대체 어떻게 해야 할까.

뜨거운 손으로 체이스는 천천히 얼굴을 쓸어내렸다. 눈길은 당연한 듯 다시 수안을 향했다. 그리고 물끄러미, 죄인으로 키워져 죄인이 된 여자를 본다.

가지 말아요, 제발.

그날 밤 천둥소리가 지워 버렸던 수안의 말이, 기억하고 있는 줄 몰랐던 그 말이 번뜩 떠올라 가슴을 찢는다.

저 바보 같은 여자가 그렇게 말했다. 차마 목소리를 높이지도, 힘껏 붙잡지도 못하였지만 수안에겐 가진 모든 용기를 쥐어짜 내 힘겹게 끄집어낸 것이었을 말. 애원.

"왜 그렇게…… 대체 왜 그렇게 멍청하게 살았니?"

누를 길 없게 된 격분이 고함으로 터져 나왔다.

"진작 뛰쳐나왔어야지. 집 지키는 개보다 못한 취급을 받으면서, 그래도 그 집안에 붙어 있는 이유가 뭐야? 설마 그따위 가족도 가족이라고 생각해? 핏줄이니까, 그래도 핏줄이니까 버릴 수 없다고?"

언성을 더욱 높이며 체이스는 박차듯 자리에서 일어섰다. 수안의 앞을 가로막고 뜨거운 시선으로 수안을 내려다보았다. 그의 짙은 그림자 아래에서 수안은 애써 숨을 골랐다. 야윈 어깨의 흔들림이 조금씩 커지고 있다.

"핏줄 좋아하시네. 그따위 게 다 뭔데? 대체 그게 뭐라고, 그런 취급을 받으면서도 병신처럼 거기에 연연하는 거야!"

공기를 벨 수 있을 듯 날카로워진 말들이 가감 없이 쏟아져 나왔다. 수안은 그제야 고개를 들어 체이스를 보았다. 바르르 떨리고 있는 입술이 눈을 찌르듯 붉다.

이건 비단 수안만을 향한 분노가 아니다.

그 사실을 상기한 체이스의 얼굴이 엉망으로 구겨졌다.

부모에게서 버림받은 존재라는 상처를 족쇄처럼 달고 산, 거기에 발이 묶여 한평생 핏줄에 연연하였던 아버지. 지금, 수안의 얼굴에서 그는 그 아버지를 겹쳐 보고 있다. 친부모가 버리고 양부모가 다시 한 번 버린, 하여 한준영으로도 월터 맥밀런으로도 온전히 살지 못한 아버지를.

그따위 핏줄이 뭐라고.

어째서 그 작자들은 결코 자신을 '핏줄'로 보아 주지 않는다는 것을 알면서도 바보처럼, 거듭 상처 입으면서도 멈추질 못할까.

어린 마음에도 아버지가 답답하고 안타까웠다. 눈앞에 있는 이 여자처럼. 그때는 너무 어려 무력하게 아버지를 바라만 보아야 했던 소년이 가슴속에서 몸부림을 친다.

"네가 그 병신 짓을 백 년간 해 본들, 그 사람들은 널 절대 가족으로 인정 안 해."

체이스는 차갑게 못을 박았다. 얼마든지 확신할 수 있는 일이었다. 이것이 겜블이라면 거기에 가진 모든 재산을 베팅할 수도 있다.

"……그걸, 내가 모를 것 같아요?"

비틀거리며 일어나 그와 마주 선 수안이 헛웃음을 지었다.

"집 지키는 개보다 못한 취급을 받고 있다는 거, 내가 몰랐을 것 같아요? 아니. 천만에. 알았어. 너무 잘 알았어. 사무치게 잘 알고 있었어."

수안의 커다란 눈 가득 고여 있던 눈물이 넘쳐흘렀다.

"맞아요. 병신처럼 살았어. 나, 그거 모르지 않았어요. 어떻게 모를 수가 있겠어. 숨 쉬는 순간마다 느껴지는데. 사무치는데."

"그런데 왜 아직 그렇게 살아? 왜!"

"그 병신 짓이라도 해야 내 존재를 확인받을 수 있으니까!"

수안의 입술에 서글픈 웃음이 걸렸다.

"열일곱의 겨울이었던 것 같아. 더는 그 집에 살 수가 없어서, 어디로든 사라져 버릴 작정으로 집을 나갔어요. 가방을 싸고, 통장에 모아 놨던 용돈까지 죄다 찾아서. 그런데요, 막상 추운 거리로 나가니 아무 데도 갈 곳이 없었어. 너무 무섭고 막막해서, 새벽까지 서울 거리를 헤매다 결국 그 집으로 돌아갔어요. 불호령이 떨어질까 봐 조마조마해하면서. 그런데 어땠는지 알아요? 집이, 온통 캄캄했어. 다들, 아무렇지 않게, 깊은 잠에 빠져 있었어요. 몰랐던 거야. 내가, 사라졌다는 사실조차도, 아무도."

수안은 울면서 웃었다. 체이스는 멍한 기분이 되어 그녀를 바라보았다.

아무도.

몸서리쳐질 정도로 쓸쓸한 여운을 남기는 말이 이명이 되어 귓가를 맴돌았다.

"그날, 내 손으로 대문을 열고, 현관문을 열고, 그래도 아무도 나와 보지 않는 텅 빈 거실에, 그 어둠 속에 혼자 서서 생각했어요. 내가 이대로 죽어 버린다고 해도 내 가족이란 사람들은 아무렇지 않겠구나. 나는 한 톨 슬픔도 남기지 못하고 먼지처럼 사라질 존재구나. 내 빈자리 같은 건 없구나. 그런 거구나. 그걸 깨닫고 나니까, 그 집에 빌붙어 미운 오리 새끼 취급을 받으며 사는 것보다, 그 집을 떠나는 게 더 무서워졌어. 내가 떠나면 그 사람들은 오히려 홀가분해할 테니까. 눈엣가시가 사라져서 너무 편하게, 행복하게, 그렇게 잘 살 텐데……. 그러면 안 되는 거잖아요. 나는 괜찮지 않은데, 나를 괜찮지 않게 한 사람들은 나 같은 거 까맣게 잊어버리면, 그럼 안 되는 거잖아요. 그러면 꼭, 내가, 세상에 존재하지도 않는 사람처럼 느껴지잖아."

"수안아!"

"그 집에서 나는 비참하고 괴로웠지만, 그런 내가 있어 그 사람들도 불행하니까 그거면 되었다 했어. 세상에 없는 존재가 되어서 그 사람들을 행복하게 해 주는 것보다는 그편이 차라리 견딜

만했어요. 어쩌면, 언젠가 내가, 내 엄마란 여자가 저지른 죗값을 내가 다 갚는 날이 오면, 그때는 나를 가족으로 여겨 줄 수 있지도 않을까. 무의식중에 그런 기대도 했겠죠. 당신 말마따나 멍청하게, 병신처럼…… 나는 그랬어요."

느릿한 바람이 소리 없이 울고 있는 수안의 하얀 치맛자락을 부풀렸다. 갯메꽃 덩굴을 뒤흔든 바람은 삽시간에 하늘과 바다 사이로 사라져 갔다.

체이스는 깊은 탄식을 하며 수안에게로 한 걸음 다가섰다.

경멸과 미움을 통해서라도 존재를 확인받고 싶은, 그 절대적인 외로움 같은 거, 나는 모른다. 모르는 마음을 어떻게 헤아리고 다독일 수 있을지도 나는 모른다. 어쩌면 평생 모를지도 모른다.

하지만, 그럼에도.

나는, 너를…….

"이수안."

충동적으로 뻗어 나간 손이 수안의 팔목을 잡았다. 눈이 마주치자 수안의 눈물방울이 더욱 굵어졌다. 글썽인다. 수안도, 수안을 닮은 바다도.

"나한테 와."

낮게 잠긴 목소리로 체이스가 말했다.

"그런 가족 같은 거, 버려. 버리고 나한테 와."

붉게 달아올라 있던 수안의 얼굴이 삽시간에 백지장이 되었다. 그녀의 흔들리는 시선을 체이스는 담담히 받아 냈다.

"같이 떠나자. 미국으로."

"체이스, 당신 지금……."

"나, 그렇게 좋은 남자는 못 돼. 제멋대로에 독단적이고, 배려하고 이해하는 일에는 한없이 서툴러. 너도 잘 알겠지만. 그래도 수안아, 노력할게. 적어도 네겐 좋은 남자일 수 있게, 내가 노력할게. 지켜 줄게."

떨리는 수안의 팔을 체이스는 더욱 힘주어 잡았다. 그리고 수안을 바라보았다. 더 가까이 다가서지도, 멀어지지도 않은 채로.

하루아침에 가족을 잃은 체이스가 가장 먼저 배운 것은 잃어버린 것에 미련을 두지 않는 법이었다. 아버지처럼 평생 잃어버린 것을 그리워하며, 목말라하며 살 수는 없으니까. 그래서 뒤돌아보지 않았다. 새로운 가족에게 마음을 열고, 그 가족의 일부가 되어 살아왔다. 그 가족이 미처 다 채워 주지 못하는 가슴속 빈자리 같은 건 잊기로 했다.

하지만 이제 알겠다.

뒤돌아보지 않는다 하여 잊을 수 있는 건 아니다. 수안을 처음 본 순간 느꼈던 그 비정상적인 이끌림은, 어쩌면 그러한 자각이 있었는지도 모르겠다.

무언가를 하염없이 그리워하는 너의 눈길이 나를 사로잡았다.

그건 가벼운 흥미도, 욕정도 아닌 사랑이었다. 네가 그리워하는 것을 나 역시 그리워하고 있었다는 것을 깨닫게 한, 이렇게 너를 붙잡고 싶게끔 한 그 감정은, 그러니까 처음부터 사랑이었다. 사랑이 아닌 그 무엇도 될 수 없다.

수안의 입술은 열릴 듯 열리지 않는다.

초조해하며 채근하는 대신 체이스는 어느 때보다 부드러운 눈길 속에 수안을 담았다. 글썽이는 바다를 감싸 안는 이 만의 해안

선처럼, 글썽이는 이 여자를 감싸 안는 남자이고 싶었다. 이 여자가 마냥 서럽지만은 않게, 기꺼이 자신을 내어 주고도 싶었다.

너의 남자가 되고 싶었다.

"수안아."

수안의 눈동자에 비친 자신의 모습을 바라보며 체이스는 천천히 입을 뗐다.

"나를 가져. 내가 네 가족이 돼 줄게."

그 모든 시간이 끝난 후에

"그 애는?"

현관 문턱을 넘어서며 백 씨는 차갑게 내뱉었다. 허리 숙여 인사하던 함평댁이 흠칫하며 눈치를 살폈다. 그것이 못마땅한 듯 백 씨의 눈초리가 더욱 날카로워졌다.

"못 들었어, 함평댁? 그 애 어디 있냐니까."

"예? 아, 예. 작은아가씨는 방에 계세요. 몸살이 심하게 나셔서, 출근도 못 하시고……."

"몸살? 일을 이 지경으로 만들어 놓고 몸살?"

백 씨가 마디마디 끊어 내뱉는 말은 비수처럼 날카로웠다. 그 서슬에 질린 함평댁은 잠자코 물러섰다. 그녀를 스쳐 지나 백 씨는 단걸음에 수안의 방으로 향했다. 아프다는 말이 거짓은 아닌지 갑작스러운 기척에 놀라 일어나는 수안의 얼굴이 해쓱하다. 그것이 또한 백 씨의 심기를 건드렸다.

"오셨어요, 할머니."

"놀랍구나. 그런 일을 저질러 놓고도 이리 태평하고 뻔뻔할 수 있다니."

백 씨의 음성이 분기로 떨렸다. 평시처럼 새파랗게 질려 안절부절못하는 대신 수안은 물처럼 고요한 얼굴로 그녀 앞에 섰다.

"영신 최 여사를 만났다."

피고의 죄를 상기시켜 주는 판관처럼 백 씨는 냉엄했다. 그러나 수안은 동요하지 않았다. 수굿하게 눈을 가라뜬 모양새가 외려 반항적이다.

"우선은, 좀 앉으세요."

수안은 창가에 놓인 티 테이블로 백 씨를 안내했다. 기가 막혀 하면서도 백 씨는 우선 자리에 앉았다. 식은땀에 젖은 머리칼을 하나로 묶은 수안도 곧 그녀의 맞은편에 착석했다.

"미리 연락을 주셨더라면 준비를 했을 텐데, 이런 모습이라 죄송합니다."

목이 잠겨 낮아진 목소리로 수안이 말했다. 수안이 침착한 만큼 백 씨의 노기는 더욱 팽배해졌다.

"내 말 못 들었니? 최 여사를 만났다지 않아, 최 여사를!"

"……네. 그러셨군요."

"그러셨군요? 내게 대들어 보기라도 할 심산인가 보구나."

"많이 화가 나셨으리라는 건 알지만 이번 일, 제 잘못이라고는 생각하지 않습니다."

"감히, 네 마음대로 혼사를 망쳐 놓고도 잘못한 게 없다?"

백 씨는 분개하여 자리에서 일어섰다.

혼사를 진행시키기 위해 최 여사를 만난 자리에서 마른하늘에 날벼락과 같은 통보를 받았다. 이 혼담을 없던 일로 하자는 것이었다. 더욱 기가 막힌 건 그 이유였다. 수안이, 이 발칙한 것이 신진욱을 만나 결혼하지 않겠다는 분명한 뜻을 전했다고 했다. 아무리 설득하여도 요지부동이더라고.

"앙큼하기도 하지. 그런 큰일을 벌이고도 어찌 한마디 말도 없이……."

"저는 분명히 다시 생각해 보겠다고 말씀드렸고, 다시 생각해서 내린 결론입니다. 그래서 그런 제 뜻을 전했고, 그쪽도 결국 받아들였어요. 할머니께 진작 말씀드리지 못한 건 제 불찰이지만, 저는, 그 결혼, 하지 않겠다는 제 결정은, 잘못이 아니라고 생각합니다."

수안의 목소리가 더욱 낮고 가늘어졌다. 부르터 갈라진 입술을 힘겹게 떼면서도 변함없이 담담한 모습. 낯설게 느껴지는 손녀를 백 씨는 질린 듯이 쳐다보았다. 수안도 곧 고개를 들어 그녀와 시선을 마주하였다. 눈동자가 무섭도록 맑다. 그 눈동자를 스치는 무수히 많은 감정과 생각들이 백 씨를 초조하게 했다.

저 눈을 알고 있다.

최민혜. 그 계집의 눈도 꼭 저러했다. 그나마 요사스럽기가 뱀과 같았던 제 어미의 성정은 닮지 않았나 하였더니 역시 피는 못 속이는 법. 조상님들도 무심하시지. 어쩌자고 저런 것들의 피가 이 집안에 섞여 들었단 말인가. 어쩌자고.

첨예하였던 대립은 수안이 시선을 돌리는 것으로 막을 내렸다. 그러나 어딘지 석연치가 않다. 마지막 순간, 수안은 분명 웃음을 지었다. 허탈하고 쓸쓸하게, 체념이라도 하듯이. 이 또한 전에 없던 모습이다.

"오냐. 영신을 걷어찬 게 누구 손해일지 두고 보자. 배은망덕한 것. 제 분수도 모르고 어디서 감히."

한바탕 독설을 쏟아 낸 백 씨는 미련 없이 돌아섰다. 수안은 그녀를 붙잡지 않았다. 해명하지도, 용서를 구하지도 않았다. 무릎 위에 손을 포개 얹은 단정한 자세로 미동도 않고 백 씨를 주시할 뿐이었다. 애원의 빛이 사라진 눈길이 몹시도 서늘하여 백 씨는 저도 모르게 마른침을 삼켰다.

이제야 본색을 드러내는 게지.

눈살을 찌푸린 백 씨는 서둘러 수안의 방을 떠났다. 거실에서 부터 휴대폰이 울리는 소리가 들려오기 시작했다.

"이런 말은 좀 그렇다만, 넌 진짜 변태 자식 같아."

레슬리는 신경질적으로 자리에서 일어섰다. 그 바람에 테이블에서 떨어진 유리컵이 카펫 위를 뒹굴었다. 그 컵을 주워 드는 체이스는 여유로웠다. 지금껏 귀가 아프게 쏟아 낸 충고는 다 어디로 흘려들었는지 싱긋이 웃음마저 띤 얼굴이다.

"그 사람들을 왜 만나? 착오가 생겼다면 바로잡아야지!"

"그래서 바로잡으려고 하고 있잖아."

"이게 바로잡는 거냐? 번지수 잘못 찾은 상대를 기어이 만나러 나가는 게?"

체이스 곁으로 레슬리는 성큼 다가섰다.

"너, 그 여자 좋아한다며. 진심으로 좋아하게 됐다며."

"맞아. 좋아하지. 정신 못 차리게 좋아하지."

"그런데 그 여자 언니를 소개받는 자리에 나간다는 게 말이 되냐? 그 여자네 집안 사정까지 다 알게 됐으면서?"

"그러니까 나가는 거야. 그 여자 언니니까."

여전히 아리송한 말만 늘어놓으며 체이스는 소파에 느른히 기대앉았다. 레슬리의 얼굴을 뒤덮은 근심과 혼란은 이제 최고조에 달하였다.

어머니의 착오로 벌어진 일을 며칠 전에야 알게 되었다. 레슬리는 당장 미국으로 연락해 자신의 과오를 바로잡을 작정이었지만 체이스는 단호히 만류했다. 자신의 손으로 넘어온 일이니 자신이 해결할 것이라 했다. 그 해결책이란 것이 군말 없이 그 자리에 나가는 것일 줄은 상상도 하지 못했다.

"차라리 그 여자를 찾아가. 대답을 안 하면 하게 만들어. 뭐, 정 안 되면 납치라도 하든가. 그게 훨씬 너답겠다."

"내가 할 수 있는 일은 전부 다했어. 나머지는 이제 그 여자 몫이지. 내가 관여할 수 없는, 철저한 이수안만의 문제."

체이스의 목소리가 낮아졌다. 속 편한 웃음이 사라진 얼굴 위로 지독한 피로감이 드러났다.

저 녀석, 지난 며칠간 통 잠을 이루지 못했다. 어둠 속에서 홀로 술잔을 기울이거나 발코니를 서성이기 일쑤였다. 천하에 체이스 와이즈가, 고작 여자 하나 때문에.

"너도 너지만 그 여자도 정말 이해가 안 된다. 왜 대답이 없어? 그런 인생에 대체 무슨 미련이 있는 거지? 뭘 망설이는 거야? 어떤 선택을 하든 지금보다 더 나쁘기도 힘들 텐데."

튀어 오른 감정의 불똥이 수안을 향했다. 묵묵히 듣고 있던 체이스는 짧게 쓴웃음을 지었다.

"믿기 힘든 거겠지. 내 진심을."

"그 가족 같지 않은 가족은 믿을 만하고?"

"글쎄. 아마도 그 여자는 모르고 살아오지 않았을까. 사람을 믿는다는 게 뭔지. 의지한다는 게 뭔지. 욕심낸다는 게 뭔지······."

"그런 걸 어떻게 모를 수 있어?"

"글쎄. 어쨌든 우리는 그런 가장 기본적인 감정, 욕심마저 통제받는 삶 같은 건 살아 본 적 없으니까. 이해 못하겠지. 그런데 레슬리, 그 여자는 우리가 아니니까. 우리한텐 당연한 것들이 그 여자한테는 너무 어려운 일일지도 모르지."

창가로 다가간 체이스가 커튼을 열었다. 어제부터 다시 쏟아지기 시작한 비는 잠시 소강상태에 접어들었다. 체이스의 어깨 너머로 내다보이는 하늘은 빠르게 흘러가는 구름들로 어지럽다.

"이해라는 거, 참 우습지."

체이스가 실소했다. 이어질 말을 레슬리는 고요히 기다렸다.

"한 사람을 온전히 이해하는 데는 한평생도 모자란데, 한 사람을 오해하는 건 한순간이면 충분하잖아. 나도 처음엔 그 여자를 이해할 수 없어 힘들었는데, 생각해 보니 우습더라. 내가 뭐라고 살아 보지 않은 인생을 이해하느니 마느니 하는 건지. 이해하려 하고 있다 자신하지만, 결국엔 열심히 오해하고 있는 건지도 모르지."

천천히 체이스가 돌아섰다.

"내 자신도 제대로 이해하지 못하고 살다 죽는 게 인간인데, 나

아닌 다른 존재를 이해한다는 게 가능하기는 할까? 나는 잘 모르 겠다, 레슬리. 그 여자를 생각하면 할수록 점점 더 모르겠어. 이 해라는 거, 어쩌면 인간의 능력 밖의 일이 아닐까 싶기도 하고. 그런데도 이해해 주고 싶어. 그 여자를."

"이해는 인간의 능력 밖에 있는 거라며."

"그래. 맞아. 그런데도, 그런 거라도 이해하고 싶다. 평생 이뤄지 지 않을 바람이라고 해도 평생 노력해 보고 싶은. 뭐, 그런 기분."

저 바보 자식은 지금 자신이, 대체 어떤 눈빛을 하고 있는지 알까.

두 아버지의 친분에 같은 해에 태어난 같은 사내아이라는 공통 분모까지 더해져 체이스와는 갓난아이 시절부터 쭉 함께였다. 형 제라는 관계로 맺어지기 훨씬 이전부터 이미 형제였던, 어쩌면 세상에서 서로를 가장 잘 알고 있는 관계. 그런 레슬리에게도 지 금의 체이스는 낯설다.

강한 녀석이었다.

강한 척 허세를 부리지 않아도 내면의 강함이 자연스레 드러나 는 녀석. 그 점이 사람을 끄는 매력으로 작용하여 체이스는 누구 에게든 호감을 샀다. 나이의 많고 적음과 상관없이 다들 체이스 를 믿고 따르는 것 역시 그러한 까닭일 것이다. 그런 녀석이, 지 금은 한없이 여리고 상처 받기 쉬운 아이 같다. 유들유들 의도적 으로 능청거리며 아이처럼 구는 것이 아닌, 스스로의 감정을 제 어하지 못해 화를 냈다, 불안해했다, 슬퍼했다, 결국에는 막막해 지고 마는 진짜 아이.

"그 여자가 끝까지 널 못 믿으면, 그래서 네가 내민 손 잡아 주지 않으면 그땐 어쩔 거야."

"도저히 나란 놈을 믿어 줄 수 없다면, 별수 없지. 단념하는 수밖에."

"그래도 괜찮겠냐, 너."

"이수안 없이는 못 살 거라 한다면, 그건 새빨간 거짓말이지. 그 여자 없이도 나는 전처럼 잘 살아갈 거야. 그런데 그 여자가 있으면, 조금 더 잘 살 수 있을 것 같다. 내가, 아주 조금은 더 나은 놈이 될 수 있을 것도 같고. 그리고 어쩌면, 그 조금이 내 인생을 바꿔 줄지도 모른다는 생각이 들어."

조금 더.

체이스를 따라, 그는 낮게 중얼거렸다.

안다. 조금. 아주 조금이 결국 어마어마한 차이를 만든다는 것을. 기계도, 레이스도, 사람의 인생도. 결국 삶이란, 그 조금을 위한 안간힘의 연속인지도 모른다는 것 역시 알고 있다. 알기에 어떤 대답도 하지 못했다.

"하나만 더 묻자."

레슬리는 가라앉은 목소리로 말을 꺼냈다.

"네가 할 수 있는 일은 다했다면서, 남은 건 그 여자의 선택뿐이라면서, 대체 그 자리는 왜 나가는 거야?"

"그 여자한테 내가 할 수 있는 일은 다했지만, 그 여자 가족에겐 해 줘야 하는 일이 남은 것 같아서 말이야."

"파트너십 계약 보류. 설마 이 일 때문이야?"

"그럴지도."

"그럴 거면 비즈니스 관계로 만나 처리하면 되잖아. 뭐하러 그런 자리에 나가?"

"비즈니스 관계로 처리하면 재미없으니까. 그 여자 할머니라는 사람, 기대하는 것 같더라고. 내가 당신 큰손녀 짝이 되기를. 그래서 잔뜩 기대하게 해 드렸어."

"대체 왜?"

"낙차가 클수록 충격도 큰 법이니까. 한껏 기대하게 해 줘야 뼈저린 실망감을 안겨 주지. 안 그래?"

체이스가 웃었다. 웃음이 천연스러운 만큼 그 이면에 담긴 냉기는 더욱 뚜렷해진다.

지끈거리는 관자놀이를 짚으며 레슬리는 그저 혀만 내둘렀다.

어떤 결론이 내려질지 도통 짐작이 되지 않는다.

아무튼 체이스 와이즈, 저 골 때리는 자식.

여름 감기는 지독했다. 내리 사흘을 앓고 나서야 수안은 겨우 몸을 가눌 수 있을 기력을 차렸다. 식은땀으로 젖은 몸에서 들큼한 땀 냄새가 풍겼다.

침대를 빠져나온 수안은 가장 먼저 창문을 열었다. 샤워를 하는 사이에 정체되어 있던 방 안의 공기가 교체되었다. 장마철 특유의 끈적한 습기 탓인지 바다 냄새가 더욱 짙어졌다.

머리를 말린 수안은 세탁할 잠옷과 침구를 챙겨 들고 방을 나섰다. 주말이지만 집 안은 쥐 죽은 듯 고요했다. 사흘 내내 이곳에 머무르던 백 씨는 정오 즈음 하여 정안과 함께 외출했다. 그 길에 함평댁도 장을 보러 나갔는지 집 안 어디에서도 사람의 기척이 느껴지지 않는다.

세탁기를 돌려 둔 수안은 텅 빈 거실에 홀로 앉았다. 주머니 깊이 넣어 두었던 휴대폰을 꺼내 지난 며칠간 들어온 메시지와 전화를 확인했다. 어디에도 체이스의 번호는 없다. 휴대폰을 테이블 끝에 내려놓는 손이 가늘게 떨렸다.

그날, 그 바닷가에서 수안은 끝내 아무 대답도 하지 못했다. 가족. 체이스의 입에서 흘러나온 그 단어를 듣는 순간 사고가 멈추었다. 생각이란 것을 해야 할 텐데 하염없이 눈물만 흘러내렸다. 그 눈물을 닦아 주며 그는 기다리겠다고 말했다. 네가 어떤 대답이든 해 줄 수 있을 때까지 기다리겠다고.

그날 밤을 수안은 뜬눈으로 지새웠다. 열린 창문 앞에 웅크려 앉아 퍼붓는 빗줄기를 넋 놓고 응시하며. 비가 그치고 희붐하게 아침이 밝았을 때에는 이미 온몸이 불덩이. 호되게 앓을 것을 예감하였지만 아무런 조치도 취하지 않았다. 병원에 가지도, 약을 챙겨 먹지도 않았다. 그저 앓았다. 침대에 홀로 누워 오한에 몸을 떨며. 그럴수록 신기하게 머리는 맑아졌다.

그 며칠, 수안은 처음으로 스스로를 타자화하여 바라보았다.

병든 미운 오리 새끼에게 눈길을 준 사람은 함평댁뿐이었다. 죽을 쑤어 오고 물수건을 가져다준 사람 역시도. 느닷없이 들이닥친 백 씨는 털끝만큼의 연민도 없이 독설을 쏟아 냈고 정안은 그 방의 문턱조차 넘어오지 않았다. 그것이 현실이었다. 이수안이 살아왔고 큰 이변이 없다면 앞으로도 쭉 살아가게 될 감옥.

수안은 메마른 웃음을 지으며 자신의 손을 내려다보았다.

이 손을 잡아 줄 사람은 이 집 안 어디에도 없다. 이 감옥 속에 평생을 머물러도 마찬가지일 터였다. 잘라 내려 애를 써도 끈질기게 따라붙던 미련이 삭아 버린 실처럼 툭 끊어져 나갔다. 그러자 보인다. 체념 뒤에 숨겨 놓았던, 여전히 뜨겁고 간절한 소망이.

자신이 괴로운 만큼 가족들도 괴롭기를 바라였다. 그래서 떠나지 않았다. 알아서 사라져 주는 것으로 평안을 주느니 곁에서 숨 쉬는 것으로 괴롭혀 주기 위해. 그건 분명한 사실이었다. 하지만 상대가 나로 인해 괴롭기를 바라는 마음 역시 일종의 애착. 정작 그들은 이수안이라는 존재가 사라지든 말든 조금도 신경 쓰지 않을 텐데. 내보내 평안을 주느니 곁에 두어 괴롭혀 주고 싶은 의지조차 없을 텐데.

고개를 들며 수안은 웃었다. 주먹을 움켜쥔 손은 이제 산 사람의 것이 아닌 양 창백하다. 갑작스레 목이 타 수안은 비척거리며 부엌으로 향했다.

가시조차 되지 못한 무의 존재.

거푸 들이켠 물로 젖은 입술을 닦을 생각도 하지 못한 채로 컵을 쥔 손을 내려다보았다. 돌아갈 삶 같은 건 존재하지 않는다. 체이스를 만나기 이전부터 이미 그러했다. 그러니 올바른 선택이란 어차피 한 가지뿐이다.

이 집을 떠나야 한다.

사람답게 살려면, 더는 죄인으로 살지 않으려면. 또 다른 상처를 받게 될까 두려워 그를 떠나보내든, 용기를 내 그의 손을 잡든, 어떤 경우에라도.

반쯤 열어 둔 거실의 창틈 사이로 돌풍이 불어 닥쳤다. 소금기가 밴 바닷바람이 왁살스레 뺨을 할퀴었다. 수안은 가늘게 찡그린 눈으로 그 바람이 불어온 방향을 바라보았다. 뿌리가 뽑힐 듯 흔들리는 노송 사이로 드러난 하늘은 온통 먹구름으로 뒤덮였다. 바람이 실어 온 빗방울이 살갗을 스친 후에야 수안은 태풍의 상륙을 감지하였다.

상처 받을지도 몰라.

빈 컵을 들여다보며 스스로에게 경고했다. 기대와 상처의 깊이가 비례한다면, 체이스를 사랑하여 받게 될지도 모를 상처는 아마 전 생애를 관통할 만큼 치명적일 것이다.

하지만, 뭐 어때.

짙붉어진 입술 사이로 헛웃음이 터져 나왔다.

혹여 또다시 상처 입게 된들 무엇이 두려울까. 지금껏 살아온 시간, 어느 순간도 상처이지 않은 적이 없었는데. 치명상을 이겨내지 못해 마음이 죽어 버린들, 이깟 흉터투성이 마음 따위 아까울 게 뭐야. 어차피 그 남자를 잃으면 죽어 버릴 마음인데.

더욱 습해진 바람이 신고 온 물비린내가 거실을 온통 휘저었다. 그 바람을 등지고 선 채로 수안은 힘껏 빈 컵을 내동댕이쳤다. 대리석 바닥에 부딪혀 산산조각이 난 유리가 반짝이는 파편이 되어 날아올랐다. 그 맑고 날카로운 파열 음의 잔향이 가시기도 전에 수안은 현관을 뛰쳐나갔다.

빗줄기는 눈앞을 분간키 어려울 만큼 굵어졌다.

"팀장님!"

물에 빠진 생쥐 꼴을 하고 달려 들어온 여자를 막아선 지영이 경악하여 소리쳤다. 이곳이 본관의 로비이며 투숙객들의 시선이 집중되고 있다는 사실은 잠시 잊었다. 지금 지영이 인지할 수 있는 한 가지는 눈앞에 서 있는, 도저히 믿기지 않는 몰골을 한 수안뿐이었다.

"이게 대체 어떻게……."

지영은 더 이상 말을 잇지 못하고 혀를 내둘렀다. 우산도 없이 폭우를 뚫고 온 수안은 머리끝부터 발끝까지 흠뻑 젖어 있었다. 달라붙은 하얀 블라우스 아래로 브래지어의 윤곽이 비치고 치마 아래로 드러난 다리와 샌들은 튀어 오른 흙탕물로 엉망이 되었다. 옷깃 하나조차 완벽히 정돈하여 비인간적으로 느껴졌던 수안의 이런 모습은 괴이하다 못해 공포스럽기까지 하다.

"그 사람…… 어디 있나요?"

차오른 숨을 헐떡이며 수안이 물었다.

"네? 무슨 말씀이세요?"

"체이스, 그 사람, 어디 있는 건가요?"

꼭 엄마를 찾아 헤매는 미아처럼 수안은 절박해 보였다. 우선 투숙객들의 눈에 띄지 않는 곳으로 데려가야 한다는 것도 잊고 지영은 더듬더듬 대답을 꺼냈다.

"아. 와이즈 씨는 조금 전에 스카이라운지로 올라가셨어요. 이 전무님과 큰사모님도 동행하셨는데, 모르셨어요?"

"언니와 할머니가요?"

"네. 세 분이 함께요."

지영은 얼떨떨해하며 고개를 끄덕였다. 느리게 눈을 껌뻑이던 수안의 눈에 번뜩 초점이 되돌아왔다.

"팀장님! 이 팀장님!"

엘리베이터를 향해 달려가는 수안의 뒤를 지영은 대경실색한 얼굴로 쫓았다. 엘리베이터를 기다리고 있던 중년의 부부가 흠칫 거리며 물러섰고, 수안은 때마침 문이 열린 엘리베이터에 주저 없이 올랐다. 지영은 닫히는 엘리베이터 문 사이에 다급히 구두 끝을 밀어 넣었다. 말려야 했다. 수안이 저 꼴로 스카이라운지까 지 휘젓게 둘 수는 없다. 그러나 다시 문이 열리고 수안과 눈이 마주친 순간, 지영은 그만 하려던 말을 까맣게 잊어버리고 말 았다.

수안은 울고 있었다.

그리고 또한, 수안은 웃고 있기도 했다.

울음도 웃음도 지나치게 선명하여 눈이 부셨다. 부옇게 번진 파스텔화처럼, 아름답지만 어쩐지 흐릿한 인상을 주었던 여자가 지금은 원색의 강렬한 존재감을 발산하고 있다.

결국 지영은 아무 말도 꺼내지 못한 채로 주춤 물러섰다. 천천 히 엘리베이터의 문이 닫히고, 전광판의 숫자가 빠르게 변화하기 시작했다.

맞선이라는 자리는 생각보다 훨씬 고리타분하고 지루했다. 식 상한 질문. 뻔한 대답. 그리고 잠시의 침묵. 또다시 식상한 질문. 뻔한 대답. 이번에는 거짓된 웃음. 잘 짜인 순서를 따라 진행되는 대화의 반복.

늘어지게 하품이라도 하고 싶은 심정이었으나 체이스는 내색 하지 않았다. 어디 한 군데 흐트러진 곳이 없는 모습으로 앉아 그다지 궁금하지 않은 정안의 이야기에 귀 기울이고, 지극히 속 물적인 백 씨의 질문에 성심껏 대답했다. 얼굴에 경련이 일 것 같다는 생각이 들 즈음, 마침 전채 요리가 나왔다.

달그락거리는 식기의 소리가 간간이 울릴 뿐, 룸은 고요했다. 느긋이 식사를 하며 체이스는 마주 앉은 두 사람의 동태를 주의 깊게 살폈다. 재미있게도 정안은 시종일관 무심했다. 미소를 짓는 얼굴과 나긋나긋한 말투 뒤에 숨은 진심이 체이스의 눈에는 보였다. 이 일이 자신의 책무이므로 최선을 다하고 있으나 사적인 호감이나 열의 같은 건 조금도 느껴지지 않는다. 반면, 백 씨는 지나치리만큼 열성적이다. 손녀를 소개시킨 후 퇴장할 법도 하건만 악착같이 자리를 지키며 정안을 치켜세웠다.

"지우 군은 장래에도 쭉 운동선수 생활을 할 작정인가요?"

접시가 치워지기 무섭게 백 씨가 물었다. 지우 군. 처음부터 쭉 그녀는 저 호칭을 사용했다. 거기에 밴 과잉된 친밀감이 주머니 속에서 녹아 버린 사탕처럼 끈적하다.

"물론 지우 군이 어떤 선택을 하든 문제 될 건 없어요. 좋아하는 일에 매진하며 사는 것보다 더 훌륭한 인생도 드물지."

체이스가 선뜻 대답하지 않자 백 씨는 재빨리 덧붙였다.

"정안이 이 애가 일밖에 모르고 살아온 게 좀 걱정이긴 하지만, 워낙 야무진 아이이니 내조도 곧잘 할 거예요. 거기다 우리 태진도 든든한 응원군이 되어 줄 테니, 요트 선수를 계속 한다면 정안이 이 아이와 연을 맺는 게 지우 군에게도 큰 이득이 되지 않겠어요?"

"이득이라……. 글쎄요."

화이트 와인으로 입가심을 한 체이스는 시선을 들어 백 씨를 마주했다.

"태진 조선이 훌륭한 기업인 건 분명합니다. 이번 협력의 결과도 완벽하고요. 흠잡을 곳 없는 파트너입니다. 하지만, 그렇다고 해서 레오니스가 태진 덕을 보았다고는 할 수 없죠."

와인 잔을 천천히 돌리며 체이스는 웃었다.

"애당초 레오니스의 기술력을 토대로 한 프로젝트를, 태진은 그저 거든 정도니까요. 이 정도 서포트를 해 줄 기업은 많습니다. 그 모든 기업 오너의 따님들과 연을 맺으려면, 족히 수백 번은 결혼해야 할 것 같군요."

냉정히 말을 끝맺은 체이스는 이만 와인 잔을 내려놓았다. 실없이 뵈던 웃음이 사라진 얼굴은 이제 얼음장처럼 싸늘해졌다. 탐색 종료. 이쯤 기대감을 고조시켰으면 이제 어지러운 낙하를 선사해 줄 때도 되었다.

"지우 군, 그건 말이 좀…… 지나친 게 아닌가요?"

최대한 부드러운 표정을 지으려 애쓰고 있음에도 백 씨의 눈빛은 어쩔 수 없이 날카롭다. 그 곁에서 정안은 조용히 물을 마셨다. 상황이 뜻하지 않은 방향으로 흘러가고 있음을 감지한 듯 눈초리가 가늘어졌다.

체이스는 물 잔을 감싸 쥔 정안의 손을 물끄러미 바라보았다. 손매듭이 매끈하여 아름다운, 수안과 꼭 닮은 손. 뿐만 아니라 이목구비 곳곳에서도 수안이 겹쳐 보인다. 닮았다. 참 많이 닮은 자매다.

어쩐지 허탈해져 실소하며 체이스는 눈길을 백 씨에게로 옮겼다. 그녀의 얼굴에서도 언뜻 수안이 보인다. 모질고 엄한 인상만 걷어 낸다면 더욱 닮은 조손지간일 것이다.

놀랍다.

핏줄이란 이토록 닮은 얼굴을 가질 수 있는 존재들이라는 사실도, 이토록 닮은 얼굴로 서로를 미워할 수 있다는 사실도 하나같이 놀랍다. 하기야. 새삼 놀라워하는 것도 우습다. 끔찍한 아버지의 혈육들. 그들과 자신은 또한 얼마나 닮은 얼굴을 가지고 있는가.

치밀어 오르는 욕지기를 참기 위해 체이스는 잠시 입술을 굳게 다물었다. 그리고 다시 입술을 떼려는 찰나, 부서질 듯 거칠게 프라이빗룸의 문이 열렸다. 팽팽하게 대립하고 있던 세 사람의 시선이 일제히 한 방향으로 쏠렸다.

수안이었다.

도저히 수안이라 믿을 수 없는 몰골을 한 수안이 그곳에 서 있었다. 붙잡는 웨이터의 손길을 단호하게 뿌리친 수안은 룸을 가로질러 식탁으로 다가왔다. 다들 입만 벌리고 있을 뿐 탄식 한 번 제대로 흘리지 못했다. 태풍의 눈처럼 고요한 수안이 이 자리에 있는 모두를 압도했다. 심지어는 체이스마저도.

"너……."

백 씨가 겨우 목소리를 쥐어짜 냈다. 수안은 아랑곳 않고 체이스의 곁으로 다가왔다. 물이 뚝뚝 떨어지는 작은 손이 힘껏 그의 팔을 붙들었다.

"이 남자, 제 남자예요."

수안의 목소리가 카랑하게 울려 퍼졌다. 사색이 되어 눈치를 살피고 있던 웨이터들은 부랴부랴 물러나 문을 닫았다.

"저 이 남자랑 손잡고, 입 맞추고, 잠도 같이 잤어요."

부들부들 떨면서도 수안은 거침없이 제 할 말을 쏟아 냈다. 체이스는 말문이 막혀 멀거니 수안을 보았다. 그러나 지금, 수안의 시선은 오직 백 씨만을 향해 있었다.

"너, 지금 이 자리가 어떤 자리라고……."

백 씨가 자리를 박차고 일어섰다. 그 기세에 식탁 가장자리에 아슬아슬하게 놓여 있던 나이프가 바닥으로 곤두박질 쳤다.

"천박한 것이, 제 어미 피는 못 속여 이런 짓을 하는 거라고 생각하시겠죠. 할머니는 늘 그런 식이니까요. 그렇다면, 네. 맞습니다. 처자식을 두고도 젊고 예쁜 여자에게 혹해 가정을 파탄 낸 아버지와 돈에 눈이 멀어 아무 가책 없이 그 장단에 놀아난 어머니를 둔 자식인데, 그 피가 어디 가나요."

수안이 비죽거리며 쏟아 낸 말들이 정체된 룸의 공기를 휘저었다. 백 씨는 아무 말도 하지 못했다. 눈을 뜨고 악몽이라도 꾸는 듯한 얼굴로 그저 수안을 바라보고만 있다.

"그런데 어쩌죠? 아무리 생각해 봐도 저는, 할머니가 그리 천박하다 말씀하시는 엄마보다는 아버지 쪽을 좀 더 닮은 것 같은데. 아니. 어쩌면, 할머니를 닮았을지도 모르겠네요. 엄마는 영악하고 교활했지만 적어도 그런 스스로를 숨기려 들진 않았잖아요. 그런데 저는, 할머니 말씀대로라면 본성을 숨기고 그렇지 않은 척 가식을 떨며 살아온 사람이니까, 아무리 생각해도 그건 친탁이에요. 모든 걸 다 죽은 엄마 탓으로 돌리고 홀로 고고한 척 살아오신 아버지, 모든 걸 다 제 탓으로 돌리며 정의의 심판자 노릇을 해 오신 할머니. 두 분의 그런 가식과 비겁함을, 제가 고스란히 물려받았어요. 그러니 지금껏 이렇게 살아왔겠죠. 괜찮지 않은데 괜찮은 척. 감쪽같이 연기를 하면서. 그런데요 할머니, 저 이제 안 할래요. 할머니와 아버지 닮은 사람으로 사는 거, 그만할 거예요. 그럴 바에는 차라리 천박하고 뻔뻔한 최민혜 딸로, 그 피에 걸맞게 살래요."

"당장 나가거라. 집으로 돌아가 있어. 돌아가서 다시 이야기……."

"집이요? 이야기요?"

실소를 머금은 수안이 애써 점잔을 빼는 백 씨의 말허리를 잘 랐다.

"돌아갈 집 같은 게, 저한테 있었나요? 할머니가 저와, 단 한 번이라도 이야기란 걸 나눠 보신 적이 있으신가요? 할머니가, 그 어린 절 대문 밖으로 끌어내 팽개쳤던 날부터 제게는 집이란 게 없었어요. 그저 빌붙어 살아왔을 뿐이죠. 대화다운 대화 한번 해 보지 못하고, 명령만 받으면서. 그런 곳으로, 저 이제 돌아가지 않아요. 할머니와 나누고 싶은 이야기도, 더는 없습니다."

"그만하거라."

"저는 천박한 최민혜의 딸이라서, 할머니처럼 고고하질 못해 요. 그래서 저 이 남자 욕심나서, 가지고 싶어서. 네, 그래서 이 남자에게 몸도 주고 마음도 줬어요. 그러니까 제 남자예요. 할머 니가 뭐라고 하셔도 그 사실은 변하지 않아요. 그리고 할머니, 저 는 죄인이 아니에요. 할머니 말씀처럼 이 세상에 태어난 사실 하 나로 이미 죄를 지었다 한들, 그 죗값은 진작 다 치르고도 남았어 요. 그러니 이제 더는 죄인처럼 살지 않을 거예요. 할머니는 제가 쭉, 이렇게 불행하길 바라시겠지만, 천만에요. 행복해질 거예요, 저. 보란 듯이 행복해질 거예요!"

"그만하라지 않아! 감히, 어디서 감히 이따위 패악을 부려 대!"

분기를 다스리지 못한 백 씨가 물 잔을 집어던진 것과 자리에서 일어난 체이스가 수안을 감싸 안은 것은 거의 동시였다. 테이블의 모서리에 부딪치며 산산조각이 난 유리잔의 파편이 체이스의 손등을 할퀴었다. 당장 수안의 머리채라도 잡을 기세였던 백 씨는 휘청거리며 이마를 짚었다. 다급히 일어선 정안이 그런 백 씨를 부축했다.

　"일단, 그만하자, 수안아."

　떨리는 목소리로 정안은 힘겹게 말을 꺼냈다. 줄곧 백 씨만 바라보고 있던 수안은 그제야 언니에게로 눈길을 돌렸다. 울분 대신 서글픔이 차오른 눈동자에서 주르르 눈물이 흘러내렸다.

　"언니. 나, 한 번도 언니 몫을 탐낸 적 없어요. 언니 걸 빼앗고 싶다는 생각 같은 것도, 맹세코 한 번도 가져 본 적 없어. 내가 지은 죄는 아니지만, 그래도 날 낳은 여자가 지은 죄니까. 그 여자 때문에 어머니와 동생을 잃은 언니한테, 나 늘 미안했어요. 죄스러웠어. 그래서 억울해도 참고, 무조건 양보했어요. 그런데 언니, 이 남자는 아니야. 이 남자에 관해서는 나 참지도, 양보하지도 않을 거예요."

　흐느끼면서도 수안은 물러서지 않았다. 그러나 이제 한계치에 다다른 듯 젖은 몸의 떨림이 격심해졌다.

　"제가 하려던 말을 수안 씨가 다하는 바람에 더는 할 말이 없게 돼 버렸군요."

　체이스는 한 걸음 옆으로 옮겨 수안과 백 씨 사이를 가로막고 섰다. 손가락을 타고 흐른 핏방울이 베이지색 카펫 위로 떨어졌다.

"두 분께서 들으신 그대로입니다. 이미 둘째 손녀분과 몸과 마음을 모두 나눈 사이인 제가 이 여자의 언니까지 욕심내는 건 사람답지 못한 짓이죠. 그러니 아쉽지만, 백 여사님의 제안은 거절해야 할 것 같습니다. 아마 정안 씨도 저와 같은 생각이실 겁니다. 이 말씀을 드리기 위해 이 자리에 나온 겁니다, 전."

망연해져 있는 백 씨와 정안을 향해 체이스는 차가우면서도 정중한 미소를 보냈다.

"조금 전 드린 말씀처럼 태진 조선은 훌륭한 기업이지만, 레오니스에겐 태진 이외에도 수많은 대안이 있습니다. 그럼에도 제가 태진의 손을 잡는다면, 그건 순전히 이 여자, 이수안 때문이겠죠. 그러니 태진은 둘 중 하나의 선택을 하셔야 할 겁니다. 첫째, 이수안을 체이스 와이즈에게 내어 주고 레오니스와의 협력 관계를 이어 간다. 둘째, 이수안을 체이스 와이즈에게 빼앗기고 협력 관계마저 깨뜨린다."

명백한 협박조의 말을 체이스는 완벽한 매너를 갖추어 건넸다. 그리고 더는 그들에게 미련이 없다는 듯 수안을 향해 돌아섰다. 재킷을 벗어 어깨를 감싸고 얼굴을 뒤덮은 뜨거운 눈물을 세심히 닦아 주었다.

복잡하던 머릿속이 명료하게 정리되었다.

내 남자. 이수안이 체이스 와이즈를 그렇게 지칭한, 바로 그 순간에.

"이제 그만 가자. 걸을 수 있겠어?"

체이스는 허리를 굽혀 수안과 눈높이를 맞추었다. 메마른 낙엽처럼 위태로운 꼴을 하고도 이 미련퉁이는 잘도 고개를 끄덕인다.

채 한 걸음도 떼어 놓지 못해 주저앉아 버릴 것이 분명한데도.

부드러운 한숨을 내쉰 체이스는 예고 없이 수안을 안아 들었다. 허무하도록 가벼운 몸이 분노와 연민을 동시에 불러일으켰다.

"그럼, 태진의 결정을 기다리고 있겠습니다."

오만한 통첩을 끝으로 체이스는 돌아섰다. 따라붙는 시선들 따위는 조금도 개의치 않았다.

숨도 제대로 쉬지 못하고 얼어붙어 있던 수안은 엘리베이터의 문이 닫히고 나서야 참아 온 울음을 터뜨렸다. 울지 말라는 말 대신 체이스는 온 힘을 다하여 수안을 안았다.

억눌러 온 감정들이 뜨거운 한숨으로 터져 나왔다.

언제까지나, 그 바람은

눈을 뜨자 가장 먼저 그가 보였다. 조도를 낮춘 스탠드의 불빛이 비추어 준 그의 얼굴은 다정하고 따스하다. 이것이 꿈이 아님을 확인하듯 수안은 손을 뻗어 얼굴의 윤곽을 더듬었다.

눈썹. 콧날. 입술. 뺨. 그리고 다시 입술.

그 입술이 천천히 수안의 입술 위로 다가왔다. 교차되는 숨결속에서 잠에 취해 흐려졌던 기억들이 차츰 되살아났다. 무슨 일을 저질렀으며 이곳은 어디인지.

거칠게 차를 몰아 당도한 이 호텔에서 사흘을 보냈다. 몸살기가 도져 며칠을 더 앓았으나 조금도 고통스럽지 않았다. 그가 있어 주었다. 손을 잡아 주었다. 약기운에 취해 잠이 들었다 깨어나는 순간마다 힘주어, 뜨겁게.

체이스는 아무런 설명 없이 수안을 안아 들고 욕실로 갔다. 목욕물을 받는 동안 다시 긴 키스를 나누었다. 그사이에 동이 텄다.

서서히 드러나는 태양과 바다 사이에 반짝이는 물비늘이 만들어
낸 금빛의 길이 놓였다. 그 길을 따라 걸으면 바다를 건너 태양까
지 가 닿을 수도 있겠다는, 동화적인 환상이 수안을 사로잡았다.

"망망대해에서 일출을 보면."

나신이 된 수안을 안아 들며 체이스가 말문을 열었다.

"어째서인지 눈물이 날 것 같았어, 매번."

체이스는 수안의 뒷등을 감싸 안은 채로 욕조에 기대앉았다.
아침노을을 닮은 금빛의 입자가 섞인 입욕제의 거품이 부드럽게
살갗을 간질였다.

"너를 봐도 그런 기분이 들어. 슬프지 않은데 눈물이 날 것 같
은 기분."

젖은 어깨에 체이스의 입술이 닿았다. 수증기보다 훨씬 뜨거운
입술. 수안은 눈을 감고 그에게 몸을 기댔다.

다시 눈을 떴을 때, 바다는 본연의 푸른빛으로 물들어 있었다.
태풍이 물러간 후의 말갛게 씻긴 하늘 역시 바다처럼 푸르다. 저
바다 너머에서 일어나고 있을 파란이 딴 세상의 일처럼 멀게만
느껴졌다. 우습다. 그 오랜 세월 연연하였던 것들이 이처럼 하찮
아질 수 있다니. 한순간에, 겨우 한 사람으로 인해.

함께 몸을 씻고, 또 몸을 섞었다.

너무도 당연하게 느껴졌다. 전 존재를 기대고 나누는 그 순간
들이.

"나 정말 바보인가 봐. 다시는 돌아가지 않을 작정으로 뛰쳐나
오면서, 아무것도 가져오질 않았네요."

갈아입을 옷을 찾던 수안이 맥없이 웃었다. 이 룸에 가져다 놓

은 몇 개의 옷가지가 지금 수안이 가진 전부였다.

"괜찮아."

천천히 다가온 체이스가 수안의 곁에 섰다. 그는 격식을 갖춘 정장 차림이었다. 감청색의 넥타이를 단정히 맨 그는 이지적이고 차가우며 무엇보다 당당해 보였다.

"아무것도 가져올 필요 없어. 새로 사면 돼."

"하지만 체이스."

"그 집에서 꼭 가져와야 할 것들이 있어? 소중한 추억이 담겨 있어서, 돈으로는 살 수 없는 그런 것들."

그의 냉철한 물음 앞에서 수안은 허탈해졌다.

없다. 소중한 추억도, 소중한 추억이 깃들어 있어 돈으로는 절대 다시 살 수 없는 무엇도. 그 흔한 유년 시절의 사진첩 한 권 가지지 못했다. 그런 삶이었다.

"그 사람들이 적선하듯 베푼 것들, 전부 버려. 내가 줄게. 돈으로 살 수 있는 것도, 돈으로 살 수 없었던 것들도. 네가 원한다면, 그게 뭐든."

수안의 머리를 쓰다듬으며 체이스는 싱긋 웃었다. 강압적이면서도 한없이 자상한, 하나로 규정되지 않아 매혹적인 모습. 그런 남자. 그의 말이 진심이라는 것을 수안은 알았다. 명확한 근거도 없이, 다만 그렇게 느껴졌다. 어쩌면 신뢰라 불러도 좋을, 가슴으로 전해지는 말.

"어디, 가는 거예요?"

눈물이 날 것 같아 급히 말을 돌렸다. 체이스는 짧게 고개를 끄덕였다.

"곧 돌아올 거야."

"나와 관련된 일인 거죠."

수안이 담담히 물었다. 체이스는 말없이 수안의 머리를 쓰다듬어 주었다.

"나, 비싼 값에 사 오지는 마요."

체이스의 옷매무새를 정돈해 주며 수안은 투명한 미소를 지었다. 이 일에 아버지가 어떤 식으로 반응할지 보지 않아도 알 수 있다. 레오니스와의 비즈니스 관계를 원만하게 이끌어 가고 싶은 태진의 오너. 혹은 막내딸에 대한 추문으로 집안의 위신이 떨어질 것을 염려한 가장. 그는 그중 하나의 얼굴로 체이스를 마주할 것이다. 어쩌면 둘 다일지도. 하지만 이수안의 아버지, 딸을 진심으로 걱정하는 아버지의 모습만큼은 보이지 않을 것이다. 절대.

"헐값에 내놓았던 딸이었어요. 정부와 사생아까지 거느린 남자한테 기꺼이 내어 주려고 했던. 그랬던 딸을, 이제 와 비싸게 팔려 들면 안 되는 거잖아요."

"수안아."

"걱정 마요. 자기 비하 같은 건 아니니까. 다만 나는, 당신이 바가지 쓰는 게 싫어요. 손해 보지 않았으면 좋겠어."

수안은 가만히 체이스의 손을 잡았다. 황망한 얼굴을 하였던 체이스는 얼마 지나지 않아 싱거운 웃음을 터뜨렸다.

"아직 날 잘 모르네. 걱정 마시죠, 이수안 씨. 전 비즈니스에 있어서는 피도 눈물도 없는 사람입니다."

"그렇다면 다행이에요."

"이수안."

목덜미를 어루만지던 그의 손이 머리칼 속으로 파고들었다.

"사랑해."

낮게, 속삭이듯 낮게 그가 말한다. 수안은 숨을 죽였다. 당당한 척 곧추세우고 있는 등줄기를 따라 미세한 전율이 일었다.

"이런 말, 어쩌면 허황된 고백처럼 들리겠지만, 그래도 사랑해. 비정상적인 감정이란 걸 알아. 내 스스로도 잘 이해되지 않는 감정이니까. 그래도 수안아, 나는 너를 사랑해."

체이스의 고백은 침착하고 단호했다. 수안은 어떤 의심이나 주저도 없이 고개를 끄덕였다.

사랑은 위태롭고 연약한 감정이다. 세상 그 무엇도 영원할 수 없다. 그러므로 이 사랑 역시 위태롭고 연약할 것이다. 쉽게 부서져 버릴지도 모른다. 그러한 사랑에 영원이란 얼마나 과분한 꿈인가.

하지만 상관없다, 당신이라면.

수안은 조심스레 발돋움을 하여 체이스의 목을 감싸 안았다. 체이스는 흥미로운 듯 눈을 내리떴다. 눈시울이 가늘어지며 속눈썹이 드리운 그늘이 짙어졌다.

수안이 먼저 시작한 키스는 느리고 부드러웠다. 여느 때처럼 능숙하게 리드하는 대신 체이스는 수안이 이끄는 대로 순순하였다. 조금은 어설프고, 수줍은. 그래서 더욱 설레고 벅차게. 애절한 한숨과 함께 키스가 끝났을 때, 두 사람의 뺨은 공평하게 붉어져 있었다.

"다녀올게."

머리칼을 짓궂게 헝클어뜨리며 그가 말했다. 대답 대신 수안은 그의 손을 가만히 쥐었다. 마음의 한 언저리가 맑게 울렸다.

　어색한 분위기 속에서 레오니스 오션 레이싱팀이 떠났다. 유난스럽게 화려한 환송 행사도 어딘지 어색한 분위기를 감추어 주지는 못했다.

　체이스 와이즈의 부재. 그리고 스캔들.

　누구도 그것을 입에 올리지 않았지만, 모두가 그것을 의식하고 있던 자리. 애써 태연한 척 미소를 짓는 얼굴들이 광대처럼 우스꽝스러웠다. 며칠이 지나도 그날의 그 극심한 피로감은 좀처럼 사라지지 않는다.

　정안은 뻣뻣하게 굳은 뒷목을 주무르며 창가로 다가갔다. 베니션블라인드 사이로 바다가 보였다.

　체이스 와이즈는 두 가지의 선택지를 제시했지만, 어차피 결론은 하나뿐이었다. 이종인 회장은 명예와 실리 사이에서 고민 따위를 할 위인이 아니다. 명예를 중요시 여겼다면 그토록 부도덕하며 방탕한 삶을 살아왔을 리 없다. 두 마리의 토끼 모두를 잡을 방도를 모색하겠지만 그것이 여의치 않을 때는 절대적으로 실리의 편. 정안이 수십 년을 보고 겪어 온 아버지는 그런 사람이다. 설령 그것이 자식의 일일지라도. 그리고 정안은 그런 아버지의 결정에 어떤 반박도 하지 않을 터였다. 태진을 온전히 손에 넣기 전까지는.

　체이스 와이즈가 리조트에 당도하였다는 전언을 받은 정안은 이만 몸을 돌려세웠다. 이제는 행복해질 것이라 절규하던 수안이 떠올랐다. 행복. 소리 내어 되뇌어 봐도 현실감이 느껴지지 않는 말.

눈물이 날 것 같았다.

웃음이 날 것 같기도 했다.

그러나 결론은 언제나 무표정. 재킷의 단추를 채운 정안은 천천히 집무실의 문을 열었다. 남향의 복도에서 쏟아진 햇빛이 눈을 찔렀다.

지켜지지 못한 당위보다 슬픈 것이 있을까.

자식에 대한 부모의 사랑. 세상 무엇보다 끈끈한 혈육의 정. 응당 지켜야 할 도리. 염치와 연민. 그럴싸한 도덕률. 너무도 당연하여 의심을 가지지 않는, 그러나 실상은 가장 지켜지기 어려운 인간과 인간 사이의 나약한 약속.

체이스는 액셀을 힘주어 밟아 속력을 높였다. 한산한 해안 도로를 질주하는 차창 너머로 짙푸른 바다의 풍경이 흘렀다. 불어닥친 바람이 머리를 헝클여도 체이스는 개의치 않았다. 한 손으로 느슨히 잡아당긴 넥타이를 벗어 던지고 조금 더 속력을 높였다. 카 오디오에서 흘러나오는 노래는 클라이맥스에 이르렀다.

이 회장과의 만남은 예상보다 훨씬 짧고 허무했다. 어찌 되었든 불쑥 나타난 낯선 녀석이 자신의 딸을 빼앗아 간 일이다. 그러니 보통의 아비라면 분노부터 보였어야 했다. 그 녀석이 대체 어떤 녀석이든 간에. 그러나 그는 지나치게 침착하고 정중했다. 입장이 다소 난처해지기는 하나 결과적으로는 차라리 잘된 일이라 여기는 눈치. 그는 가장 먼저 파트너십 이야기를 꺼냈다. 협상 카드는 물론 자신의 딸, 수안.

키우던 강아지도 그토록 쉽게 내놓을 수는 없을 성싶게 그의 태도는 선선했다. 그 남자의 딸로 살아온 수안이 가여워 쓴웃음이 났다.

수안의 말이 옳았다. 그는 자신의 막내딸을 가장 비싼 값에 팔고자 하고 있었다. 다만 문제가 되는 것은 남들의 눈, 그러니까 체면뿐. 우선은 수안을 돌려보내고 서둘러 약혼을 하여 뜬소문을 잠재우자는 중재안을 제시할 때 그는 심지어 미소를 짓고 있었다.

투항하듯 탄식하며 체이스는 조금 웃었다. 비즈니스에 있어서는 피도 눈물도 없는 건 오히려 이 회장 쪽이었다.

'한순간이라도 사랑하긴 하셨습니까?'

마지막 순간에 체이스는 기가 막힌 듯이 물었다. 거짓이라도 좋으니 고개를 끄덕여 주기를 바랐다. 수안을 위해서. 그러나 돌아온 것은 어색한 침묵뿐. 자식을 사랑하느냐는 질문 앞에 아비는 말문이 막혔고, 체이스는 조용한 인사를 남기고 돌아섰다.

마지막 트랙의 재생이 끝날 무렵에 차는 호텔 로비 앞에 당도하였다. 방치하듯 도어맨에게 차를 내맡기고 체이스는 곧장 수안이 기다리고 있을 객실로 향했다. 엘리베이터를 기다리는 짧은 시간이 억겁처럼 길었다.

참 우습고, 또 우습기도 하지.

25층의 버튼을 누른 체이스는 엘리베이터의 내벽에 기대선 채 눈을 감았다.

　끔찍한 사건이 있기 한 계절쯤 전. 아버지는 한국에 있는 혈육들을 미국으로 초청했다. 본래 보름의 일정이었지만 그들은 좀처럼 돌아갈 기미를 보이지 않았다. 샌프란시스코 교외의 아름다운 집과 좋은 차. 한창 자리를 잡아가던 회사. 아마 그들은 금맥을 찾았다 여겼을 것이다. 그것을 증명하듯 그들의 요구는 점차 노골적으로 변해 갔다. 혈육의 정에 목말라 맹목적이던 아버지도 더는 그 속셈을 모른 척하기 힘들 만큼.

　'그래도, 한때는 저를 사랑하셨을 게 아닙니까?'

　그들이 돌아가기 전날 밤이었다. 잘 마시지도 못하는 술에 잔뜩 취해 돌아온 아버지가 그들 앞에서, 숫제 울먹이며 소리쳤다. 그때 그들이 어떤 대답을 하였던지는 또렷이 기억나지 않는다. 터덜터덜 계단을 내려오던 아버지의 그 허탈한 표정밖에는.

　그들이 돌아가고 다시 평온한 나날이 찾아왔다. 다만 아버지만은 쉬이 일상으로 돌아오지 못했다. 술에 취해 돌아오는 날이 잦아졌고 전처럼 온화한 웃음을 찾아보기 힘들었다. 그렇게 몇 주가 흐른, 그러니까 그 일이 있기 하루 전날 밤. 목이 말라 잠에서 깨어났던 체이스는 희미한 불빛을 따라 1층으로 내려갔다. 그곳에 부모님이 있었다. 술에 취한 채로 소파에 앉아 있는 아버지를 어머니가 가만히 보듬어 안아 주던 참이었다.

　괜찮아요.

아버지의 등을 토닥여 주며 어머니는 반복해 속삭였다.

우리는 언제까지 당신 곁에 있을 거예요.

어머니가 건넨 굳은 약속의 말에 아마 아버지는 흐린 미소를 지었던 것 같다. 그 모습에 체이스는 안도했다. 이제 모든 것이 제자리로 돌아갈 것이라 믿었다. 네 가족이 단란하게, 아버지의 슬픈 과거 따위는 끼어들 수 없을 만큼 행복했던 시절로.

다정스레 체온을 나누고 있는 부모님을 뒤로하고 체이스는 살금살금 2층으로 돌아갔다. 막 잠에서 깬 방문을 열고 나오는 여동생을 자신의 방으로 데려가선 품에 꼭 안아 재워 주었다. 조이. 아끼던 강아지 인형을 꼭 안고 잠든 그 다섯 살배기 아이에게서는 순한 베이비파우더의 향기가 풍겼다.

엘리베이터가 멈추어 서는 소리와 함께 과거로 촉수를 뻗어 가던 상념도 멈추었다. 체이스는 힘주어 감고 있던 눈을 천천히 떴다. 눈시울이 뜨겁게 달아올랐지만 다행히 눈물은 흐르지 않았다.

기억하고 있었구나. 이 모든 걸 다.

손을 들어 지그시 눈두덩을 누르며 체이스는 피식 웃었다.

이제 애써 잊으려 드는 대신 기꺼이 추억을 감싸 안을 수 있을 것 같다. 그 추억의 힘으로, 나는 너를 지켜 낼 테니까. 돌이킬 수 없는 과거를 그리워하는 대신 너와 함께할 미래를 꿈꿀 테니까.

깊은 숨을 들이쉰 체이스는 엘리베이터 밖으로 성큼 걸음을 내딛었다. 응접실을 지나 마스터룸의 문 앞에 다다르자 마음이 풍선처럼 부풀었다.

"수안아."

조바심을 내며 문을 열자 커튼을 치지 않은 유리창을 통해 쏟아져 들어온 빛살이 눈을 찔렀다. 빛에 적응한 눈이 사물을 인지할 수 있게 되자 체이스는 그만 혼란에 휩싸였다. 방이 텅 비어 있었다. 수안이 누워 있어야 할 침대에는 오직 햇빛으로만 가득하다.

체이스는 황급히 객실 곳곳을 뒤지기 시작했다. 그러나 어디에도 수안은 없다. 마지막으로 확인한 게스트룸의 욕실 앞에 선 체이스의 얼굴에는 언뜻 창황한 공포마저 스쳤다.

"수안아!"

드높은 고함이 우렁우렁, 객실 안을 메아리쳤다.

광장 곳곳에 설치된 스피커를 통해 음악이 흐르자 분수의 물기둥이 솟아오르기 시작했다. 선율을 따라 느릿느릿 물줄기가 춤을 출 때마다 한낮에 뜬 별처럼 아름다운 물방울들이 튀어 올랐다.

수안은 미소를 띤 얼굴로 분수 앞 벤치에 앉았다. 광장 여기저기에 산발적으로 흩어져 있던 사람들도 음악 분수의 공연을 관람하기 위해 모여들었다. 유모차를 끄는 젊은 부부. 등산복 차림을 한 중년의 단체 관광객들. 대학생쯤으로 보이는 앳된 연인. 각양각색의 사람들을 찬찬히 살피는 수안의 눈길에는 전에 없던 평온이 깃들어 있었다. 호텔에만 있기 갑갑하여 산책을 나온 참이었다. 뭍과 방파제로 이어진 작은 섬. 동백꽃이 다 져 버린 계절에도 이곳을 찾는 이들이 제법 많았다.

음악이 절정에 이르자 분수의 화려함도 최고조에 달하였다. 때마침 한 줄기의 바람이 불어와 물방울이 인파 쪽으로 날아들었다. 분수대 바로 앞까지 다가가 사진을 찍던 어린 연인은 새된 소리를 지르며 뒷걸음질 쳤다. 서로의 얼굴에 묻은 물기를 닦아 주는 손길이 장난스러우면서도 다정했다.

참 예쁘다.

사랑을 하는 사람들. 그 모든 사랑의 순간들이.

뺨에 묻은 물방울을 손등으로 훔쳐 내며 수안은 다시 음악 분수 쪽으로 고개를 돌렸다. 그때였다. 짙은 음영이 돌연 머리 위로 드리워졌다. 그것이 사람의 그림자임을 알아차린 순간 커다란 손이 어깨를 움켜잡았다.

"……체이스?"

장승처럼 버티고 선 사람의 얼굴을 확인한 수안은 반색하며 웃었다. 그러나 체이스는 여전히 무표정한 얼굴로 그녀를 내려다보기만 하였다. 재킷과 넥타이는 어디로 갔는지 보이지 않고 하얀 셔츠는 땀으로 흠뻑 젖어 있었다.

"무슨 일 있어요?"

수안의 눈동자에 염려의 빛이 들어찼다. 대답 없이 체이스는 와락 그녀를 당겨 안았다. 분수대를 향해 있던 구경꾼들의 시선이 일제히 두 사람에게로 집중되었다.

사고가 멈추었다.

이래서는 안 된다는 생각 같은 것을 할 여력은 없었다. 머릿속은 온통 체이스로만 가득했다. 터질 듯이 뛰고 있는 그의 심장. 뜨거운 체온. 우악스러운 손길.

음악이 그치고 분수의 공연도 끝이 났다. 급습하듯 찾아온 침묵 속에서 그가 긴 한숨을 내쉬었다. 수안은 바르작거리며 고개를 들었다. 눈을 감고 있는 그의 얼굴 위로 화려하고 강렬한 여름의 햇볕이 내리쬐었다.

한참을 그렇게 머물렀다. 그에게 안겨, 그를 올려다보며. 흥미를 가지고 힐끔거리던 사람들마저 뿔뿔이 흩어져 갈 만큼의 시간이 흐르고서야 체이스는 감았던 눈을 떴다.

"돌아가 버린 줄 알았어."

"답답해서 잠시 산책을 나왔어요. 당신은 저녁때나 되어야 돌아올 것 같아서. 걱정한 거예요? 미안해요."

수안은 부드러운 손길로 그의 등을 다독였다.

"당신을 떠나는 일 같은 거, 없어요. 없을 거예요."

체이스의 품에 가만히 몸을 기댔다. 주위의 시선 같은 건 아무래도 좋다는, 그런 대범한 생각을 했다. 사소한 일탈도 병적으로 경계하며 살아왔던, 그 겁쟁이 이수안이.

낮게 탄식하며 체이스는 수안의 머리와 어깨를 감싸 안았다. 바다 내음을 실은 바람이 불어왔다. 그 바람이 불어온 하늘 저편으로 순백의 구름이 꿈결처럼 떠갔다.

연인의 온기처럼 평화로운 오후다.

"무슨 생각을 그렇게 깊게 해?"

매점에서 사 온 생수를 건네며 체이스가 물었다. 수안은 벤치의 가장자리로 사붓이 물러앉았다. 받아 든 생수병은 갓 냉장고에서 꺼내 온 듯 차가웠다. 표면에 송골송골 맺혀 있던 물방울이 손가락 사이로 흘러내렸다.

"그냥, 이런저런 생각들."

물기가 어려 붉어진 입술로 수안이 말했다. 뚜껑을 잠근 생수병을 벤치에 내려놓는 소리가 그 뒤를 따랐다. 여전히 산책로의 풍경만을 응시하며 체이스는 느리게 고개를 끄덕였다.

그가 마주하고 있는 풍경을 향해 수안도 시선을 옮겼다. 빼곡한 상록수의 가지들이 하늘을 가리고 있는 산책로는 호젓하고 서늘했다. 어디를 보아도 눈이 시리도록 선명한 초록. 광택이 유난한 동백나무의 잎사귀들이 보석처럼 예쁘다.

"그래서, 생각은 잘됐고?"

체이스의 목소리가 녹음을 흔드는 바람 소리와 섞였다. 미소를 띤 그의 얼굴 위로 나른한 햇빛 한 줄기가 어른거렸다.

"다른 팀원들은 모두 미국으로 돌아갔죠? 스키퍼가 없어서 어떡해."

수안은 자연스럽게 말을 돌렸다.

"괜찮아. 어차피 당분간은 휴가니까. 조금 늦어져도 큰 지장은 없어."

"그렇구나. 그런데요, 체이스."

"응."

"나는 당신이 나 때문에 발이 묶여 있지는 않으면 좋겠어요."

"응…… 뭐?"

무심코 고개를 끄덕이려던 체이스가 불현듯 얼굴을 찌푸렸다.

"무슨 소리야, 그게?"

"말 그대로. 나 때문에 중요한 대회를 준비하는 시간을 지체하지는 않았으면 좋겠어요."

"이수안."

"당신을 밀어내는 거 아니에요. 함께 가지 않겠다는 뜻도 아니에요."

수안은 침착했다. 그와 손을 잡고 걷는 내내 고심하고 또 고심하여 준비한 말이었다. 지금이 아니면 할 수 없을. 그러니까 꼭 해야만 하는.

"내가 이곳에서 살아온 삶. 참 못나고 한심했어도, 그래도 내 몫의 삶이었잖아요. 그러니까 마지막 정리는 내 스스로 해야 할 것 같아요. 그러고 싶어."

수안은 살며시 손을 뻗어 체이스의 손을 잡았다.

"집안과 관련된 일 말고도 내가 정리해야 될 많은 일들이 있더라구요. 그걸 전부 당신 손에 맡기고, 나는 그저 당신 등 뒤에 숨어 있을 수만은 없잖아요."

"그런 거, 상관없어, 난."

"알아요. 하지만 내가 괜찮지 않아요. 당신 없이는 아무것도 못하는 여자가 되면, 지금까지 참 못나게 살아온 이수안과 다를 게 뭐야. 나, 이제 그러고 싶지 않아요."

버려도 아까울 것이 없는 삶이었다. 하지만 그렇다 하여 비겁해지고 싶진 않았다. 수십 번을 고민하여도 결론은 결국 그 하나다.

수안이 내려놓은 물병을 체이스는 성마르게 집어 들었다. 단숨에 비어 버린 페트병이 그의 손아귀 안에서 우그러졌다. 마음이 흔들렸지만 수안은 번복하지 않았다.

"리조트 일, 좋아한 적은 없지만, 그래도 열심히 해 왔어요. 제대로 끝맺음하고 싶어요. 낭독 봉사도 아직 맡은 책을 다 끝내지 못했어요. 온 마음을 쏟았던 일인데 도중에 무책임하게 그만두고 싶지는 않아요. 당신이 당신 몫의 일을 해결해 줬으니까 이제 나는 내 몫의 일을 해결해야죠. 그런 후에 당신에게 갈게요."

수안은 침착하게 말을 이었다. 2미터 남짓 떨어진 곳에 놓인 쓰레기통에 페트병을 던져 넣은 체이스는 천천히 눈을 내리떴다. 표정을 읽을 수 없어 수안은 조금 두려워졌다.

"지금껏 살아오면서 단 한 번도 선택이란 걸 해 본 적이 없었어요. 시키는 대로 살아왔어. 이렇게 하라면 이렇게, 저렇게 하라면 저렇게."

수안의 목소리가 가늘어졌다. 바람이 불어와 나뭇가지를 흔들자 체이스의 어깨 위에 내려앉은 자잘한 햇빛의 조각들도 같은 리듬으로 흔들렸다.

"이제는 그러고 싶지 않은데, 이번에도 적당히 타협하면 나는 평생 그렇게, 타의를 따라 사는 사람이 될 것 같아. 그게 무서워요."

바람이 그쳤다. 천천히 고개를 든 체이스의 시선이 수안을 향했다.

"나는요 체이스, 내가 태어나 처음으로 하는 선택이 당신이면 좋겠어요."

잎사귀들의 부대낌처럼 수안의 속삭임은 조심스러웠다.

물끄러미 수안을 응시하던 체이스는 침묵 속에서 몸을 일으켰다. 저도 모르게 수안은 양손을 기도하듯 거두어 모았다.

"그런 식으로 나온다면, 하는 수 없네."

무정하게 내뱉은 체이스가 걸음을 뗐다. 수안은 아연해진 눈으로 그의 뒷모습을 바라보았다. 아무 미련도 남지 않은 사람처럼 그는

바람이 지날때 바다를

너른 보폭으로 멀어져 갔다. 차갑게 식은 손이 떨리기 시작했다.

"뭐 해?"

눈동자 속에 담긴 뒷모습이 투명하게 부풀어 오를 무렵, 체이스가 돌연 돌아섰다. 싸늘하던 표정은 깨끗이 자취를 감추었다. 어느 때보다 따습게 그는 웃고 있었다.

"자. 얼른."

체이스가 손을 내밀었다. 수안은 헐레벌떡 달려가 그 손을 잡았다.

"생각보다 훨씬 멋진 여자구나, 당신."

체이스의 손가락 끝이 수안의 눈시울을 더듬었다.

"이해, 해 주는 거예요?"

"당연히. 이수안 인생 최초의 선택이 내가 된다면 영광이지."

"정말요?"

"응. 정말. 대신 최대한 빨리 와야 돼. 나 미치는 꼴 보지 않으려면."

"그럴게요."

"하루에 두 번씩은 꼭 통화해야 하고."

"그럴게요. 꼭 그렇게 할게요."

수안은 힘주어 고개를 끄덕였다. 그러자 툭, 고여 있던 눈물이 쏟아졌다. 눈물이 흐르고 있다는 사실을 인지하자 우습게도 울컥 서러움이 북받쳐 올랐다. 안도의 미소를 짓다 이내 울음을 터뜨린 수안 앞에서 체이스는 어찌해야 할 바를 몰라 허둥거렸다.

"수안아?"

"진짜 못됐어."

수안은 헐겁게 쥔 주먹으로 체이스의 어깨를 때렸다. 어린애처럼 굴고 있다는 것을 알지만 울음은 그칠 기미를 보이지 않았다.

"그런 표정을 지으니까, 나는, 정말, 무서웠단 말이에요."

"내가 널 두고 가 버리기라도 할까 봐? 설마!"

수안이 기가 막혀 눈을 흘겨도 그는 연신 싱글거리기만 했다.

"우리 수안이 울보네. 이렇게 눈물이 많아서 어쩌나."

"당신 때문이잖아요. 진짜 못됐다니까."

"그럼, 좀 때릴래? 그래. 그러자. 못된 놈은 좀 맞아야지. 주먹을 그렇게 쥐고 때려서야 하나도 안 아프니까 힘줘서 꼭 쥐고. 자, 맘껏 때려."

체이스는 수안의 양손을 움켜쥐어 자신의 가슴팍으로 이끌었다. 눈이 마주치면 바보처럼 웃어 버릴 것 같아 수안은 획 하니 그 손길을 뿌리쳤다.

울면서 웃으면서, 수안은 종종걸음을 쳤다. 의도적으로 느긋하게 뒤따라오는 체이스의 기척이 등 뒤에서 느껴졌다.

아무튼, 정말 얄미운 남자.

"수안아."

"부르지 마요."

수안은 훌쩍이며 쏘아붙였다. 미풍에 흔들리는 치맛자락이 무릎을 휘감았다.

"수·안·아."

체이스의 목소리가 더욱 의뭉스러워졌다. 이번에는 톡톡, 어깨를 두드리는 손장난까지 곁들였다. 수안은 발끈하여 돌아섰다. 순간 몸이 붕하고 떠오르는 것이 느껴졌다. 거듭하여 눈을 깜빡이고서야 그가 자신을 번쩍 안아 올렸음을 알아차렸다.

놀란 수안이 비명을 질러도 체이스는 아랑곳하지 않고 빙글빙글, 제자리를 돌기 시작했다. 수안은 눈을 질끈 감은 채 그의 목을 끌어안았다. 아찔한 현기증이 일었다. 다시 두 발로 땅을 딛게 되자 황당한 웃음이 절로 흘러나왔다.

"이제 웃었다."

눈물로 젖은 뺨에 붙은 머리칼을 떼어 주며 체이스가 소곤거렸다. 눈살을 찌푸리면서도 수안은 웃음을 감추지 못했다.

"이거 봐. 못된 남자라도 미워하진 못하겠지?"

고개를 깊이 숙인 체이스의 이마가 수안의 이마와 맞닿았다. 수안은 항복하듯 한숨을 내쉬었다.

이 남자를 미워하는 일이 가능하기나 할까.

만족한 웃음을 짓는 체이스의 입술이 새침하게 샐그러진 수안의 입술 위에 포개졌다. 입술의 감촉과 온기만을 나누는 짧은 입맞춤에 또다시 눈물이 났다.

행복해서.

가슴이 아프도록 행복해서.

서늘한 푸른빛의 밤이 바다 위로 찾아왔다. 화창한 여름날의 밤은 순도 높은 유리처럼 맑고 투명하다. 가만히 귀를 기울이면 소란한 별빛의 쟁그랑거림이 들려올 듯도 하였다.

수안의 벗은 어깨를 감싸 안은 채로 체이스는 창문 너머에서 깊어 가는 밤을 지켜보았다. 노곤한 기운이 전신을 휘감아도 쉽사리 잠이 오지 않았다. 지나치게 아름다워서일지도 모르겠다고 체이스는 문득 생각했다. 밤이. 그리고 수안이.

이끌리듯 고개를 숙여 잠든 수안의 이마에 입 맞추었다. 작게 뒤척이다 안겨 오는 수안의 몸이 그의 몸에 닿았다. 잠결에 팔을 뻗어 자신을 감싸 안는 수안을 그는 사랑스럽다는 듯이 바라보았다. 그러던 어느 순간에 스르르 의식이 흐려지고 달콤한 잠이 엄습해 왔다. 그리고 다시 눈을 떴을 때, 가장 먼저 시야에 잡힌 것은 밤을 닮은 수안의 눈동자였다. 언제 깨어난 것인지 수안이 고요히 그를 응시하고 있었다.

"가만히 생각해 봤는데요, 아무래도 당신, 빼어난 비즈니스맨은 아닌 것 같아."

수안이 머뭇거리며 입을 열었다. 체이스는 이불 속에서 살며시 수안의 손을 잡았다.

"왜?"

"나, 못하는 게 참 많거든요."

난데없고 엉뚱한 말을 수안은 진지하게도 건넸다. 웃음을 참으며 체이스는 최대한 심각한 표정을 지어 보이려 애썼다.

"글쎄. 난 잘 모르겠는데."

"못하는 게 얼마나 많은데요. 우선, 난 수영을 못해요."

"괜찮아. 가르쳐 줄게."

체이스는 낮게 웃으며 수안의 뺨을 쓰다듬었다.

"나, 운전도 못해요."

"괜찮아. 가르쳐 줄게."

"재미있는 농담도 못하고, 심지어 키스도 서툴러요. 당신도 잘 알겠지만."

수안의 표정은 여전히 진지했다. 참았던 웃음을 터뜨리며 체이스는 팔을 괴어 비스듬히 상반신을 일으켰다.

"가르쳐 줄게. 뭐든지."

체이스는 따뜻한 눈초리로 수안을 보았다. 생각에 잠겨 있던 수안의 얼굴 위로 물결 번지듯 미소가 번졌다.

"당신 참 바보네요."

"내가 왜?"

"이렇게 바보 같은 여자를 덥석 잡았으니까."

"뭘 모르네. 난 손해 보는 장사는 절대 안 한다니까."

체이스는 손가락 걸음으로 수안의 팔을 쓰다듬었다. 여전히 궁금한 것이 많은 듯 수안은 동그란 눈으로 그를 올려다보고 있다.

"거짓말."

"난 그런 거짓말은 안 해. 모자란 부분을 다 채우고도 남을 만한 것들이 분명히 있거든, 이수안한테는."

어깨를 빗겨 내려온 손이 슬쩍 쇄골의 윤곽을 어루만졌다.

"음. 어떤 거?"

"우선 너는 예뻐."

체이스는 고개를 낮추어 수안의 어깨에 키스했다. 희고 여린 살결에 금세 붉은 흔적이 새겨졌다.

"목소리도 끝내주고."

어깨에서 가슴으로 체이스는 천천히 입술을 움직였다. 간지러워 몸을 움츠리면서도 수안은 그를 밀어내지 않았다.

"겨우 그런 이유가 다예요?"

어느덧 그의 몸 아래에 갇힌 수안이 뾰족하게 물었다. 천연스럽게 고개를 저어 보인 체이스는 두 손으로 단단히 수안의 얼굴을 감쌌다.

"그리고 날 흥분시키는 데 능하지, 아주 많이."

얇은 이불 속에서 두 몸이 완벽히 밀착되었다. 얼굴이 새빨개진 수안은 부랴부랴 그의 눈길을 피했다.

"뭐예요. 순 엉터리야."

태연한 척해 보려 애써도 어쩔 수 없이 목소리가 떨린다. 체이스는 소리를 낮추어 웃으며 수안의 몸속으로 들어갔다.

"설마. 그럴 리가."

부드러운 탄식이 새어 나오는 입술 위에서 열기를 띤 속삭임이 부서졌다.

그런 밤이었다.

설핏 잠이 들었다 깨어나기를 반복하며, 우스꽝스러운 대화를 진지하게 나누고 당연한 듯 서로를 안는. 두 사람이 거의 동시에 눈을 뜬 것은 어둠이 묽어지기 시작한 이른 새벽이었다. 붉다고도 푸르다고도 할 수 없는 여명 속에서 두 사람은 새삼 수줍은 포옹과 입맞춤을 나누었다.

"체이스."

그의 입술을 매만지던 수안이 천천히 말을 꺼냈다. 어렴풋한 미소가 햇살에 자잘하게 부서졌다.

"사랑 같은 거 하고 싶지 않았지만, 그래도 누군가를 사랑하게 된다면 내가 사랑하는 사람에겐 세상에서 제일 아름다운 고백을 찾아내 들려주고 싶었어요."

부드러운 손길로 수안은 체이스의 얼굴을 쓰다듬었다. 깊어진 눈빛으로 바라보기만 할 뿐 그는 아무 말이 없다.

"그 고백, 이제 찾은 거 같아."

감추고 또 감추어 왔던 마음을 수안은 살며시 드러내 보였다. 조심스러워진 체이스의 호흡이 느껴졌다. 긴장하고 있었다. 그토록 느긋하고 여유로워 때때로 자신을 서럽게 하였던 남자가. 사랑 같은 거, 너무 쉬워 하찮아할 것 같았던 바로 그 남자가.

"한 소년이 있었어요. 그리고 한 소녀가 있었어요. 어느 날, 소년은 소녀를 사랑하게 되었어요. 그때부터, 소년은 자기 몸의 일부가 유리로 되어 있다고 느껴요. 작은 충격에도 파편으로 부서져 버릴, 그런 유리. 처음 이 책을 읽었을 때는 이 소년의 마음이 도통 이해가 되질 않았어. 이상하잖아요. 사랑이라는 거 그게 뭔지는 모르겠지만, 세상 사람들은 입을 모아 그 사랑이야말로 사람을 가장 강하게 만들어 주는 마법이라도 되는 듯이 말하는데, 그런데 어째서 사랑에 빠진 소년은 자신의 일부가 연약한 유리로 변해 버렸다 느끼는 건지. 그렇게 위태롭고 초조하고 조마조마한 게 사랑이라면, 사랑 그건 절대 좋은 게 아닐 텐데. 그런데 나, 이제 그 소년의 마음을 알아요. 당신 덕에 알게 됐어."

수안의 미소는 이제 티 없이 환해졌다.

"사랑은 사람의 마음을 한없이 여리게 만들어요. 꼭 유리로 만들어진 심장을 안고 사는 것 같아. 그 책 속에서 소년이 말한 것처럼 말이에요. 그런데 참 이상도 하죠. 마음이 그렇게 여리고 위태로워져도, 어쩐지 강해지는 기분이 드니까. 그런 건가 봐요. 유리로 된 몸의 일부를 지키기 위해 훨씬 강한 사람이 되게끔 하는 거. 그게 사랑인가 봐요."

소중히 감싸 쥔 체이스의 손을 수안은 가만히 자신의 왼쪽 가슴으로 이끌었다. 심장의 박동을 느끼는 그의 손이 가냘프게 떨리고 있다.

"나의 일부는 유리로 되어 있어요."

떨리는 체이스의 손을 힘주어 잡았다.

"사랑해."

해빙되어 흐르는 물처럼 고백의 말은 명징했다.

어느덧 새벽이 물러가고 세상은 완연한 아침의 영역에 편입되었다. 그 정갈한 햇발 속에서 체이스의 뺨이 설핏 붉어졌다. 그의 고요한 눈동자에 비친 자신의 모습을 바라보며 수안은 난생처음으로 스스로의 존재를 긍정하였다. 다른 누구의 흔적도 찾을 필요 없는, 있는 그대로의 이수안. 한 남자의 사랑을 받는 한 여자.

떨림이 가신 손으로 체이스는 수안을 품속 깊이 당겨 안았다.

"깨지지 않게 할게."

이번에는 체이스가 수안의 손을 자신의 가슴 위로 이끌었다.

"사랑해."

마지막 속삭임은 입맞춤과 함께 찾아왔다. 수안은 가만히 눈을 감았다.

하얗게, 여름의 한 시절이 밝았다.

인수인계가 완료될 즈음하여 낭독 봉사도 끝이 났다. 8월의 중

순. 아직도 더위는 맹렬하지만 저물녘이 되어 선선한 바람 한 줄기라도 불어올라치면 여름도 이제 곧 저물어 가겠구나, 짧은 감상에 잠기게 되는 계절.

구름에 잠시 가려졌던 해가 다시 모습을 나타냈다. 여과되지 않은 햇빛이 커튼을 치지 않은 3번 녹음실로 들이쳤다. 소리가 지워진 듯 녹음실은 완연한 적막에 잠겼다.

수안은 가만히 감고 있던 눈을 느리게 떴다. 선지 위로 먹물이 번지듯 아득하던 얼굴에 미소가 감돌았다. 젖은 눈시울과는 달리 책을 덮는 손길은 미련 없이 담담했다.

깊은 숨을 들이쉬는 것을 끝으로 수안은 녹음실을 나섰다. 서운해하는 복지관 직원들과 작별 인사를 나누고 나자 시간은 벌써 오후 세 시를 지나가고 있었다.

"곧장 공항으로 가시는 거지요?"

기다리고 있던 택시 기사가 아쉬운 듯이 물었다. 수안은 작게 고개를 저으며 뒷좌석의 문을 닫았다.

"아니요. 잠시 들러야 할 곳이 있어요."

집 안의 분위기는 미묘하게 달라져 있었다. 무어라 꼬집어 말할 수는 없지만 마음의 빗장을 헐겁게 만드는 분위기가 공기 중을 떠돌고 있다.

정안은 눈을 가늘게 뜨고 거실로 들어섰다. 설마 했다. 설마 그 아이가 왔으려고.

반역에 가까웠던 소란이 있었던 날 이후로 수안은 한 번도 이 집을 찾지 않았다. 체이스 와이즈가 돌아간 이후에도 마찬가지.

리조트와 가까운 곳에 적당한 집을 얻은 수안은 전과 다름없이 출근을 하기 시작했다. 알음알음 번진 소문을 접한 직원들이 술 렁여도 수안은 초연히 인수인계에만 열중했다. 추문의 당사자가 보이는, 그토록 평온한 태도 앞에 우스워지는 건 외려 호들갑을 떠는 쪽이었다. 하여 누구도 그 일에 관해 쉬이 왈가왈부하지 못 했다. 이 회장은 물론 백 씨까지도. 그 기이한 대립에 세인들의 이목이 집중된 탓에 닭 쫓던 개 지붕만 쳐다보는 신세가 된 정안 에게 쏠릴 관심은 남아 있지 않았다.

"일찍 퇴근했네요."

부엌 쪽에서 인기척이 느껴지나 싶더니 수안이 모습을 나타 냈다. 정안의 눈이 당혹감으로 커졌다.

"함평댁 아주머니는 큰아들 집에 가셨어요. 며칠 쉬시라고 보 내 드렸어요. 멋대로 결정해 미안해요."

"오늘 떠나는 거 아니었니?"

"네. 그래서 왔어요. 마지막이니까. 그전에, 언니와 밥 한 끼 정도는 꼭 같이 먹고 싶어서."

단정히 매고 있던 에이프런을 벗으며 수안은 설핏 웃었다. 그 러자 눈매가 순해지며 정안이 기억하고 있는 수안의 모습이 나타 났다. 우습게도 그 순간에 상이한 두 가지의 깨달음이 동시에 찾 아왔다.

수안이 얼마나 많이 변하였는지.

그리고 또 얼마나 변하지 않았는지.

수안과 체이스의 관계를 미화시키기 위해 태진 일가는 안간힘 을 썼다. 첫눈에 반한 운명적인 사랑. 태진과 레오니스 사이의 긴밀한 연결고리 형성. 그리하여 모두가 행복한, 완벽한 해피엔드처럼. 수안을 강탈해 가다시피 한 체이스 와이즈의 독단과 무례. 그의 손을 잡으며 태진을 버린 수안의 결정은 없던 일이 되었다. 적어도 한국의 재계에서는.

재미있는 건 수안의 대처 방식이었다.

그 멋대로 부풀려진 소문을 수안은 긍정하지도, 부정하지도 않았다. 지금껏 그래 왔듯 묵묵히 제 몫의 삶을 살아 낼 뿐. 그러나 수안의 침묵은 더 이상 방기된 존재의 무력한 체념이 아니었다. 침묵을 택함으로써 수안은 이 우스운 연극 무대를 완벽히 장악하였다.

수안의 묵과 위에 쌓아 올린 찬란한 영광.

달리 말하자면 수안이 입을 여는 순간 무너질, 허울 좋은 모래성.

그 모진 세월 동안 바란 것은 오직 하나. 언젠가 진짜 가족으로 받아들여지는 것뿐이었던 아이다. 하여, 유일무이하였던 열망을 버린 수안은 두려운 존재였다. 아무것도 바라는 것이 없어 무엇으로도 회유할 수 없는.

"저녁, 다 되었어요."

수안이 나직이 말했다.

"씻고 오세요. 저녁상 차릴게요."

부탁도 애원도 아닌 담담한 통보. 수안의 눈빛은 여전히 흔들림이 없다.

저녁 식탁은 소탈했다. 갓 지어 고슬고슬한 밥과 맑은 뭇국, 그리고 몇 가지의 밑반찬이 전부다. 지금껏 보아 온, 시위라도 하듯 휘황하였던 상차림의 흔적은 조금도 남아 있지 않다.

정안은 조용히 수안의 맞은편 자리에 앉았다. 조화롭게 배열된 찬기 위로 감정을 쉬이 읽어 낼 수 없는 눈빛들이 오갔다. 열어 둔 창문을 통해 들어온 마른풀의 향기가 부드럽게 코끝을 스쳤다.

"언니뿐이었어요."

노송의 우듬지를 바라보던 수안의 시선이 정안을 향했다.

"미움이든 슬픔이든 원망이든…… 내가 감정이라고 부를 수 있는 무언가를 가진 대상. 살아온 시간을 몇 번이나 돌이켜 봐도 그런 사람, 언니가 유일했어요. 할머니는 그저 무서운 사람, 아버지는……. 내게 아버지란 존재가 있다는 걸 잊고 사는 순간이 더 많았을 만큼 흐릿하고 멀기만 한 사람이었으니까. 그래서 마지막 인사를 나누고 싶은 사람도 언니뿐이었어요. 다른 사람은 몰라도 언니와는 제대로 된 끝맺음, 하고 싶었어요. 내 마음이 그랬어요."

바람이 그치자 나뭇잎의 사락거림도 멈추었다. 흐릿해진 풀잎의 향이 달콤한 뭇국의 냄새와 어우러졌다. 정안은 메마른 손으로 유리컵을 쥐었다. 입을 축여도 조갈은 여전하다.

"언니의 진짜 동생이 되고 싶었어요. 그래서 언니 주변을 맴돌고, 곁을 주지 않는 언니를 미워하고, 상처 받고, 아프고……. 그래서 참 마음이 힘든 시간이었지만, 어떻게 보면 그렇게 힘들 마음이 남아 있어서 견딜 수 있었어요. 마지막 한 가닥의 희망. 미련인 줄 알면서도 놓지 못하는 미련. 나한텐 그게 언니였어요. 그 끈이라도 붙들고 있어서, 그래서 나, 살 수 있었어요."

정안처럼 수안도 컵을 감싸 쥐었다. 가느다란 손가락을 타고 투명한 물방울이 흐른다.

"그래서 고맙고, 또 그래서 미안해요."

수안이 잠시 수그렸던 고개를 들었다.

"그렇게라도 해야 살 것 같아서, 언니 숨통을 조였어요. 나 때문에 언니가 괴롭다는 걸 알면서도. 나요, 그 사실에 안도했어. 그래서 언니 곁을 떠나지 않았어요. 그 잔인한 미련의 끈, 이제 놓을게요."

수안은 이만 컵을 놓은 손을 식탁 아래로 내렸다. 흐르지 못하는 눈물로 늘 젖어 있던 눈동자가 지금은 그저 평안하기만 하다.

"언니를 좋아했다. 그리울 거다. 이렇게 말한다면, 그건 거짓이겠죠. 우리는 진작 서로에게서 멀어져야 했던 사람들이고, 앞으로도 그럴 테니까."

수안이 웃었다.

"나 이제 한국에 돌아오지 않을 거예요. 그러니 다시는 언니를 볼 일이 없겠죠. 시간이 흐르면, 언젠가는 우리가 서로에게 애틋한 진짜 자매지간이 되리라는 허튼 기대도 하지 않아요. 하지만 가끔은 언니 생각이 날 거예요. 그 감정이 그리움은 아니더라도."

다시, 바람이 분다. 수안의 머리칼이 느른한 리듬으로 흔들렸다. 당장 울음을 터뜨릴 것 같은 표정이 사라진 수안의 얼굴이 지나치게 앳되어 정안은 조금, 가슴이 아렸다.

"말이 너무 많았지요. 국, 다 식어 버리겠네."

깊은 숨을 들이쉰 수안이 흘러내린 머리칼을 쓸어 넘겼다.

"우리, 같이 밥 먹어요. 마지막으로 밥 한 끼는 꼭 같이 먹고 싶었어요. 내가 차린 음식, 지금껏 한 번도 같이 먹어 본 적이 없잖아요. 하긴, 언니를 위해 차렸다고 말하는 건 좀 우습죠. 내심 언니를 좀 더 괴롭게 만들어 보려고 만든 음식들이었을지도 모르는데. 하지만 오늘은 아니에요. 처음으로 그런 마음 없이 차린 식탁이에요. 그러니까 오늘은 꼭, 마지막으로 한 번만…… 우리 같이 밥 먹어요."

마지막 바람이 고작 밥 한 끼라.

욱신거리는 관자놀이를 짚으며 정안은 쓴웃음을 지었다. 사랑할 수도, 증오할 수도 없었던 존재. 네게도 나는 그런 의미였겠지. 마지막까지, 우리는 참…….

"아홉 살의 여름이었어. 그 일이 있었던 건."

수저를 드는 대신 정안은 입을 열었다. 누구 앞에서도 꺼내 본 적 없는 말이 조용하고 침착하게 흘러나왔다. 하고자 하는 말을 알아차린 듯 수안의 낯빛이 겸허해졌다.

"지금 생각하면 엄마는 참 위태로운 상태였는데 그때는 알지 못했어. 그걸 알기에는 너무 어린 나이였던 것 같아. 엄마를 만난다는 것만으로 들뜨고 신이 났던. 그날도 마찬가지였어. 엄마는 놀이공원에 가자고 했고, 우린 그저 즐거웠지."

미소를 짓는 정안의 입술 끝이 떨렸다.

"서로 조수석에 타겠다고 다투다가 결국 가위바위보를 했어. 동생이 이겼고, 난 입이 잔뜩 튀어나와선 하는 수 없이 뒷좌석에 올랐어. 하지만 화는 금세 풀렸어. 그때 희찬이는 일곱 살이었는데, 참 잘 웃고 쉴 새 없이 재잘거리는 모습이 사랑스러워 도저히 미워할 수 없던 아이였거든."

그날, 그 아이가 부른 노래를 아직 기억한다. 즐겨 보던 만화영

화의 주제가였다. 박수까지 쳐 가며, 목청 높여 노래하는 동생을 따라 정안도 콧노래를 흥얼거렸다. 그런 탓에 알지 못했다. 운전대를 잡은 엄마가 섧게 울고 있다는 걸.

"그게 내가 기억하는 마지막 행복이야. 놀이공원에는 가 보지도 못하고 사고가 났으니까. 엄마가 이상하다는 걸 알았을 때는 이미 너무 늦어 버린 후였어. 동생이 울어도, 내가 애원해도 엄마는 멈추지 않았거든. 엄마가 미안해. 엄마가 미안해. 그 말만 반복했어. 그 뜻을 어렴풋이나마 이해했을 때는 이미 차가 가드레일을 들이받은 후였고. 아마 얼마간 정신을 잃었던 것 같아. 눈을 떠 보니 우리가 탄 차가 뒤집어져 있었고, 온몸이 부서진 것처럼 아팠지."

정안은 마른침을 삼켰다. 마주 잡은 손이 식은땀으로 축축해졌다.

"나는, 추락하며 깨진 뒷좌석 창문으로 빠져나왔어. 유리 파편에 찔리고 베이면서도 안간힘을 써서. 어린 나이였지만 알았던 것 같아. 기름 냄새가 나고, 이대로 있으면 위험하겠다는 걸. 겨우 밖으로 나와서는 죽은 듯이 눈을 감고 있는 엄마를 흔들어 깨워 보려 했어. 하지만 아무리 깨워도 엄마는 대답이 없고, 그 바람에 의식을 차린 동생이 울기 시작했어. 그 애라도 구해야 할 것 같아서, 어떻게든 밖으로 꺼내 주려 애써 봤지만 찌그러진 차체에 끼인 그 애 몸은 꼼짝하질 않고……. 어째야 좋을지 몰라도 그 애처럼, 나도 울었어. 그 소리를 들었던지, 도로에 차를 세운 사람들이 달려오기 시작하더라. 그리고 그때, 차에 불이 붙었어."

어제의 일처럼 생생한 기억에 정안은 눈을 감았다.

"겁에 질린 그 애가 내 손을 잡고 빌었어. 누나 살려 줘. 누나 가지 마. 그런데 나는 너무 무서웠어. 점점 커지는 불길이 나까지 집어삼킬 것 같아서."

눈시울이 뜨거워졌다. 정안은 손바닥으로 지그시 눈두덩을 눌러 덧없는 눈물을 차단했다.

"결국 나는, 그 애 손을 놓고 도망쳤어. 그 이후는 너도 아는 대로. 그 애는 죽고, 나는 살았지."

천천히 눈을 뜨자 수안의 얼굴이 보였다. 그 순간 그간 부정하려 갖은 애를 써 온 진실이 엎질러진 물이 되어 가슴으로 스몄다.

수안은 그 아이를 닮았다.

정안과 희찬도 어지간히 닮은 남매였지만, 황당하게도 이복 여동생인 수안은 친누나인 정안보다 더욱 희찬과 닮았다. 그래서 더욱 수안을 증오하였고, 어쩌면 그래서 끝내 수안을 증오하지 못했다.

"동생을 버려 가며 기어이 혼자 살아남은 나를, 나는 용서할 수 없었어. 그래서 어떻게든 내가 살아남은 이유를 찾아야 했어. 동생의 손을 뿌리쳐 가며 살아야 했던 이유. 그 이유가 널 낳은 여자였어. 그래. 나는 저 여자에게 복수하기 위해 살아남았다. 그렇게 부지런히 합리화를 했지. 그런데 참 우습지 않니? 그 여자마저 죽어 버리다니. 그 바닥없는 허무를 견뎌 내기 위해 필사적으로 찾아낸 또 다른 이유, 그게 너였어. 그래서 나는 널 동생으로 여길 수 없었어. 마땅히 미워해야 할 복수의 대상을 동생으로 인정하는 건 죽은 동생에 대한 배신이자 내 존재의 이유를 부정하는 일이었으니까."

비릿한 웃음을 띤 채로 수안을 보았다. 수안은 그 시선을 피하지 않았다. 얼마쯤의 이해와 얼마쯤의 연민과, 그리고 얼마쯤의 슬픔. 수안의 눈동자에 떠오른 감정들이 정안을 서글프게 했다.

차라리 아버지를 증오하는 편이 쉬웠을 텐데 어째서 너여야 했을까. 왜 하필 너를 택해 나는 오갈 수 없는 지옥의 불길 속에 스스로를 가두었을까. 자문해 보아도 여전히 답은 없다. 어쩌면 수안이 그러하였듯 자신도 수안이 있어 견뎌 왔는지 모른다. 미련인 줄 알면서도 놓지 못하는 미련에 의지하여, 경멸 혹은 그리움의 힘으로. 그게 무엇이든 이제는 무의미하게 되었지만.

"너를 경멸하는 건, 내겐 일종의 제의였어. 죽은 엄마와 동생을 기리는, 괴로우면서도 뿌듯한. 아마도 죽는 날까지 변함없겠지. 살려 달라고, 가지 말라고 애원했던 그 애 목소리를 내가 기억하고 있는 한은."

수년간 피에 젖은 손의 악몽에 시달렸다는 말을 정안은 하지 않았다. 울다 지쳐 잠든 수안을 차마 외면하지 못하였던 날. 가만히 수안의 손을 잡아 주었던 그 밤 이후로 더 이상은 그러한 악몽이 찾아오지 않았다는 사실도.

"네 말처럼, 그래, 우린 진작 서로에게서 멀어져야 했던 사람들이지. 그러니 이제 그만 놓자. 더는 매달리지 말자. 그게 뭐든, 더 이상은."

정안은 허탈하게 웃었다. 수안의 말처럼 그리울 것이라 한다면 거짓말이다. 하지만 가끔은 생각이 날 것이다. 비록 그 감정이 그리움은 아니라 하여도.

차가운 물로 입술을 축인 정안은 힘주어 수저를 쥐었다. 뒤따라 수안도 수저를 들었다. 알맞게 닳은 모포의 깃처럼 부드러운 햇빛이 두 자매의 하얀 손 위를 가로질렀다.

"밥, 먹자."

무심한 권유의 말과 함께 정안은 식어 버린 국을 한 숟갈 조심스레 떴다. 채를 썰어 익힌 무가 혀 위에서 흐무러졌다. 담박한 풍미를 남기며, 형체도 없이.

수안은 오래도록 설거지를 했다. 충분히 깨끗이 씻은 그릇을 씻고 또 씻었다. 한참만에야 설거지를 마치고 돌아서자 저미는 마음처럼 붉게 노을이 번졌다.

수안은 고이 개킨 에이프런을 식탁 한 편에 올려 두고 부엌을 나섰다. 정안은 거실 소파에 앉아 주간지를 읽고 있었다. 인기척에도 고개를 들어 보지 않는 모습이 예전과 다르지 않다. 언제나 가슴을 아프게 하였던 그 사실이 이제는 묘한 위안이 되었다. 함께 저녁을 먹어 주었다. 어떤 대화도 오가지 않던 적막한 식탁. 간간이 울리는 식기의 달그락거림과 바람의 소리가 나른했다. 그걸로 충분했다.

"이제 갈게요."

수안은 콘솔 위에 두었던 핸드백을 들었다. 이만 잡지를 덮은 정안이 비스듬히 시선을 들었다. 이렇다 할 작별의 말은 오가지 않았다. 애틋한 눈빛의 교환 한 번 없이, 이제는 타인이 될 두 자매의 작별은 담담했다.

"너는, 정말 사랑을 믿니?"

막 구두를 신고 한 걸음 떼 놓으려는 찰나였다. 고저의 변화가 없는 목소리로 정안이 물었다. 수안은 천천히 몸을 돌려세웠다.

사랑을 믿니?

사람을 믿니?

영원을 믿니?

이따금 떠오르는 해답 없는 질문에 멀미가 날 것 같으면 습관처럼 그에게 전화를 했다. 휴대폰 너머에서 익숙한 목소리가 들려오는 순간이면 어김없이 눈물겹고, 너무 행복한 나머지 마음이 아팠다. 어쩌면 그 눈물과 아픔이야말로 모든 의문의 해답이었다.

"사랑이 뭔지는 아직 잘 모르겠어요. 대신에 언니, 나는 사람을 믿고 싶어요. 내가 선택한 사람. 그리고 그 사람을 선택한 나 자신."

수안의 입가에 따스한 미소가 떠올랐다. 고집스레 정면만 응시하고 있던 정안이 수안을 향해 고개를 돌렸다.

그의 사랑이 영원할 거라 믿는 건 아니다. 그러길 바라지만 그건 함부로 단언할 수 없는 거니까. 대신 영원하지 않아도 괜찮다는 확신이 들었다. 상처 입게 되더라도, 그래도 이 사람이라면 괜찮다는 확신. 이 사랑의 끝이 어떤 형태라도 후회하지 않을 거라는, 그런 확신.

보일 듯 말 듯 고개를 끄덕인 정안이 다시 잡지를 펼쳤다. 그녀를 바라보던 수안은 말없이 돌아서 현관문을 열었다.

"언니."

문고리를 잡은 채로 정안은 불렀다. 돌아보지는 않았다. 돌아보지 않을 것이다. 무슨 일이 있어도. 다만…….

"나는 언니가 스스로를 용서했으면 좋겠어요. 언니는 아무 잘못이 없으니까."

정안은 어떤 대답도 하지 않았다. 수안 역시 어떤 대답도 기대하지 않았다. 침묵 속에서 문이 닫히고, 수안은 햇볕에 달구어진 초목의 향이 감도는 마당을 천천히 걸었다.

"늦었네."

막 모퉁이를 돌자 익숙한 목소리가 들려왔다. 수안은 소스라치며 몸을 돌려세웠다. 택시가 기다리고 있어야 할 길섶에 낯선 차가 서 있었다. 그리고 한 남자가 그 차의 보닛에 걸터앉은 채로 손을 흔들고 있다. 보고도 믿기지 않아 망연해 있는 사이에 남자가 일어섰다.

"……체이스?"

"네가 너무 늦어서 잡으러 왔지."

"마중 오겠다는 말, 없었잖아요."

"미리 말해 주면 재미없잖아."

참 엉뚱한, 그래서 더욱 사랑스러운 사람. 그가 웃으며 손을 내민다.

수령이 많은 거목들이 드리운 거뭇한 그림자 밖으로 체이스는 천천히 걸어 나왔다. 땅거미가 내리기 직전의, 세상에서 가장 애련한 빛깔들을 머금은 낙조가 조명처럼 그를 비추었다.

아무 망설임 없이, 의문도 없이 수안은 그에게로 다가갔다. 그리고 그의 손을 잡았다.

세상에서 가장 따스한 손. 나의 구원.

"잡았다."

체이스는 허리를 숙여 수안의 이마에 입 맞추었다.

"가자."

신이 나 소풍을 가는 아이처럼 크게 팔을 흔들며 체이스가 걸음을 내딛는다. 수안은 기꺼이 그와 보조를 맞추었다.

우리는 지금 어디로 가고 있는 것일까.

역시나 해답이 없을 질문이 청량한 바람처럼 가슴을 스쳐 지났다. 수안은 그의 커다란 손을 힘주어 쥐었다. 조용한 미소로 눈시울이 휘어졌다.

어디든 상관없다.

당신과 함께라면.

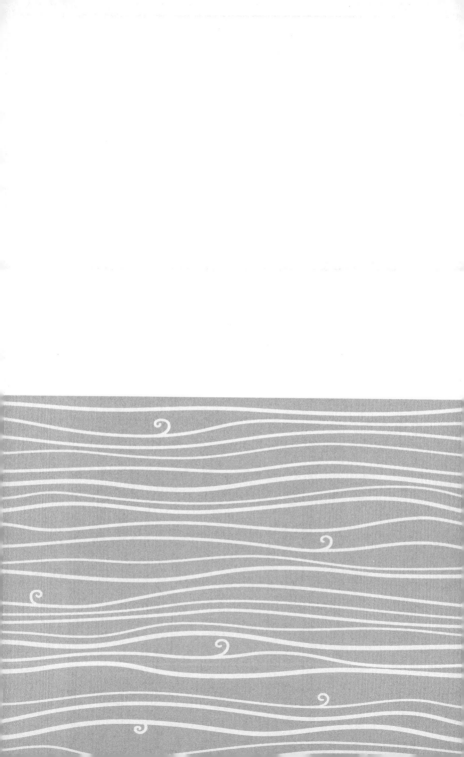

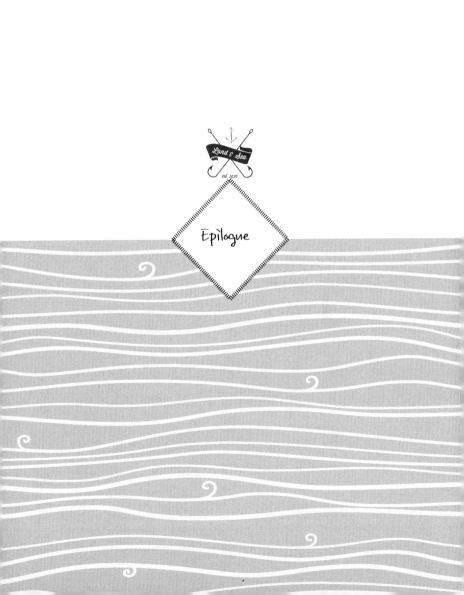

Epilogue

오렌지의 향기를 실은 바람이 분다.

체이스는 기분 좋은 미소를 지으며 눈을 떴다. 느릿한 리듬으로 흔들리는 레이스 커튼 너머에서부터 갓 밝은 아침의 햇살이 흘러 들어왔다. 그 빛에 적응한 눈에 비치는 방 안의 정경에 체이스의 미소가 한결 깊어졌다.

탁자 위에 놓인 하드커버의 소설책.

침대 아래로 반쯤 흘러내린 시트.

그리고 그의 품에 안겨 잠든 수안.

뺨을 쓰다듬자 수안이 작게 몸을 뒤척였다. 그 기척에 돌연 마음이 애달파졌다.

오늘이 알리칸테에서 보내는 마지막 날이다. 몇 시간 후면 레이스의 출발 신호가 울릴 테고, 족히 일 년에 가까운 그리움의 시간이 시작될 것이다.

"일어났네요."

어느샌가 눈을 뜬 수안이 그의 손을 잡았다. 체이스는 짧은 입맞춤으로 인사를 대신하였다.

"좋은 꿈 꿨어요?"

몸을 일으켜 앉은 수안의 얼굴은 웃음으로 환했다. 지난밤부터 수안은 눈에 띄게 명랑해졌다. 아마도 슬픔을 감추기 위한 감정의 과잉. 알면서도 모르는 척, 체이스는 흔쾌히 마주 웃어 주었다.

"꿨지. 좋은 꿈."

"정말? 어떤 꿈이에요?"

"네가 나오는, 아주 야한 꿈."

"우와. 우승을 암시하는 꿈인가 봐요!"

눈 하나 깜짝하지 않고 수안이 의뭉을 떤다. 체이스는 항복하듯 고개를 저으며 수안을 끌어안았다.

"제법입니다, 이수안 씨?"

"훌륭한 선생님께 배우고 있거든요. 원하신다면, 그분을 좀 소개시켜 드릴까요?"

웃음을 참는 수안의 입술 끝이 가볍게 떨린다.

체이스는 기민하게 몸을 일으켰다. 영문을 몰라 하는 수안을 안아 들어 어깨에 떠메고 성큼 욕실을 향해 갔다. 샤워 부스의 유리 벽에 수안을 기대 세우고 단숨에 옷을 벗었다. 수안의 옷도 곧 그의 발치로 흘러내렸다. 그것을 치울 틈도 없이 체이스는 샤워기를 틀었다. 투명하게 반짝이는 물줄기가 두 사람 위로 쏟아졌다. 보얗게 피어오르는 수증기 속에서 젖은 두 몸이 빈틈없이 다가붙었다.

"뭐예요, 이게."

어깨를 찰싹 때리는 수안의 손이 제법 맵다. 황망한 얼굴을 한 그녀를 놀리듯 체이스는 느긋이 고개를 숙였다. 고요한 키스를 건넸다. 귓불에, 목덜미에, 어깨에, 그리고.

입술이 가슴을 머금자 수안이 작은 경탄을 터뜨렸다. 체이스는 느른히 시선을 들어 수안을 보았다. 쉼 없이 쏟아지는 물줄기가 그녀를 흠뻑 적셨다. 블라인드를 치지 않은 창문으로 들어온 햇살이 더해져 수안의 하얀 몸이 눈부시다.

"그 선생 못 쓰겠다."

짐짓 심각한 척 혀를 차며 수안을 안아 들었다. 의문을 표시하듯 가늘어진 수안의 눈초리에 물방울이 맺혔다.

"아직도 이걸 안 가르쳤다니."

실없는 말을 속삭이며 수안의 안으로 들어갔다. 부드러운 웃음을 흘린 수안이 그의 어깨를 부둥켜안았다.

점점 더 빨라지는 숨이 찰박거리는 물소리와 뒤엉킨다.

수안이 꾸려 놓은 배낭은 그야말로 집채만 했다. 저 작은 여자가 이 배낭을 메면 꼭 등껍질을 지고 다니는 달팽이 같겠다는 생각이 들어 체이스는 작게 피식거렸다.

"저걸 정말 들 수 있겠어?"

체이스는 발코니에 차려진 식탁으로 되돌아갔다. 난간 너머의 풍경을 응시하고 있던 수안이 고개를 돌렸다. 화장기 없이 말간 얼굴. 휘어진 입술 끝에 걸린 웃음이 환하다.

"그럼요. 생각보다 힘세요, 나."

"아아. 그렇습니까?"

"진짜예요."

눈을 곱게 찌푸린 수안이 접시를 내밀었다. 갓 구운 바게트와 토마토의 냄새가 신선했다.

식사는 느리게 이어졌다. 그럼에도 거의 줄지 않은 음식 위로 강렬해진 햇볕이 내리쬐었다. 호텔에서 그리 멀지 않은 알리칸테의 항구는 벌써부터 인파로 북적이고 있다. 각양각색의 사람들이 만들어 내는 활기를 실은 바람이 두 사람의 옷깃을 흔들고 지나 갔다.

"고마워요."

이만 포크를 내려놓은 수안이 입을 열었다.

"내 결정, 당신한텐 참 서운한 일이었을 텐데, 그래도 이해하고 존중해 줘서 고마워요. 정말."

수안의 목소리 끝이 미세하게 떨렸다. 체이스는 부드러운 미소를 지으며 턱을 괴었다.

레이스가 치러지는 동안 수안은 여행을 하겠다고 했다. 다른 선수들의 아내나 연인처럼 기착지를 순회하는 대신 오직 자신만의, 자신만을 위한 여행을 하고 싶다고. 한동안 멍해져 있었지만 체이스는 결국 고개를 끄덕였다.

나만을 위한.

수안이 머뭇거리며, 그러나 간절함을 담아 건넨 말의 의미를 그는 이해했다. 이제야 자기 자신을 알아 가고 있는 여자다. 시간이 필요할 것이다. 홀로, 스스로의 인생을 관조할 수 있는.

테이블 끝에 두었던 작은 상자를 집어 든 체이스는 천천히 자리에서 일어섰다. 수안을 향해 다가가는 걸음이 미풍처럼 느긋했다.

"체이스?"

수안이 고개를 갸웃거렸다. 포니테일로 묶은 머리칼이 가볍게 흔들렸다. 체이스는 그녀가 앉은 의자 앞에 한쪽 무릎을 꿇고 앉았다.

이수안이 체이스 와이즈의 여자이길 바란다. 하지만 이수안의 삶이 체이스 와이즈의 삶에 종속되기를 바라지는 않는다.

소유욕과 닮은 듯 다른 그 감정의 이름은 아마도 사랑.

체이스는 안온한 미소를 띤 얼굴로 수안을 마주 보았다. 그리고 천천히 상자를 열어 만년필을 꺼냈다. 그것을 알아본 수안의 눈빛이 까마득히 깊어졌다.

"수안아."

망연해져 있는 수안의 손에 체이스는 직접 만년필을 쥐여 주었다. 엉겁결에 그것을 받아 든 작은 손을 그의 뜨거운 손이 힘껏 감쌌다.

"너는, 내 여왕이야."

속삭이듯 건넨, 굳건한 맹세의 말. 수안은 천천히 눈을 내리감았다. 속눈썹이 하르르, 부드럽게 떨렸다. 다시 눈을 떴을 때, 수안은 웃고 있었다. 물기가 밴 눈시울이 우련히 붉다.

"편지할게요. 이 만년필로, 꼭."

수안은 떨리는 손으로 그의 머리를 쓰다듬었다. 한없이 다정한 손길에 마음이 순해진다.

"전화도 자주 할게요. 당신이 기착지에 머무르는 동안은 매일

매일. 그리고…….."

　잠시 말을 멎은 수안이 숨을 골랐다. 턱 끝에 맺혀 있던 눈물이 툭, 체이스의 손등 위로 떨어졌다.

　"그리고 레이스가 끝나기 전에, 꼭 한 번은 당신을 만나러 갈 게요."

　"기착지로?"

　"네."

　"어디?"

　"그건 비밀."

　"비밀?"

　"네. 미리 말해 주면 재미가 없으니까."

　눈물이 채 마르지 않은 얼굴로 수안이 샐긋이 눈웃음을 짓는다. 느릿느릿 머리칼을 쓸어 넘기던 손이 어느덧 그의 뺨에 닿았다.

　"어느 곳에서 기다리고 있을지 모르니까, 널 조금이라도 빨리 보려면 매 레그 때마다 1등으로 들어오라 이거지."

　체이스는 짐짓 심각한 척 미간을 찌푸렸다.

　"음. 그럴지도요."

　"그렇게 안 봤는데, 이수안 야심가였네."

　체이스는 키들거리며 수안의 손을 잡았다. 푸른 혈관이 비치는 손목에 입 맞추자 희미한 맥박이 느껴졌다. 고개를 들자 수안의 말간 눈동자가 보였다. 사랑과 염려가 담긴 눈길이 햇빛처럼 내린다.

　"이거, 수안이 네 덕에 우승하겠다."

바람이 바다를 지날 때

"순위는 사실 난 상관없어. 당신이 무사히 돌아오는 거. 내 바람은 그것뿐이에요."

"알아. 알고 있어."

"약속해 줄 거죠?"

수안의 목소리에 간절함이 실렸다. 체이스는 힘주어 고개를 끄덕였다.

"약속해. 누구보다 빨리, 무탈하게 돌아올게."

가만히 손가락을 얽었다. 바스러질 듯 가녀린 손의 감촉이 새삼 애달파 체이스는 숨을 깊이 몰아쉬었다.

물론 죽을 마음 같은 건 한 번도 가져 본 적 없지만, 바다에서 죽는 것을 두려워한 적도 없었다. 모든 건 운명의 여신 손에. 그는 그저 바다에 자신을 내맡길 뿐이었다. 하지만 이제 운명의 여신에게 맞서 싸워서라도 기필코 돌아와야 할 이유가 생겼다.

네 곁에서, 너와 함께 살기 위해.

몸을 일으킨 체이스는 수안의 입술에 가만히 입을 맞추었다. 숨결을 불어 넣듯이. 밀어를 속삭이듯이. 얼마 지나지 않아 수안의 두 팔이 어깨를 감싸 안았다.

따스하다.

"결혼하자."

지극히 담담한 어조로 그가 말했다. 흥분과 설렘으로 가득한 이곳의 분위기와는 어울리지 않는, 하여 더욱 심상하게 느껴지는 말이었다. 평범한 일상의 말보다 몇 갑절은 더.

출항 대기 중인 레이싱 요트들의 마스트를 응시하던 수안의 눈길이 체이스를 향했다. 그의 표정은 과장 없이 진솔했다. 어쩌면 그래서 더욱 뜨거운 고백. 희미한 웃음이 담긴 눈으로 수안은 찬 찬히 항구의 풍경을 관망하였다. 관람객과 취재진, 주최 측인 볼 보의 관계자들까지. 모두의 시선은 곧 승선할 선수들에게 집중되 어 있었다. 이제 몇 분 후면 요트는 항구를 떠날 것이다.

"이 레이스가 끝나면 결혼하자, 우리."

체이스의 커다란 손이 수안의 머리를 쓰다듬었다. 머리 끈의 리본을 건드리는 손길의 장난스러움과는 달리 입술은 긴장으로 굳어 있다.

"네. 결혼해요."

체이스의 긴장을 무색하게 할 만큼 수안의 대답은 선선했다. 놀란 그의 눈과 침착한 수안의 눈이 동시에 서로를 향했다.

"지구를 한 바퀴 돌아 다시 만나도…… 우리의 마음이 변하지 않으면."

수안은 조용히 덧붙였다. 체이스는 예의 자신만만한 미소로 수 락의 뜻을 표시했다. 살며시 이마에 와 닿는 입술이 뜨거웠다.

이윽고 참가 팀들의 승선이 시작되자 오션 빌리지의 축제 분위 기는 절정에 달하였다. 아빠와 헤어지게 된 아이들의 울음소리와 관람객들의 박수갈채가 기이한 대비를 이루었다. 레오니스 오션 레이싱팀은 가장 마지막 순서로 호명되었다.

이렇다 할 작별 인사는 없었다. 힘주어 잡았던 손을 천천히 놓 아준 체이스는 성큼 걸음을 내딛었다. 멀어져 가는 그의 뒷모습 을 수안은 담담하게 지켜보았다. 세일이 올라가고 레이싱 요트들 은 스타트 라인을 표시하는 해상 부표를 향해 이동하기 시작했다. 저공비행을 하는 촬영용 헬기의 프로펠러 소리가 둔중하게 울려 퍼졌다.

수안은 오래도록 그 자리를 지켰다. 출발 신호가 울리고, 속력을 높인 요트들이 수평선 저편으로 멀어져 갈 때까지. 그리하여 더는 그의 모습이 보이지 않을 즈음, 수안은 돌아섰다. 어깨에 멘 배낭을 추켜올리고 담대한 걸음을 뗐다.

항구를 벗어나기 전, 고개를 돌려 바다를 바라보았다. 각 팀의 보트와 심판정이 한가로이 떠 있을 뿐, 바다는 거짓말처럼 잠잠하다. 아직 그의 체온이 남아 있는 듯 따스한 손을 수안은 천천히 왼쪽 가슴 위로 가져갔다. 평소보다 조금 빠른 심장의 고동. 미소가 지어졌다. 그리고 조금, 시야가 흐려졌다.

숨을 깊이 들이쉬었다 내쉬는 것을 끝으로 수안은 이만 등 뒤의 풍경에서 시선을 거두었다. 시야가 한결 명료해지며 걸음이 가벼워졌다.

바람이 분다.

설렘을 동반하는, 아름다운 바람이다.

그리운 체이스

당신이 준 만년필로 쓰는 첫 번째 편지예요. 이 만년필을, 난 오직 당신을 위해서만 쓰겠다고 결심했어요. 당신에게 편지를 쓸 때, 당신에 관한 일기를 쓸 때. 오직 당신에 관한 글귀들로만 펜촉이 길들 수 있도록. 어때요? 근사한 생각이죠?

지금쯤 당신은 헤시피를 향해 열심히 항해하고 있겠죠. 지도를 펼쳐 몇 번이나 레이스 코스를 그려 보아도 나는 그 거리가 가늠이 되지 않네요. 그 거리를 오직 바람만으로 움직이는 요트를 타고 항해하는 험난한 일은 더더욱. 당신이 사랑하는 바다 위의 세상을, 어쩌면 나는 평생 이해할 수 없을지도요. 하지만 신기하게도 그게 조금도 슬프게 느껴지지 않아요. 온전히 이해할 수 없지만 이해하려 노력할 테니까. 그게 당신이라면, 언제까지나.

언젠가 당신이 말했죠. 사랑은 온전히 이해하는 게 아니라 온전히 이해하지 못할 걸 알면서도 기꺼이 노력하고 싶어지는 마음이라고. 당신을 생각하는 내 마음이 그래요. 이런 게 사랑이라면 나, 당신을 참 많이 사랑하고 있구나. 문득 당신을 바라볼 때, 당신을 떠올릴 때, 그 무수한 순간들마다 나는 이런 감정을 느껴요. 참 아름다운 일이네요. 사람이 사람을 사랑한다는 건.

당신이 헤시피로 항해해 오는 동안 나는 브라질을 여행했어요. 혼자 하는 여행은 처음이라 바보 같은 실수도 많이 저지르고 있지만, 그래도 나 꽤 씩씩하게 잘 해내고 있어요.

체이스, 숨바꼭질이라는 놀이, 당신도 알고 있죠? 들키지 않게 꼭 꼭 숨은 아이들을 술래가 찾아내는. 어릴 적에 나는 그 숨바꼭질이 참 싫었어요. 무서웠거든요. 꼭꼭 숨은 나를, 술래가 혹시 찾아내지 못하면 어떡할지. 결국 찾지 못한 나를 두고, 어쩌면 나를 아직 찾지 못했다는 사실마저 잊어버린 채로 다들 돌아가 버릴지도 모른다는 불안감을 좀처럼 떨칠 수 없었어요. 그래서 나는 항상 숨바꼭질 놀이를 할 때 가장 먼저 술래에게 들키는 아이였어요. 일부러 술래와 가장 가까운 곳에, 술래가 나를 찾을 수 있도록 숨는. 찾았다 하는 술래의 외침을 듣고서야 비로소 마음이 놓였어요. 어른이 된 후에도 여전히 그 시절, 그 아이의 마음으로 살아오고 있었죠.

하지만 그런 불안감을 더는 가지지 않아요. 내가 세상 어디에 있든, 얼마나 꼭꼭 숨어 있든 끝까지 포기하지 않고 나를 찾아 줄 사람이 존재한다는 걸 알고 있으니까.

내게 구원에 관해 말해 준 적이 있었죠. 새로운 가족들에 의해 당신은 구원받았다고. 그걸 잊지 않는 한, 당신은 결코 불행하지 않다고. 내 삶에도 이제 그 구원이라는 단어를 담을 수 있을 것 같아요. 당신이 내밀어 준 손이 내게는 구원이었어요. 아니. 어쩌면 당신이 나를 찾아내 준 바로 그 순간이. 그걸 잊지 않는 한 나는 결코 불행하지 않을 거예요.

나의 구원. 나의 사랑. 매 순간 당신을 그려요.

아름다운 헤시피의 연안에서, 당신의 수안

"당신의 수안."

편지의 마지막 줄을 체이스는 소리 내어 되뇌었다. 수없이 반복해 읽어 나달나달해진 종이를 매만지는 손길이 애틋했다. 어둑한 선실에서, 랜턴의 불빛에 의지하여 읽는 편지. 어디에선가 수안의 목소리가 들려오는 듯했다. 맑게 공명하는, 온기를 담고 있어 부드러운 목소리.

"체이스! 체이스!"

편지의 여운 사이로 다급한 외침이 끼어들었다. 고이 접은 편지를 가슴에 지닌 채로 체이스는 민첩하게 침대에서 빠져나왔다. 방수복과 고글을 착용하고 갑판으로 뛰어올라 가기까지, 채 일 분의 시간도 소요되지 않았다.

설명을 듣지 않고도 체이스는 상황을 이해했다. 눈을 붙이는 짧은 시간 사이에 기상이 급격히 악화되었다. 진회색의 두터운 구름이 하늘을 뒤덮었다. 당장이라도 비가 쏟아질 기세다. 높은 파고가 일렁이며 요트를 뒤흔들었지만 체이스는 태평한 얼굴로 휠을 잡았다.

미디어 데스크와의 교신을 마친 네비게이터 크루가 달려와 항로의 변경을 권유하였다. 강한 풍력에 팽팽해진 세일을 살피는 체이스의 눈이 가늘어졌다. 한계다. 자칫하면 세일이 찢어지는 불상사가 발생할 수도 있는.

고개를 끄덕인 체이스는 풍상의 방향으로 요트를 전환했다. 스키퍼의 명령에 따라 크루들은 일사불란하게 움직였다. 갑판을 덮치는 파도에도 그들은 동요하지 않았다.

선체가 요동 칠 때마다 그는 수안을 떠올렸다. 조금의 슬픈 기색도 없이 손을 흔들어 주었던 여자. 눈물을 흘리는 선수들의 가족 사이에서 수안은 누구보다 의연했다.

지켜 주겠다던 약속은 어쩌면 오만이었을지도 모르겠다. 여리고 섬세하지만, 한편으로는 놀랍도록 강한 여자니까. 더 많이 의지하고 있는 쪽은 어쩌면 자신인지도.

"끝내주는 환영 의식이네."

고글을 가린 물방울을 훔쳐 내며 체이스는 한숨 섞인 웃음을 터뜨렸다. 윈치를 감고 있던 트리머 켄이 고개를 들어 그를 보았다.

"뭐라고?"

"남반구 진입 환영 의식, 끝내준다고?"

"남반구?"

"그래. 방금 적도를 통과했어. 이제 남반구야."

검푸르게 넘실거리는 대양과 먹구름으로 뒤덮인 하늘의 경계를 체이스는 예리한 눈초리로 응시하였다. 항로를 변경하며 계획이 틀어졌다. 어쩌면 다른 팀에게 1위 자리를 내어 주었을지도 모른다.

하지만 뭐, 아직 기회는 얼마든지 있으니까.

체이스는 홀가분한 얼굴로 각각의 크루들에게 지시 사항을 전달했다. 선택할 수 있는 루트는 수백 가지다. 그 수백 가지의 루트에서 마주할 변수도 무수히 많다. 어느 항로가 어떤 결과를 가져다줄지, 하여 누구도 예측할 수 없다. 그러니 그저 열심히 달릴 수밖에. 이 선택이 최선의 결과를 가져오기를 기원하며. 스스로를 믿으며.

"빌어먹을!"

적도를 통과하였다는 사실에 들떠 있던 팀원들이 한탄 조의 비명을 터뜨렸다. 그들의 시선이 향해 있는 선미의 방향으로 체이스도 고개를 돌렸다. 거대한 파도가 밀려오고 있었다.

"지금 내가 보고 있는 게 CG면 좋겠다, 젠장."

켄이 진저리 치며 키들거렸다.

"아무래도 오늘 밤은 손상된 요트 수리하느라 밤을 꼴딱 새워야 할 판이네."

끌끌 혀를 차며 애런도 한마디 거들었다.

체이스는 재빠르게 크루들을 살폈다. 다소 긴장한 얼굴들이기는 하나 누구도 두려워하는 기색은 없다. 주고받는 눈길에는 얼마쯤의 흥분이 담겨 있기도 하다.

체이스는 짧은 고갯짓으로 사인을 보냈다. 숙련된 크루들은 각자의 자리에서, 준비 태세를 갖추었다. 쉼 없이 윈치가 돌아가고, 조종 줄이 움직이고, 느슨해진 세일의 양면으로 기류가 흐르기 시작한다. 그리고 그 순간. 드높은 파도가 요트를 강타하였다. 그와 동시에 체이스는 충격을 최소화할 수 있는 방향으로 뱃머리를 돌렸다.

하얗게, 물보라가 부서진다.

숨바꼭질의 대가 이수안!

헤시피에서도, 아부다비에서도, 이곳 산야에서도 결승점에 다다르기 무섭게 널 찾았어. 이번 기착지에서는 만날 수 있을까 하는 기대감에. 물론 아직은 어디에서도 널 찾지 못했지만.

이수안 참, 꼭꼭 잘도 숨는다. 레이스 코스를 따라 여행하면서도 매번 나보다 한발 앞서 떠나 버리는 건 서운하지만, 뭐, 그래도 남기고 간 사진과 편지가 있으니까 용서해 줄게.

음식은 끔찍하게 맛이 없고, 팀원들한테선 꼬질꼬질한 냄새가 나고, 갑판 위를 오가는 소리 때문에 선실이 울려 꼭 어느 정신 나간 녀석이 신 나게 두드리는 드럼통 속에 누워서 잠을 자는 기분이긴 하지만, 뭐 그래도 레이스는 꽤 즐거워. 아부다비에서 산야로 오는 세 번째 레그가 특히. 너도 알겠지만, 우리 팀이 끝내주는 역전승을 거뒀거든.

처음 남반구로 접어들던 순간에 널 떠올렸어. 대서양을 가로지르다 돌고래 떼를 발견한 순간에 널 떠올렸어. 바다 너머에서 해가 떠오르는 순간에도, 그 해가 지는 순간에도 널 떠올려. 앞으로도 나는 좋은 것, 아름다운 것을 마주하면 가장 먼저 널 떠올리겠지. 언젠가 우리 함께 세일링을 하자. 물론 널 고생시킬 순 없으니 크루즈 요트로, 카리브해나 폴리네시아를. 허니문. 그래. 허니문이 좋겠다. 바다 위에서, 네게 꼭 보여 주고 싶은 것들이 많아.

아, 참. 당분간 영상 통화는 금지야. 항해 중에 켄이 내 머리를 잘라 줬는데, 스타일을 엉망으로 만들어 놨거든. 바다로 내던져 버릴까

하다가, 크루 하나가 모자라면 레이스에 지장이 있을 것 같아 살려 뒀지. 머리가 빨리 자라게 야한 농담에나 매진해야겠다. 배 위에선 다들 야한 농담으로 적적함을 달래는데, 레이스가 길어질수록 수위가 높아지고 있어. 아홉 번째 레그쯤엔 엄청난 수위를 자랑할 것 같아. 아직은, 이 야한 농담 배틀에서도 내가 불변의 캡틴 자리를 지켜 내고 있어. 이게 다 도무지 얼굴을 보여 주지 않는 네 덕분이지. 내 사랑 이수안에게 이 영광을.

바다 위의 에로티시스트, 체이스

P.S. 여행에서 만나는 남자들을 조심하길. 날 겪어 봐서 알겠지만, 남자놈들은 죄다 짐승이거든.

그리고 하나 더.

어렸을 적에, 난 숨바꼭질의 귀재였어. 특히 술래 노릇에 천부적인 소질이 있었지. 아무리 꼭꼭 숨어도 기필코 찾아내고야 말았거든. 그러니 걱정 마. 네가 어디에 있든, 난 포기하지 않고 널 찾을 테니까. 날 믿어도 좋아.

사랑한다, 수안아.

"사랑한다."

누구에게도 들키지 말아야 할 비밀처럼 수안은 소리를 낮추어 속삭였다. 기적 같았다. 사랑. 이 흔한 단어가 이토록 가슴 벅차고 감미로울 수 있음이.

찬찬히 쓰다듬은 편지를 크로스 백 깊숙이 챙겨 넣은 수안은 고개를 들어 항만의 끝자락을 바라보았다. 산야에서 이곳 오클랜드까지 항해하는 네 번째 레그가 곧 막을 내릴 터였다.

항구는 몰려든 구경꾼들로 북새통을 이루었다. 항구와 가장 가까운 곳에 무리 지어 있는 레이서들의 가족과 합류하는 대신 수안은 북적이는 인파 사이에 몸을 감추었다.

줄곧 이래 왔다. 기착지의 항구에 숨어 체이스를 바라보면서도 모습을 나타내지는 않았다.

뉘엿뉘엿 해가 저물고 바다 위로 어둠이 내릴 즈음, 선두를 달리는 요트의 실루엣이 나타났다. 수평선 너머에서부터 질주해 오는 요트의 세일은 노을의 잔상을 닮은 붉은빛. 포효하는 사자의 엠블럼을 확인한 사람들이 열광하기 시작했다.

레오니스 오션 레이싱팀은 가장 빠르게 피니시 라인을 통과하였다. 간발의 차이로 1위를 놓친 팀의 탄식과 기어이 승기를 거머쥔 레오니스의 환호성이 극적으로 교차되었다.

수안은 대형 스크린을 통해 그 광경을 지켜보았다. 카메라에 잡힌 체이스의 모습은 이전 레그 때보다 수척해져 있었다. 장기간 레이스의 피로가 고스란히 담긴 얼굴. 그러나 기백만은 어느 때보다 강건하다.

요트가 항구와 가까워지자 크루들은 우르르 뱃머리로 몰려들었다. 그 가운데에 선 체이스가 샴페인을 땄다. 터져나온 거품이 온몸을 흠뻑 적셔도 누구 하나 물러서지 않았다. 치고받는 짓궂은 장난을 치는 모습들이 영락없는 10대 소년이다. 수안은 살며시 카메라를 꺼내들었다. 누구보다 환하게 웃는 체이스의 얼굴이 한 장의 사진 속에 담겼다.

그 벅찬 소란을 뒤로하고 수안은 항구를 빠져나왔다. 미처 다 끊어 내지 못한 미련에 걸음이 무거웠지만 돌아보지 않았다. 약속 장소인 항구 끝의 카페에 레슬리는 이미 당도해 있었다.

"매번 번거롭게 해 드려 죄송해요."

수안은 미안한 표정을 지으며 작은 선물 꾸러미를 내밀었다. 홀짝거리던 커피를 내려놓은 레슬리는 덤덤히 그것을 챙겼다. 수안은 그의 맞은편에 앉아 키위 주스를 주문했다.

"이번에도 이것만 남기고 그냥 떠날 거예요? 저 녀석, 보자마자 엄마 잃어버린 꼬마라도 된 것처럼 그쪽을 찾을 텐데. 어지간 하면 얼굴 좀 보여 주지그래요?"

레슬리는 못마땅한 듯 얼굴을 찌푸렸다. 수안은 눈을 천천히 가라뜨는 것으로 거절의 말을 대신했다.

"기착지까지 이렇게 꼬박꼬박 찾아오면서, 몰래 떠나 버리는 이유가 대체 뭐예요?"

레슬리의 말에 한숨이 섞였다. 수안은 오랜 정적 끝에 그와 시선을 마주하였다. 그사이에 불꽃놀이가 그친 밤하늘이 별빛으로 찬란해졌다.

"벌써 체이스를 만나면 마음이 약해져 버릴 것 같아요."

"무슨 소리예요, 그게?"

"확인하고 싶거든요, 저 사람 없이도 잘 살 수 있다는 걸."

수안의 조심스러운 말에 레슬리의 눈빛이 멍해졌다. 이해한다고 말하듯 수안은 짧게 웃었다.

"저 남자를 진심으로 사랑하게 되는 여자는 참 외로울 것 같다고, 체이스를 사랑하게 되기 전에 문득 생각한 적이 있어요. 바다, 그 바다에서의 삶을 사랑하는 남자잖아요. 그 삶을 이해하지 못하는 여자는 필연적으로 외로워질 것 같았거든요."

"그래서요?"

"그런 여자는 되고 싶지 않아요. 전적으로 체이스에게 의지하는, 그래서 체이스 없이는 살 수 없는 여자가 되면 전 필연적으로 외로워지겠죠. 그렇게 되면 우리의 사랑도 흔들릴 테고요. 전 그걸 바라지 않아요. 오래오래 저 사람을 사랑하며 행복하게 살고 싶어요. 그러려면 우선 체이스 없이도 잘 살 수 있는 여자가 되어야 할 것 같아요. 혼자서도 잘 살아갈 수 있는 여자. 하지만 저 사람이 있어서 조금 더 잘 살아갈 수 있는 그런 여자."

어쩌면 바보 같은 생각일지도 모른다. 하지만 그것이 수안의 가장 진솔한 마음이었다. 한동안 곰곰이 생각에 잠겨 있던 레슬리는 뜻밖에도 사람 좋은 웃음을 지어 보였다. 다소 냉소적이던 눈길이 삽시간에 온후해졌다.

"두 사람 참, 지독히도 닮았네."

혼잣말을 하듯 레슬리가 중얼거렸다. 수안은 영문을 몰라 고개를 갸웃거렸다.

"네?"

"아니에요. 별말 아니었어요."

편지와 선물을 챙긴 레슬리가 자리에서 일어섰다.

"다음 기착지에서 봐요. 이건 체이스 녀석한테 잘 전해 줄 테니 걱정하지 말고."

전처럼 쌩하니 돌아가 버리는 대신 레슬리는 어색하게나마 작별의 인사를 건네 주었다. 수안은 감격한 얼굴로 고개를 끄덕였다.

밤이 깊어 갈수록 항구의 불빛은 화려해졌다. 배낭을 다시 짊어진 수안은 한결 가벼워진 걸음으로 카페를 떠났다. 숙소로 향하는 버스에서 내다본 오클랜드의 거리는 크리스마스 장식들로 휘황했다. 물이 오른 수목과 짧은 옷을 입은 사람들. 부드러운 바람. 그리고 활기. 남반구에서 맞이하는 크리스마스의 정취는 이채로웠다.

감상에 잠겨 차창 밖의 풍경을 음미하던 수안은 숙소와 한 블록 떨어진 정류장에 내렸다. 살랑거리는 밤바람을 따라 보랏빛의 자카란다 꽃잎이 나부꼈다.

눈송이 대신 꽃잎이 내리는 한여름의 크리스마스.

희미하게 반짝이는 예배당의 불빛을 향해 수안은 담담한 걸음을 뗐다.

나의 삶, 체이스

요즘 난 습관처럼 기도를 해요. 모스크, 절, 교회, 성당. 여행지에서 발견하는 모든 사원을 찾아 당신의 안녕과 행운을 빌어요. 그 모든 신들에게, 가장 간절한 마음으로. 사람들이 어째서 종교 같은 걸 가지는지 이제 알 것 같아요. 절대자에게 의탁해서라도 지키고 싶은 무언가를 그 사람들은 가진 거겠죠. 그게 신념이든, 소망이든, 사람이든. 내게는 그 무엇이 당신인가 봐요. 그 사실이 나는 참 행복해요. 당신도 그런가요?

지금 난 포르투갈의 작은 도시 포르투에 머무는 중이에요. 이곳에서 유명한 대성당에 들러 당신을 위해 기도하고, 지금은 서점에 앉아 당신에게 보내는 편지를 쓰고 있어요. 문을 연 지 백 년도 더 된 서점이라는데, 놀랍도록 고풍스럽고 아름다워요. 들뜬 마음으로 한참 책 구경을 하다 보니 당신 생각이 나네요. 당신처럼 나도 좋은 것, 아름다운 것을 마주하면 가장 먼저 당신을 떠올려요.

며칠 후면 일곱 번째 레그가 끝나고, 당신은 리스본에 당도하겠죠. 가을과 겨울, 그리고 봄을 지나 이제 레이스의 끝이 보이네요. 눈에서 멀어지면 마음에서도 멀어진다는 말이 항상 옳은 건 아닌가 봐요. 떨어져 있으며 나는 당신을 더 많이, 간절히 사랑하게 되었으니까.

여행을 하며 많은 친구를 사귀게 되었어요. 나처럼 혼자 여행 중인 미국인 아가씨 앨리슨과 가장 친해져서 요즘은 함께 이동하고 있어요. 이런저런 이야기도 많이 나누는데, 어젯밤에는 앨리슨이 여행길에 오른 이유를 들려줬어요.

　무려 십 년간 한 남자를 짝사랑했대요. 그 사람의 마음이 다른 사람을 향해 있다는 걸 알면서도. 사랑하고 또 사랑하면, 언젠가는 그 사람이 돌아봐 줄지 모른다고 믿었대. 그런데요 체이스, 앨리슨이 사랑한 그 남자는 끝내 돌아봐 주지 않았대요. 사랑은 노력으로 얻어지는 게 아니라는 진리를 깨닫기까지, 앨리슨은 꼬박 십 년의 가슴앓이를 해야 했던 거예요. 미련을 털어 버리기 위해 사표를 쓰고, 배낭 하나에 의지해 오랜 여행을 하고 있는 중이라 말하며 앨리슨은 쓸쓸하게 웃었어요.

　그 말이 머릿속을 떠나지 않아 잠을 설쳤어요. 그러고 보면 세상 모든 사랑이 해피엔드일 수는 없는 법인데, 그 당연한 사실을 그간 잊고 살아온 것 같아요. 내가 사랑하는 사람이 나를 사랑해 주는 일. 그게 얼마나 큰 축복이고 기적인지도.

　나는요 체이스, 책의 헌사를 참 좋아해요. 맨 앞 페이지에 담긴, 이 책을 누구에게 바칩니다 하는 그 짤막한 문장 말이에요. 그 헌사들을 읽으면, 내가 그 책을 헌정받는 사람이라도 된 것처럼 설레거든요. 이 오래되고 아름다운 서점에서도 수많은 책의 헌사를 읽었어요. 대부분 포르투갈어라 뜻을 알 수 없어도 마음이 따뜻해졌어요. 근사하잖아요. 성심을 다해 쓴 책을 소중한 사람에게 바치는 일. 그런 누군가를 가진 삶.

　한참을 생각해 봤어요. 한 사람의 인생을 한 권의 소설에 비유한다면, 그렇다면 나는 내 인생이라는 책에 어떤 헌사를 남기고 싶을지.

그 결론은 바로 당신. 내가 사랑하는 남자, 체이스 와이즈.

만약 내 인생이 한 권의 소설책이라면, 나는 기꺼이 이런 헌사를 남길 거예요.

나의 삶, 체이스.

이 책을 당신에게 바칩니다.

내게 삶이란 묵묵히 견뎌 내야 할 고행에 불과했어요. 그래서 늘 시간이 빨리 흘러가 버리길 빌었죠. 당신을 만나기 전까진.

당신을 사랑하며 나는 삶을 살아가는 법을 배우고 있어요. 어서 빨리 소진해 버리고 싶었던 삶이, 이제는 너무 소중해요. 당신이 있으니까. 당신과 함께하는 삶이니까.

체이스, 내게 당신은 삶의 다른 이름이에요.

이 여행에서 내가 얻은 가장 큰 수확은 아마 이 깨달음이 될 거예요. 편지란 거, 참 좋네요. 괜스레 부끄러워져 전할 수 없었던 말을 편지에는 이렇게 담아 낼 수 있으니까.

레이스의 마지막까지 난 당신을 그리고, 당신을 위해 기도할 거예요. 동봉한 선물은, 이 마음을 담은 행운의 부적이에요.

햇볕이 따스한 렐루 서점의 창가에서, 수안

상자를 열자 자그마한 도자기 인형이 나타났다. 갈로. 포르투 갈에서는 행운을 상징한다는 수탉. 꼼꼼히 인형을 뜯어본 체이스 는 나직한 웃음을 터뜨렸다.

편지와 함께 수안은 종종 행운의 부적을 남겼다. 십자가 목걸 이. 염주. 다소 당혹스러운 주먹 모양의 목각상. 마오리족의 방 패. 그리고 이제 수탉 인형까지. 행운을 상징하는 것이라면 무엇 이든 부적으로 삼을 기세다. 매사에 신중하고 사려 깊은 여자의 이런 엉뚱한 면모가 그는 좋았다.

지독히도 사랑스럽다, 이수안.

가만히 입을 맞춘 도자기 인형을 체이스는 본래의 자리에 되돌 려 놓았다. 느른한 기지개를 켜며 돌아서자 문설주에 비스듬히 기대서 있는 인영이 보였다. 눈이 마주친 두 사람의 얼굴에 닮은 웃음이 번졌다.

"어머니."

체이스는 천천히 그녀를 향해 다가갔다. 은은한 재스민 향기가 갓 내린 커피의 향과 어우러졌다. 가벼운 포옹으로 인사를 대신 한 체이스는 창가에 놓인 테이블로 그녀를 안내했다.

"언제 오신 거예요?"

"지금 막 도착했지."

"여전하신데요. 깜짝 등장으로 아들들을 놀라게 하시는 건."

"미리 말해 주면 재미가 없잖니."

아침 무렵의 햇살처럼 쨍하고 천진하게 어머니가 웃는다. 체이 스는 부드러운 눈길로 그녀를 응시하였다.

"레슬리는 요트 정비 때문에 항구에 나가 있을 거예요."

"그 애는 여전하구나."

"우리 미세스 와이즈. 제가 안내해 드리죠."

"아니. 괜찮아. 괜찮아, 체이스. 그 애도 그 애지만, 리스본까지 날아온 건 네가 보고 싶어서였으니까."

그녀는 손을 저어 체이스를 만류하였다. 서로를 보는 두 모자의 시선이 깊어졌다.

"수안이가 보낸 선물인가 보네."

레이스와 건강 상태에 관해 묻던 그녀가 슬그머니 말머리를 돌렸다. 그녀의 손끝은 조금 전 체이스가 입 맞추었던 도자기 인형을 가리키고 있었다.

체이스는 천연스레 고개를 끄덕였다. 레이스가 시작되기 전, 어머니는 샌프란시스코에 있는 본가로 수안을 초대했다. 여자들만의 공감대가 형성되었던지 두 사람은 금세 가까워졌다.

"결혼할 거지?"

바람에 흐트러진 머리를 쓸어 넘기며 그녀가 물었다. 채도가 높은 파란색의 민소매 블라우스와 화이트 진을 입은 그녀는 놀랍도록 젊고 우아해 보인다. 장성한 두 아들을 둔 중년의 여인이라고는 누구도 생각지 못할 외양. 대부분의 사람들이 터울이 크게 지는 누이쯤으로 보는 것도 무리는 아니다.

"음. 우리 미세스 와이즈의 극렬한 반대만 없다면?"

"아무튼, 능청스럽기는."

의뭉한 표정을 짓는 체이스를 그녀는 곱게 흘겨보았다.

"체이스."

"네."

"네가 좋은 아가씨를 만나 따뜻한 가정을 꾸리길, 엄마는 늘 기도했어. 내가 미처 다 채워 주지 못한 부분까지 네게 줄 수 있는, 그런 아가씨였으면 좋겠다고."

어머니의 목소리가 나직해졌다. 체이스는 진중해진 태도로 그녀의 말을 경청했다.

"네가 그런 아가씨를 만나 다행이야. 이제야 마음이 놓여. 참 고맙고 미안하다, 체이스."

"어머니."

"내 부족함 탓에 네가 받은 상처, 수안이 그 애라면 치유해 줄 수 있을 거라 믿어. 나보다 훨씬 속 깊고 현명한 아가씨니까."

천천히 내리감았던 눈을 뜬 그녀가 말했다.

"믿지 않을지도 모르지만 체이스, 내게 넌 아픈 손가락이야. 어떤 면에선 레슬리보다 더."

그녀의 야윈 손이 테이블 끝에 놓여 있는 체이스의 손을 잡았다. 사랑하지만 그 사랑의 크기가 친아들을 향한 사랑과 같을 수 없어 미안하고 미안한 모정. 미처 말로 다 전하지 못하는 마음을 체이스는 이해했다. 그래서 믿는다. 가장 아픈 손가락이라는 말. 그 아픔에 담긴 사랑, 그 전부를.

어머니의 손을 체이스는 힘주어 움켜쥐었다. 숙소와 면한 해변에서부터 파도 소리가 들려왔다. 잔바람에 흔들리는 바다의 평온한 노래.

서로의 눈을 바라보며 두 모자는 오래도록 침묵하였다.

심지가 굳은 이수안!

마지막 한 번의 레그를 남겨 둔 지금까지 얼굴을 보여 주지 않을 줄이야. 내가 졌어. 그래도 설마, 고센버그에서는 숨지 않겠지? 하긴. 숨어도 이번에는 기필코 찾아낼 테지만.

레그 중에 나누는 음담패설의 레벨은 이제 최대치에 임박. 애런 녀석이 날 추월할 기세야. 작년에 여자 친구한테 차인 후로는 쭉 혼자였다더니, 저 자식이야말로 진정한 바다 위의 에로티시스트였어. 마지막 레그에서 승부가 날 텐데, 흠, 에로 챔피언에게 하사하기로 한 선물이 말린 생선 목걸이라 불쌍한 애런 녀석에게 양보할까 해. 말린 생선 냄새 풍기며 널 만나러 갈 순 없으니까.

네게 약속했지. 자신이 무얼 좋아하는지도 모르고 살아가는 여자 이수안. 그런 널 대신해서 내가 알아내겠다고. 네가 무얼 좋아하는지, 어떤 사람인지 내가 알아내 네게 가르쳐 주겠다고.

지금, 내가 떠올릴 수 있는 것들은……

이수안은 커피보다 차를 좋아한다. 단걸 좋아하지만, 초콜릿 보다는 과일을 선호. 좋아하는 컬러는 파스텔 톤과 화이트. 다리가 예뻐 짧은 스커트가 잘 어울리고, 굽이 높은 하이힐을 좋아한다. 취미는 요리와 독서. 샐러드를 먹을 때는 프렌치드레싱을 곁들이고, 크게 가리는 건 없지만 고기보다는 해산물과 야채 쪽. 좋아하는 책은 주로 소설과 시. 오후의 나른한 햇살과 푹신한 소파와 진저 비스킷, 그리고 좋아하는 책 한 권이면 세상을 다 가진 듯 행복해지는 여자. 눈보다는 비를, 가을보다는 봄을, 바이올린보다는 피아노 소리를, 이수안은 좋아한다.

어때? 이만하면 꽤 충실한 분석이지 않아?

앞으로, 네가 좋아하는 더 많은 것들을 나는 알아 가겠지. 알아 가는 만큼 점점 더 깊이 널 사랑하며.

수안아. 난 네가 좋아하는 게 많은 사람이길, 살아지는 게 아닌 살아가는 삶을 살며 누구보다 행복하게 웃을 수 있는 여자이길 바란다. 그 바람을 이루기 위해 난 기꺼이 노력하고 싶어. 지치지 않고, 언제까지나.

레이스의 마지막을 앞둔 지금. 지구를 한 바퀴 돌아왔어도 너를 향한 내 마음은 조금도 변하지 않았다고. 아니. 몇 배는 더 크고 간절해졌다고 내 전부를 걸고 맹세한다면, 너의 남자로 살아갈 자격을 가질 수 있을까.

나를 가져, 이수안.
내가 네 가족이 되어 줄게.

그리고 이제 가지고 싶다.
너를, 내 가족으로.

재회를 기다리며, 너의 체이스.

부드러운 여름밤의 바람이 편지지의 한 귀퉁이를 흔들고 지나갔다. 수십 번은 족히 반복하여 읽어 외우다시피 한 편지를 보듬어 쥔 수안은 긴장된 얼굴로 숨을 골랐다.

"여전히 교신이 안 돼. 컴퓨터 연결이 아주 끊겨 버렸나 봐."

재차 교신을 시도하였던 레슬리가 한숨 쉬며 고개를 저었다. 레오니스의 미디어 데스크를 에워싼 이들은 동시에 짤막한 탄식을 내뱉었다. 별다른 일은 없을 것이라 서로를 다독이면서도 못내 초조해하는 얼굴들이다.

수안은 조용히 사무실을 빠져나왔다. 스웨덴 고센버그의 항구는 볼보 오션 레이스의 피날레를 장식하기 위한 만반의 준비를 갖추었다. 간식거리와 기념품을 파는 노점이 밝힌 불빛이 지상에 내린 별처럼 반짝이고, 축제 분위기에 취한 사람들은 삼삼오오 짝을 지어 거리를 거닐었다. 한여름 밤의 꿈이라 하여도 좋을 아름다운 정경을 수안은 넋을 잃은 듯 멍하니 바라보았다.

레오니스 팀의 요트와 미디어 데스크 사이의 교신이 끊어졌다. 벌써 네 시간째. 단순한 고장이라면 충분히 복구할 수 있었을 시간이 흘렀음에도 요트에선 여전히 아무런 소식이 없다. 피니시라인을 20여 마일 앞두고 체이스가 보낸, 우승을 향해 신 나게 질주하고 있다는 교신이 마지막이었다.

후들거리는 두 다리를 더는 지탱할 수 없게 된 수안은 건물 앞에 놓인 낡은 벤치에 쓰러지듯 주저앉았다. 마른세수를 하듯 얼굴을 쓸어내리자 미지근한 눈물이 흘러내렸다.

"별일 아닐 거예요. 이런 일이야 종종 있으니까."

언제 다가온 것인지 레슬리가 털썩 옆자리에 앉았다. 주머니

가득 쑤셔 넣어 온 티슈를 꺼내 건네는 손길은 투박했지만 수안을 바라보는 눈길만큼은 제법 다정했다.

"체이스 그 자식. 아마 컴퓨터가 아주 맛이 가 버렸는데, 그걸 고칠 시간도 아까워서 미친 듯이 달리고 있을걸요."

"정말 그럴까요?"

받아 든 티슈로 수안은 꼼꼼히 눈물을 닦았다. 여동생을 달래는 오빠처럼 레슬리는 듬직하게 고개를 끄덕여 보였다.

"그러고도 남죠. 그 승부욕 대단한 녀석이, 처음 도전한 볼보 오션의 우승컵을 코앞에 두고 있는데."

"아무런 정보도 없이, 괜찮을까요?"

"기상 정보를 거의 알 수 없으니 암흑 속에서 항해하는 기분이 겠지만, 체이스 그 자식이라면 괜찮을 거예요. 육감이 아주 인공위성 수준인 짐승이니까."

레슬리가 끌끌 혀를 찼다. 눈물을 그렁그렁 매달고 있다는 사실도 잊고 수안은 피식 웃어 버렸다.

"설마요. 그 정도까지야."

"수안 씨가 아직 뭘 모르네. 마지막 레그 도중에 네비게이터 크루가 치명적인 실수를 저질렀어요. 기상 정보를 잘못 분석해서 항로를 잘못 선택한 거죠. 그 바람에 선두로 달리던 레오니스가 졸지에 꼴찌로 전락. 요트에선 아주 난리가 났죠. 체이스 그 자식, 화가 머리끝까지 치밀어선 네비게이터를 당장 잘라 버리겠다고. 어휴."

"저…… 어차피 항해 중이면, 해고해도 그 배에 함께 있어야 하는 거 아닌가요?"

"그러니까 그 자식이 웃긴 거죠. 어차피 그 배에서 지지고 볶아야 되는데 자르긴 뭘 자르겠어요. 그렇다고 네비게이터를 대서양에 던져 버릴 수도 없는 건데."

레슬리는 키들거리며 벤치에 등을 기댔다.

"한바탕 싸우고는 또 금세 화해했던가 봐요. 재밌는 건 이다음부터인데, 우린 절대 역전이 불가능할 거라 예상했거든요. 이미 격차가 너무 벌어졌으니까. 그런데 북해로 접어들기도 전에 레오니스가 다시 선두 자리를 되찾았어요."

"어떻게요?"

"해류의 흐름을 절묘하게 탄 거죠. 다른 팀은 최단 거리의 항로로 순항하는 대신 해류를 거스르며 달리느라 속도를 내기 힘든데, 체이스는 에둘러 가는 대신 빙 돌아 북해로 들어가는 해류에 편승했거든요. 때마침 편서풍이 강하게 불어 호재였죠. 바람이 정확히 어느 시점에, 어떤 세기로 불어올지. 그런 건 인공위성도 분석 못해요. 그런데 그 짐승 같은 자식은, 그걸 감으로 파악하는 거예요."

레슬리는 즐거운 듯 말을 이었다. 체이스의 탁월한 감각과 전략을 자랑스러워하는 기색이 역력했다. 수안이 감탄하며 고개를 끄덕인 것과 레슬리의 휴대폰이 울리기 시작한 것은 거의 동시였다.

레슬리는 가볍게 찌푸린 얼굴로 전화를 받았다. 그사이에 항구의 분위기가 달라졌다. 중계방송을 위한 헬기가 바다 위로 이륙하고, 각 팀의 보트도 황급히 항구를 떠났다. 레오니스 오션 레이싱의 쇼트팀도 우르르 달려 나와 항구로 내달리기 시작했다.

"무슨 일인 거죠?"

통화를 마친 레슬리의 팔을 수안은 절박하게 붙들었다. 레슬리는 환하게 웃는 얼굴로 수안을 안심시켰다.

"체이스 이 자식, 사고를 아주 제대로 치네요."

"네?"

"우리 팀이 지금 피니시 라인으로 달려오고 있대요. 선두 자리 유지하며, 최고 속력으로."

레오니스와 텔레포니카의 격차는 불과 10미터에 불과했다. 피니시 라인에 가까워질수록 격차는 줄어들어 마지막 순간에는 두 요트의 측면이 맞닿다시피 하는 추격전이 펼쳐졌다.

수안은 기도하듯 두 손을 모아 쥐었다. 순위는 그리 중요하지 않았다. 지금, 가슴을 졸아붙게 하는 건 그리움이다. 그를 보고 만지고 느끼고 싶은, 수백 번 수천 번이라도 사랑한다 말해 주고 싶은 마음. 그 간절함.

행운의 여신은 결국 레오니스를 향해 미소 지었다.

승리한 팀이 피니시 라인을 통과함과 동시에 대규모의 불꽃놀이가 시작되었다. 찬란한 불빛들이 밤하늘을 채우고, 그 밤하늘을 담은 바다도 갖가지 빛깔로 일렁였다.

대장정의 마지막을 장식하는 세리머니를 펼쳐 보이며 각 팀의 요트들은 천천히 계류장을 향해 다가오고 있었다. 상기되어 술렁이는 레이서의 가족들 사이에서 수안은 고요한 미소를 띤 얼굴로 체이스를 기다렸다. 가장 마지막으로 레오니스 오션 레이싱팀의 요트가 정박하자 도열하여 대기 중이던 고적대의 연주가 시작되었다.

뱃머리에서 뛰어내리다시피 한 선수들은 단숨에 자신의 가족을 향해 달려갔다. 아빠와 재회한 아이들의 환호성. 남편을 맞이하는 아내들이 터뜨린 기쁨의 울음. 그 무수한 소란 속에서 두 사람의 눈이 마주쳤다.

눈물은 없었다.

웃음도 없었다.

이별이 그러하였듯 담담한 재회. 몰려드는 취재진을 뒤로한 채 체이스는 수안을 향해 다가왔다. 그를 위해 수안은 머뭇거리며 두 팔을 벌렸다. 지구를 한 바퀴 돌아 다시 만난 두 연인의 눈빛이 까마득히 깊어졌다.

"찾았다."

가만히 수안을 안으며 체이스가 속삭였다. 많이 야위었으나 조금도 달라지지 않은 눈빛. 목소리. 이토록 뜨거운 체온.

"마음, 변한 것 같아?"

머리를 쓰다듬으며 그가 물었다. 알면서도 모르는 척, 장난스러운 눈빛. 수안은 느리게 고개를 저었다.

"그건 아니지만 체이스, 나 좀 서운해요."

"······뭐?"

"내가 뭘 좋아하는지, 당신은 아직 잘 모르는 것 같아. 그것도 가장 중요한 한 가지를."

체이스의 가슴에 묻고 있던 얼굴을 수안은 조심스레 들었다. 눈이 마주치자 웃음이 지어졌다. 눈시울이 조금 뜨거워지는 듯도 하였다.

"그게 뭔데?"

재미있다는 듯이 그가 빙글거린다. 수안은 손을 뻗어 그의 얼굴을 감쌌다.

"이수안은 체이스 와이즈를 좋아한다."

체이스의 허리를 감싸 안는 수안의 두 팔에 힘이 실렸다. 미소가 짙어졌다. 눈초리에 맺혀 있던 눈물방울이 툭 흘러내렸다.

"아아. 세상에서 제일?"

짐짓 의뭉을 떨며 체이스가 이마를 맞댔다. 단호히 고개를 저은 수안은 당혹감으로 굳은 그의 입술 위에 살며시 입술을 포갰다.

"어쩌면, 세상보다 더."

부드러운 숨결과 숨결 사이로 속삭임이 스민다.

_This love story is over. But love is forever.

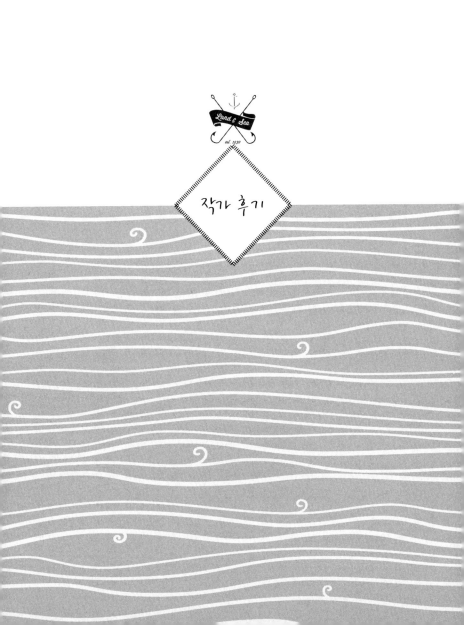

작가 후기

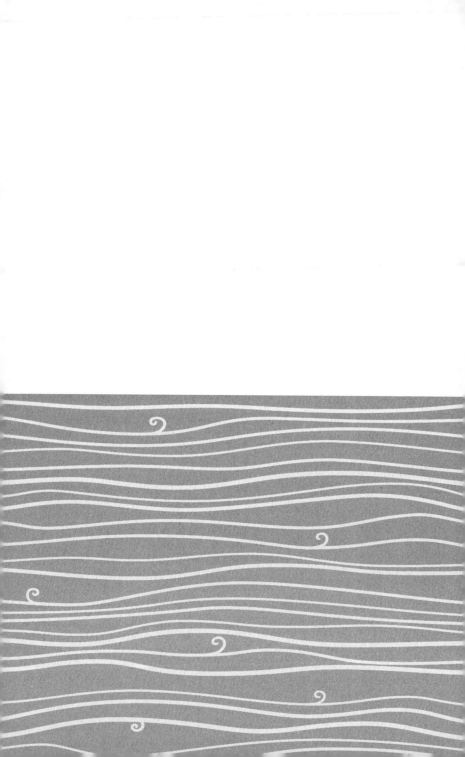

작업실 책상 앞에는 커다란 창문이 있다. 올봄의 초엽에 그 창문에 크리스털 풍경을 하나 달았다. 이따금 환기를 하려 창문을 열 때마다 풍경은 쟁강쟁강, 맑고 아름다운 소리를 내며 흔들렸다. 만약 사람이 사람을 사랑하는 마음에 소리란 게 있다면 저 풍경의 소리와 같지 않을까 하는 생각했다. 그 순간들은 내 일상의 작은 감정적 사치였다.

경남 남해의 남쪽에는 앵강이라는, 시어를 닮은 이름을 가진 아름다운 만이 있다. 몽돌로 이루어진 해변에 우두커니 앉아 한참이나 그 바다를 바라본 날이 있었다. 비 내리는 날이면 산에서 바다로 흘러내리는 빗줄기의 소리에 가만히 귀를 기울였을, 그 속에서 꾀꼬리의 울음소리를 들은 옛 사람의 고독이 아득했다. 할 수만 있다면 글썽이는 그 바다를 한품 가득 안아 주고 싶었다.

유리 종의 울림과 앵강만의 반짝임에서 이 소설은 시작되었다. 어렴풋한 마음속 이미지가 캐릭터가 되고, 그 캐릭터들의 마음과 마음이 엉켜 한 편의 이야기가 되었다.

　반짝이는 아이디어와 든든한 격려의 말로 나를 이끌어 준 박지해 팀장님. 물리적 거리를 넘어 글이라는 매개를 통해 나와 소통해 주시는 독자님들. 나의 일부를 유리로 만들어 준 내 소중한 사람들. 고맙습니다. 그리고 사랑합니다.《사랑의 역사》. 그리고 수안이 사랑한 다른 많은 문학 작품들. 콜드플레이와 루시아의 음악에도 감사를.

　이 책 속에서 수안이 한 말처럼 소설을 읽는다고 해서 하루아침에 인생이 달라지는 건 아니다. 인생의 지름길이나 보물 지도가 숨어 있는 것도 아니다. 오히려 소설은, 현실적 관점에서 보자면 철저히 무용하다. 국어사전의 정의를 빌리자면 소설이란 작가의 상상력에 바탕을 두고 허구적으로 꾸며 낸 이야기. 이 그럴싸한 거짓말 없이도 우리네 삶은 잘만 굴러간다. 그런데 왜 나는 소설을 읽고 또 소설을 쓰는지 자문하는 날이 많았다. 그리하여 찾아낸 나의 답은 수안의 그것과 같았다.

소설을 읽는다고 해서 얻어지는 실질적 이득이랄 것은 없지만, 세상 어딘가에 이런 말을 해 주는 사람이 있다는 사실만으로 마음이 따스해지는 것. 내가 믿는 소설의 미덕은 그것이다. 언젠가는 나도 그런 미덕을 가진 소설을 쓸 수 있으면 좋겠다. 누군가의 마음을 따스하게 해 줄 수 있는, 크리스털 풍경의 울림처럼 지리멸렬한 일상에서 누리는 작은 감정적 사치가 되어 줄 수 있는 그런 소설 말이다.

그런 소설을 쓸 수 있는 날까지, 열심히 쓰겠다.

햇빛 쨍한 크리스마스이브의 아침에,
진주

인용되거나 언급된 책

52면 니콜 크라우스 《사랑의 역사》, 한은경 옮김, 민음사, 2006
247면 니콜 크라우스 《사랑의 역사》, 한은경 옮김, 민음사, 2006
254면 니콜 크라우스 《사랑의 역사》, 한은경 옮김, 민음사, 2006
383면 니콜 크라우스 《사랑의 역사》, 한은경 옮김, 민음사, 2006
259~260면 마르그리트 뒤라스 《연인》, 김인환 옮김, 민음사, 2007
263면 프레베르 《꽃집에서》, 김화영 옮김, 민음사,1975
281면 앙투안 드 생텍쥐페리 《어린 왕자》, 김화영 옮김, 문학동네, 2007
332~334면 니콜 크라우스 《사랑의 역사》, 한은경 옮김, 민음사, 2006